DOODSKAP

Werk van Arnaldur Indriðason in vertaling

Maandagskinderen
Grafteken
Noorderveen
Moordkuil
Engelenstem
Koudegolf
Winternacht
Onderkoeld
Onderstroom
Verdwijnpunt
Schemerspel
Nachtstad

ARNALDUR INDRIÐASON
Doodskap

Vertaald door Adriaan Faber

AMSTERDAM · ANTWERPEN
2014

Eerste druk, 2011; dertiende druk, 2014

Q is een imprint van Em. Querido's Uitgeverij BV, Amsterdam

Oorspronkelijke titel *Svörtuloft*
Published by agreement with Forlagið, www.forlagid.is
Copyright © 2009 Arnaldur Indriðason
Copyright vertaling © 2011 Adriaan Faber /
Em. Querido's Uitgeverij BV, Singel 262, 1016 AC Amsterdam

Omslag Wil Immink Design
Omslagbeeld Andy & Michelle Kerry / Trevillion Images
Foto auteur Ralf Baumgarten

ISBN 978 90 214 4627 1 / NUR 305
www.uitgeverijQ.nl

Dit verhaal is verzonnen. Namen, personen en gebeurtenissen zijn volledig aan de fantasie van de schrijver ontsproten en elke overeenstemming met de werkelijkheid berust op louter toeval.

Aanspreekvormen
Hoewel het IJslands de beleefdheidsvorm 'u' wel kent, wordt deze zelden gebruikt. Iedereen, met uitzondering van de president en enkele hoge functionarissen, wordt met de voornaam of 'je' aangesproken. Daarom is in dit boek gekozen voor de laatste aanspreekvorm.

Uitspraak van þ, ð en æ
De IJslandse þ wordt ongeveer uitgesproken als de Engelse stemloze th (bijvoorbeeld in *think*). De IJslandse ð, die nooit aan het begin van een woord voorkomt, is de stemhebbende variant: als in het Engelse *that*. De IJslandse æ wordt uitgesproken als *ai*.

1

Hij haalde het leren masker uit de plastic zak. Een meesterwerk was het niet bepaald, het was hem niet gelukt het echt goed te krijgen, maar het kon ermee door.

Zijn grootste angst was dat hij de politie tegen het lijf zou lopen, maar niemand schonk aandacht aan hem. In de plastic zak zat nog meer. In de Rijksslijterij had hij twee flessen brandewijn gekocht en in een bouwmarkt een tamelijk zware hamer en een pin.

Het materiaal voor het masker had hij de dag daarvoor bij een groothandel in leer en huiden te pakken gekregen. Hij had zich zo goed mogelijk geschoren en zijn beste kleren aangetrokken, al was dat niet veel bijzonders. Hij wist precies wat hij moest hebben en had geen problemen gehad, niet toen hij het leer kocht en ook niet bij het kopen van het garen en een goede leernaald.

Er was trouwens geen enkel gevaar dat iemand aandacht aan hem zou schenken. Het was heel vroeg in de morgen en er waren nog weinig mensen op straat. Hij keek niemand aan, maar stapte recht voor zich uit kijkend naar het houten huis aan de Grettisgata. Snel liep hij de keldertrap af, deed de deur open, glipte naar binnen en sloot de deur zorgvuldig achter zich.

Even wachtte hij in het donker. Met de kelderwoning was hij zo goed bekend geraakt dat hij er in het pikdonker de weg kon vinden. Zo groot was het huis ook niet. Het toilet bevond zich links in de gang, het had geen raampje. De keuken lag aan dezelfde kant en had een groot raam dat op de achtertuin uitkeek. Hij had er een dikke deken voor gehangen. Recht tegenover de keuken was de woonkamer en opzij daarvan de slaapkamer. De woonkamer had een raam dat op de Grettisgata uitkeek. Er hingen dikke gordijnen voor, die dichtgetrokken waren. In de slaapkamer was hij maar één keer geweest, even maar. Die had ook een raam, hoog in de muur. Er hing een zwarte plastic zak voor.

Hij deed geen licht aan, maar vond een stompje kaars, dat hij op een plank in de gang had liggen, stak het met een lucifer aan en liep in dit spookachtige schijnsel de kamer binnen. Hij hoorde het onderdrukte schreeuwen van de man die daar op de stoel zat vastgebonden, met zijn handen op de rug en een prop in zijn mond. Hij keek zo min mogelijk naar hem; hem in de ogen zien wilde hij al helemaal niet. Hij legde de zak op tafel en haalde de hamer, het masker, de pin en de flessen tevoorschijn. Hij verbrak het zegel van een brandewijnfles en dronk gulzig van de lauwe inhoud. Branden in zijn keel deed het niet meer; dat gevoel was al heel wat jaren geleden verdwenen.

Hij zette de fles neer en pakte het masker. Hij had er eersteklas materiaal voor gebruikt. Het was uit varkensleer gesneden en met gewast zeilgaren van een dubbele zoom voorzien. In het voorhoofd had hij een rond gat gemaakt waar de losse pin doorheen kon. Daar had hij een dikke rand omheen genaaid, zodat de pin rechtop zou blijven staan. Die was van gegalvaniseerd ijzer. Aan de zijkanten van het masker had hij sleuven gemaakt waar brede leren banden doorheen konden, zodat het zonder moeite stevig achter de nek kon worden vastgebonden. Ook had het masker openingen voor ogen en mond. Het bovenste gedeelte kwam tot de kruin en er zat een leren riem aan, die was vastgemaakt aan de banden in de nek. Op die manier zat het stevig, daar kon je gerust van uitgaan. De maten had hij niet echt nauwkeurig opgenomen, hij was voornamelijk afgegaan op de afmetingen van zijn eigen hoofd.

Hij dronk weer van de brandewijn. Probeerde de geluiden van de man niet tot zich te laten doordringen.

Een soortgelijk masker hadden ze bij de boer in het binnenland gehad, vroeger, toen hij nog een jongen was. Het was van ijzer en het lag in de oude schaapskooi; hij mocht er nooit aankomen. Eén keer had hij dat toch gedaan, stiekem. Op het ijzer zaten roestvlekken; het voelde koud aan. Hij had oude bloedvlekken bij het gat voor de pin zien zitten. Eens had hij gezien dat het masker gebruikt werd. Tegen de zomer had de boer een ziek kalf afgemaakt. Hij was straatarm en een geweer had hij niet. Toen moest het masker dienstdoen. Wel bleek het nogal klein voor de kop van het kalf, want eigenlijk was het voor schapen bestemd. Dat had de boer hem verteld. Die had zijn grote hamer gepakt en één welgemikte slag op de pin gegeven, die helemaal de kalfskop binnendrong. Het dier viel neer en bewoog zich niet meer.

Hij had het fijn gevonden op de boerderij. Daar zei niemand dat hij een zielenpoot was, een sukkel.

Nooit was hij vergeten hoe de boer het genoemd had, dit stuk gereedschap, waarvan de omhoog stekende pin vooruit leek te wijzen naar een plotselinge, pijnloze dood.

De boer noemde het een doodskap.

Een griezelig woord had hij dat gevonden.

Lang keek hij naar de pin die uit het primitieve geval omhoogstak. Hij ging ervan uit dat die de schedel wel vijf centimeter diep zou binnendringen en wist dat dit voldoende was.

2

Sigurður Óli zuchtte diep. Drie uur lang had hij voor het flatgebouw in de auto gezeten, zonder dat er iets was gebeurd. Het tijdschrift stak nog uit de brievenbus, net als eerst. Er waren enkele mensen langs het portaal gekomen, maar die hadden geen aandacht besteed aan het blad, dat hij zo in de brievenbus had geschoven dat het er nog half uitstak. Je kon het zo meepakken als je dat van plan mocht zijn. Als je het wilde pikken, of gewoon een oude vrouw die op de tweede verdieping woonde wilde pesten.

Het stelde allemaal weinig voor. Eigenlijk was het wel het kleinste en onnozelste zaakje dat Sigurður Óli ooit als politieman had onderzocht. Zijn moeder had gebeld en hem gevraagd of hij een van haar vriendinnen een dienst wilde bewijzen. Die vriendin woonde in een flatgebouw aan de Kleppsvegur en was op een tijdschrift geabonneerd, maar dat bleek heel vaak verdwenen te zijn wanneer ze het op zondagmorgen beneden in het portaal uit de bus wilde halen. Het was de vriendin niet gelukt te ontdekken wie de schuldige was. Ze had haar buren gevraagd of die haar tijdschrift soms meenamen, maar allemaal bezwoeren ze haar bij hoog en bij laag dat ze het nooit met een vinger hadden aangeraakt. Sommigen haalden er zelfs hun neus voor op en noemden het een waardeloos, conservatief flutblad, dat ze van z'n levensdagen niet zouden willen lezen. Ze was het nog met hen eens ook, ze bleef het tijdschrift eigenlijk alleen maar trouw vanwege de in memoriams, die soms wel een kwart van de inhoud vormden.

De vriendin kon wel een paar mensen in haar trappenhuis noemen die ze verdacht. Op de verdieping boven haar woonde bijvoorbeeld een vrouw van wie ze dacht dat het 'een mannengek' was. Er kwam een stroom kerels op haar af, vooral 's avonds en in de weekends. Een van hen zou wel eens de dief kunnen zijn, of anders zijzelf. Een andere bewoner van het gebouw, twee verdiepingen hoger, had geen werk, hing de godganse dag thuis rond zonder ook maar een klap uit te voeren; hij zei dat hij componist was.

Sigurður Óli volgde met zijn blikken een tienermeisje dat het flatgebouw binnenging. Het had er alle schijn van dat ze na een nacht stappen eindelijk thuiskwam, een beetje teut. Ze kon in het portemonneetje dat ze uit haar zak haalde niet direct haar sleutels vinden; ze viel bijna om, maar greep nog net de deurknop om zich overeind te houden. Naar het tijdschrift keek ze niet. Haar foto zou nooit in *Mensen in het nieuws* staan, dacht Sigurður Óli, en hij keek haar na toen ze moeizaam de trappen op krabbelde.

Hij had nog wat last van een nare griep, die maar heel langzaam uit zijn lijf weg wilde. Waarschijnlijk was hij niet goed uitgeziekt, maar hij had er eerlijk gezegd geen zin in nog langer in bed te liggen en op zijn gloednieuwe tweeënveertig inch flatscreen naar films te kijken. Hij kon maar beter iets te doen hebben, ook al was hij slap als een vaatdoek.

Hij dacht aan de afgelopen zaterdagavond. Zijn oude eindexamenklas had zijn jaarlijkse reünie gehad. Voor die gelegenheid hadden de klasgenoten elkaar ontmoet bij Guffi, zoals hij genoemd werd. Guffi was een nieuwe rijke uit het juristenwereldje, die Sigurður Óli op de zenuwen werkte, bijna vanaf het moment dat ze elkaar voor het eerst ontmoet hadden. Hij behoorde tot het slag mensen dat al jong een stropdas was gaan dragen en het was kenmerkend voor hem dat hij had aangeboden de reünie bij hem thuis te houden. Nu kon hij in de openingstoespraak zijn vroegere klasgenoten trots als een pauw vertellen dat hij onlangs directeur was geworden van de een of andere afdeling op de bank. En bij alle andere redenen was óók dit een heel goeie om op te drinken. Sigurður Óli had niet meegeklapt.

Hij liet zijn ogen over de groep gaan en vroeg zich af of hij degene was die na het verlaten van de school het minst van zijn leven had gemaakt. Zulke gedachten konden hem plagen, terwijl hij toch wel zin had gehad in die reünie. Er waren juristen als Guffi, er waren ingenieurs, twee dominees en drie artsen die een lange specialisatie begonnen waren. Ook was er een schrijver, van wie Sigurður Óli nooit iets had gelezen maar die in bepaalde kringen geweldig werd opgehemeld om zijn unieke stijl. Die tastte de grenzen van het onvatbare af, als je tenminste een recent gedebiteerde diepzinnige uitspraak mocht geloven. Toen Sigurður Óli zichzelf met zijn medescholieren vergeleek en aan zijn recherchewerk bij de politie dacht, aan zijn collega's Erlendur en Elínborg en aan alle arme donders met wie hij dagelijks te maken had, zag hij niet veel om blij mee te zijn. Zijn moeder had altijd gezegd dat er meer in hem zat dan 'dat' en dan bedoelde ze de politie. Zijn vader was minder ontevreden en zei dat hij heel wat meer voor de samenleving deed dan de meeste andere mensen.

'En, hoe is het bij de politie?' vroeg Patrekur, een van de ingenieurs, die naast hem had gestaan toen Guffi zijn toespraak hield. Sigurður Óli en hij waren vrienden vanaf hun middelbareschooltijd.

'Gaat wel,' zei Sigurður Óli. 'Jullie hebben zeker krankzinnig veel werk, nu het met de economie zo goed gaat? Krachtcentrales en dat soort dingen?'

'We verdrinken er letterlijk in,' zei Patrekur. Hij keek ernstiger dan hij doorgaans deed. 'Zeg, even iets anders. Ik zou je binnenkort eens willen spreken. Er is iets waar ik met je over moet praten.'

'Prima. Moet ik je arresteren?'
Patrekur glimlachte niet.
'Als het goed is neem ik maandag contact met je op,' zei hij en hij liep al naar een andere ex-klasgenoot.
'Doe dat,' zei Sigurður Óli en hij knikte naar Patrekurs vrouw, die Súsanna heette; ze was met hem meegekomen naar het feest, al was het geen regel dat echtgenoten er ook bij waren. Ze glimlachte naar hem terug. Hij had het altijd goed met haar kunnen vinden en vond zijn vriend een ontzettende geluksvogel dat hij haar had leren kennen.
'Jij nog altijd bij de politie?' vroeg Ingólfur, die met een bierglas in de hand naar hem toe kwam. Hij was een van de dominees uit de groep, stamde van beide kanten ook af van dominees en had nooit iets anders gewild dan in dienst van God te staan. Toch straalde hij geen opgelegde vroomheid uit, hij dronk graag een glas en was nogal gesteld op vrouwen; hij was voor de tweede keer getrouwd. Soms kiftte hij met de andere dominee uit de klas, Elmar, een volkomen ander mens. Elmar was zeer religieus, had iets ascetisch, geloofde kritiekloos het meeste dat in de Bijbel stond en stoorde zich aan alle veranderingen, vooral wanneer het ging om homoseksuelen die de gevestigde kerkelijke wetgeving in het land wilden veranderen. Ingólfur maakte het volstrekt niets uit wat voor combinaties van het mensenras zich tot hem wendden. Hij ging te werk volgens de enige regel die zijn vader hem had geleerd, namelijk dat alle mensen voor God gelijk waren. Maar hij had er plezier in met Elmar te bekvechten. Vroeg hem regelmatig of hij geen bijzondere gemeente wilde stichten, die van de zogenaamde Elmarieten.
'En jij bent nog altijd dominee?' vroeg Sigurður Óli.
'We kunnen natuurlijk geen van beiden gemist worden,' zei Ingólfur glimlachend.
Guffi kwam naar hen toe en sloeg Sigurður Óli kameraadschappelijk op de schouder.

'En hoe staat het bij de politie?' vroeg hij zeer luid, helemaal de nieuw aangetreden afdelingschef.

'Alles oké,' zei Sigurður Óli.

'Geen spijt dat je nooit je rechtenstudie afgemaakt hebt?' vroeg Guffi, zelfvoldaan als altijd. Hij was in de loop van de jaren behoorlijk aangekomen. De das die hem vroeger zo mooi stond verdween langzamerhand onder zijn enorme onderkin.

'Nee, beslist niet,' zei Sigurður Óli, die er in werkelijkheid wel eens over dacht bij de politie weg te gaan. Dan zou hij opnieuw beginnen met zijn rechtenstudie, die ook afmaken, iets van betekenis gaan doen. Maar dat zou hij nooit aan Guffi toegeven. En ook niet dat Guffi daarbij in zekere zin een lichtend voorbeeld voor hem was. Als een nitwit als Guffi snapte wat er in de wet stond, moesten de meeste andere mensen dat ook kunnen, dacht Sigurður Óli vaak.

'Dus jij gaat homohuwelijken inzegenen,' zei Elmar, die zich bij de groep aansloot, en hij keek bedroefd naar Ingólfur.

'Begint-ie weer,' zei Sigurður Óli. Het lukte hem weg te komen voor de geloofstwisten zouden oplaaien.

Hij draaide zich snel naar Steinunn, die met een glas in de hand langs hem liep. Ze had tot voor kort bij de belastingdienst gewerkt en Sigurður Óli had haar wel eens gebeld als hij problemen had bij het invullen van zijn aangifteformulier. Ze had zich steeds heel behulpzaam betoond. Hij wist dat ze een paar jaar geleden was gescheiden, dat ze sindsdien op zichzelf woonde en dat haar dat goed beviel. Dat hij ertoe gekomen was naar die avond bij Guffi te gaan was onder andere om haar.

'Steina,' riep hij, 'werk je niet meer bij de belastingdienst?'

'Nee, ik ben nu bij de bank van Guffi,' zei Steinunn en ze glimlachte. 'Nou vertel ik de rijken hoe ze onder het betalen van belastingen uit kunnen komen. Je reinste goudmijn, zegt Guffi.'

'En de bank betaalt ook nog eens beter,' zei Sigurður Óli.
'Nogal ja, ik heb een waanzinnig hoog salaris,' zei Steinunn. Haar mooie witte tanden glinsterden toen ze glimlachte en een lok die voor haar ogen gevallen was in orde bracht. Ze was blond, het haar viel tot op haar schouders. Ze had een wat breed gezicht met mooie donkere ogen; haar wenkbrauwen had ze zwart geverfd. Eigenlijk leek ze een beetje ordi, zoals dat in jongerentaal heette. Sigurður Óli vroeg zich af of ze die term kende. Hij dacht eigenlijk van wel, Steinunn kon je op dat punt niet zoveel nieuws vertellen.

'Ja, ik begrijp dat je niet van de honger omkomt,' zei Sigurður Óli.

'En hoe staat het met jou, hou jij de aandelenmarkt ook een beetje in de gaten?'

'De aandelenmarkt?'

'Je hebt toch wel wat aandelen?' zei Steinunn. 'Daar zie ik je tenminste wel voor aan.'

'O ja, is dat te zien?' vroeg Sigurður Óli glimlachend.

'Ja, jij houdt toch zeker wel van een gokje?'

'Ik kan het me niet permitteren risico te lopen,' zei Sigurður Óli en hij glimlachte. 'Ik heb alleen maar heel veilige beleggingen.'

'En wat is veilig?'

'Ik koop alleen maar bij de banken,' zei Sigurður Óli.

Steinunn hief haar glas.

'Dat wordt er ook al niet veiliger op.'

'Woon je nog altijd alleen?'

'Ja hoor, en het bevalt me uitstekend.'

'Het kán grote voordelen hebben, ja,' zei Sigurður Óli.

'Hoe is het met jou en Bergþóra?' vroeg Steinunn plompverloren. 'Het gaat niet echt goed, hoor ik.'

'Ja... nee, het gaat niet zoals het zou moeten,' zei Sigurður Óli. 'Helaas.'

'Prima meid, Bergþóra,' zei Steinunn, die Sigurður Óli's

voormalige vriendin een paar keer bij een soortgelijke gelegenheid had getroffen.

'Ja, dat was... dat is ze ook. Ik vroeg me eigenlijk af of we niet eens zouden kunnen afspreken. Ergens koffiedrinken of zo.'

'Of ik met jou uit wil?'

Sigurður Óli knikte.

'Een date?'

'Nee, geen date, of nou ja, misschien wel. Eigenlijk wel. Zo zou je het kunnen noemen, ja.'

'Nee, Siggi,' zei Steinunn, en ze tikte hem op zijn wang. 'Je bent doodgewoon mijn type niet.'

Sigurður Óli keek haar aan.

'Siggi, dat weet je best. Waar of niet? Nooit geweest. En je zult het nooit worden ook.'

'Type?'

Sigurður Óli spuwde het woord uit, zittend in zijn auto voor het flatgebouw, waar hij wachtte op de tijdschriftendief. Type? Wat nou type? Was hij een slechter type dan wie ook? Wat had die Steinunn altijd te emmeren over types?

Een jongeman met een muziekinstrument in een koffer ging het flatgebouw in, greep zonder aarzelen het blad uit de brievenbus en opende met een sleutel de deur naar het trappenhuis. Sigurður Óli schoot het portaal in. Het lukte hem een voet tussen deur en deurpost te zetten en de gang binnen te gaan. De jongeman was zich nog van geen kwaad bewust toen Sigurður Óli hem op de trap vastgreep en naar beneden trok. Hij pakte hem het tijdschrift af en sloeg hem ermee op zijn hoofd. De man moest de koffer met zijn instrument loslaten. Die sloeg tegen de muur; zelf gleed de man uit en viel op de grond.

'Ga staan, zakkenwasser!' siste Sigurður Óli en hij probeerde de man op de been te krijgen. Hij bedacht dat dit de nietsnut moest zijn die twee verdiepingen boven de vriendin van zijn moeder woonde, de figuur die zichzelf componist noemde.

'Niet slaan!' riep de componist.

'Ik sla jou helemaal niet. Jij moet eens ophouden dat tijdschrift van Guðmunda op de eerste verdieping weg te snaaien. Weet je wie dat is? Welke hersenloze idioot steelt er nou het zondagsblad van een oude vrouw? Vind je dat soms leuk? Zulke rottigheid uit te halen met iemand die er niks tegen kan doen?'

De jongeman was opgestaan. Hij keek beledigd en kwaad naar Sigurður Óli. Toen griste hij hem het tijdschrift uit zijn handen.

'Dat blad is van mij,' zei hij. 'Ik weet niet waar je het over hebt!'

'Jóúw blad?' zei Sigurður Óli. 'Nee vriend, dat blad is van Munda!'

Hij ging in het portaal kijken, waar de brievenbussen hingen: vijf op een rij, drie rijen onder elkaar. Hij zag het blad duidelijk zichtbaar uit Munda's bus steken. Zo had hij het er zelf in gedaan.

'Wel verdomme!' siste hij, ging weer in zijn auto zitten en reed weg. Hij schaamde zich behoorlijk.

3

Maandagochtend, op weg naar zijn werk, kreeg hij te horen dat er in een huurappartement in Þingholt een lijk was gevonden. Er was een jonge man vermoord, zijn keel was doorgesneden. Er waren al heel snel mensen van de recherche op de plaats van het misdrijf en ook hij bracht daar de verdere dag door, bezig met het verhoren van de mensen die in de onmiddellijke omgeving van de man woonden. Op de plaats delict ontmoette hij ook Elínborg, die de leiding over de zaak op zich had genomen, rustig en weloverwogen als altijd. Té rustig en té weloverwogen eigenlijk, naar de smaak van Sigurður Óli.

Hij werd door Patrekur gebeld, die hem eraan herinnerde dat ze nog zouden afspreken. Patrekur had van de moord gehoord en zei dat Sigurður Óli zich over hém maar even niet druk moest maken. Maar dat was geen punt, zei Sigurður Óli, ze zouden best 's middags kunnen afspreken, en hij noemde een café. Kort daarna kreeg hij een tweede telefoontje, van het bureau. Er was iemand die naar Erlendur had gevraagd en weigerde weg te gaan voor hij hem te spreken kreeg. Ze hadden tegen de man gezegd dat Erlendur op vakantie was, buiten de stad, maar dat geloofde hij niet. Uiteindelijk had hij gezegd dat hij dan met Sigurður Óli wilde praten. De man had geweigerd zijn naam te geven, wilde ook niet zeggen waar het om ging en was onverrichter zake weer vertrokken. Verder had Bergþóra nog gebeld en hem gevraagd of hij de volgende avond langs kon komen.

Rond vijf uur ontmoette hij Patrekur in een café in het centrum. Patrekur was er het eerst. Hij had zijn zwager bij zich, die Sigurður Óli wel kende van feestjes bij zijn vrienden. Voor hem stond een glas bier. Daarnaast een borrelglas dat al leeg was.

'Voor een maandag ben je al aardig bezig, is het niet?' zei Sigurður Óli toen hij bij hen ging zitten. Hij keek de man aan.

De man glimlachte ongemakkelijk en keek Patrekur aan.

'Ik was eraan toe,' zei hij en hij dronk van zijn bier. Hij heette Hermann en werkte bij een groothandel. Hij was getrouwd met een zuster van Súsanna, Patrekurs vrouw.

'Hoezo, scheelt er wat?' vroeg Sigurður Óli.

Sigurður Óli merkte dat Patrekur niet helemaal zichzelf was. Hij nam aan dat zijn vriend zich niet zo op zijn gemak voelde omdat hij Sigurður Óli niet van te voren had gezegd wat er aan de hand was. In het algemeen was hij evenwichtig genoeg, keek opgewekt uit zijn ogen, was altijd in voor een grap. Soms gingen ze 's morgens heel vroeg samen joggen en daarna koffiedrinken. Ze gingen samen op reis en samen naar de bioscoop. Als je Patrekur Sigurður Óli's hartsvriend noemde zat je er niet ver naast.

'Heb jij wel eens van schnitzelparty's gehoord?' vroeg Patrekur.

'Nee. Houden ze daar een barbecue?'

Patrekur glimlachte.

'Deden ze dat maar,' zei hij, en hij keek naar Hermann, die van zijn bier dronk. Hij had een slap en klam handje gegeven toen Sigurður Óli hem begroette. Hij was onberispelijk gekleed, droeg een kostuum met stropdas en had een weekendbaardje. Zijn haar was dun. Hij had een vriendelijk gezicht.

'Heb je het over wienerschnitzels?' vroeg Sigurður Óli.

'Nee, op de feesten waar ik het over heb serveren ze geen wienerschnitzels,' zei Patrekur somber.

Hermann had zijn bierglas leeg en gaf de ober een wenk dat hij er nog een wilde.

Sigurður Óli keek lang naar Patrekur. Samen hadden ze op

het gymnasium de vrijdenkersvereniging Milton opgericht, en onder dezelfde naam een tijdschriftje uitgegeven dat het particuliere initiatief en de vrije markt bejubelde. Op hun schoolavonden, die meestal heel matig bezocht werden, kwamen bekende vertegenwoordigers van de conservatieve politieke partijen spreken. Later draaide Patrekur om als een blad aan een boom, werd tot stomme verbazing van Sigurður Óli links, en begon zich uit te spreken tegen de Amerikaanse militaire basis in Miðnesheiði en voor de terugtrekking van zijn land uit de NAVO. Dat was nadat hij zijn aanstaande vrouw had ontmoet; die had hem waarschijnlijk in deze richting geduwd. Sigurður Óli vocht voor het behoud van *Milton*, maar toen het blaadje de helft kleiner werd en de vrijdenkende jongens uit de conservatieve hoek er geen zin meer in hadden te komen opdraven kwam er vanzelf een eind aan. Sigurður Óli had nog alle nummers die van *Milton* waren verschenen, ook dat waar zijn artikel in stond, 'Hulp van de Verenigde Staten: onwaarheden over de werkzaamheden van de CIA in Zuid-Amerika'.

Ze waren samen op de universiteit begonnen, en toen Sigurður Óli zijn rechtenstudie eraan gaf en besloot de oceaan over te steken om in de Verenigde Staten een politieopleiding te gaan volgen, schreven ze elkaar regelmatig. Patrekur kwam tijdens zijn ingenieursstudie een keer over, samen met zijn vrouw Súsanna en hun eerste kind. Hij praatte aan één stuk over meet- en weegapparatuur.

'Wat is dat nou allemaal met die schnitzels?' vroeg Sigurður Óli, die niets meer van zijn vriend begreep. Hij sloeg stofjes van zijn nieuwe, lichte regenjas. Hoewel het al herfst was had hij voor deze jas gekozen. Hij had hem in de uitverkoop op de kop getikt en was er nogal mee in zijn schik.

'Ik vind het een beetje moeilijk om er met je over te praten, ik ben niet gewend om jou in je rol van politieman om een gunst te vragen,' zei Patrekur en hij glimlachte moeizaam.

'Hermann en zijn vrouw zijn door toedoen van mensen die ze helemaal niet kennen geweldig in de problemen geraakt.'
'Wat voor soort problemen?'
'Het zijn mensen die hen op schnitzelparty's hebben uitgenodigd.'
'Met de schnitzel beginnen dan maar.'
'Laat mij dat maar vertellen,' zei Hermann. 'We hebben daar ooit aan meegedaan en we zijn er ook weer mee opgehouden. "Schnitzel" is een ander woord voor...'
Hermann schraapte zijn keel, slecht op zijn gemak.
'...het is een ander woord voor partnerruil.'
'Partnerruil?'
Patrekur knikte. Sigurður Óli staarde zijn vriend aan.
'Jij en Súsanna ook?' vroeg hij.
Patrekur aarzelde alsof hij de vraag niet begreep.
'Jij en Súsanna ook?' herhaalde hij, geschrokken.
'Nee zeg!' zei Patrekur. 'Daar hebben wíj niet aan meegedaan. Het gaat om Hermann en zijn vrouw, Súsanna's zus.'
'Het stelde niks voor, een verzetje in ons huwelijk,' zei Hermann.
'Het stelde niks voor, een verzetje in jullie huwelijk?'
'Zeg, ga je alles zitten herhalen wat we zeggen?' zei Hermann.
'En hebben jullie je daar lang mee beziggehouden?'
'Beziggehouden? Ik weet niet of dat het goeie woord is.'
'Tja, dat zou ik ook niet weten,' zei Sigurður Óli.
'We zijn ermee gekapt, een paar jaar geleden al, trouwens.'
Sigurður Óli keek naar zijn vriend en toen naar Hermann.
'Ik hoef me tegenover jou niet te verdedigen,' zei Hermann, een uitspraak die Sigurður Óli geweldig irriteerde. Het bier werd gebracht en Hermann nam een flinke slok. 'Misschien was dit niet zo'n goed idee,' voegde hij eraan toe en keek naar Patrekur.
Patrekur gaf hem geen antwoord en hij keek ernstig naar Sigurður Óli.

'Was jij er ook bij?' vroeg Sigurður Óli.
'Natuurlijk niet,' zei Patrekur. 'Ik probeer ze alleen maar te helpen.'
'En wat moet ik hiermee?'
'Ze zitten in moeilijkheden,' zei Patrekur.
'Wat voor soort moeilijkheden?'
'Waar het om gaat is dat je plezier hebt met mensen die je helemaal niet kent,' zei Hermann, die door het bier zelfverzekerder leek te worden. 'Dat is eigenlijk de kick die je ervan krijgt.'
'Ik begrijp niet waar je het over hebt,' zei Sigurður Óli.
Hermann haalde diep adem.
'We hebben te maken gekregen met chantage.'
'Worden jullie vanwege die neukpartijen gechanteerd?'
Hermann keek naar Patrekur.
'Ik wou van begin af aan al niet naar hem toe,' zei Hermann.
'Ze zitten erg in de knoei,' zei Patrekur tegen Sigurður Óli. 'Toen kwam ik op het idee dat jij hen zou kunnen helpen. Luister nou alsjeblieft naar hem.'
Sigurður Óli deed wat zijn vriend zei. Het bleek dat Hermann en zijn vrouw mensen bij hen thuis op de 'schnitzel' hadden genodigd en zelf ook uitnodigingen hadden aangenomen. Ze hadden een open relatie, zoals dat werd genoemd, en ze vonden het prettig zo. Dat waren Hermanns woorden. De seks was spannend, ze gingen, zoals hij het uitdrukte, uitsluitend om met 'ervaren' koppels, en algauw zaten ze in een club die was opgericht door een groep mensen met een gelijksoortige interesse.
'En zo hebben we Lína en Ebbi ontmoet,' zei Hermann.
'Wie zijn dat?' vroeg Sigurður Óli.
'Een stel ongelooflijke rotzakken,' zei Hermann en hij leegde zijn bierglas.
'Met ervaring dus?' vroeg Sigurður Óli.
'Ze hebben foto's gemaakt,' zei Hermann.

'Van jullie?'
Hermann knikte.
'Van de seks?'
'Ze dreigen nu dat ze die op internet zullen zetten als we niet betalen.'
'Die zus van Súsanna, zit die niet in de politiek?' zei Sigurður Óli tegen Patrekur.
'Zou jij met die lui kunnen praten, denk je?' vroeg Hermann.
'Is ze geen medewerkster van een of andere minister geworden?' zei Sigurður Óli.
Patrekur knikte.
'Voor haar is het het ergste,' zei hij. 'Hermann dacht dat jij misschien met die lui zou kunnen praten. Jij zou ze die foto's kunnen aftroggelen en ze bang maken, zodat ze zich voortaan koest houden.'
'Wisten jullie niet dat ze foto's gemaakt hebben? Hoe hadden jullie dat dan?'
'Het is alweer behoorlijk lang geleden sinds het gebeurd is, en we hebben er niks van gemerkt,' zei Hermann. 'Het lijkt erop dat ze ergens in hun appartement een camera geïnstalleerd hadden, zonder dat wij het wisten. Ik kan me nog wel herinneren dat ik zoiets gezien heb, een heel klein ding maar, in de boekenkast van de kamer waar we waren. Maar het is niet bij me opgekomen dat ze er opnamen mee zouden maken.'
'Daar heb je geen ingewikkeld toestel voor nodig,' zei Patrekur.
'Waren jullie bij hen thuis?'
'Ja.'
'Wat voor lui zijn het eigenlijk?'
'We kennen ze niet. Geen van beiden hebben we later nog ontmoet. Maar mijn vrouw is soms op de tv te zien. Waarschijnlijk hebben ze haar herkend en toen besloten ons te chanteren.'

'En daar zijn ze prima in geslaagd ook,' zei Patrekur en hij keek naar Sigurður Óli.

'Wat willen ze?'

'Geld,' zei Hermann. 'Veel meer dan we kunnen opbrengen. Zíj heeft contact met ons opgenomen – die vrouw. Zei dat we dan maar een lening moesten afsluiten. En ze zei erbij dat we niet met de politie moesten praten.'

'Kun je op de een of andere manier bewijzen wat die mensen zeggen? Dat ze opnamen van jullie hebben?'

Hermann keek naar Patrekur.

'Ja.'

'Hoe dan?'

Hermann keek om zich heen en haalde toen uit de binnenzak van zijn colbert een foto tevoorschijn, die hij besmuikt aan Sigurður Óli gaf. Erg scherp was de afbeelding niet, waarschijnlijk was hij thuis uitgeprint. Er stonden mensen op die seks bedreven, twee vrouwen die je maar heel vaag kon onderscheiden en die Sigurður Óli niet kende, én Hermann, die wel duidelijk zichtbaar was. Voor zover het Hermann betrof scheen de schnitzelparty op het moment van de opname min of meer op het hoogtepunt te zijn.

'En nou wil je dat ik me met die mensen ga bezighouden?' zei Sigurður Óli en hij keek naar zijn vriend.

'Ja, voordat het op de een of andere manier geweldig uit de klauwen loopt,' zei Patrekur. 'Van alle mensen die wij kennen ben jij waarschijnlijk de enige die weet hoe hij met zulk tuig moet omgaan.'

4

Hij was de man een aantal maanden gevolgd voor hij in actie kwam. In de omgeving van het gammele huisje aan de Grettisgata had hij staan spioneren, onder alle weersomstandigheden, goed en slecht, op alle uren van het etmaal. Hij zorgde ervoor op veilige afstand te blijven en niet te veel op te vallen. Hij mocht geen verdachte indruk maken. Hij kon dus niet lang achtereen op dezelfde plaats blijven staan, omdat voorbijgangers of bewoners hem in het vizier zouden kunnen krijgen. Die zouden de politie kunnen bellen. Dat moest hij niet hebben, want met de politie was hij al eens in aanraking geweest, méér dan eens, kon je beter zeggen.

De huizen in deze omgeving zagen er allemaal gelijk uit. Soms was er een nieuw huis aan de straat verrezen, gebouwd naar de heersende mode; andere pasten beter in het oorspronkelijke straatbeeld: lage, armelijke houten huizen, bekleed met golfplaat, een of twee verdiepingen op een betonnen souterrain. Sommige waren keurig onderhouden, andere waren in verval geraakt, zoals het krot van de man. Het dak was niet veel meer waard en aan de straatkant had het geen goten meer. De lichtblauwe kleur van de muren was verbleekt; op het dak en opzij van het huis waren grote roestplekken zichtbaar. Het leek alsof de verdieping boven het souterrain onbewoond was. De gordijnen waren er dicht en hij had daar nooit iemand naar binnen zien gaan.

De man hield er een min of meer vast levenspatroon op na. De jaren hadden hem weinig goeds gebracht. Hij moest nu de tachtig al wel gepasseerd zijn, hij kwam maar moeizaam vooruit en liep kromgebogen. Grijs, piekerig haar kwam onder zijn pet uit, hij droeg een oud winterjack, alles wat hij aanhad was armelijk en versleten. Er was nog maar weinig aan hem wat aan vroeger herinnerde. Om de andere dag ging hij 's morgens in alle vroegte naar het zwembad, zo vroeg dat hij soms moest wachten tot het opening. Waarschijnlijk had hij dan de hele nacht niet geslapen, want als hij daarna weer thuis was, kwam hij die dag niet meer in beweging. Tegen de avond kwam hij weer tevoorschijn, liep naar de supermarkt in de buurt, kocht melk en brood en nog wat andere boodschappen. Soms, niet overdreven vaak, ging hij een drankzaak binnen. Nooit maakte hij op zijn tochten een praatje of groette hij iemand. Lang stilstaan deed hij zelden, alleen als het echt nodig was. Bezoek kreeg hij niet. Af en toe kwam de post langs. 's Avonds was hij thuis, op twee keer na, toen hij over de Sæbraut langs de zee was gelopen en via een lange omweg weer naar huis was teruggekeerd.

Een van die keren was het tijdens de wandeling gaan regenen en was de man onder de beschutting van de duisternis de tuin van een oud huis van twee verdiepingen in gestapt. Door de ramen van het souterrain had hij naar binnen gekeken. Daar woonde een gezin met een paar kinderen. Meer dan een uur had hij op veilige afstand achter de bomen in de koude regen staan kijken hoe die mensen zich klaarmaakten voor de nacht. Lang nadat alle lichten uitgedaan waren sloop de man naar het raam van de kamer waarin de kinderen sliepen. Een hele tijd tuurde hij naar binnen voor hij zijn tocht voortzette, terug naar zijn huis in de Grettisgata.

Die hele nacht liet hij de regen op zich neerkletteren, terwijl hij naar de deur van het souterrain van het huis in de Grettisgata staarde. Het leek alsof hij voor alle onschuldige kinderen in Reykjavík op wacht moest staan.

5

Toen het avond begon te worden, de schemering neerdaalde en het rustig werd in de stad belde Sigurður Óli aan bij Sigurlína Þorgrímsdóttir, Lína zoals ze genoemd werd, die zich mogelijk schuldig had gemaakt aan chantage. Hij wilde het gesprek met haar snel achter de rug hebben. Ze woonde met haar man, die Ebeneser heette en Ebbi genoemd werd, in een rijtjeshuis in het oostelijke deel van de stad, niet ver van de Laugarásbioscoop. Sigurður Óli keek in de richting van de bioscoop en dacht aan de mooie films die hij daar in zijn jonge jaren had gezien, in de tijd dat hij als hij maar even kon naar de bioscoop ging. Titels schoten hem niet meer te binnen; wat films betreft was hij altijd kort van memorie geweest. Toch zou de Laugarásbioscoop voor hem een onvergetelijke plek blijven, dat wist hij. Dat kwam door een bioscoopbezoek in zijn gymnasiumtijd dat in zijn herinneringen een speciale plaats innam. Hij was er geweest met een meisje dat zich van de avond meer voorstelde dan bioscoopbezoek alleen. Nog herinnerde hij zich een eindeloze kus, in de auto voor haar huis.

Hij had er nog geen idee van hoe hij Hermann en zijn vrouw moest helpen. Hij dacht erover Lína en Ebbi precies te vertellen wat hij van ze dacht, hevig te dreigen met een politieoptreden en af te wachten of dat effect had. Uit het verhaal van Hermann viel op te maken dat ze geen echt geroutineerde afpersers waren: de manier waarop ze te werk gingen was nogal ongewoon.

Onderweg naar Lína dacht hij aan de vorige avond. Hij had

thuis ontspannen op de bank naar een Amerikaans sportprogramma liggen kijken toen de telefoon ging. Zijn opleiding had hij in de Verenigde Staten gehad en daar had hij belangstelling gekregen voor twee typisch Amerikaanse sporten, die tot dan toe een gesloten boek voor hem waren geweest. American football vond hij een bijzonder mooi spel en hij begon een van de teams van de National Football Leage te volgen, de Dallas Cowboys. Daarnaast raakte hij verslingerd aan honkbal, waarbij de Boston Red Sox zijn lievelingsteam was. Weer thuis schafte hij zich een schotelantenne aan en volgde hij fanatiek de rechtstreekse uitzendingen van deze sporten. Dat was vaak niet zo eenvoudig: wanneer de wedstrijden werden gehouden als het op IJsland nacht was kon het tijdverschil erg nadelig voor hem uitpakken. Maar Sigurður Óli had nooit veel slaap nodig gehad en het kwam maar zelden voor dat hij vanwege de nachtelijke uitzendingen 's morgens in de sportschool verstek liet gaan. De IJslandse sporten, voetbal en handbal, konden hem niet bekoren. Hij vond dat ze in het algemeen pijnlijk afstaken tegen wat er in de wereld aan moois te zien was en dat uitzendingen van IJslandse wedstrijden nauwelijks behoorlijke televisie opleverden.

Hij had een klein appartement aan de Framnesvegur gehuurd. Toen hij bij Bergþóra wegging, na een relatie die enige jaren had geduurd, hadden ze in alle vrede hun eigendommen verdeeld, boeken en cd's, keukengerei en huisraad. Hij wilde de flatscreen heel graag hebben, zij een schilderij van een jonge IJslandse kunstenaar, een cadeau dat ze ooit hadden gekregen. Bergþóra had nooit veel tv-gekeken en deelde zijn interesse in Amerikaanse sporten niet. Het appartement was nog halfleeg en het ontbrak hem aan tijd om het helemaal in te richten. Diep vanbinnen hoopte hij misschien nog wel dat de relatie met Bergþóra niet definitief verbroken was.

Ze hadden onophoudelijk ruzie gehad en konden eigenlijk niet meer met elkaar praten zonder dat ze kwaad werden en de beschuldigingen heen en weer vlogen. Ze beschuldigde hem er tegen het einde van dat hij haar bij haar laatste miskraam niet genoeg had gesteund. Ze hadden geen kinderen kunnen krijgen en pogingen om daar met medische hulp verandering in te brengen waren op niets uitgelopen. Zij had het woord 'adoptie' laten vallen. Hij had erg geaarzeld en ten slotte gezegd dat hij geen kind uit China wilde adopteren, zoals zij zich had voorgesteld.

'Wat blijft er dan nog over,' had Bergþóra gevraagd.

'Wij tweeën,' had hij geantwoord.

'Daar ben ik nog niet zo zeker van,' had ze gezegd.

Uiteindelijk waren ze tot een gezamenlijke conclusie gekomen. De relatie liep op haar eind, ze erkenden het allebei, en ook dat het aan hen beiden lag. Toen ze die conclusie eenmaal getrokken hadden leek het wel of er meer evenwicht in hun verhouding kwam. De spanning die tussen hen had geheerst werd aanmerkelijk minder, hun onderlinge verstandhouding was niet meer zo onvriendelijk, niet zo vervuld van haat. Voor het eerst sinds lang konden ze samen praten zonder dat het in bitterheid en zwijgen eindigde.

Hij lag voor het grote scherm op de bank, dronk sinaasappelsap en ging helemaal op in het American football, toen de telefoon ging. Hij keek op zijn horloge, het was al na middernacht. Hij tuurde op het display.

'Hallo,' zei hij in de telefoon.

'Lag je nog niet op bed?' vroeg zijn moeder.

'Nee.'

'Je krijgt niet genoeg slaap. Je moet eerder naar bed gaan.'

'Dan had je me wakker gemaakt met dat bellen van je.'

'O, is het al zo laat? Nou ja, eigenlijk had ik gedacht dat jij wel eens zou bellen. Heb je nog wat van je vader gehoord?'

'Nee,' antwoordde Sigurður Óli en hij probeerde niets te missen van wat er op het scherm voorviel. Hij wist dat zijn moeder de klok heel goed in de gaten hield.

'Je weet toch dat hij binnenkort jarig is?'
'Jawel, ik zal er echt aan denken.'
'Ben je nog van plan morgen bij me langs te komen?'
'Ik heb erg veel te doen deze dagen, ik zie wel. We hebben het er nog wel over.'
'Erg vervelend dat je die dief niet hebt kunnen vinden.'
'Nee, dat is niet gelukt.'
'Je zou het misschien nog een keer kunnen proberen. Munda is er helemaal kapot van. En al helemaal vanwege die musicus daar op de trap.'
'We zien wel,' zei Sigurður Óli, die niet erg enthousiast was over het voorstel. Het zal me worst zijn hoe het met Munda gaat, dacht hij, maar hij zei niets.

Hij zei zijn moeder welterusten en probeerde zich weer op het spel te concentreren. Dat lukte hem niet helemaal. Het telefoongesprek had hem gestoord. Al had het maar kort geduurd en al leek het heel onschuldig, hij voelde de prikjes van zijn geweten over zijn hele lichaam. Zijn moeder had er een handje van met hem te praten op een manier die zijn gemoedsrust flink verstoorde. Het ging allemaal op een vaag beschuldigend toontje waar autoriteit in doorklonk. Hij sliep niet genoeg, dús hij lette niet genoeg op zijn gezondheid. Hij had een tijdlang geen contact met haar gehad: haar niet opgebeld en niet bezocht. Ze wreef hem dit in door zijn vader ter sprake te brengen, die hij ook al verwaarloosde. En nou was hij nog niet klaar met die verdomde Munda, tenminste als hij zijn moeder niet nóg meer wilde laten zitten. Ten slotte kreeg hij te horen dat het hem niet gelukt was de tijdschriftendief te grijpen. Hij was dus een kneus, en wel op diverse terreinen.

Zijn moeder was bedrijfseconoom en werkte als accountant bij een belangrijk bedrijf met een grote en indrukwekkende buitenlandse naam. Ze had een verantwoordelijke functie, was in goeden doen en had onlangs een relatie gekregen met een andere accountant die Sæmundur heette – Sigurður

Óli had hem een paar keer bij haar thuis ontmoet. Sigurður Óli zat nog op de lagere school toen zijn ouders gescheiden waren; hij was tot hij volwassen werd bij zijn moeder gebleven. Veel rust had ze in die jaren niet, ze verhuisde regelmatig naar een nieuwe buurt, wat het voor een schooljongen lastig maakte in te burgeren en vriendjes te krijgen. Ze had relaties met mannen, meestal niet van lange duur; sommige van haar partners waren niet meer dan vluchtige kennissen. Zijn vader was loodgieter, een man van zeer besliste politieke overtuigingen, links in hart en nieren. Hij moest niets hebben van het conservatisme en het kapitalisme waarmee zijn zoon altijd weer kwam aanzetten. 'Er zijn geen mensen met een sterkere en juistere politieke overtuiging dan wij die altijd al links geweest zijn,' zei zijn vader. Sigurður Óli probeerde al lang niet meer met hem over politiek te praten. Als hij zijn zoon niet aan zijn kant kon krijgen zei de oude man steevast dat hij dat conservatieve snobisme van zijn moeder had.

Sigurður Óli bleef met zijn gedachten bij het telefoongesprek. Langzamerhand verloor hij zijn belangstelling voor het spel; ten slotte deed hij de tv uit en ging naar bed.

Hij zuchtte diep en drukte bij Lina's huis op de bel.

De accountant en de loodgieter.

Nooit had hij kunnen ontdekken wat zijn ouders samengebracht had. Waarom ze waren gescheiden kon hij zich beter voorstellen, al had geen van beide ouders daar zelf een bevredigende verklaring voor. Er waren op aarde nauwelijks menselijke wezens te vinden die meer van elkaar verschilden dan zijn vader en moeder. En hij, enig kind, stamde van beiden af. Het kon niet anders of de opvoeding die hij van zijn moeder had gekregen had zijn kijk op het leven en het bestaan gekleurd. Sigurður Óli realiseerde zich dat. Dat speelde bijvoorbeeld een rol in de verhouding tot zijn vader. Lange tijd had hij maar één ding gewild: niet te worden zoals hij.

Zijn vader werd nooit moe te praten over een tweede eigenschap die Sigurður Óli van 'dat mens' had meegekregen – die hing dus ook weer met dat snobisme samen. Dat was zijn arrogantie, die rijkeluisneiging van hem om op andere mensen neer te kijken.

Speciaal lui die niet meekonden.

Er reageerde niemand op de bel, daarom bonsde hij op de deur. Nog steeds had hij er geen idee van hoe hij Lína en Ebbi zover moest krijgen die idiote chantageplannen te laten zitten. Waarschijnlijk kon hij toch beter eerst horen wat ze zelf te zeggen hadden. Misschien was het alles bij elkaar genomen maar een flauwekulverhaal van die zwager van Patrekur. En zo niet, dan kon hij ze misschien bang maken, zodat ze van hun plannen zouden afzien. Als het nodig was kon hij nogal indrukwekkend doen.

Veel tijd om daarover na te denken had hij niet. De deur gaf mee toen hij erop bonsde. Sigurður Óli aarzelde, riep toen of er iemand thuis was. Er kwam geen antwoord. Hij had kunnen omkeren en weer weggaan, maar er was iets wat hem het huis in trok, een instinctieve nieuwsgierigheid. Of was het onnadenkendheid?

'Hallo!' riep hij en hij liep een korte gang in, die hem vanuit de hal langs de keuken naar de woonkamer bracht. Een kleine ingelijste aquarel hing scheef aan de muur bij de keukendeur; hij hing hem recht.

In het huis was het donker; alleen de straatverlichting wierp haar schijnsel naar binnen. In dat zwakke licht zag Sigurður Óli dat de kamer één grote ravage was. Lampen en vazen lagen gebroken op de vloer, zelfs de plafondlampen; schilderijen waren van de muur gevallen.

Tussen alle brokstukken zag Sigurður Óli een vrouw in een plas bloed op de vloer liggen. Ze had een diepe wond aan het hoofd.

Dit moest Lína zijn – dat kon bijna niet anders.

6

Hij controleerde vergeefs of ze nog tekenen van leven vertoonde. Maar een deskundige in het bepalen van de grens tussen leven en dood was hij niet. Hij had dan ook al om een ambulance gebeld toen hij zich realiseerde dat hij nu op de een of andere manier zijn aanwezigheid in dit huis zou moeten verklaren. Even dacht hij er nog over iets aannemelijks te verzinnen, een anoniem telefoongesprek of zo, maar hij besloot toch de waarheid te vertellen: vrienden hadden zijn hulp ingeroepen vanwege een knullige poging tot chantage. Hij wilde Patrekur en Súsanna er graag buiten houden, en ook Súsanna's zus, die een politieke carrière ambieerde. Maar dat kon wel eens moeilijk worden, zag hij in. Al bij het begin van het onderzoek zou er een spoor van Lína en Ebbi naar hen leiden. Er was nog iets, en ook daarvan kon hij zeker zijn: op het moment dat Sigurður Óli zou vertellen waarom hij daar in huis was geweest, was het uitgesloten dat hij zich nog met het onderzoek mocht bemoeien.

Op het eerste gezicht zag hij geen sporen van braak. De aanvaller scheen door de voordeur in en uit te zijn gegaan en niet de moeite te hebben genomen die goed achter zich dicht te trekken. Mogelijk hadden de buren iets opgemerkt: geloop, een auto, een man. Zo een van wie je je kon voorstellen dat hij de boel in Lína's huis kort en klein kwam slaan en haar evenmin zou sparen.

Hij boog zich juist weer over Lína heen toen hij geritsel hoorde; hij merkte dat er vóór hem in de donkere woonkamer iets bewoog. In een flits zag hij iets – een honkbalknuppel, dacht hij – in de richting van zijn hoofd zwaaien. Onwillekeurig probeerde hij de slag met zijn hoofd te ontwijken; hij kreeg hem op zijn schouder en viel op de grond. Toen hij weer op zijn benen stond was de aanvaller door de voordeur verdwenen.

Sigurður Óli vloog de straat op en zag een man in oostelijke richting wegrennen. Hij haalde zijn mobieltje uit zijn zak en belde al hollend om hulp. De afstand tussen hen werd groter. De man was buitengewoon snel, hij schoot de tuin van een woonhuis in en was uit het zicht verdwenen. Sigurður Óli rende door, sprong over het hek, zwenkte om een hoek van het huis, sprong over een ander hek, stak een straat over, en kwam weer in een tuin. Toen viel hij: er stond een kruiwagen op zijn pad. Hij belandde in de bessenstruiken en rolde met zijn nieuwe zomerjas over de grond. Toen hij weer stond had hij even tijd nodig om zich te heroriënteren. Daarna zette hij zijn achtervolging voort, maar hij zag dat de man nu een behoorlijke voorsprong had. Die rende op volle snelheid de Kleppsvegur en de Sæbraut over, naar de Vatnagarðar, de kant op van het psychiatrisch ziekenhuis Kleppur.

Sigurður Óli zette zijn leven op het spel toen hij dwars door het verkeer de Sæbraut overstak. Chauffeurs moesten op hun rem gaan staan en toeterden dat horen en zien verging. In zijn hand ging de telefoon over, maar hij minderde geen vaart om hem te beantwoorden. Hij zag hoe de man naar het ziekenhuis afboog en achter een heuvel verdween. Het ziekenhuis was verlicht, maar de omgeving ervan was in duister gehuld. Nergens zag hij de politiewagen die hij had opgeroepen toen hij zijn achtervolging begon. Toen hij het ziekenhuis naderde minderde hij vaart. Hij gunde zich even tijd de telefoon op te nemen. Een politieman belde hem vanuit zijn auto, hij had verkeerde informatie gekregen en zat nu bij het bejaardenhuis Hrafnista naar hem uit te kijken. Sigurður Óli zei hem dat hij naar Kleppur moest rijden, vroeg nog meer versterking en eiste dat er politiehonden zouden worden ingezet. Hij liep tot halverwege de zee, bij Kleppsvík, waar het aardedonker was. Daar bleef hij staan. Hij keek naar het zuiden, in de richting van het winkelcentrum Holtagarðar en de baai, de Elliðavogur. Hij stond doodstil en luisterde. Hij zag niets bewegen, hoorde ook niets. De man was in het donker verdwenen.

Sigurður Óli liep terug naar het ziekenhuis, waar juist twee politiewagens het terrein op reden. Hij wees de politiemensen het gebied waarin ze moesten zoeken, rond Holtagarðar en langs de Elliðavogur. Hij gaf hun een korte beschrijving van de man: gemiddelde lengte, leren jack, jeans, knuppel. Sigurður Óli wist niet beter of de aanvaller had zijn wapen nog bij zich gehad toen hij in het duister verdween. Daar had hij speciaal op gelet.

Ze kamden het hele gebied uit. Hij liet nog meer politie oproepen en korte tijd daarna was ook de speciale politie-eenheid ingeschakeld. Het zoekgebied werd flink uitgebreid: nu werd het hele gebied ten westen van de Sæbraut tot aan het einde van de Elliðavogur doorzocht.

Sigurður Óli stapte zonder met de anderen te overleggen in een van de politiewagens die bij het ziekenhuis Kleppur stonden en reed weer naar het rijtjeshuis. Het was alweer even geleden dat de ambulance Lína naar het ziekenhuis had gebracht. Hij hoorde dat ze nog tekenen van leven had vertoond. Bij het huis stond het vol politiewagens, sommige als zodanig herkenbaar, andere niet. Technisch rechercheurs waren in het huis met hun werk begonnen.

'Hoe ken jij die lui?' vroeg een collega die voor het huis stond. Hij heette Finnur en was op de hoogte gebracht van het spoedgeval dat Sigurður Óli gemeld had.

'Weten jullie ook iets over haar man?' vroeg Sigurður Óli. Hij wist niet meer zeker of hij wel de hele waarheid zou zeggen.

'Die heet Ebeneser,' zei Finnur.
'Ja, juist. Wat is dat trouwens voor een idiote naam?'
'We weten niet waar hij is. Wie was die man waar je achteraan zat?'
'Waarschijnlijk degene die die vrouw heeft aangevallen,' zei Sigurður Óli. 'Ik denk dat hij haar met een honkbalknuppel op haar hoofd heeft geslagen. Heeft mij ook nog een lel gegeven, dat stuk schorem. Een dreun – ik raakte compleet mijn evenwicht kwijt.'
'Ben je bij haar in dat appartement geweest?'
'Ik moest haar spreken. Ik zag haar op de vloer liggen, en daar springt die duivel ineens op me af.'
'Denk je dat het een inbreker was? We kunnen geen sporen van braak vinden. Hij is door de voordeur naar binnen gekomen. Zeer waarschijnlijk heeft ze zelf opengedaan.'
'De deur was open toen ik hierheen kwam. Dat stuk verdriet heeft natuurlijk aangebeld en haar toen te grazen genomen. Dit is meer dan zomaar een inbraak. Iets gestolen heeft hij geloof ik niet. Hij heeft alles in het appartement aan barrels geslagen, die vrouw een dreun op haar hoofd verkocht en misschien nog wel erger toegetakeld.'
'Dus...'
'Volgens mij was het zo'n knul die met grof geweld achterstallige betalingen komt incasseren. Deze kende ik nog niet, ik kon hem trouwens ook niet goed zien. Nooit van m'n leven zo'n sprinter meegemaakt.'
'Dat kan wel kloppen met je beschrijving, die honkbalknuppel en zo,' zei Finnur. 'Hij moest natuurlijk geld van haar hebben.'
Sigurður Óli ging met hem het huis binnen.
'Denk je dat hij alleen op pad geweest is?' vroeg Finnur.
'Voor zover ik weet wel.'
'Maar wat kwam jíj hier eigenlijk doen? Hoe ken je die lui?'
Sigurður Óli had zijn voornemen om de hele waarheid te

zeggen laten varen. Maar al zou hij het willen, hij kon niet verborgen houden dat de aanslag op Lína te maken moest hebben met die knullige pogingen van haar en Ebbi om via chantage aan geld te komen. Het zou best kunnen dat Hermann die klootzak op haar afgestuurd had – van Patrekur kon hij dat nauwelijks geloven. Hij besloot deze keer nog geen namen te noemen en zei dat hij bezig was geweest met het natrekken van een tip die hij had gekregen dat Lína en Ebbi in rare zaakjes zaten. Met foto's.

'Porno?'

'Zoiets.'

'Kinderporno?'

'Zou ook kunnen, ja.'

'Van die tip weet ík niks af,' zei Finnur.

'Nee,' zei Sigurður Óli, 'die is vandaag pas binnengekomen. Het zou wel eens om chantage kunnen gaan. Dat verklaart dan misschien ook dat die incassojongen daar bezig is geweest. Als het er tenminste een was.'

Finnur keek hem aan. Helemaal overtuigd leek hij niet.

'Maar kwam je hier dan alleen om eens te horen wat die twee te vertellen hadden? Ik snap het niet helemaal, Siggi.'

'Nou ja, de zaak is nog maar in het allereerste stadium.'

'Ja maar...'

'We moeten die... vent vinden,' zei Sigurður Óli beslist; het klonk alsof hij geen zin had om het er nog verder over te hebben.

'Welke vent bedoel je?'

'Die kerel van haar, hoe heet-ie ook? En noem me geen Siggi.'

7

Op weg naar zijn huis aan de Framnesvegur ging Sigurður Óli bij het politiebureau langs. Elínborg was al lang naar huis. Op een bank in de gang zat een jongeman die de politie al heel wat last had bezorgd. Hij had talloze kleine vergrijpen gepleegd en ging gemakkelijk tot geweld over. Hij was onder erbarmelijke omstandigheden opgegroeid bij mensen die geen enkele greep op hun eigen leven hadden: zijn vader was een bajesklant, zijn moeder een alcoholiste. Er liepen er trouwens heel wat in de stad rond met eenzelfde verhaal. De jongen was achttien jaar toen hij na een inbraak in een winkel voor witgoed voor het eerst met Sigurður Óli in aanraking kwam; hij had toen al een aardige criminele carrière opgebouwd. Dat was inmiddels een paar jaar geleden.

Sigurður Óli was nog nijdig op zichzelf omdat de man met de honkbalknuppel hem ontglipt was. Hij treuzelde wat voor hij zijn kantoor binnenging en staarde naar de jongen. Toen liep hij naar de bank en ging naast hem zitten.

'Wat is er nou weer aan de hand?'
'Niks,' zei de jongen.
'Inbraak?' zei Sigurður Óli.
'Gaat je niet aan.'
'Iemand afgetuigd?'
'Waar is die kluns die me moet verhoren?'
'Joh, wat ben je toch af en toe een stom stuk vreten.'
'Hou je bek, man.'
'Je weet wat je bent, hè?'
'Rot op.'

'Dit is niet echt slim,' zei Sigurður Óli. 'Zelfs niet voor een rund als jij.'

De jongen gaf hem geen antwoord.

'Je bent een sukkel, jij.'

'Je bent zelf een sukkel.'

'En je zult ook nooit wat anders worden,' zei Sigurður Óli. 'Dat weet je.'

De jongen zat met handboeien om op de bank, vooropgebogen, met hangend hoofd. Hij staarde naar de vloer en wachtte tot hij zou worden verhoord, liefst zo gauw mogelijk. Dan was hij snel klaar en kon hij er weer vandoor. Sigurður Óli wist wel waarom: het systeem hield in dat men overtreders losliet zodra hun zaak duidelijk werd geacht. Dat kwam de jongen goed te pas, en hem niet alleen. Het kwam erop neer dat hij de daad bekende en weer mocht vertrekken, waarna hij kon doorgaan met het overtreden van de wet. Later kreeg hij dan wel een voorwaardelijke straf. Als hij binnen die periode genoeg overtredingen wist te verzamelen werden het misschien wel een paar maanden – nooit meer dan dat – in de gevangenis van Litla-Hraun. Daarvan zat hij dan de helft uit, omdat de bestuurders van het gevangeniswezen al even hard meededen aan de verwennerij, zoals Sigurður Óli het noemde. De jongen en zijn maten kenden talloze moppen over rechters, proefverloven en over een luilekker leventje op uitnodiging van het gevangeniswezen.

'Dat heeft geen mens je waarschijnlijk eerder verteld,' ging Sigurður Óli verder. 'Dat je een loser bent, bedoel ik. Dat heeft nog niemand je een keer recht in je gezicht gezegd, wel?'

De jongen reageerde niet.

'Je moet er af en toe eens aan denken wat voor een ongelooflijke sukkel je bent,' ging Sigurður Óli verder. 'Ik weet zeker dat er wel iemand is die je daar de schuld van kan geven. Dat kunnen jullie allemaal goed: andere mensen de schuld geven en medelijden met jezelf hebben. Je moeder – die moet het al even ver geschopt hebben als pa, twee maatschappelijke losers, net als jij. Je vrienden. Het onderwijs. Alle commissies die zich met je hebben beziggehouden. Je hebt wel een miljoen excuses en die heb je ongetwijfeld allemaal al gebruikt. En nooit eens even denken aan alle jongens die het veel erger hebben, die écht in de stront zitten maar die geen zin hebben om zichzelf zielig te vinden net als jij. Die hebben iets in zich wat ze helpt de omstandigheden aan te pakken en fatsoenlijke mensen te worden, dat zijn niet van die losers, begrijp je dat? Die hebben een beetje hersens. Dat zijn niet van die waardeloze sukkels.'

De jongen deed alsof hij niet hoorde wat Sigurður Óli zei. Keek de gang door in de hoop dat het verhoor zou beginnen, zodat hij weg kon uit zijn voorlopige hechtenis – weer een zaak opgelost.

Sigurður Óli stond op.

'Ik wou er alleen maar zeker van zijn dat je de waarheid eens te horen kreeg. Van iemand die te maken heeft met tuig als jij. Al was het maar voor één keer.'

De jongen keek hem na toen hij zijn kantoor binnenging.

'Zak,' zei hij zachtjes terwijl hij zijn blik weer op de vloer richtte.

Sigurður Óli belde Patrekur op. De aanslag op Lína was het belangrijkste onderwerp geweest in het avondjournaal op de tv en op de nieuwssites. Patrekur had het nieuws gevolgd, maar wist niet om wie het ging. Sigurður Óli moest het hem drie keer vertellen.

'Is zíj het?'

'Ja, het is Lína,' zei Sigurður Óli.

'En wat... is ze... is ze vermoord?'

'Ze leeft nog, maar het is niet zeker dat ze het haalt. Zeg, ik heb jou en je zwager niet genoemd, en Súsanna en haar zus ook niet. Maar hoe lang ik dat spelletje kan volhouden weet ik niet. Toen de aanslag werd gepleegd was ik net bij dat huis. Ik wou in verband met jullie met die vrouw praten, maar ik moest natuurlijk verklaren wat ik daar deed. Dus nou kom ik in dezelfde shit terecht als jullie.'

Zijn vriend zweeg.

'Ik had je er niet bij moeten betrekken,' zei hij ten slotte. 'Ik dacht dat jij er misschien wat op zou weten. Ik weet eigenlijk niet meer wat ik precies gedacht heb.'

'Wat voor kerel is die Hermann?'

'Hoe bedoel je, wat voor kerel?'

'Heeft hij connecties met criminelen, zou hij zo'n man op Lína en Ebbi afsturen?'

'Dat geloof ik niet,' zei Patrekur nadenkend. 'Dat kan ik me niet goed voorstellen. Ik heb ook nooit gemerkt dat hij zulke lui kent.'

'Jij begint niet aan zoiets stoms, hè?'

'Ik?'

'Of jullie tweeën?'

'Ik heb jullie met elkaar in contact gebracht, meer niet. Dat moet je van me aannemen. Het is waarschijnlijk het beste als je me hier helemaal buiten laat. En als je iets met Hermann te bespreken hebt moet je voortaan maar direct met hem praten. Ik wil er niet bij betrokken raken. Het is mijn zaak niet.'

'Is er een reden om Hermann te sparen?'

'Je kunt het aanpakken zoals je wilt. Ik wil geen enkele invloed uitoefenen op wat je doet.'

'Prima,' zei Sigurður Óli. 'Weet jij nog meer van deze zaak dan wat Hermann mij heeft verteld? Weet je meer dan ik?'

'Nee, niks. Het was mijn idee om jou te vragen, dat is alles. Ik ben maar een tussenpersoon. Was het hem om geld te doen? De man die die vrouw aangevallen heeft?'

'Dat weten we niet,' zei Sigurður Óli, die zo min mogelijk over het onderzoek kwijt wilde. 'Maar waar waren Hermann en zijn vrouw nou eigenlijk op uit? Op spannende seks? Met

onbekende mensen? Waar ging het ze om?'
'Ik weet het niet. Súsanna en ik hoorden er een of twee jaar geleden van. Toen begon haar zus toespelingen in die richting te maken. Het is gewoon een soort sport voor ze. Ik weet er niks vanaf en begrijpen doe ik het ook niet. Ik heb er nooit met ze over gepraat. Ik heb niks met zulke dingen.'
'En Súsanna?'
'Die is alleen maar verontwaardigd natuurlijk.'
'Hoe kwamen Lína en Ebbi in contact met Hermann toen ze hem met die foto's begonnen te dreigen?'
'Ik geloof dat Lína hem gewoon opgebeld heeft. Precies weet ik het niet.'
'Als we de lijst van telefoongesprekken van Lína en Ebbi doorkijken, kan Hermanns naam er dan op staan?'
'Best mogelijk.'
'Oké, we spreken elkaar.'

Voor hij naar huis ging bracht Sigurður Óli nog een bezoek aan de intensive care van het Rijksziekenhuis aan de Fossvogur. Voor de deur van Lína's kamer zat een politieman. Haar ouders en haar broer zaten in een wachtkamertje op nieuws te wachten. Niemand had nog iets van Ebbi gehoord, hij had nog geen contact met hen opgenomen. Sigurður Óli hoorde van de dienstdoende arts dat Lína nog niet bij bewustzijn was en dat haar toestand zeer zorgelijk was. Ze had twee zware klappen op haar hoofd gekregen; de ene had een schedelfractuur veroorzaakt, de andere had de schedel ingeslagen, zodat er bloedingen in de hersenen waren opgetreden. Andere verwondingen waren niet zichtbaar, afgezien van een aan haar rechteronderarm, die aantoonde dat ze had geprobeerd de klap af te weren.

Het zoeken naar de misdadiger had geen succes opgeleverd, hoewel de wijde omgeving van het ziekenhuis Kleppur was uitgekamd. Het was de man gelukt weg te komen. Hij had in

Lína's huis geen sporen achtergelaten die de politie konden helpen zijn identiteit vast te stellen.

Sigurður Óli keek voor hij ging slapen een poosje naar een Amerikaanse honkbalwedstrijd. Hij dacht aan de opnamen die Lína en Ebbi ergens hadden opgeborgen. Daar was het de aanvaller mogelijk om te doen geweest. Als dat het geval was, moest je haast wel concluderen dat Lína niet had toegegeven, te oordelen naar de manier waarop hij haar bewerkt had. Dan waren de foto's óf nog in hun huis, óf op een andere veilige plek, die alleen Ebbi wist.

Hij sliep al bijna toen hij ineens moest denken aan de man die op het bureau naar hem had gevraagd. Hij had gehoord dat die voor de tweede keer was langsgekomen. Dat was 's avonds rond etenstijd geweest en deze keer had de wachtcommandant hem herkend, hoewel de man nog steeds weigerde zijn naam en de reden van zijn komst te noemen. De politieman herinnerde zich dat hij Andrés heette. Hij had indertijd in Reykjavík een min of meer zwervend bestaan geleid en had een aantal veroordelingen wegens diefstal en lichamelijk geweld op zijn naam staan.

8

Echt goed voorbereid had hij zich niet. Hij wist niet hoe hij het moest aanpakken, al probeerde hij wel een goed tijdschema voor zijn aanval op te stellen. Toen hij ermee begon had hij wel ongeveer geweten wat hij wilde, maar van de praktische uitvoering had hij geen enkel idee. Uiteindelijk was het de haat, de zo lang machteloos gebleven haat, die hem voortdreef.

Hij wist dat de politie met de man wilde praten. Hij had hun niet zoveel over hem verteld, vorige winter. Toen hadden ze de zaak verder maar laten rusten. Dat hun wegen elkaar gekruist hadden was puur toeval geweest. Hij had niet eens naar hem gezocht, hij had hem plotseling gezien. Al tientallen jaren was hij uit zijn leven verdwenen, en daar kuierde hij op een dag zomaar door de buurt. En hij bleek er nog te wonen ook, die duivel. In zíjn buurt! Na al die jaren was hij om zo te zeggen in het flatgebouw naast hem neergestreken.

Hij kon maar moeilijk onder woorden brengen wat er door hem heen ging toen het hem duidelijk werd dat dit dezelfde man was. Hij was helemaal verbaasd geweest: nooit had hij gedacht dat hij hem nog zou terugzien. Hij had een oude angst gevoeld, hij was bang voor die smeerlap, meer dan voor wat dan ook in zijn leven. En toen was de woede in hem omhoog gespoten, want al waren er heel wat jaren voorbijgegaan, vergeten was hij niets. Alles kwam weer over hem heen toen hij de man vanuit de verte zag. Al was hij nu oud en krom, nog steeds maakte hij angst in hem wakker, een heel oude angst die uit zijn schuilplaats omhoog kroop en hem dan naar de keel vloog.

Misschien was het ook een reactie op die oude angst dat hij vanaf het eerste begin had gezorgd dat de man hem niet te zien kreeg. Hij hield hem in het oog, maar de moed om iets meer te doen kon hij niet opbrengen. Hij wist ook niet hoe hij dat zou moeten aanpakken. Toen de politie later naar hem had gevraagd, had hij zo min mogelijk willen zeggen, geheimzinnig gedaan, zichzelf tegengesproken. Tussen hem en de politie zat het nou eenmaal niet lekker. Hij kon zich ook niet goed meer herinneren wat er allemaal was gebeurd: hij was constant dronken en stoned geweest in die tijd. Later had hij al zijn moed bij elkaar geraapt en een soort wraakplan bedacht. De smeerlap had het veiliger gevonden een beetje op de achtergrond te blijven nadat hij erachter was gekomen dat de politie belangstelling voor hem had. Hij was van adres veranderd en ondergedoken in het souterrain aan de Grettisgata.

Het laatste wat hij wilde was medelijden hebben met zichzelf. Daar moest hij niks van hebben en zover zou het ook nooit komen. Hij nam de verantwoordelijkheid op zich voor dingen die niet deugden. Niet voor wat anderen hem in de schoenen wilden schuiven, maar wel voor wat hij zelf fout gedaan had. Nee, medelijden met zichzelf zou hij niet hebben. Al had hij door wat er was gebeurd nooit vreugde in zijn leven gekend. Zijn ouders waren niet veel soeps geweest. Zijn zatladder van een vader roste hem en zijn broer en zusje bij het minste vergrijp af – vergrijpen had hij er trouwens niet eens voor nodig. Hij gebruikte een leren riem om hen mee af te ranselen. Hun moeder sloeg hij ook, alsof hij stokvis stond murw te beuken.

Hij wilde er niet aan denken, hij kón niet denken aan de jaren voordat het gezin eindelijk uit elkaar ging en hij naar vreemde mensen werd gestuurd, op een boerderij in het binnenland. Daar ging het goed met hem – zo goed als hij zichzelf durfde voelen. Echt blij was hij nooit, hij wist zelfs niet wat blijdschap was. Altijd lag er een steen in zijn maag, altijd was er angst, een gevoel dat hij nooit kon kwijtraken. Misschien durfde hij het niet kwijt te raken: het was het enige gevoel dat hij kende en hij wist niet wat ervoor in de plaats zou komen.

Op een nacht, nadat hij zich had schuilgehouden bij het huis aan de Grettisgata, had hij bedacht dat het nu maar eens afgelopen moest zijn met dat spioneren. Dat staren naar die kelderwoning, de hele nacht, zonder iets te doen. Hij geloofde dat hij die ouwe zak makkelijk aan zou kunnen, hem zonder veel moeite zou kunnen uitschakelen. Hij dacht aan de avonturenverhalen die hij in zijn jeugd had gelezen, verhalen over gevechten en heldendaden, en herinnerde zich hoe belangrijk het was de tegenstander te verrassen. Hem op straat te lijf gaan was uitgesloten. In zijn huis, daar moest het gebeuren. Het zou niet veel zin hebben 's nachts bij hem langs te gaan, als er verder niemand te bekennen viel. Dan zou hij al direct argwaan wekken. Hij moest hem aanvallen als hij nergens op verdacht was. Waarschijnlijk was de beste tijd 's morgens in alle vroegte, als de oude naar het zwembad vertrok.

De ochtend waarop hij toesloeg was het koud en vochtig. Er stond een stijve noordenwind en hij was verkleumd tot op het bot, nadat hij uren achtereen op de Grettisgata bij een muur had gestaan. Hij had een versleten winterjack aan en een muts op, maar veel stelden die kleren niet voor. Er was de hele nacht geen levende ziel door de straat gekomen. Tegen de morgen liep hij stap voor stap naar het huis, en hij was het al tamelijk dicht genaderd toen de deur van het souterrain opeens openging. Hij nam een aanloop, sprong een paar treden af en was bij de man toen die, met zijn zwemtas aan de hand, de deur achter zich zou dichtdoen. Resoluut duwde hij hem weer naar binnen, het gangetje in en sloot de deur achter zich. Hij hoorde de man wat protestgeluiden maken en kreeg de zwemtas tegen zijn hoofd. Die griste hij uit zijn handen. De man zag in dat de situatie hopeloos was en probeerde de kamer in te vluchten. Maar hij kreeg hem weer te pakken, gooide hem tegen de grond en ging boven op hem liggen.

Het was heel wat makkelijker dan hij gedacht had, die mafkees eronder krijgen.

9

Hermann wilde Sigurður Óli beslist niet op zijn werk spreken. Hij was chef bij een groothandel in werktuigen voor de bouw. Ze spraken af dat ze elkaar zouden ontmoeten in hetzelfde café als een dag tevoren, toen Patrekur erbij was geweest. Sigurður Óli begreep best dat Hermann extra voorzichtig wilde zijn, maar hij was niet van plan hem met fluwelen handschoentjes aan te pakken. Als Hermann iets van de aanslag op Lína wist, zou hij het eruit krijgen ook.

Haar toestand was onveranderd. Ze lag nog steeds bewusteloos op de intensive care en de artsen vreesden voor haar leven. Ebeneser was inmiddels weer boven water. Hij was 's nachts thuisgekomen en regelrecht in de armen van de politiemensen gelopen die nog in zijn huis aan het werk waren. Hij was totaal in de war toen hij hoorde wat er was gebeurd. Men had hem naar het ziekenhuis gebracht, waar hij nu nog steeds bij zijn vrouw waakte. Finnur had hem al een keer verhoord; het bleek dat Ebbi als gids in het binnenland werkte en dat hij die dag met een groepje Fransen in Landmannalaugar was geweest. Iemand anders had de groep laat op de avond in hotel Rangá opgevangen en Ebbi naar de stad gereden. Finnur kreeg dat direct bevestigd. Ebbi zei dat hij er geen idee van had waarom Lína was aangevallen of wie de aanvaller zou kunnen zijn; naar alle waarschijnlijkheid ging het om een inbreker, meende hij. Hij was nogal van streek en men besloot later met hem verder te spreken.

Het was kwart over elf in de morgen toen Hermann het café binnenkwam en bij Sigurður Óli ging zitten. Ze hadden om elf uur afgesproken.

'Je denkt zeker dat ik niks beters te doen heb dan in cafés op jou te gaan zitten wachten,' zei Sigurður Óli bot, terwijl hij op zijn horloge keek.

'Ik moest nog iets afmaken,' zei Hermann. 'Wat wil je?'

'Het heeft maar zóveel gescheeld' – Sigurður Óli hield zijn duim en wijsvinger een heel klein beetje uit elkaar – 'of de vrouw die jullie probeerde geld af te troggelen was vannacht aan haar eind gekomen. Het zou vandaag alsnog kunnen gebeuren. En als ze blijft leven is het niet zeker of ze er geestelijk bovenop komt. Iemand heeft haar de schedel ingeslagen.'

'Was dat die aanslag die vandaag in de krant stond?'

'Ja.'

'Was dat Lína? Ik heb verder alleen het journaal gezien, maar er werden geen namen genoemd. Er werd alleen gezegd dat de dader grof geweld gebruikt heeft.'

'Dat klopt. Ken jij iemand die zoiets zou doen?'

'Ik?'

'Ja, jij.'

'Denk je soms dat ik er iets mee te maken heb?'

'Ik zou niemand weten die er een betere reden voor had.'

'Hé, wacht eens even, het is gisteravond gebeurd, dezelfde dag dat ik jou gesproken heb. Denk je soms dat ik haar heb aangevallen op dezelfde dag dat ik je gevraagd heb of je de zaak voor ons kon oplossen?'

Sigurður Óli keek hem zwijgend aan. Eerder die morgen had hij zijn zomerjas naar de stomerij gebracht. Die was er niet mooier op geworden bij die valpartij de avond tevoren, toen hij achter de aanvaller aan zat. Het was best mogelijk dat hij hem niet meer kon dragen.

'Voor iemand in jouw positie,' zei Sigurður Óli, 'is het altijd maar het beste om rechtstreeks antwoord te geven op wat je gevraagd wordt. Probeer niet over iets anders te beginnen dan waar het over gaat. Het interesseert me geen bliksem wat jij denkt. Ik ben niet geïnteresseerd in jou en je wijf en de ranzige seks die jullie met andere lui hebben. Geef antwoord op wat ik vraag als je niet wilt dat ik je direct opsluit.'

Hermann ging rechtop zitten.

'Ik heb die vrouw niks gedaan,' zei hij. 'Dat zweer ik.'

'Wanneer heb je de laatste keer contact met haar gehad?'

'Ze heeft me drie dagen geleden opgebeld en toen zei ze dat ze niet langer op haar geld wilde wachten. Ze dreigde dat ze de foto's in omloop zou brengen. Ik heb haar om uitstel gevraagd. Ze zei dat ze me twee dagen wilde geven, ze zou verder niet met me praten, ik moest het geld maar bij haar thuis brengen. Anders zouden de foto's over de hele wereld op de pornosites komen.'

'Dus ze hadden gisteren in omloop moeten komen, de dag dat er een aanslag op haar is gepleegd?'

'Wíj hebben niemand op dat kutwijf afgestuurd,' zei Hermann. 'Hoe zou ik trouwens aan dat soort lui moeten komen? Die zetten heus geen advertenties in de krant. Ik zou niet weten hoe ik zo iemand zou moeten regelen.'

'Heb je nooit met Ebbi gepraat?'

'Nee, alleen met Lína.'

'Weet je of jullie hun enige slachtoffers zijn?'

'Nee, dat weet ik niet. Maar is dat niet erg onwaarschijnlijk? Dat wij de enigen zouden zijn?'

'Dus je moest het geld bij hen aan huis brengen en dan zou je de foto's krijgen. En dat was het dan?'

'Ja, erg ingewikkeld was het allemaal niet. Die lui zijn niet zo gecompliceerd. Maar het is wél om gek van te worden.'

'Maar je was niet van plan te betalen?'

'Jij zou de zaak regelen,' zei Hermann. 'Heb je bij hen thuis nog foto's gevonden?'

Sigurður Óli had er onopvallend naar gezocht, maar erg grondig te werk gaan kon hij niet, omdat er andere politiemensen bij waren. Hij had niets gevonden. Niet eens een camera.

'En jullie waren bij hen thuis toen die foto's genomen zijn?' vroeg hij.

'Ja. Dat is nou zo'n twee jaar geleden.'

'Is het maar één keer geweest?'

'Nee, twee keer.'

'En uiteindelijk zijn ze begonnen jullie te chanteren?'

'Ja.'

'Omdat je vrouw wel eens in de media te zien of te horen is, en carrière wil maken in de politiek?'

'Dat is de enige verklaring.'

'Prachtig, hoor,' zei Sigurður Óli. 'Prachtmensen zijn jullie.'

Ebeneser zat op de intensive care aan het bed van zijn vrouw toen Sigurður Óli met hem kwam praten. Finnur, die de leiding van het onderzoek had gekregen, zei dat hijzelf het beste met Ebeneser kon praten, maar Sigurður Óli zei dat hij die klus wel van hem zou overnemen. Finnur vond het prima: hij had genoeg te doen. Ebeneser was een man van gemiddelde lengte, slank en krachtig van bouw, een beetje verweerd, met baardstoppels van een paar dagen. Hij liep op bergschoenen met dikke zolen, zoals dat past bij een gids in het binnenland. Hij stond op toen Sigurður Óli de kamer binnenkwam en groette hem met een droge handdruk; zijn blikken zwierven onrustig rond. Lína lag in het bed, vastgekoppeld aan allerlei meetapparatuur en infusen, grote zwachtels om haar hoofd. Ze waren beiden ongeveer dertig jaar oud, misschien een tiental jaren jonger dan Hermann en zijn vrouw. Ebeneser was een knappe man, het uiterlijk van Lína was onder deze omstandigheden moeilijker te beoordelen. Was het misschien de leeftijd geweest, waar Hermann en zijn echtgenote op waren gevallen?

'Ga je de stad alweer uit?' vroeg Sigurður Óli toen ze in de wachtkamer waren gaan zitten. Hij keek naar de schoenen van de man. Hij had Ebeneser wel een teken van medeleven willen geven, begrip willen tonen voor zijn moeilijke omstandigheden, maar hij was er niet zeker van of Lína en Ebbi daar recht op hadden.

'Wat? Op deze schoenen? Nee, op het ogenblik niet, maar ik loop er graag op, ook in de stad.'

'Ze hebben ons bevestigd dat je net uit het binnenland terugkwam toen je vrouw werd aangevallen,' zei Sigurður Óli.

'Het is idioot om te denken dat ik het gedaan zou kunnen hebben,' zei Ebeneser.

'Idioot of niet, dat speelt bij ons geen rol. Hebben jij en je vrouw schulden?'

'Niet meer dan iedereen. En we zijn niet getrouwd. We wonen samen.'

'Kinderen?'

'Nee, die hebben we niet.'

'Hebben jullie schulden bij mensen of instanties die er hardhandige incassopraktijken op na houden? Die wel even een mannetje op je afsturen als je niet op tijd betaalt? Dat soort lui?'

'Nee,' zei Ebeneser.

'Jullie hebben geen geldgebrek?'

'Nee.'

'En jullie hebben nooit eerder te maken gehad met zulke figuren?'

'Nee. Zulke lui ken ik niet en ik weet ook niemand die ze wel kent. Was het dan niet gewoon een inbreker?'

'Hoezo, heeft hij wat gestolen?'

'Ik heb begrepen dat hij door een of andere politieman betrapt is.'

'Ik heb nooit gehoord van een inbreker die eerst alles aan gort slaat in het huis dat hij wil gaan plunderen en dan met een honkbalknuppel de bewoner te lijf gaat. Dat zal best wel eens ergens zijn voorgekomen, maar ík heb er nog nooit van gehoord.'

Ebeneser zweeg.
'Was er iemand van op de hoogte dat jij gisteravond niet in de stad zou zijn?'
'O ja, een massa mensen. Maar dat zijn allemaal lui die ik ken; die zouden nooit zoiets doen, als je dat soms bedoelt.'
'Jullie zitten niet in financiële moeilijkheden?'
'Nee.'
'Weet je het zeker?'
'Ja. Dat zal ik toch zeker wel weten?'
'En jullie seksleven, is dat goed?'
Ebeneser had tegenover hem in de wachtkamer gezeten en zich gedragen alsof de vragen van Sigurður Óli hem maar weinig interesseerden. Hij zat daar met het ene been over het andere geslagen en zwaaide met zijn vrije voet luchtigjes op en neer. Daar hield hij nu mee op en hij boog zich naar voren.
'Ons seksleven?' zei hij.
'De seks die jullie met andere lui hebben,' zei Sigurður Óli.
Ebeneser keek hem lang aan.
'Wat... wou je soms lollig zijn of zo?'
'Nee,' zei Sigurður Óli.
'Seks met andere mensen?'
'Goed, ik zal het je voorkauwen: denk je dat de seksuele omgang die Lína en jij met andere mensen hadden iets te maken kan hebben met de aanslag die op je vrouw is gepleegd?'
Ebeneser keek hem aan alsof hij door de bliksem getroffen was.
'Ik weet niet waar je het over hebt,' zei hij.
'Nee, natuurlijk niet,' zei Sigurður Óli. 'En je hebt natuurlijk ook nooit van schnitzelparty's gehoord.'
Ebeneser schudde zijn hoofd.
'Waarbij "schnitzel" een ander woord is voor partnerruil.'
'Daar heb ik nooit van gehoord, nee,' zei Ebeneser.
'Nooit met die Lína van je aan partnerruil gedaan?'
'Dit is gewoon smerig,' zei Ebeneser. 'We hebben nooit zo-

iets gedaan. In wat voor modder zit jij te graven?'
'Ik zal het je makkelijk maken,' zei Sigurður Óli. 'Jij zorgt dat ik de foto's krijg die Lína en jij hebben gemaakt als jullie het met andere mensen deden, en dan zal ik net doen of ik hier helemaal niks van gehoord heb.'
Ebeneser gaf geen antwoord.
'Andere mensen...' zei Sigurður Óli alsof hij ineens een nieuwe inval had gekregen. 'Welke andere mensen zijn dat? Ik weet maar van één stel, maar er zijn er natuurlijk veel meer die door jullie gechanteerd worden, waar of niet?'
Ebeneser staarde hem aan.
'Iemand was dat gore gedoe van jullie spuugzat en heeft jullie met die crimineel eens flink bang willen maken. Zit het zo niet, Ebbi?'
Ebeneser besloot niet langer te luisteren. Hij stond op.
'Ik weet niet waar je het over hebt,' zei hij en hij beende de wachtkamer uit, de gang op naar Lína's kamer.
Sigurður Óli keek hem na. Ebeneser had tijd nodig om hun gesprek te overdenken en om het aanbod dat hij gedaan had te overwegen. Sigurður Óli glimlachte in zichzelf. Je mocht hem gerust een redelijk ervaren politieman noemen, maar toch kon hij zich op dat moment niet herinneren ooit een vlottere leugenaar dan Ebbi te hebben meegemaakt. Of iemand die zich dieper in de nesten had gewerkt.

10

Bergþóra was er eerder dan hij. Ze zat aan een tafel de spijskaart te bestuderen, toen Sigurður Óli, enige minuten te laat, het restaurant binnenkwam. Ze had een Italiaans restaurant in het centrum uitgekozen. Hij had die dag Elínborg geassisteerd, die de moordzaak in Þingholt in alle zwaarte op zich voelde drukken; daarna was hij regelrecht naar het restaurant gereden. Eigenlijk had hij nog langs zijn huis willen gaan om te douchen en zich te verkleden, maar daarvoor ontbrak hem de tijd. Hij ging graag uit eten, al zag hij ook een beetje tegen de ontmoeting met Bergþóra op.

Hij kuste haar op de mond en ging zitten. Bergþóra zag er moe uit. Ze had de leiding over een computerzaak waarin ze ook een vrij groot financieel belang had. Het bedrijf had een moeilijke periode achter de rug en dat betekende armoede. Daarbij had hun scheiding zijn uitwerking niet gemist. En de kinderloosheid. Het laatste halfjaar was zwaar geweest voor haar.

'Je ziet er goed uit,' zei ze tegen Sigurður Óli toen hij ging zitten.

'Hoe gaat het met je?' vroeg hij.

'O, wel goed, hoor. Het is weer net alsof we pas iets met elkaar hebben als we samen in een restaurant zitten. Ik kan er zó moeilijk aan wennen. Je had net zo goed naar mij kunnen komen, dan had ik iets klaargemaakt.'

'Ja, het is bijna net als vroeger,' zei Sigurður Óli.

Ze bestudeerden de kaart. Het was niét net als vroeger, ze merkten het allebei. De last van de verbroken relatie drukte op hen, de verloren jaren, de gevoelens die verdwenen waren, het weefsel van hun leven dat nu uiteengerafeld was. Het was alsof ze de vermoeide curatoren waren van een failliete boedel; er moesten alleen nog wat losse eindjes worden afgewerkt en een lijst van claims worden opgemaakt. Bergþóra kon heel geëmotioneerd raken over wat er met hen gebeurd was. Daarom vond Sigurður Óli het wel zo prettig met haar af te spreken in een restaurant.

'Hoe is het met je vader?' vroeg Bergþóra en ze bekeek de kaart.

'Uitstekend.'

'En met je moeder?'

'Best.'

'Is ze nog steeds met die man?'

'Met Sæmundur? Ja, nog steeds.'

Ze maakten hun keuze en besloten een fles Italiaanse wijn te delen. Het was een doordeweekse dag en er waren niet veel gasten in het restaurant. Rustige muziek dreef van ergens uit het plafond naar hen toe. Uit de keuken kwam rumoer, gelach.

'Hoe staat het aan de Framnesvegur?' vroeg Bergþóra.

'Prima, maar het appartement is nog wel halfleeg,' zei Sigurður Óli. 'Is er al eens iemand naar óns huis komen kijken?'

'Er waren er vandaag drie. En er zal nog iemand contact opnemen. Ik mis het wel, dat appartement.'

'Ja, ik begrijp het. Het is ook heel mooi.'

Ze zwegen. Sigurður Óli overwoog of hij met haar over Hermann en zijn vrouw zou praten. Hij besloot het te doen, misschien zou het helpen de sfeer wat minder gespannen te maken. Hij vertelde dat hij Patrekur had gesproken, en dat die onverwacht zijn zwager Hermann had meegenomen. Hij beschreef de vroegere liefhebberij van Hermann en zijn vrouw en hoe ze daarmee in de problemen geraakt waren. Daarna vertelde hij over de aanslag op Lína, over de man met de honkbalknuppel en Ebbi met zijn bergschoenen, die deed alsof hij nergens van wist.

'Die liep letterlijk met zijn hoofd in de wolken,' zei Sigurður Óli. 'Ebbi is gids in de bergen,' voegde hij er grijnzend aan toe.

'Bestaan er echt mensen die zoiets doen?' vroeg Bergþóra.

'Tja, ik ben daar niet zo in thuis.'

'Ík ken ze in elk geval niet, lui die aan partnerruil doen. Dan moet je toch een beetje getikt zijn? En je krijgt er alleen maar ellende mee.'

'Dit is een beetje een speciaal geval.'

'Wat zal dat moeilijk zijn voor die zus van Súsanna. Die zit toch in de politiek? Stel je voor dat ze zoiets een hele tijd later weer opgraven.'

'Jawel, maar hoe gek moet je zijn om naar dat huis toe te gaan? Juist als je in de politiek zit. Met zulke lui zou ik maar niet te gauw medelijden hebben.'

'Jij hebt niet zo graag medelijden met mensen, hè?' zei Bergþóra.

'Hoe bedoel je?' zei Sigurður Óli.

De kelner, een vriendelijke man van middelbare leeftijd, onderbrak hen toen hij de Italiaanse rode wijn kwam brengen. Hij liet die aan Sigurður Óli zien en goot een scheutje in zijn glas. Sigurður Óli staarde de kelner aan.

'Heb je de fles al opengetrokken?' zei hij.

De kelner begreep de vraag niet.

'Je moet de fles opentrekken terwijl ik het zie,' zei Sigurður Óli. 'Hoe weet ik nou wat je met die fles gedaan hebt, of wanneer je hem hebt opengemaakt?'

De kelner keek hem verwonderd aan.

'Ik heb hem net opengemaakt,' mompelde hij verontschuldigend.

'Jawel, maar je moet hem hier aan tafel opentrekken, niet in een of ander hok.'

'Ik haal een andere fles,' zei de kelner en hij haastte zich weg.

'Ach, die man doet toch zijn best?' zei Bergþóra.

'Het is een beunhaas,' zei Sigurður Óli. 'We betalen een sloot geld om hier te eten en die lui hebben maar te weten hoe ze hun werk moeten doen. Waarom zeg je trouwens dat ik geen medelijden met mensen kan hebben?'

Bergþóra keek hem aan.

'Kijk wat er op dit moment gebeurt,' zei ze. 'Vind je dat niet typisch?'

'Dat de service zo beroerd is?'

'Jij bent altijd precies je moeder,' zei Bergþóra.

'Hoezo?'

'Jullie hebben allebei dezelfde... kou over je. En hetzelfde snobisme.'

'Ach...'

'Nooit ben ik goed genoeg voor je geweest,' zei Bergþóra. 'Dat heeft ze me vaak genoeg laten merken. Terwijl je vader altijd zo aardig is. Ik snap niet hoe een vrouw als zij ooit heeft kunnen denken dat ze met een loodgieter kon leven. En hoe híj dat heeft kunnen volhouden.'

'Daar heb ik zelf ook vaak over zitten piekeren,' zei Sigurður Óli. 'Maar op mij is ze echt heel erg gesteld. Dat zijn haar eigen woorden. Je moet nou ook weer niet te negatief over haar doen.'

'Ze heeft me nooit ook maar een beetje gesteund toen het misging met... toen we problemen kregen. Nooit. Ik had het gevoel dat ze daar geen boodschap aan had. En dat ze mij de schuld gaf van alles. Dat ik alles voor jou kapotmaakte doordat ik geen kinderen kon krijgen.'

'Waarom zeg je dat?'

'Omdat het waar is.'

'Maar daar heb je nooit eerder over gepraat.'

'Nou en of, maar jij wilde er nooit naar luisteren.'

De kelner kwam terug met een nieuwe fles, liet Sigurður Óli het etiket zien en begon de fles vlak voor zijn neus te ontkurken. Toen goot hij wat wijn in een glas; Sigurður Óli proefde en gaf er zijn goedkeuring aan. De kelner schonk hun glazen vol en liet de fles op tafel achter.

'Je hebt nooit willen luisteren naar wat ik zeg,' herhaalde Bergþóra.

'Dat is niet waar.'

'Bergþóra keek naar hem. Haar ogen stonden nu vol tranen. Ze pakte haar servet.

'Nou oké,' zei ze en ze veranderde van houding. 'Laten we er geen ruzie over maken. Het is allemaal afgelopen, uit, en we kunnen er niks aan veranderen.'

Sigurður Óli keek op zijn bord. Hij vond het moeilijk ruzie te maken. Hij kon met het grootste plezier criminelen met scheldwoorden en beledigingen overladen en ze losers noemen, maar met de mensen in zijn directe omgeving wilde hij zo lang mogelijk de vrede bewaren. Hij had wel eens gedacht dat dat kwam door zijn rol bij de scheiding van zijn ouders. Hij was nog zo jong, hij probeerde het ze allebei naar de zin te maken en kwam tot de ontdekking dat dit niet mogelijk was.

'Je vergeet denk ik heel vaak dat het voor mij ook moeilijk was,' zei hij. 'Je hebt nooit gevraagd hoe het met míj ging. Het draaide allemaal om jou. Jij was het die adoptie eiste, mij heb je er eigenlijk nooit naar gevraagd. Je wilde maar één ding: beginnen. Maar daar hebben we al zo vaak over gepraat, ik wou het er vanavond helemaal niet over hebben.'

'Nee,' zei Bergþóra, 'daar moeten we het maar niet over hebben. Dat wou ik ook niet. Laten we erover ophouden.'

'Maar ik ben wel verbaasd als ik je zo over mam hoor praten,' zei Sigurður Óli. 'O, ik weet heus wel hoe ze kan zijn. Ik weet nog dat ik je voor haar heb gewaarschuwd, de eerste tijd dat we samen wat hadden.'

'Je zei toen tegen me dat ik niet al te veel notitie van haar moest nemen.'

'Hopelijk heb je dat niet gedaan ook.'

Een tijdlang praatten ze niet. De Italiaanse wijn kwam uit

Toscane, hij was zacht en goed van smaak en ze dronken er beiden van. Ook de muziek uit het plafond was Italiaans, evenals de maaltijd waarop ze wachtten. Alleen het zwijgen tussen hen beiden was IJslands.

'Ik wil geen adoptie,' zei Sigurður Óli.

'Dat weet ik,' zei Bergþóra. 'Jij wil een andere vrouw zoeken en je eigen kinderen bij haar hebben.'

'Nee,' zei Sigurður Óli. 'Ik denk dat ik geen goeie vader zou zijn.'

Toen hij 's avonds thuiskwam zette hij zijn flatscreen-tv aan en keek naar een honkbalwedstrijd. Zijn favoriete team speelde, maar het was erbarmelijk slecht. Het maakte hem er niet vrolijker op na zijn gesprek met Bergþóra. Zijn gsm, die hij op de keukentafel had gelegd, ging over. Sigurður Óli kende het nummer niet en wilde het mobieltje uitzetten, maar een oude nieuwsgierigheid kreeg de overhand.

'Ja!' zei hij, onvriendelijker dan nodig was. Dat was een bescherming die hij al lang geleden om zich had opgetrokken als hij niet wist wie er belde. Het konden liefdadigheidsorganisaties zijn. In de telefoongids had hij een rood kruis bij zijn naam, wat betekende dat hij niet telefonisch benaderd wilde worden voor verkoop of reclame. Maar er was altijd wel iemand die zich daar niet aan stoorde en toch belde – om vervolgens de volle laag te krijgen.

'Sigurður?' zei een vrouwenstem.

'Met wie?'

'Spreek ik met Sigurður Óli?'

'Ja!'

'Je spreekt met Eva.'

'Eva?'

'Eva Lind. De dochter van Erlendur.'

'O, hallo.'

Vriendelijk klonk zijn stem niet. Sigurður Óli kende haar

goed, de dochter van Erlendur, zijn oude collega. Hij had af en toe ambtshalve met haar te maken gehad, want Eva Lind had een wild leven achter de rug en was ettelijke keren met de politie in aanraking gekomen. Haar losgeslagen leventje was voor haar vader een jarenlange bezoeking geweest.

'Heb jíj soms wat van hem gehoord?' vroeg Eva Lind.

'Van je vader? Nee, niks. Het enige wat ik weet is dat hij vakantie heeft genomen en dat hij een aantal dagen naar de Oostfjorden wou.'

'Ja, maar had hij dan geen telefoon bij zich? Hij heeft toch maar één nummer? Dat van zijn gsm?'

'Dat geloof ik wel, ja.'

'Een andere telefoon heeft hij dus niet, hè? Hij neemt niet op.'

'Nee, volgens mij heeft hij geen andere telefoon.'

'Als hij contact met je opneemt, wil je dan tegen hem zeggen dat ik naar hem gevraagd heb?'

'Natuurlijk, maar...'

'Wat?'

'Ik verwacht eigenlijk niet dat ik wat van hem zal horen,' zei Sigurður Óli. 'Dus...'

'Nee, ik ook niet,' zei Eva Lind. 'We...'

'Ja?'

'We hebben een dag of wat geleden een autoritje gemaakt, hij wilde de meren in de omgeving van Reykjavík langs. Hij was... Ik vond hem een beetje suffig.'

'O, maar zo is hij altijd wel een beetje. Ik zou me maar geen zorgen maken. Ik heb je vader nooit echt kwiek meegemaakt.'

'Ja, daar heb je misschien wel gelijk in.'

Even zwegen ze.

'Doe je hem de groeten?' zei Eva Lind.

'Doe ik.'

'Tot ziens.'

Sigurður Óli groette en legde zijn mobieltje neer, deed toen de tv uit en ging slapen.

11

Het duurde even voor hij de oude filmprojector gevonden had. Die bleek goed te zijn opgeborgen in een hoekje onder in de bezemkast in de keuken.

Hij wist zeker dat de man hem niet had weggedaan. Als het aan hem lag kwam zo'n apparaat echt niet bij het grofvuil terecht. Het oude steengrijze geval was zelfs na al die jaren nog intact. Waarschijnlijk gebruikte de man het nog steeds. Het viel hem op hoe zwaar het was toen hij het uit zijn bergplaats omhoogtilde en het in de kamer op tafel zette. Hij zag het merk weer. Bell&Howell. Hij herinnerde zich ineens dat hij als kleine jongen niets van die naam begreep, totdat een vriendje hem had verteld dat het de namen van twee mensen waren. De ene heette Bell en de andere Howell, en samen hadden ze dat toestel gemaakt, ergens in Amerika waarschijnlijk. De projector zelf zat in een diepe bak, met een kap die alles aan het oog onttrok. Hij nam de kap van de bak af. Toen klapte hij de armen voor de filmspoelen uit, deed de stekker aan het oude snoer in het stopcontact en drukte op de schakelaar. De muur aan de overkant lichtte op.

De filmprojector was een van de weinige dingen geweest die de man bij zich had toen hij bij zijn moeder was ingetrokken. Zelf woonde hij toen nog bij het pleeggezin op de boerderij en hij wist helemaal niet dat er een nieuwe man in haar leven was gekomen. 'Moeder' noemde hij haar trouwens nooit. Voor hem was ze Sigurveig: na twee jaar afwezigheid was ze nagenoeg een onbekende geworden. Op een dag stuurde ze bericht dat ze hem weer bij zich wilde hebben. Ze was in een appartement van de sociale dienst getrokken, in een flatgebouw in een nieuwe buurt, ze was naar ze zei opgehouden met drinken en had een nieuwe man leren kennen. Ze belde hem op, voor de allereerste en enige keer. Het gesprek was kort: ze wilde haar jongste kind bij zich hebben. Hij zei dat het hem goed beviel op het land. 'Ik weet het, joh,' hoorde hij haar door de telefoon zeggen, 'maar nou moet je weer bij mij komen. Ik heb het allemaal achter de rug. Ik heb overal een punt achter gezet.'

Een paar dagen later nam hij op de boerderij afscheid van de boerin en de twee dochters. De boer reed hem naar de grote weg en bleef met hem wachten tot de bus kwam. Het was midden in de zomer en eigenlijk vond hij dat hij de boer in de steek liet: de hooitijd was begonnen en de boer kon hem best gebruiken. Man en vrouw hadden hem vaak geprezen omdat hij zo flink was en al zo goed meehielp, en ze hadden gezegd dat het best goed zou komen met hem, beter nog dan het nu al ging. Ze zagen de bus in de verte aankomen. Hij stopte, omgeven door een stofwolk. 'Het allerbeste met je. Kom nog eens bij ons kijken als je kunt,' zei de boer. Die wilde hem eerst een hand geven, maar omarmde hem toen. Drukte een biljet van duizend kronen in zijn hand. De bus reed schokkerig weg en de boer verdween in de stofwolk. Hij had nooit eerder in zijn leven geld gehad, en op weg naar Reykjavík haalde hij het biljet voortdurend uit zijn zak, bekeek het, vouwde het weer op, stak het in zijn zak, om het dan opnieuw te pakken en te bekijken.

Sigurveig zou hem bij het busstation ophalen, maar toen hij uitstapte was ze nergens te bekennen. Het liep tegen de avond. Lange tijd stond hij daar met zijn koffer op haar te wachten; ten slotte ging hij er maar op zitten. De weg naar huis kon hij niet vinden, hij wist niet in welke buurt het flatgebouw te vinden was of hoe de straat heette waarin het stond. Toen het avond werd begon hij zich behoorlijk zorgen te maken. Hij was lang weg geweest en kende niemand bij wie hij terecht zou kunnen. Het was al lang geleden dat de boer hem had verteld dat zijn vader naar het buitenland was gegaan. Van zijn broer en zus wist hij niets. Die waren nogal wat ouder dan hij. En verder was er niemand die hem zou kunnen helpen.

Hij zat op zijn koffer en dacht aan thuis, of wat de afgelopen jaren zijn thuis was geweest. Ze waren nu waarschijnlijk terug uit de koeienstal, de meisjes in uitgelaten stemming. De honden werden de keuken uit gejaagd en de maaltijd kwam op tafel, misschien wel gekookte forel uit het meer, met gesmolten boter erbij. Dat was zijn lievelingskostje.

'Hé, zielenpoot, klopt het dat ik jou moet ophalen?'

Hij keek op. Er torende een man boven hem uit die hij nooit eerder had gezien.

'Ben jij kleine Drési niet?' zei de man.

Sinds hij uit de stad was weggegaan had niemand hem ooit meer Drési genoemd.

'Ik heet Andrés,' zei hij.

De man keek naar hem.

'Dan zal het wel kloppen. Je moeder wacht op je. Denk ik tenminste. Ze is niet bepaald in haar beste vorm, de laatste dagen.'

Hij wist niet wat hij moest antwoorden. Hij wist niet wat de man bedoelde met wat hij zei. Hij wist niet over wat voor vorm hij het had.

'We moeten opschieten,' zei de man. 'Vergeet je koffer niet.'

En daar stapte de onbekende man al naar de parkeerplaats aan de voorkant van het busstation. Hij zag hoe hij om de hoek verdween. Hij stond op, pakte zijn koffer en liep hem achterna. Hij wist ook niet wat hij anders zou moeten. Toch was hij voor de man op zijn hoede. Hij had direct het gevoel dat hij zich in allerlei bochten moest wringen om het hem naar de zin te maken. Het was iets in die stem toen hij het over zijn moeder had. Er sprak iets van minachting uit de woorden 'kleine Drési'. De man had hem niet gegroet, had alleen maar tegen hem gezegd: 'Hé, zielenpoot, klopt het dat ik jou moet ophalen?' Hij zag ook dat hij een van zijn wijsvingers miste, al kwam het niet bij hem op te vragen hoe dat gekomen was. Dat had hij ook later nooit gedaan.

Toen ze in de flat kwamen zat Sigurveig in de kamer te slapen. De man zei dat hij er nog even vandoor moest. Hij moest heel stil zijn en zijn moeder niet wakker maken, dus ging hij in de keuken op een stoel zitten en liet de dingen maar over zich heen komen. Het appartement had één slaapkamer, die afgesloten was, een woonkamer, een keuken en een kleine badkamer. In de kamer stond een bank; dat zou zijn slaapplaats worden. Hij was moe geworden van de reis en van het wachten op het busstation; hij had zin om op de bank te gaan liggen, maar durfde niet. Hij legde zijn hoofd op zijn armen op de keukentafel en sliep voor hij het wist.

Eén ding in de kamer had zijn belangstelling getrokken voordat hij in slaap viel. Hij had geen idee wat het was. Het stond op de tafel bij de bank en het zag eruit als een kist met een handvat bovenop – een wonderbaarlijk voorwerp uit een heel andere wereld. Aan de zijkant zag hij dat onbegrijpelijke merk, Bell&Howell.

Hij ontdekte dat de nieuwe vriend van zijn moeder ook een filmcamera had. Die had weer een andere naam, die hij ook al niet begreep en waaraan hij steeds weer moest denken, net als aan die van de projector. De naam stond in zijn geheugen gebrand. Eumig.

Lange tijd staarde hij naar de oude Bell&Howell-projector en naar het licht dat die op de muur tegenover hem wierp. Het was of er in de heldere stralen van de projector brokstukken van herinneringen speelden. Toen schakelde hij het toestel weer uit. De man murmelde wat en hij keerde zich naar hem toe.

'Wat wil je?' zei hij.

De man op de stoel zweeg. Hij wasemde een sterke urinelucht uit en het masker voor zijn gezicht was vochtig van het zweet.

'Waar is de filmcamera?'

De man staarde hem van achter het masker aan.

'En de films? Waar zijn de films? Vertel op. Ik kan je doodmaken als ik daar zin in heb, weet je dat? Nou ben ík het die het voor het zeggen heeft! Ik! Niet jij, smeerlap! Ik! Ik heb het hier voor het zeggen.'

Er kwam geen gehoest of gekreun meer onder het masker uit.

'Nou, hoe vind je dat? Beetje raar, hè? Na al die jaren. Dat ik nou eens sterker ben dan jij. Wie ben je nou helemaal, smeerlap? Vertel op, wie ben je nou?'

De man bewoog zich niet.

'Kijk me aan. Kijk me aan als je durft. Zie je dat? Zie je wat er van kleine Drési geworden is? Zo klein is hij niet meer, hè, die Drési? Is hij niet groot en sterk geworden? Je had zeker nooit gedacht dat dat kon, hè? Dat het ooit zover zou komen. Jij dacht zeker dat hij altijd hetzelfde kleine jongetje zou blijven!'

Hij gaf de man een klap.

'Waar is de camera?' siste hij.

Hij wilde die camera vinden om hem kapot te maken. En de filmpjes die met de camera waren gemaakt. Hij wist zeker dat de man al die dingen nog bezat, en hij wilde het niet opgeven voordat hij ze had gevonden en verbrand.

De man gaf geen antwoord.

'Je denkt zeker dat ik ze niet kan vinden, hè? Ik breek dat hele krot van je af en ik ga net zo lang door tot ik ze heb. Ik breek de vloer open en ik haal het plafond naar beneden. Hoe vind je dat? Hoe vind je dat nou van die kleine Drési?'

De ogen onder het masker sloten zich.

'Jij hebt die duizend kronen gepakt,' fluisterde hij. 'Ik weet dat jij ze gepakt hebt. Het was een leugen dat ik ze verloren had. Jij hebt ze gepakt. Dat weet ik.'

Hij begon te snikken.

'Daar zul je voor branden in de hel. Daarvoor en voor alles wat je nog meer gedaan hebt. Daar zul je voor branden, in het heetst van de hel!'

12

Een van de dingen die de politie in verband met de aanslag op Lína deed was het noteren van de nummers van alle auto's die in de omgeving van haar huis geparkeerd hadden gestaan. Dit alles in de hoop dat de dader per auto naar het huis was gekomen. Dat was niet zo'n rare gedachte, het was zelfs waarschijnlijk. Met die knuppel onder zijn kleren zou hij zeker niet per openbaar vervoer zijn gereisd. Een simpel onderzoekje sloot uit dat hij met een taxi naar deze buurt was gereden. Een van de mogelijkheden was dat hij te voet was gekomen. In dat geval woonde hij er waarschijnlijk geen kilometers vandaan. Het was ook mogelijk dat iemand hem een lift had gegeven. Wellicht had deze helper op hem gewacht, maar zich uit de voeten gemaakt toen hij Sigurður Óli het huis zag binnengaan. Die had overigens niets van dien aard gemerkt. Dan was er nog de mogelijkheid dat de misdadiger met de auto was gekomen en die niet voor het huis had geparkeerd, maar in een zijstraat. In dat geval moest hij hem daar hebben achtergelaten toen hij door Sigurður Óli gestoord werd.

De meeste van de vele tientallen nummers die de politie noteerde waren gemakkelijk terug te voeren op autobezitters uit de buurt, familieleden en mensen die daar hun werk hadden. Het waren allemaal mensen die nooit een vlieg kwaad hadden gedaan en Lína en Ebbi niet eens kenden. Soms werden er autobezitters genoteerd die in een verderaf gelegen buurt woonden, in andere stadsdelen of zelfs in andere delen van het land. Geen van hen kwam in de politiedossiers voor.

Sigurður Óli, die in elk geval bekend was met de manier van lopen van de dader, had het op zich genomen te gaan praten met de eigenaars van een aantal auto's die daar op de betreffende avond in de buurt geparkeerd hadden gestaan, mensen die nog wat nadere aandacht verdienden. Lína's toestand was niet veranderd. Ebbi week nauwelijks van haar ziekbed. De artsen waren nog steeds van mening dat het alle kanten met haar op kon. De avond met Bergþóra was niet zo best verlopen. De beschuldigingen waren over en weer gevlogen, net zo lang tot Bergþóra was opgestaan. Ze had hier geen zin meer in, had ze gezegd, en was vertrokken.

Sigurður Óli vond zichzelf heel goed in staat deze zaak te onderzoeken, al was hij er dan op een bijzondere en persoonlijke manier bij betrokken geraakt. Hij had erover nagedacht en was tot de conclusie gekomen dat niets van wat hij wist het onderzoek zou kunnen schaden, zoals men dat noemde. Hij had er geen enkel belang bij Hermann en zijn vrouw te sparen. Patrekur was geen partij in de zaak. Zelf had hij niets gedaan wat hem noodzaakte zich aan het onderzoek te onttrekken. Het enige wat hem niet helemaal lekker zat was het feit dat hij in het ziekenhuis met Ebbi over de foto's had gepraat. Maar dat duurde niet lang. Hij kende Lína en Ebbi niet. Het was natuurlijk mogelijk dat ze wegens drugsgebruik of de aankoop van een auto of een huis of wat dan ook tot over hun oren in de schulden zaten en dat hun schuldeisers kerels inschakelden die niet tegen geweldpleging opzagen. Maar zulke criminelen werden niet alleen voor drugsschulden ingezet, en het leek Sigurður Óli waarschijnlijker dat Lína en Ebbi gewoon te ver waren gegaan in hun onhandige pogingen om met die seksfoto's geld los te krijgen van onnozelaars als Hermann en zijn vrouw. Iemand die met de rug tegen de muur stond was er waarschijnlijk toe gekomen hun met geweld of bedreiging het zwijgen te willen opleggen. Of Hermann erachter zat wist hij niet, maar dat zou wel blijken.

Het knaagde wel een beetje aan zijn geweten dat hij Finnur niet had verteld over de foto's en over de vermeende chantage door Lína en Ebbi. Dat die informatie bekend zou worden was slechts een kwestie van tijd. En als dat gebeurde en de namen van Hermann en zijn vrouw zouden vallen, moest Sigurður Óli wél zijn verhaal klaar hebben.

Dat liep hij allemaal te overdenken toen hij een kleine vleeswarenfabriek binnenstapte, op zoek naar een man die Hafsteinn heette. Die was daar chef en hij was stomverbaasd over het bezoek van Sigurður Óli. Hij had nog nooit in zijn leven met de recherche te maken gehad, zei hij, alsof dit een kwitantie was voor een onberispelijk leven. Hafsteinn ging hem voor naar zijn kantoor, waar ze gingen zitten. De vleesman had een witte stofjas aan en droeg een lichte, witte hoed met het logo van het bedrijf erop. Hij was een man van het type dat je op een Duits oktoberfeest bier ziet hijsen, een berg van een kerel, met dikke rode wangen, niet iemand van het soort dat met een honkbalknuppel nietsvermoedende vrouwen te lijf gaat. Afgezien nog van de vraag of hij wel meer dan tien meter zou kunnen lopen. Maar met zulke feiten hield Sigurður Óli geen rekening, hij bleef onverstoorbaar op zijn doel afgaan. Na een kort inleidinkje kwam hij ter zake en zei dat hij wilde weten wat Hafsteinn te doen had gehad in de buurt waar de aanslag op Lína was gepleegd. En of er mensen waren die zijn verklaring zouden kunnen ondersteunen, hoe die ook uitviel.

De vleesman keek Sigurður Óli lang aan.

'Hé, wacht eens even, wat krijgen we nou? Moet ik jou soms gaan vertellen wat ik daar aan het doen was?'

'Je auto stond één straat verder. Je woont in Hafnarfjörður. Wat deed je in Reykjavík? Heb je zelf gereden?'

Sigurður Óli bedacht dat de man, al zou hij Lína dan wel niet aangevallen hebben, best iets van de aanslag kon weten. Misschien had hij de aanvaller gereden en de auto achtergelaten omdat hij ergens door in verwarring was gebracht.

'Ja, ik was met de auto. Ik ben daar ergens op bezoek geweest. Moet je daar iets over weten?'

'Ja.'

'En wat wil je daar dan mee doen?'

'We proberen die aanvaller te vinden.'

'Je denkt toch niet dat ík dat arme mens te grazen heb genomen?'

'Heb je eraan meegewerkt?'

'Zeg, ben je nou helemaal.'

Sigurður Óli meende werkelijk te zien dat de kleur uit de rode wangen was weggetrokken.

'Kun je me iemand noemen die kan bevestigen wat jij beweert?'

'Ga je er met mijn vrouw over praten?' vroeg Hafsteinn aarzelend.

'Moet dat dan?' vroeg Sigurður Óli.

De man zuchtte diep.

'Dat is niet nodig,' zei hij na lang zwijgen. 'Ik... ik heb een vriendin daar in de straat. Als je een bevestiging nodig hebt, kun je met haar praten. Niet te geloven dat ik dit allemaal aan je zit te vertellen.'

'Een vriendin?'

De man knikte.

'Je bedoelt een vriendin met wie je een buitenechtelijke relatie hebt?'

'Ja.'

'En je bent bij haar geweest?'

'Ja.'

'Oké. Heb je daar in de buurt ook mensen gezien die iets met die aanslag te maken zouden kunnen hebben?'

'Nee. Moet je nog meer weten?'

'Nee, ik geloof dat dit het wel is,' zei Sigurður Óli.

'En ga je ook met mijn vrouw praten?'

'Kan die iets hiervan bevestigen?'
De man schudde zijn hoofd.
'Dan heb ik er ook geen belang bij om met haar te praten,' zei Sigurður Óli. Hij noteerde voor alle zekerheid nog het telefoonnummer van de vriendin, stond op en groette.
Later op de dag sprak hij met een man die helemaal niet wist dat zijn auto vlak bij het huis van Lína had gestaan. Hij had hem zelf niet gebruikt, dat had zijn zoon gedaan. Na wat gevraag ontdekte de eigenaar dat zijn zoon met een vriend naar het huis ernaast was gereden. Het waren gymnasiasten, en ze hadden een medescholier opgezocht. Vervolgens hadden ze gezamenlijk in de Laugarásbioscoop een film gezien, die op ongeveer hetzelfde tijdstip begon als waarop Lína was aangevallen.
De man keek Sigurður Óli lang aan.
'Over die jongen hoef je je niet druk te maken,' zei hij.
'Hoezo niet?'
'Die zou nou echt niemand kwaad doen. Zelfs voor vliegen is hij nog bang.'
Ten slotte had Sigurður Óli een gesprek met een vrouw van rond de dertig, die als telefoniste bij een fabrikant van frisdranken werkte. Toen Sigurður Óli zich had voorgesteld droeg ze haar werk aan een ander over. Hij wilde niet dat er anderen konden meeluisteren als hij zijn zaken afhandelde; daarom ging ze met hem in de personeelskantine zitten.
'Wat is er eigenlijk aan de hand?' zei de vrouw. Ze had donker haar en een breed gezicht met een ijzeren ringetje in een van haar wenkbrauwen. Op haar onderarm zat een tatoeage. Sigurður Óli kon niet zien wat die voorstelde, het leek een kat, maar het kon evengoed een slang zijn die zich rond haar arm kronkelde. De vrouw heette Sara.
'Ik zou graag willen weten wat je eergisteravond in Reykjavík-Oost te doen had, in de buurt van de Laugarásbioscoop.'
'Eergisteravond?' zei de vrouw. 'Waarom wil je dat weten?'

'Jouw auto stond dicht bij een straat waar een heel brute overval is gepleegd.'

'Ik heb niemand overvallen,' zei ze.

'Nee,' zei Sigurður Óli. 'Maar je auto stond daar wel in de buurt.'

Hij legde haar uit dat de politie de eigenaars natrok van alle auto's die die avond gezien waren in de omgeving van het huis waarin Lína en Ebbi woonden. Het ging om een extreem zware geweldpleging, en de politie wilde degenen die in de buurt waren geweest vragen of ze iets hadden gezien dat voor het onderzoek van belang zou kunnen zijn. De uitleg van Sigurður Óli viel nogal lang uit en hij zag aan Sara dat ze verveeld raakte.

'Ik heb niemand gezien,' zei ze.

'Wat deed je daar in die buurt?'

'Ik ben bij mijn vriendin langs geweest. Wat is er eigenlijk gebeurd? Op het journaal hoorde ik iets over een inbreker.'

'We hebben er nog niet genoeg informatie over,' zei Sigurður Óli. 'Ik heb de naam en het telefoonnummer van je vriendin nodig.'

Sara gaf hem die.

'Ben je die nacht bij haar gebleven?'

'Zeg, lopen jullie soms te spioneren?' zei ze.

De deur van de kantine ging open en een collega knikte naar Sara.

'Nee. Is er soms reden om dat te doen?' vroeg Sigurður Óli, opstaand.

Sara glimlachte.

'Welnee, helemaal niet.'

Op het moment dat Sigurður Óli in zijn auto ging zitten, die voor de fabriek stond, ging zijn mobieltje over. Hij herkende het nummer direct. Het was Finnur, die hem zonder emotie vertelde dat Sigurlína Þorgrímsdóttir een kwartier eerder ten

gevolge van de slag op haar hoofd was overleden.
 'Verdomme, Siggi, wat deed je bij haar?' fluisterde Finnur en hij beëindigde het gesprek.

13

Sigurður Óli's moeder deed open en liet hem met haar gelaatsuitdrukking merken dat hij behoorlijk laat was. Hij had geen sleutel van haar huis. Dat wilde ze niet, ze zei dat ze het geen prettig idee vond te weten dat hij zomaar bij haar kon binnenstappen als hij wilde. Ze had hem te eten gevraagd en de maaltijd was keurig op tijd klaar. Maar nu stond die op tafel koud te worden. Sæmundur was nergens te zien.

Zijn moeder, die Ragnheiður heette maar nooit anders werd genoemd dan Gagga, was ruim zestig jaar oud en woonde in Garðabær, in een groot, vrijstaand huis op een goede locatie, te midden van andere accountants, artsen, juristen en vermogende lieden die twee of drie auto's bezaten en het aan vakmensen overlieten om hun tuin te verzorgen, de kerstverlichting aan te brengen en het huis te onderhouden. Gagga had niet altijd zo luxueus gewoond. Ze had het financieel moeilijk gehad toen ze Sigurður Óli's vader leerde kennen, en ook direct na haar scheiding, hoewel de 'buizenboer', zoals ze haar ex noemde, haar had aangeboden haar in alles te helpen. Eerst huurde ze woonruimte, maar ze kreeg altijd snel ruzie met de verhuurders en was dan zo weer vertrokken. Sigurður Óli kon tegen haar klagen wat hij wilde dat het zo moeilijk voor hem was iedere keer van school te moeten veranderen, het maakte geen enkel verschil. Zijn moeder ergerde zich ook aan de directeuren en de docenten van de scholen. Daarom nam zijn vader het op zich die contacten te onderhouden.

Ze had het diploma van de handelsschool en werkte toen Sigurður Óli ter wereld kwam als boekhouder. Daarna studeerde ze verder aan de universiteit en langzamerhand kreeg ze een steeds betere positie. De firma waarbij ze in dienst was werd uiteindelijk door een zeer grote multinational overgenomen. Daar werd ze later tot chef benoemd.

'Waar is Sæmundur?' vroeg Sigurður Óli. Hij trok de winterjas uit die hij zich ongeveer een jaar geleden had aangeschaft. Die had hij in een van de beste kledingzaken van het land gekocht, en hij was onfatsoenlijk duur geweest. Bergþóra had haar hoofd geschud toen hij ermee thuiskwam. Haar commentaar was geweest dat hij de grootste merkensnob was die ze kende. Soms zei ze ook: '*Gaga*, zul je bedoelen,' als zijn moeder ter sprake kwam.

'Die zit in Londen,' zei Gagga. 'Een jongen die zo nodig met zijn bedrijf naar het buitenland moest opent daar een kantoor. De president erbij, alles erop en eraan. Allemaal met privéjets ernaartoe. Minder kan het al niet.'

'Die hebben het dan goed gedaan.'

'Ach wat, het zijn gewoon schuldenmakers. Ze hebben niks dan schulden. Aan het eind van de rit moet er iemand voor opdraaien, let op mijn woorden.'

'Volgens mij doen ze het prima,' zei Sigurður Óli, die het geweldige succes van de IJslandse zakenlieden thuis en in het buitenland gevolgd had. Hij was helemaal in de ban van hun ondernemingsgeest en energie, speciaal omdat ze van die door en door Deense en Engelse ondernemingen overnamen.

Ze gingen aan tafel. Zijn moeder had een van zijn oude lievelingsgerechten gemaakt, lasagne met tonijn.

'Zal ik het even voor je opwarmen?' zei ze. Voor hij iets had kunnen antwoorden nam ze het bord eten van hem af en schoof het in de magnetron. Toen het belletje klonk gaf Gagga haar zoon zijn bord weer terug. Hij zat nog na te denken over het korte telefoongesprek dat hij met Finnur over de dood van Lína had gevoerd. Finnur was nogal opgewonden geweest, kwaad zelfs, en die kwaadheid was op hem gericht geweest.

'Verdomme, Siggi, wat deed je bij haar?' had Finnur gevraagd. Hij kon er niet tegen als mensen hem Siggi noemden.
'Heb je nog wat van Bergþóra gehoord?' vroeg zijn moeder.
'Ik heb haar gisteren gesproken.'
'O ja? En? Nog wat te melden over haar?'
'Ze zei dat jij haar nooit had gemogen.'
Gagga zweeg. Zelf had ze nog niets van het eten opgeschept, hoewel ze wel voor zichzelf had gedekt. Nu nam ze een lepel en schepte wat van de lasagne op haar bord, stond op en zette het in de magnetron. Sigurður Óli was nog steeds geïrriteerd omdat hij zoveel tijd had verspeeld met die brievenbus, en om dat telefoongesprek 's avonds toen ze hem tijdens het American football had gestoord, maar vooral om wat Bergþóra gezegd had.
'O ja?' vroeg zijn moeder, terwijl ze stond te wachten tot haar eten warm was.
'O, daar is ze heel stellig in.'
'En ze geeft mij de schuld van de hele toestand? Van hoe het met jullie tweeën gelopen is?'
'Ik geloof niet dat je ooit eens hebt gezegd dat je het spijtig vond.'
'Wel waar,' zei zijn moeder, maar ze klonk niet erg overtuigend.
'Bergþóra heeft er nooit eerder over gepraat. Ik heb eens zitten denken, en ik herinner me eigenlijk niet dat je ooit bij ons op bezoek bent geweest. Je had maar heel weinig contact met haar. Probeerde je Bergþóra te ontwijken?'
'Helemaal niet.'
'Ze heeft het gisteren uitvoerig over je gehad. Ze was heel open, we hebben niks voor elkaar te verbergen. Ze zei dat je haar niet goed genoeg voor me vond en haar de schuld gaf dat we geen kinderen konden krijgen.'
'Onzin!' zei Gagga.
'Is dat zo?' zei Sigurður Óli.

'Gewoonweg absurd,' zei zijn moeder en ze ging zitten. Ze raakte het eten niet aan. 'Zoiets kan ze toch niet zeggen, die meid? Wat is dat nou voor een waanzin?'

'Heb jij er haar de schuld van gegeven dat we geen kinderen kunnen krijgen?'

'Kom op zeg, de schuld? Waarom zou ik haar daar de schuld van geven?'

Sigurður Óli legde zijn vork neer.

'En dat was alle steun die ze van je gehad heeft,' zei hij.

'Steun? Kreeg ik soms steun toen je vader en ik gingen scheiden?'

'Jij doet meestal toch wel wat je in je hoofd hebt. En wat praat je nou over steun? Jíj was het die bij hem weggegaan bent.'

'En verder? Hoe gaat het nou verder met jullie relatie?'

Sigurður Óli duwde het bord van zich af en keek om zich heen. Vanuit de keuken keek je een enorme woonkamer in. Het huis van zijn moeder was kil, de muren waren wit gesausd; er was een verwarmde vloer van grote zwarte tegels, er was nieuw en kostbaar meubilair, modieus, hoekig en onpersoonlijk. Aan de muren hingen dure schilderijen van kunstenaars die toch niet echt goed waren.

'Ik weet het niet,' zei hij. 'Ik denk dat het afgelopen is.'

Ebeneser had gehuild. Hij was nog in het ziekenhuis toen Sigurður Óli daar later op de avond aankwam en hem zijn deelneming betuigde. Ebeneser was 's middags even weggeweest, en toen hij terugkwam was Lína overleden. Hij zat nu alleen in de wachtkamer, hulpeloos, iemand die niet meer wist waar hij het zoeken moest. Hij had toegekeken toen het lichaam naar het mortuarium werd gebracht. Daar zou zo snel mogelijk sectie worden verricht. Men wilde proberen de doodsoorzaak nog nauwkeuriger vast te stellen.

'Ik was niet bij haar,' zei Ebeneser toen Sigurður Óli even bij

hem was gaan zitten. 'Ik bedoel, toen ze stierf.'
'Gecondoleerd,' zei Sigurður Óli. Hij had gepopeld van verlangen om Ebeneser te kunnen spreken, al vond hij het beter hem wat tijd te gunnen om tot zichzelf te komen. Maar ook niet langer dan hij voor zijn bezoek aan Gagga nodig had.
'Ze is niet meer wakker geworden,' zei Ebeneser. 'Ze heeft haar ogen niet meer opengedaan. Ik wist niet dat het zo kritiek was. Toen ik terugkwam was ze al... weg. Dood. Wat... wat is er toch allemaal aan het gebeuren?'
'Dat gaan we uitzoeken,' zei Sigurður Óli. 'Maar daar moet jij ons bij helpen.'
'Helpen? Hoe dan?'
'Waarom is ze aangevallen?'
'Dat weet ik niet. Ik weet niet wie het gedaan heeft.'
'Wie wisten er dat ze alleen thuis was?'
'Wie... ik weet het niet.'
'Hadden jullie op de een of andere manier iets te maken met criminelen, met lui die geweld gebruiken om je te laten betalen?'
'Nee.'
'Weet je het zeker?'
'Ja, natuurlijk weet ik dat zeker.'
'Ik denk niet dat Lína's aanvaller zomaar een inbreker was. Afgaande op wat ik gezien heb vind ik het waarschijnlijker dat het zo'n incasseerder was. En het is niet zeker dat die daar op eigen initiatief kwam. Begrijp je wat ik bedoel?'
'Nee.'
'Het kan net zo goed zijn dat iemand hem op jullie heeft af gestuurd. Met de bedoeling om jullie wat aan te doen. Of om Lína wat aan te doen. Daarom vraag ik je: wie wisten er dat jij vandaag niet in de stad zou zijn. Dat Lína alleen thuis was?'
'Ik weet het gewoon niet. Moeten we het daar nu over hebben?'
Ze zaten in de wachtkamer, tegenover elkaar. Om hen heen

was het stil. Een grote klok boven de deur tikte langzaam de tijd weg. Sigurður Óli boog zich voorover en fluisterde: 'Ik weet, Ebeneser, dat jij en je vrouw geprobeerd hebben mensen geld af te persen met foto's die jullie van ze gemaakt hebben.'

Ebeneser staarde hem aan.

'En zoiets kan gevaarlijk zijn,' ging Sigurður Óli verder. 'Ik weet dat jullie dat gedaan hebben; ik ken namelijk mensen die jullie idiote spelletjes hebben meegespeeld. Weet je over wie ik het heb?'

Ebeneser schudde zijn hoofd.

'Oké,' zei Sigurður Óli. 'Zoals je wil. Ik denk niet dat de mensen waar ik het over had een zware jongen op jullie hebben afgestuurd. Dat lijkt me uiterst twijfelachtig, zo goed ken ik ze wel. Dan zouden het wel behoorlijk doorgewinterde types zijn, en daar zie ik ze niet voor aan. Toen die aanslag op Lína werd gepleegd ging ik juist naar jullie toe omdat ik haar wilde spreken.'

'Was jíj dat?'

'Ja. Die kennissen van me hadden me gevraagd om haar – of jullie – te vertellen dat het afgelopen moest zijn met die chantage. En dat jullie die foto's aan mij moesten geven.'

'Wat... kun je...?' Ebeneser wist niet meer wat hij moest zeggen.

'Weet je over wie ik het heb?'

Weer schudde Ebeneser zijn hoofd.

'Kunnen we hier niet later een keer over praten?' zei hij, zo zacht dat het nauwelijks te horen was. 'Man, Lína is net gestorven.'

'Weet je wat ik denk?' ging Sigurður Óli onverstoorbaar verder. 'Dat die zware jongen misschien wel dezelfde bedoeling had als ik, toen hij bij Lína langsging. Begrijp je me?'

Ebeneser gaf geen antwoord.

'Hij wilde precies hetzelfde als ik: proberen Lína te laten ophouden met de een of andere stommiteit die ze begaan had –

of jullie allebei. Denk je niet dat het zo zit?'
'Ik weet niet wat het kan zijn geweest,' zei Ebeneser.
'Hebben jullie geprobeerd mensen geld af te persen?'
'Nee.'
'Wie wisten er dat Lína alleen thuis zou zijn?'
'Niemand. Of iedereen. Ik weet het niet. Het kunnen er zoveel zijn. Ik heb er geen idee van. Daar hou ik toch zeker geen lijstje van bij?'
'Wil je niet dat deze zaak wordt opgelost?'
'Ja, natuurlijk wel! Wat dacht jij dan? Natuurlijk wil ik dat.'
'Wie bedreigt jullie, wie valt jullie aan, wie slaat jullie dood?'
'Niemand bedreigt ons. Dat is alleen maar een idioot idee van jou.'
'Op de een of andere manier ben ik er zeker van dat de dood van Lína een ongeluk was,' zei Sigurður Óli. 'Een tragisch ongeluk. Die jongen is te ver gegaan. En jij wilt niet meehelpen om hem te vinden?'
'Ach, kom zeg, natuurlijk wel, maar kan dit niet een andere keer? Ik moet naar huis. Ik moet naar Lína's ouders. Ik moet...'
Het leek alsof hij weer in huilen zou uitbarsten.
'Ik heb die foto's nodig, Ebeneser,' zei Sigurður Óli.
'Ik moet weg.'
'Waar zijn ze?'
'Ik kan hier echt niet langer blijven.'
'Ik weet alleen maar van dat ene echtpaar. Waren het er meer? Wat voor spelletjes waren jullie eigenlijk aan het spelen?'
'Niks. Laat me met rust,' zei Ebeneser. 'Laat me met rust,' herhaalde hij, en hij stapte de wachtkamer uit.

Toen Sigurður Óli het ziekenhuis verliet werd er een patiënt in een rolstoel langs hem heen geduwd. Hij had gips om beide armen en een verband om zijn kaak. Zijn ene oog was weggezonken in een dikke zwelling en zijn neus was ingepakt alsof die gebroken was. Het was een onbekende, meende hij eerst, maar ineens herkende hij hem: de jongen die in de gang op het politiebureau op de bank had gezeten. Hij was naast hem gaan zitten, had hem een loser genoemd en hem eens goed verteld wat een ongelooflijk waardeloos stuk vreten hij was. De jongen – hij herinnerde zich dat hij Pétur heette – keek op toen ze elkaar passeerden. Sigurður Óli hield hem tegen.

'Wat is er met jou gebeurd?' vroeg hij.

De jongen kon geen antwoord geven, maar de vrouw die zijn rolstoel duwde had daar geen moeite mee. Ze vertelde dat de jongen maandagavond aan de Hverfisgata ernstig mishandeld was, niet ver van het politiebureau. Ze ging hem nog een keer voor opnamen naar de röntgenafdeling brengen.

Ze wist niet of de hufters die de jongen zo ongenadig in elkaar hadden geslagen al gepakt waren. Over wie het waren zweeg hij als het graf.

14

Toen Sigurður Óli kort daarna naar de achteringang van het politiebureau aan de Hverfisgata liep, kwam er plotseling vanuit het donker een man op hem af. Hij zat slecht in de kleren en rook nog slechter.

'Ik krijg jullie maar niet te pakken,' zei hij met een wonderlijk hese en zwakke stem en hij greep Sigurður Óli bij de arm. Die schrok, maar herstelde zich snel, voelde zich al kwaad worden. Voor hem was het gewoon een zwerver zoals er zoveel waren. Hij had in zijn werk met een aantal van zulke mensen te maken gehad. Toch had hij het vage idee dat hij dit gezicht wel kende. Wie het was wist hij niet meer, voor zover het hem al interesseerde.

'Wat moet dit voorstellen? Dat komt me daar in mijn nek springen!' grauwde hij en hij sloeg de man van zich af. Die liet los en kwam voor hem terecht.

'Ik moet Erlendur spreken,' mompelde hij.

'Dat ben ik niet,' zei Sigurður Óli en hij liep door naar de deur.

'Dat weet ik!' riep de zwerver, achter hem aan lopend. 'Waar is hij? Ik moet met Erlendur praten.'

'Hier is hij niet, en waar hij wel is weet ik niet,' zei Sigurður Óli. Hij deed de deur open.

'En jij?'

'Wat is er met mij?'

'Weet je nog wie ik ben?' zei de man.

Sigurður Óli aarzelde even.

'Weet je niet meer wie Drési is? Jij bent toen met Erlendur

meegekomen. Je was samen met hem toen jullie bij mij thuis geweest zijn. Toen heb ik jullie over hem verteld.'

'Drési?'

'Weet je niet meer wie Drési is?' herhaalde de zwerver. Hij krabde zich in zijn kruis en veegde een druppel van zijn neus.

Sigurður Óli herinnerde zich vaag dat hij de man eerder had ontmoet, maar het duurde even voor hij weer wist onder welke omstandigheden. De man was aanmerkelijk magerder geworden. Zijn kleren flodderden om hem heen, een buitengewoon smerig winterjack, een wollen trui waar hij wel twee keer in leek te kunnen, en een spijkerbroek. Zijn schoeisel was niet minder opvallend: hoge zwarte laarzen. Ook in zijn gezicht was hij magerder geworden: alles in zijn trekken leek naar beneden te hangen. De lege, diep weggezonken ogen, de levenloze blik, de ingevallen mond, ze deden denken aan de vodden om zijn lijf. Het was onmogelijk goed te schatten hoe oud hij eigenlijk was. Midden veertig, herinnerde Sigurður Óli zich.

'Ben jij Andrés niet?'

'Ik moet iets aan hem vertellen, aan Erlendur. Ik moet met hem praten.'

'Dat kan gewoon niet,' zei Sigurður Óli. 'Waar moet je hem voor hebben?'

'Ik moet hém hebben.'

'Dat is geen antwoord op mijn vraag. Ik heb hier geen tijd voor. Maar Erlendur komt gauw terug en dan kun je met hem praten.'

De deur ging voor Andrés' neus dicht en Sigurður Óli beende in de richting van zijn kantoor. Hij herinnerde zich de man nu weer goed, en ook de zaak waaraan hij toen werkte. Dat was kort na de laatste jaarwisseling geweest, tijdens een strenge vorstperiode.

In de verte zag hij Finnur. Hij wilde uit zijn blikveld verdwijnen, maar het was al te laat.

'Siggi!' hoorde hij roepen.
Sigurður Óli versnelde zijn pas in de richting van het kantoor en deed alsof hij niets had gehoord. Het was trouwens zijn gewoonte geen antwoord te geven als hij door vrienden Siggi werd genoemd.

'Ik moet je spreken!' hoorde hij Finnur roepen. Die liep hem achterna, de gang door, het kantoor in.

'Ik heb geen tijd,' zei Sigurður Óli.

'Dan maak je maar tijd. Wat deed jij daar bij Sigurlína? Waarom dacht jij al direct dat het zo'n geldmepper was die haar heeft aangevallen? En wat praatte je over rare zaakjes met foto's? Wat weet jij dat wij niet weten? En waarom hou je dat voor ons achter, verdomme?'

'Ik hou niks...' begon Sigurður Óli.

'Moet ik dit soms melden?' onderbrak Finnur hem. 'Geen probleem, hoor.'

Sigurður Óli wist dat Finnur niet zou aarzelen. Hij zou maar wat graag deze blunder rapporteren. Hij wilde dat hij wat meer tijd had gekregen om zijn positie veilig te stellen. En hij was bang dat Patrekur bij het onderzoek betrokken zou kunnen raken. Over Hermann en zijn vrouw kon hij zich niet druk maken.

'Kalm een beetje, alsjeblieft, zo erg is het allemaal niet,' zei hij. 'Ik wou de zaak niet nodeloos ingewikkeld maken. Het was duidelijk een geval van mishandeling. Alleen, nu is er iemand bij gedood. Ik was al van plan om met je te praten...'

'Ja, mooie jongen ben je. Nou, hoe zit het?'

'Op die foto's staan bekenden van een vriend van me. Die vriend heet Patrekur,' zei Sigurður Óli. 'Die heeft me op het spoor gezet. De man waar het allemaal om gaat heet Hermann. Ik ben naar Sigurlína en Ebeneser gegaan, omdat die foto's hadden waarmee ze hem en zijn vrouw chanteerden. Foto's die gemaakt zijn toen ze seks hadden. Een ervan heb ik gezien. Daar stond die Hermann op, haarscherp. Lína en Ebbi nodigden mensen uit op een schnitzelparty, zoals ze dat noemen. Dat is een ander woord voor partnerruil. Niks bijzonders als je ziet hoe dat eraan toegaat. Alleen schenen ze er in dit geval geld mee te willen verdienen. Er kunnen nog wel meer van dergelijke gevallen zijn, dat weet ik niet.'

'En hoe zit dat dan, wou je dat allemaal in je eentje uitzoeken voor een vríénd van je?'

'Ik was al steeds van plan het jullie te vertellen. Jou zeg ik het nu. En het onderzoek heeft geen schade geleden. Ik wou met Lína en Ebbi praten voor het allemaal gierend uit de klauwen zou lopen. Voor Hermanns vrouw ligt het allemaal heel gevoelig met die foto's, die is bezig een politieke carrière op te bouwen, naar ik begrepen heb. Maar toen ik daar kwam lag Lína op de vloer en kwam die aanvaller op me af. Ik heb nog om hulp gebeld, maar we zijn hem kwijtgeraakt.'

'En wat zegt die Hermann?'

'Die ontkent dat hij met die geweldpleging te maken heeft. Ik heb geen reden om aan te nemen dat hij liegt, maar ik beweer evenmin dat hij de waarheid zegt. Die man kan daar ook voor eigen rekening bezig zijn geweest.'

'Ja, en er zouden nog meer mensen in hetzelfde schuitje kunnen zitten als Hermann,' zei Finnur. 'Lui die goede contacten hebben met zulke criminelen. Bedoel je dat?'

'Ja. Maar ik vind het niet nodig om Hermann uit te sluiten.'

'Heb je nog wat uit Sigurlína losgekregen toe je daar was?'

'Nee, ze was al bewusteloos.'

'En Ebeneser?'

'Die doet alsof hij er helemaal niks van begrijpt. Hij zegt dat hij geen foto's in zijn bezit heeft en dat hij geen idee heeft waarom ze Lína hebben aangevallen. We moeten morgenochtend maar direct naar hem toe. Op dit moment is hij alleen maar met haar overlijden bezig.'

'Hoe haalde je het in je hersens om dit allemaal voor ons achter te houden?'

'Ik... ja, dat was een stommiteit van me. Ik was niet van plan om iets verborgen te houden.'
'Kom nou, daarom begon je zeker voor privédetective te spelen? Vind je dat normaal?'
'Ik heb nog geen enkele normale dag meegemaakt sinds ik bij de politie ben.'
'Je weet dat ik dit moet melden. Eigenlijk is het maar het beste dat je het zelf doet.'
'Je doet maar. Ik heb het onderzoek geen schade toegebracht. En ik acht mezelf heel goed in staat om ermee door te gaan. Maar jij leidt het onderzoek. Dus je zegt het maar.'
'In staat om door te gaan? Jij? Je moet toch op de belangen van je vriend letten?'
'Die heeft hier niks mee te maken.'
'*Come on!*' riep Finnur. 'Waarom heeft hij dan met jou gepraat? Doe niet zo onnozel, man. Zo ga je van kwaad tot erger. Hij heeft met jou gepraat omdat hij er zelf tot zijn oren in zit en omdat hij geen officieel onderzoek wil. Hij gebruikt je, Siggi. Begrijp dat nou eens!'
Finnur stapte het kantoor uit en sloeg de deur met een klap achter zich dicht.

Sigurður Óli kwam laat thuis. Hij zette niet de tv aan, zoals zijn gewoonte was, maar liep naar de keuken, smeerde een boterham en schonk zich een glas sinaasappelsap in. Daarna ging hij aan de keukentafel zitten en at zijn brood. Het was al na middernacht en er heerste stilte in het flatgebouw. Het bevatte zes appartementen, maar hij had zo lang hij er woonde nooit met ook maar één van de buren kennisgemaakt. Soms, als hij er echt niet omheen kon, groette hij ze, maar voor het overige ging hij ze uit de weg. Hij had er geen behoefte aan met onbekenden te praten zolang dat niet direct met zijn werk te maken had. Hij wist dat er in het gebouw vier gezinnen met kinderen woonden, een oud echtpaar en een alleenstaande man van rond de veertig. Die had hij een keer gezien in een overjas met de naam van een autobandenzaak erop. De man had pogingen gedaan kennis met hem te maken en had hem bij het binnenkomen en verlaten van het gebouw een aantal keren gegroet. Toen had hij op een zaterdagavond op de deur geklopt en gevraagd of hij wat suiker kon lenen. Sigurður Óli, op zijn hoede, zei dat hij geen suiker had, en toen de man een praatje over voetbal begon, duwde hij de deur dicht en zei dat hij het druk had.

Sigurður Óli had zijn boterham op en zat te denken over Patrekur en Hermann en over wat Finnur gezegd had. Hij dacht ook na over de alcoholist die naar Erlendur had gevraagd. De laatste keer dat ze elkaar tegen het lijf gelopen waren had hij er beter uitgezien, al kon je hem moeilijk een knappe vent noemen. Het was een zuiplap, die – jawel, hoor! – in een flatje van de sociale dienst woonde, niet ver van de plek waar een Thais jongetje was gevonden, doodgestoken. Het kind was vastgevroren aan de aarde toen het ontdekt werd – het was tijdens een periode van langdurige strenge vorst. De politie had alles op alles gezet om de zaak op te lossen en Andrés was een van de velen uit de buurt met wie men gesproken had: hij was een veelpleger, wiens activiteiten varieerden van inbraak tot lichamelijk geweld. Hij werd opgehaald om verhoord te worden, en men vond hem onbetrouwbaar en vreemd, maar eigenlijk niet iemand om je zorgen over te maken.

En nu kwam diezelfde Andrés als een spook achter het politiebureau uit de schaduw tevoorschijn. Sigurður Óli had er geen idee van wat zijn bedoeling was of wat hij wilde vertellen. Een ogenblik maakte hij zich zorgen omdat hij de deur voor zijn neus had dichtgegooid.

Maar ook niet langer dan een ogenblik.

15

De dag nadat hij van de boerderij was teruggekomen werd hij op de bank in de kamer wakker. Hij was aan de keukentafel in slaap gevallen, maar iemand had hem daar weggehaald en hem op de bank gelegd. Het duurde lang voordat hij helemaal wakker was; een ogenblik dacht hij dat hij nog op de boerderij was en dat het werk van de ochtend op hem wachtte. Toen herinnerde hij zich de busreis en het wachten op het busstation en de onbekende man die hem was komen ophalen.

Hij ging rechtop op de bank zitten. Hij wist niet of hij lang geslapen had. Buiten was het licht en de ochtendzon scheen het appartement binnen. Hij herkende sommige stukken huisraad, andere niet. Sommige waren helemaal nieuw voor hem, zoals het tv-meubel, dat hij de vorige avond niet had opgemerkt. Op het plateau stond de tv. Die had een glazen scherm, een beetje bol, zwarte plastic zijkanten en een rijtje geheimzinnige druktoetsen. Hij stond op, liep naar het toestel en zag zichzelf vreemd weerspiegeld in het scherm: zijn hoofd was naar alle kanten uitgerekt. Hij zag er volkomen belachelijk uit en moest glimlachen tegen zijn eigen rare portret. Hij streek met zijn handen over het scherm en frunnikte aan de toetsen. Ineens een zacht suizen, er verschenen onbegrijpelijke tekens op het scherm en toen kwam er een vreselijk jankend geluid, hij dacht dat hij er gek van werd. Hij deinsde achteruit, weg van het toestel, keek hulpzoekend om zich heen en begon toen als een bezetene op de toetsen te drukken om dat lawaai maar te laten stoppen. Ja, er gebeurde iets. Het rare beeld kromp in elkaar en veranderde in een vlekje dat van het scherm verdween. Het lawaai verstomde. Opgelucht haalde hij adem.

'Wat is dat voor herrie?'

Zijn moeder was de kamer binnengekomen.

'Ik geloof dat ik dat ding aangezet heb,' zei hij beschaamd. 'Ik heb het niet expres gedaan.'

'Ben jij dat, joh?' zei zijn moeder. 'Sorry, ik wilde je gisteravond afhalen, maar het ging gewoon niet, ik ben de laatste tijd niet zo lekker. Heb je mijn sigaretten gezien?'

Hij keek om zich heen en schudde zijn hoofd.

'Waar heb ik dat pakje nou toch gelaten,' zuchtte ze en ze keek de kamer door. 'Heeft Rögnvaldur je afgehaald?'

Hij wist niet wat hij moest antwoorden, hij had geen idee hoe de man die hem had afgehaald heette. Ze vond een pakje sigaretten en lucifers, stak een sigaret aan, inhaleerde de rook en blies die uit. Toen nam ze weer een trek en blies de rook door haar neusgaten uit.

'Wat vond je van hem, lieverd?' vroeg ze.

'Van wie?'

'Nou, van Röggi natuurlijk. Dat snap je toch wel?'

'Dat weet ik niet,' zei hij. 'Gewoon, goed.'

'Röggi is oké,' zei ze en ze trok aan haar sigaret. 'Je krijgt niet altijd helemaal hoogte van hem, maar ik kan goed met hem overweg. Beter dan met die schoft van een vader van je, dat kan ik je wel vertellen. Beter dan met die etter! En, heb je al wat gegeten, lieverd? Wat kreeg je bij de boer altijd?'

'Havermout,' zei hij.

'Getsie, dat was zeker wel vies, hè?' zei zijn moeder. 'Wil je niet liever cornflakes hebben? In Amerika eet iedereen die. Ik heb speciaal voor jou een pak gekocht. Met chocoladesmaak.'

'Misschien wel,' zei hij om niet ondankbaar te willen lijken. Hij hield van havermout 's morgens, of van die dikke rabarbermoes. Als je daar suiker overheen strooide was het even lekker, vond hij.

Hij liep zijn moeder achterna naar de keuken, waar ze twee schaaltjes en een bruin pak tevoorschijn haalde. Ze deed er bruine bolletjes in, haalde melk uit de koelkast, goot die erbij en gaf hem het ene schaaltje. Ze gooide de sigaret zonder hem te doven in de gootsteen en begon met krakend geluid de cornflakes te eten. Hij schepte wat van de bolletjes op zijn lepel en hapte. De bolletjes waren hard en sprongen in zijn mond weg.

'En, vind je dat niet lekker?' vroeg zijn moeder.

'Het gaat wel,' zei hij.

'Beter dan pap,' zei zijn moeder.

De melk nam een bruine kleur aan; hij dronk ervan uit het schaaltje en dat vond hij wel lekker. Hij keek naar zijn moeder. Ze was veranderd sinds hij haar de laatste keer had gezien, ze was dikker geworden en het leek wel of haar gezicht opgezet was. Ook miste ze een tand in haar onderkaak.

'Vind je het niet fijn dat je weer thuis bent?' vroeg ze.

Hij dacht na.

'Ja, hoor,' zei hij ten slotte. Het lukte hem niet om erg overtuigend te klinken.

'Wat nou, ben je niet blij dat je je mammie weer ziet? Mooi is dat! Terwijl ik zo mijn best gedaan heb om je je thuis te laten voelen. Je mag wel eens een beetje dankbaarder zijn. Je mammie bedanken voor alles wat ze voor je heeft gedaan.'

Ze stak een nieuwe sigaret op en keek lang naar hem.

'Mooi is dat!' zei ze en ze zoog de rook in terwijl de sigaret opgloeide.

Als hij wilde slapen ging hij op de vloer van de kelderwoning aan de Grettisgata liggen, sliep dan dadelijk in en werd na een of twee uur wakker. Dagen achtereen was hij niet naar huis geweest. Hij kon het zich niet permitteren daar te gaan slapen: hij moest die ouwe smeerlap in de gaten houden. Die mocht niet ontsnappen. Die kwam niet meer uit zijn handen!

De Eumig-filmcamera had hij niet kunnen vinden, evenmin als de films. Hij had tafels ondersteboven gezet, laden opengetrokken en de inhoud op de vloer uitgestort, kasten opengebroken en boeken van hun planken geveegd. Ten slotte had hij de deur van die ouwe z'n slaapkamer opengedaan; dat had hem nogal wat aarzelingen gekost. Daarbinnen was het een even grote troep als overal in het appartement. Het bed was niet opgemaakt en er lag geen onderlaken op, zodat je de smerige matras kon zien; het dekbed had geen overtrek. In de hoek stond een oude kast met vier laden. Bij het bed stond een stoel met kleren erop en tegen de muur een grote kast met kleren. Op de grond lag bruine kunststof vloerbedekking. Hij deed eerst een aanval op de klerenkast, gooide hemden en broeken op de grond, trok ieder kledingstuk eruit. Hij had een mes bij zich en sneed in een aantal ervan. Hij kookte van woede. Hij stapte in de kast en timmerde op de achterwand en de zijkanten, tot een van de zijwanden brak. Toen trok hij de laden uit de oude kast in de hoek en keilde ze over de vloer. Ze bevatten ondergoed, sokken en een aantal papieren, maar hij had geen zin die te bekijken. Hij brak de bodem uit een van de laden door erop te stampen. Ten slotte zette hij de la rechtop op de vloer en brak de achterkant eruit. Hij sneed de matras aan flarden en keerde die om op de vloer. Het frame van het bed waarop de matras had gelegen zette hij overeind. Nergens een spoor van de camera of de filmpjes die erbij hoorden.

Hij liep de kamer weer binnen en ging bij de man zitten. Het enige licht in het kelderhol was de stralenbundel die de Bell&Howell-projector op de kamermuur wierp. Hij draaide het toestel zo dat de lichtbundel op de man viel die daar in elkaar gedoken, met het masker voor zijn gezicht, zat vastgebonden op zijn stoel.

'Waar heb je die troep verstopt?' vroeg hij, kortademig na al die inspanning.

De man hief zijn hoofd op en tuurde in de stralenbundel.

'Maak me los,' hoorde hij hem vanonder het masker steunen.

'Waar is die camera?'

'Maak me los.'

'Waar zijn de films die je ermee gemaakt hebt?'

'Maak me los, Drési, dan kunnen we het er samen over hebben.'

'Nee.'

'Maak me los.'

'Hou je bek, man!'

De man begon reutelend te hoesten.

'Maak me los, dan zal ik je alles vertellen.'

'Vergeet het maar.'

Hij stond op om de kleine voorhamer te zoeken. Hij wist niet meer waar hij die had gelaten. Op zoek naar de camera had hij van het appartement een ruïne gemaakt; nu liet hij zijn ogen erdoorheen gaan: tafels en stoelen lagen overal verspreid. Opeens wist hij weer dat hij de hamer het laatst in de keuken had zien liggen. Hij liep erheen, stapte over de troep die hij op de vloer had gegooid en zag de steel van de hamer glimmen. Die was op de vloer gevallen. Hij raapte hem op, nam hem mee naar de kamer en ging voor de man staan. Hij greep zijn kin vast en drukte zijn hoofd naar achteren, zodat de pin loodrecht omhoogstak.

'Vertel op!' siste hij en hij hief de voorhamer omhoog.

'Bekijk het!' hoorde hij van onder het masker zeggen.

Hij liet de hamer vallen, maar net voor die zou neerkomen remde hij de slag af en raakte de pin zachtjes op de kop.

'Vertel op!'

'Bekijk het maar, klootzak!'

'De volgende is raak,' fluisterde hij.

Hij hief de voorhamer omhoog en zou hem juist laten vallen toen de man begon te roepen.

'Nee, nee, stop... niet doen, niet doen...'

'Wat?'

'Niet doen,' kermde de man, 'niet meer doen, maak me los... maak me nou los...'

'Jou losmaken?' zei hij.

'Laat me... gaan... maak me los...'

De laatste woorden klonken fluisterend.

'Stop nou... nou is het genoeg geweest...'

'Stoppen? O, jij vindt het wel genoeg? Is het nou niet net als toen? Toen ík zo huilde, daar bij jou? Weet je nog? Wéét je nog? Toen ik je smeekte om te stoppen? Weet je nog, klootzak?'

Hij had de voorhamer in zijn handen laten zakken, maar nu hief hij hem hoog in de lucht en liet hem zo hard als hij kon neerkomen. Op een afstand van een paar millimeter suisde hij langs het hoofd van de man.

Hij boog zich naar de man toe.

'Zeg me waar je die troep hebt verstopt, of je krijgt die pin in je hersens!'

16

Patrekur was op zijn kantoor; zo te zien had hij het buitengewoon druk toen Sigurður Óli hem kwam storen. Hij werkte voor een groot ingenieursbureau en hield zich speciaal bezig met het draagvermogen van constructies. Meestal werkte hij samen met bouwers van bruggen en krachtcentrales. Het bureau was in zijn soort een van de grootste van het land, en Patrekur was er een man van betekenis. Hij was onderdirecteur en had veel mensen onder zich. Het ingenieursbureau had een enorme groeispurt doorgemaakt in de economische bloei die het land kende. Die bloei was af te lezen aan de steeds groter wordende banken, aan de investeringen door kapitaalkrachtige IJslanders en buitenlandse ondernemingen, aan het zeer snel toegenomen aantal nieuwbouwprojecten in de hoofdstedelijke regio en aan de geweldige hoeveelheid werk die de bouw van dammen en de aluminiumwinning in de Oostfjorden opleverden. Het laatste waarover Patrekur kon klagen was dus dat hij niets te doen had. Het was nog vroeg in de ochtend, maar hij stond daar al in overhemd met opgerolde mouwen, mobieltje in de ene hand, vaste telefoon in de andere, informatie in te spreken die hij van twee computerschermen op zijn bureau aflas. Sigurður Óli trok de deur achter zich dicht, ging op de zwartleren bank tegenover het bureau zitten, sloeg de benen over elkaar en wachtte geduldig af.

Op Patrekurs gezicht verscheen een verbaasde uitdrukking toen hij zag dat Sigurður Óli binnenkwam en ging zitten. Haastig beëindigde hij het ene telefoongesprek en begon toen moeizaam de problemen van zijn andere gesprekspartner op te lossen. Sigurður Óli spitste zijn oren, maar zijn interesse verflauwde toen de treksterkte van betonijzer en de stijgende ontwerpkosten aan de orde kwamen.

Je kon wel zien dat er op Patrekurs kantoor keihard gewerkt werd. Zijn hele bureau werd in beslag genomen door stapels papier; zelfs de brede vensterbank was ermee bedekt. Opgerolde technische tekeningen lagen overal in de rondte. Aan een spijker in de muur hing een veiligheidshelm. Op het bureau stond een foto van zijn vrouw Súsanna met de kinderen.

'Ik krijg inmiddels de volle laag van ze,' zei Sigurður Óli toen Patrekur eindelijk zijn telefoongesprek had kunnen beeindigen.

De telefoon op tafel rinkelde. Patrekur nam op, legde de hoorn op tafel en verbrak de verbinding. Hij schakelde ook zijn mobieltje uit.

'Van wie?' vroeg hij. 'Waarom? Waar heb je het over?'

'Van mijn collega's aan de Hverfisgata. Ik moest ze wel over jou vertellen. Over onze vriendschap.'

'Over mij? Waarom?'

'Ze denken dat jij dieper in de zaak zit dan je mij verteld hebt. Het is allemaal veel ernstiger geworden toen Lína gisteren stierf. Eigenlijk zou ik hier helemaal niet met je moeten praten. Als je het heel precies neemt.'

Patrekur keek Sigurður Óli lang aan.

'Je maakt toch geen geintje, hè?'

Sigurður Óli schudde zijn hoofd.

'Waarom moest je ze over mij vertellen?'

'Tja, waarom ben jij naar me toe gekomen?' kaatste Sigurður Óli terug.

'Ik hoorde gisteren op het journaal dat ze is overleden. Maar ze denken toch niet serieus dat ik daar wat mee te maken heb?'

'Héb je ermee te maken?'

'Ja, kom zeg, dan zou ik je dat heus wel vertellen. Heb je er last mee gekregen?'

'Geen dingen die ik niet aankan,' zei Sigurður Óli. 'Wat zei Hermann? Toen hij van Lína hoorde?'

'Ik heb hem nog niet gesproken. Komt dit allemaal aan de grote klok te hangen?'

Sigurður Óli knikte.

'Ik zal je vertellen hoe het verdergaat. Je wordt opgeroepen voor een verhoor. Waarschijnlijk op een middag. Hermann en zijn vrouw ook. En Súsanna zal er natuurlijk niet buiten kunnen blijven. Heel precies weet ik het allemaal nog niet. Maar de man die jullie in eerste instantie zal verhoren heet Finnur. Dat is een hele goeie. En wat jou betreft, zeg alsjeblieft de volledige waarheid. Hou niks achter, ga niet in discussie. Wees beknopt en precies, en ga niet uitweiden. Niet meer zeggen dan ze vragen. Niet ongevraagd iets zeggen. En niet gaan zeggen dat je een advocaat wil. Zo'n soort zaak is het helemaal niet. Het enige wat je daarmee bereikt is dat ze dat raar vinden en gaan twijfelen aan je onschuld. Gewoon jezelf zijn. Probeer ontspannen over te komen.'

'Denk jij... worden wij ervan verdacht dat we dit gedaan hebben?' stamelde Patrekur.

'Hermann staat er heel wat slechter voor dan jij,' zei Sigurður Óli. 'Van jou weet ik het niet. Ik heb Finnur verteld over onze vriendschap, en over die foto's en de chantage, en hoe jij Hermann kent en dat jij ons bij elkaar gebracht hebt.'

Patrekur was verbijsterd in zijn stoel neergezakt. Zijdelings keek hij naar de foto van Súsanna en de kinderen.

'Ik zal jou nog eens om raad vragen,' zei hij.

'Ze zouden er uiteindelijk toch wel achter zijn gekomen,' zei Sigurður Óli.

'Erachter komen? Waarachter dan? Súsanna en ik hebben niks gedaan!'

'Daar denkt Finnur anders over,' zei Sigurður Óli. 'Die zegt

dat je mij gebruikt, dat je er zelf tot over je oren in zit.'
'Ik kan het allemaal niet geloven,' zuchtte Patrekur.
Sigurður Óli zag hoe zijn vriend onrustig in zijn stoel zat te draaien.
'Ik ook niet,' zei hij. 'Finnur is heel goed, maar dit vind ik eerlijk gezegd onzin. Hij wil maar niet zien dat jullie nooit tegelijkertijd én mij én een zware jongen op Lína af zouden sturen. Maar is er nog iets wat je me niet eerder verteld hebt? Iets wat ons zou kunnen helpen de kerel te vinden die dit op zijn geweten heeft? Ken je nog iemand, een man of een vrouw, met wie Lína en Ebbi contact hadden?'
Hij zag de opluchting bij zijn vriend toen hij zei dat hij niet in Finnurs theorieën geloofde.
'Ik weet verder niks,' zei Patrekur. 'Ik heb je alles verteld wat ik weet, en dat is in feite niks. Helemaal niks. Wij kennen die lui niet, we kennen ze totaal niet.'
'Oké,' zei Sigurður. 'Dat moet je ook zeggen als je tegenover Finnur zit, en dan zal het allemaal wel goed komen. Niet zeggen dat ik hier geweest ben om je te waarschuwen.'
Patrekur keek vragend naar Sigurður Óli.
'Kun jij niet wat regelen?' vroeg hij. 'Ik ben nog nooit in mijn leven verhoord.'
'Ik heb er verder geen invloed meer op,' zei Sigurður Óli.
'En de media, komen die er ook aan te pas?'
Sigurður Óli kon zijn vriend niet geruststellen.
'Daar moet je wel van uitgaan,' zei hij.
'Waarom moest je verdomme mij er zo nodig bij betrekken?'
'Dat heeft Hermann gedaan,' zei Sigurður Óli. 'Niet ik.'

Toen hij in de Hverfisgata terugkwam wachtte zijn vader daar op hem. Het was nog niet eerder voorgekomen dat hij daar onder werktijd met zijn zoon kwam praten, en Sigurður Óli schrok nogal.

'Alles goed?' was het eerste wat hij zei.

'Ja, Siggi, alles is prima,' zei zijn vader. 'Ik wilde alleen maar eens horen hoe het met je gaat. Ik ben hier in de buurt aan het werk en ineens dacht ik: kom, ik ga even bij hem langs. En toen realiseerde ik me dat ik je nog nooit op je werk heb opgezocht.'

Sigurður Óli ging hem voor naar zijn kantoor, verbaasd en ook nogal uit zijn humeur. Toen zijn vader op een stoel ging zitten zuchtte hij zachtjes, alsof hij moe was. Hij was niet lang, maar zwaargebouwd; hij had sterke handen, getekend door een jarenlange worsteling met tangen en stukken buis. Hij liep een beetje mank, hij had een versleten knie die hem pijn bezorgde: tijdens het werk moest hij altijd op zijn knieën zitten. Hij droeg een pet, het haar eronder was met grijs doorschoten. De dikke wenkbrauwen boven zijn vriendelijke ogen hadden hun rode kleur behouden. Zijn haar stond rechtovereind, omdat hij een tijdlang niet naar de kapper was geweest. Zoals gewoonlijk liep hij rond met een baard van een paar dagen. Sigurður Óli wist dat hij zich maar één keer per week schoor, op zaterdag. Zijn wenkbrauwen liet hij met rust, alsof ze van goud of zilver waren.

'Je moeder soms nog gesproken?' vroeg zijn vader; hij masseerde zijn pijnlijke knie.

'Ik ben eergisteren bij haar geweest,' zei Sigurður Óli. Hij was ervan overtuigd dat het geen beleefdheidsvisite was die hier werd afgelegd. Zijn vader had zijn tijd nooit verspild aan onnodige dingen. 'Zal ik koffie voor je halen?' vroeg hij.

'Nee, dank je, voor mij niet,' zei zijn vader direct. 'Ze maakt het nog steeds goed, zeker?'

'Ja hoor, behoorlijk goed.'

'Is ze nog altijd met die man?'

'Met Sæmundur? Ja.'

Toen zijn vader hem bijna drie weken geleden opbelde hadden ze nagenoeg hetzelfde gesprek gevoerd. Naderhand had hij niet meer met hem gesproken. Dat telefoongesprek ging volstrekt nergens over, afgezien van de vragen die hij nu en dan stelde over Gagga en haar vriend.

'Helemaal perfect natuurlijk, die man,' zei zijn vader.

'Ik ken hem niet,' zei Sigurður Óli naar waarheid. Hij had niet meer contact met de man dan nodig was.

'Ze redt zich wel.'

'Ben je van plan wat aan je verjaardag te doen?' vroeg Sigurður Óli, en hij keek naar zijn vader, die nog steeds zijn knie masseerde.

'Nee, ik denk het niet. Ik...'

'Wat?'

'Ik moet opgenomen worden, Siggi.'

'Wat zeg je nou?'

'Ze hebben iets gevonden in mijn prostaat. Dat komt nogal vaak voor bij mannen op mijn leeftijd.'

'Maar wat... wat dan? Kanker?'

'Ik hoop maar dat het er nog niet zo lang zit. Ze denken trouwens dat het nog niet uitgezaaid is. Maar ik moet wel met spoed geopereerd worden. Dat wou ik je vertellen.'

'Verdomme!' schreeuwde Sigurður Óli ineens.

'Ja, wat je al niet kan krijgen,' zei zijn vader. 'Maar je schiet er ook niks mee op als je erover gaat zitten piekeren. Hoe gaat het met onze Bergþóra?'

'Bergþóra? Goed, neem ik aan. Maar zeg, ben je niet bang? Wat zeggen de dokters?'

'Tja, die vroegen of ik kinderen had, en toen heb ik ze over jou verteld, en toen zeiden ze dat ze jou ook wilden zien.'

'Mij?'

'Ze zeiden iets over risicogroepen, en dat jij ook tot een risicogroep behoorde. Vroeger hoefden de mannen echt niet voor hun vijftigste over zulke dingen te denken, maar die leeftijd gaat steeds verder omlaag. En omdat het in zekere mate erfelijk is willen ze dat jij ook bij ze komt, of in elk geval dat je je laat onderzoeken. Dat wou ik je laten weten.'

'En wanneer ga je onder het mes?'

'Volgende maand. Langer wachten kan niet, zeggen ze.'

De boodschap was overgebracht. Zijn vader stond op en deed de deur open.

'Het is niet anders, Siggi. Vergeet niet je te laten onderzoeken. Niet op de lange baan schuiven.'

Toen ging hij weg, een beetje mank lopend met zijn zere knie.

17

Toen Sigurður Óli tegen de avond naar het huis van Ebbi en Lína reed was het daar rustig. Voor de woning stond Ebenesers grote jeep, die met zijn enorm dikke banden extra hoog op de wielen stond. Die banden waren speciaal bedoeld voor het rijden op onverharde trajecten in de bergen, op het ijs en op hard bevroren sneeuw. Sigurður Óli parkeerde zijn auto achter de jeep en dacht na over autotochten door het lege, ruige binnenland. Zulke heikele avonturen waren niks voor hem. Door het land trekken lokte hem niet, om van kamperen maar te zwijgen. Dat kwam neer op een armzalig leven en afzien van alle comfort. Hij was van mening dat hij op een IJslandse gletsjer niets te zoeken had. Bergþóra had wel eens geprobeerd zijn interesse te wekken voor tochten door het land, maar ze had ervaren hoe afwerend en ongeïnteresseerd hij dan was, net als bij zoveel andere dingen trouwens. Het liefst wilde hij gewoon in Reykjavík blijven, en dan ook nog in de directe omgeving van zijn huis. Wel bracht hij zijn zomervakantie regelmatig in het buitenland door. Het ging hem dan meer om de zekerheid dat de zon zou schijnen dan om de kans wat van de wereld te zien. Bergþóra vond het dan ook niet vreemd dat Florida een van zijn favoriete bestemmingen was. Maar voor Spanje of andere zonrijke landen in Europa voelde hij weer veel minder. Daar vond hij het maar smerig; de maaltijden waren er zeer verschillend van kwaliteit en vooral schraal. Historische trekpleisters, musea of gebouwen trokken hem niet, en in Orlando had hij helemaal geen last van zulke verplichte nummers. Met zijn smaak op het gebied van films was het net zo. Hij kon niet tegen pretentieuze Europese films, van die artistieke cinema. Ze gingen nooit ergens over en er gebeurde niets in. Dan bevielen Hollywoodfilms hem beter, de sensatie, het komische, die schitterende sterren. Daarvoor had je nou bioscopen! Als hij op tv iets zag wat niet Engels of Amerikaans was stond het toestel al snel weer uit. Andere talen, en vooral IJslands, hadden op hem hetzelfde effect als al die kinderachtige programma's die je op tv kon zien. IJslandse films meed hij als de pest. Een boekenwurm was hij ook niet. Het lukte hem amper zich door één boek per jaar heen te worstelen. Wel luisterde hij verhoudingsgewijs veel naar muziek: Amerikaanse rock uit de bloeitijd, country.

Een hele tijd bleef hij in zijn auto achter Ebbi's reusachtige voertuig zitten denken aan zijn vader en aan hun ontmoeting, een paar dagen daarvoor, de kwaal die ontdekt was en het verzoek zichzelf te laten onderzoeken. Hij trok een grimas. Het zou moeilijk genoeg voor hem zijn de stap te zetten zich op prostaatkanker te laten onderzoeken. Hij herinnerde zich dat hij een keer een stel plastic potjes naar het Landshospitaal had moeten brengen. Leuk was anders. Dat was in de tijd dat Bergþóra en hij met medische ondersteuning een kind probeerden te krijgen. Hij had toen 's morgens vroeg thuis op de wc zijn sperma in zo'n potje moeten lozen en het warm moeten houden, totdat hij het kon afleveren bij het meisje aan de balie. Persoonlijke informatie over de gang van zaken erbij, een gezellig praatje zelfs. Nu wachtte hem, zoals gezegd, een bezoek aan een specialist. Die zou hem vragen op zijn zij te gaan liggen en zijn knieën op te trekken. Die zou latexhandschoenen aandoen en naar de zieke plek tasten. En ondertussen natuurlijk over het weer emmeren.

'Verdomme!' schreeuwde Sigurður Óli, en hij sloeg op het stuur.

Ebeneser opende de deur en liet hem met tegenzin binnen. Hij zei dat hij in een rouwproces zat. Sigurður Óli stelde zichzelf daarbij voor dat hij met een dominee of een psycholoog had gepraat. Hij zei echter dat hij het helemaal begreep en dat zijn bezoek niet lang zou duren.

Ebeneser had, nadat Sigurður Óli daar voor het laatst was geweest, het appartement opgeruimd. Toen was het binnen een ruïne geweest. Nu was het weer bijna gezellig. Het schijnsel van een staande schemerlamp zette de woonkamer in schemerlicht, de stoelen stonden op hun plaats, de schilderijen hingen recht aan de muren. Op de tafel stond een ingelijste foto van Lína, waarvoor een kaars brandde.

Ebeneser zou juist in de keuken koffiezetten toen Sigurður Óli had aangebeld. Op tafel stond een pak koffie, de houder voor het filter van het apparaat stond open. Sigurður Óli wachtte tot Ebeneser hem een kop zou aanbieden. Dat gebeurde niet. Hij bewoog zich traag en scheen er niet met zijn gedachten bij te zijn, hij leek heel ver weg. Waarschijnlijk werd het verlies van Lína langzamerhand een tastbaar feit voor hem, werden de gruwelijke omstandigheden die tot haar dood geleid hadden keiharde waarheid.

'Heeft ze nog wat gezegd?' vroeg Ebeneser, terwijl hij afmat hoeveel koffie er in het apparaat moest. 'Toen je hier bij haar kwam?'

'Nee,' zei Sigurður Óli. 'Ze was bewusteloos. En die man viel me meteen aan.'

'Je had hem niet achterna moeten gaan,' zei Ebeneser en hij keerde zich naar Sigurður Óli. 'Dan had je voor haar kunnen zorgen. Dat heb je niet gedaan. Anders was ze misschien eerder in het ziekenhuis geweest. Dat maakt alle verschil. Dat maakt in zulke... zulke gevallen alle verschil.'

'Natuurlijk,' zei Sigurður Óli. 'Ik heb ook direct gebeld. Daar was ik net mee klaar toen die man me te lijf ging. Maar ik wilde die aanvaller pakken, dat is gewoon een natuurlijke reactie. Ik geloof niet dat ik anders had kunnen reageren.'

Ebeneser zette het koffiezetapparaat aan en bleef toen bewegingloos bij de tafel staan.

'Hoe gaat het met je?' vroeg Sigurður Óli.

'Met mij?' zei Ebeneser; hij staarde naar het koffiezetapparaat.

'Je bent duidelijk aan het zoeken naar schuldigen. Maar hoe zit het met jouzelf? Wat was jouw aandeel in de aanval op Lína? Waar waren jullie op uit? Wie waren de lui die jullie zo razend hebben gemaakt? Ben jij degene die het allemaal bedacht heeft? Heb jij Lína bij een of ander goor zaakje betrokken? Hebben jullie schuld? Welke verantwoordelijkheid draag jij, Ebeneser? Heb je je dat afgevraagd?'

Ebeneser zweeg.

'Waarom wil je ons dat niet zeggen?' ging Sigurður Óli verder. 'Ik weet dat jullie geprobeerd hebben mensen te chanteren met foto's, het heeft geen enkele zin om dat te ontkennen. Als we ze verhoren, vertellen ze hoe jij en Lína schnitzelparty's hebben gehouden en foto's van ze hebben gemaakt terwijl ze seks met jullie hadden, en hoe jullie die foto's gebruikt hebben om er geld mee te vangen. Je bent op weg naar de gevangenis, Ebeneser. Boven op alles wat je meemaakt word je ook nog eens van chantage beschuldigd.'

Ebeneser keek niet op. Het koffiezetapparaat boerde water op, de zwarte vloeistof begon de kan te vullen.

'Jullie hebben het leven van die mensen verwoest,' zei Sigurður Óli. 'Je hebt je eigen leven verwoest, Ebeneser. En waarvoor? Hoeveel kronen mocht het kosten? Wat voor prijskaartje hing er aan het leven van Lína? Een half miljoen? Wil je haar echt zo afschrijven?'

'Hou je kop, man,' zei Ebeneser met de tanden op elkaar. Hij keek naar de koffie die de kan vulde. 'Mijn huis uit, jij.'

'Je wordt opgeroepen voor een verhoor, waarschijnlijk later op de avond. Je krijgt de gerechtelijke status van verdachte in een smerige chantagezaak. Het is mogelijk dat je in voorlopige hechtenis wordt genomen, dat weet ik niet. En misschien moet je een speciale aanvraag indienen om bij Lína's begrafenis te kunnen zijn.'

Ebeneser staarde naar de koffiekan, alsof daarin de enige kans lag om zijn leven te redden.

'Ebbi, denk erover na.'

Ebeneser gaf geen reactie.

'Ken je iemand die Hermann heet? Jullie hebben hem een foto gestuurd. Die heeft hij aan me laten zien.'

Ebeneser staarde zwijgend naar de koffie. Sigurður Óli haalde diep adem. Hij wist niet zeker of hij door zou gaan.

'Ken je ook iemand die Patrekur heet?' vroeg hij ten slotte. 'Zijn vrouw heet Súsanna. Horen die ook bij de club?'

Hij stond op, liep naar Ebeneser toe en haalde een foto uit zijn jaszak. Hij had die opgehaald voor hij bij Ebeneser aanklopte. Op de foto stonden Patrekur en Súsanna, samen bij hem en Bergþóra thuis, toen er nog niets aan de hand was. De foto was in de zomer gemaakt – gebruinde gezichten, glazen witte wijn. Sigurður Óli legde de foto op tafel, naast het koffiezetapparaat.

'Ken je die mensen?' vroeg hij.

Ebeneser keek zijdelings naar de foto.

'Je hebt helemaal het recht niet om hier te zijn,' zei hij, zo zacht dat Sigurður Óli het nauwelijks kon horen. 'Eruit jij. Weg daarmee, verdomme!' riep hij toen en hij smeet de foto op de vloer. 'Eruit!' riep hij weer en hij gaf Sigurður Óli een duw. Die raapte de foto van de grond en liep achterwaarts bij Ebeneser vandaan. Ze staarden elkaar aan, totdat Sigurður Óli zich ineens omdraaide, de keuken uit ging, het huis verliet en naar zijn auto liep. Toen hij instapte keek hij door het keukenraam, dat op de straat uitzag. Hij zag Ebeneser de koffiekan pakken en die met al zijn kracht tegen de muur smijten.

De kan sloeg aan duizend stukken en de koffie spatte door de hele keuken, als een regen van bloed.

Sigurður Óli ging op weg naar huis langs de sportschool, liep een flink aantal kilometers, tilde gewichten alsof zijn leven ervan afhing en trainde fanatiek aan de toestellen. Op zijn vaste trainingsuren, 's morgens en 's avonds, trof hij steeds dezelfde mensen. Soms maakte hij een leuterpraatje met hen, soms helemaal niet; dan wilde hij maar één ding: met rust gelaten worden. Dat was deze keer het geval. Hij praatte tegen niemand, en als er iemand tegen hem begon gaf hij maar kort antwoord en verhuisde naar een andere plek. Ten slotte hield hij op met trainen en reed naar huis.

Thuisgekomen maakte hij een dikke hamburger klaar met gezoete uien en een gebakken ei op ciabatta. Hij dronk er Amerikaans bier bij en keek op tv naar een Amerikaanse comedy.

Het ontbrak hem aan de rust om lang tv te kunnen kijken en hij zette hem uit toen er een Zweeds misdaadprogramma begon. Hij zat in zijn tv-stoel nog na te denken over het bezoek van zijn vader. Moest hij voor zichzelf een afspraak bij een specialist maken? Moest hij het op zijn beloop laten en er het beste van hopen? Hij kon niet tegen het idee dat hij opeens in de een of andere stomme risicogroep was terechtgekomen. Altijd had hij heel goed op zijn gezondheid gelet en hij meende dat hij kerngezond was; nog nooit had hij zich hoeven laten onderzoeken. Hij was er ook trots op dat hij nooit in zijn leven in een ziekenhuis had gelegen. Goed, een paar keer had hij griep gehad, net als pasgeleden – hij was juist weer beter. Maar daar hield het dan ook mee op.

Zijn agenda lag op de vloer, vlak onder zijn jas, die hij over de rug van een stoel had gelegd. Hij was uit zijn zak gevallen. Sigurður Óli stond op, pakte het boekje en bladerde erin voor hij het op zijn bureau in de huiskamer legde. Hij was nooit bang geweest dat hij ziek zou kunnen worden, had zich er nooit zorgen over gemaakt dat hij wel eens een ernstige, ongeneeslijke ziekte zou kunnen krijgen. Dat kwam eenvoudig niet bij hem op. Hij was een en al gezondheid. Hij besloot met een specialist te gaan praten. Vroeg of laat zou het toch moeten gebeuren, dat wist hij. Met onzekerheid zou hij niet kunnen leven.

Hij pakte de agenda weer. Er stond iets in waar hij naar moest kijken. Iets wat hij vergeten was. Hij zocht in de aantekeningen die hij de laatste dagen had neergekrabbeld. Het was niet iets heel belangrijks wat hij had laten zitten: een telefoonnummer dat hij nog steeds niet had nagetrokken. Dat had hij strikt genomen wel moeten doen. Hij keek op de klok. Het was nog niet zo laat. Hij pakte de telefoon.

'Ja?' hoorde hij aan het andere eind van de lijn zeggen. Het was een vrouwenstem, vermoeid en onverschillig.

'Neem me niet kwalijk dat ik zo laat nog bel,' zei Sigurður Óli. 'Ken jij een vrouw die Sara heet, en is dat een vriendin van je?'

Aan de andere kant bleef het even stil.

'Wat kan ik voor je doen?' hoorde hij toen vragen.

'Is zij afgelopen maandagavond bij je op bezoek geweest?' vroeg Sigurður Óli. 'Kun je dat bevestigen?'

'Wie?'

'Sara.'

'Welke Sara?'

'Die vriendin van je.'

'Ja zeg, neem me niet kwalijk, maar met wie spreek ik eigenlijk?'

'Met de politie.'

'Wat moet díé nou van me?'

'Is Sara afgelopen maandagavond bij je geweest?'

'Zeg, is dit soms een geintje?'

'Een geintje?'

'Je hebt natuurlijk een verkeerd nummer gekozen.'
Sigurður Óli las het nummer in de telefoon voor.
'Ja, dat nummer klopt wel,' zei de vrouw, 'maar er werkt hier geen Sara. Ik kén ook geen Sara. Je spreekt met de kaartverkoop van de Universiteitsbioscoop.'
'Ben jij Dóra dan niet?'
'Welnee, er werkt hier helemaal geen Dóra. Ik ben hier al heel wat jaren in dienst, maar een Dóra heb ik nooit meegemaakt.'
Sigurður Óli staarde naar het nummer in zijn agenda en zag een ijzeren ringetje, vastgezet in een wenkbrauw, en een slang die zich om een arm kronkelde – nóg iemand die loog, heel overtuigend deze keer.

18

Sigurður Óli overwoog of hij Sara voor verhoor zou oproepen. Hij kon haar van haar werkplek laten ophalen, haar door agenten in uniform uit de frisdrankfabriek laten afvoeren. Een enorme show opzetten om haar murw te maken, haar zo bang te maken dat ze wel ging praten. Haar zover krijgen dat ze elke weerstand opgaf. Dat was één methode. Een andere was: haar nog een keer op haar werk opzoeken en haar daar ongenadig hard aanpakken. Haar met alle mogelijke ellende bedreigen: haar geboeid afvoeren, met haar chefs praten, haar leugen openbaar maken. Hij had er geen idee van hoe door de wol geverfd Sara was, hij kende haar niet, maar hij ging ervan uit dat ze kon liegen alsof het gedrukt stond en niet te vertrouwen was. Dat telefoonnummer van de bioscoop had ze zomaar opgehoest, in de hoop dat hij het nooit zou natrekken.

Hij besloot de tweede methode toe te passen. Sara mocht dan tegen hem gelogen hebben over wat ze had uitgespookt, het was nog helemaal niet zeker dat de waarheid iets met de aanval op Lína te maken had. Sara kon honderd andere redenen hebben gehad om tegen hem te liegen.

Ze zat op haar plaats in de telefooncentrale in de bottelarij, met dat ringetje in haar wenkbrauw en die slang om haar arm, allebei tekenen van opstandigheid tegen iedere vorm van kleinburgerlijkheid en huisje-boompje-beestje. Smakeloos en goor, dacht Sigurður Óli toen hij op haar af liep. Sara had juist een klant aan de lijn. Sigurður Óli wachtte een hele tijd, maar toen er maar geen eind aan het telefoongesprek leek te willen komen verloor hij zijn geduld, griste haar de hoorn uit de hand en legde die neer.

'Wij moeten eens wat uitgebreider met elkaar praten,' zei hij.

Sara keek hem stomverbaasd aan.

'Zeg, ben je niet goed of zo?' zei ze.

'Hier of op het bureau, jij mag het zeggen.'

Een vrouw, wat ouder dan Sara, stond achter de tafel, stomverbaasd over het gesprek tussen die twee. Sara wierp haar een zijdelingse blik toe en Sigurður Óli zag wel dat ze in haar werkomgeving geen toestanden wilde.

'Is het goed dat ik heel even pauzeer?' vroeg ze aan de vrouw. Die knikte rustig en vroeg haar om het niet te lang te maken.

Sara liep voor Sigurður Óli uit naar de kantine en opende een deur in de zijmuur, die naar een trappenhuis leidde. Daar bleef ze staan. De deur ging vanzelf achter hen dicht.

'Wat lul je nou allemaal, man?' zei ze zodra de deur dichtgevallen was. 'Kan je me niet met rust laten?'

'Jij bent op de avond van die aanslag helemaal niet bij een vriendin van je op bezoek geweest. Inmiddels gaat het om moord, niet langer om mishandeling. En het nummer van je vriendin dat je me gegeven hebt was nep.'

'Ik weet niet waar je het over hebt,' zei Sara. Ze krabde aan de slang op haar arm.

'Waarom stond jouw auto in de buurt van de plek waar die moord is gepleegd?'

'Ik ben bij mijn vriendin geweest.'

'Dóra?'

'Ja.'

'Óf jij bent een imbeciel, óf je denkt dat ik er een ben,' zei Sigurður Óli. 'Daar kan je dan in voorlopige hechtenis mooi over nadenken. Want ik wou je even vertellen dat je vanaf nu bij de groep verdachten hoort en dat we je later op de dag komen ophalen. Ik ga nu weg om een bevel tot inhechtenisneming te vragen. Het zal niet lang duren. Vergeet je tandenborstel niet.'

Sigurður Óli deed de deur van het trappenhuis open.

'Mijn broer had hem geleend,' zei Sara zachtjes.

'Wat zei je daar?'

'Mijn broer had de auto,' zei het meisje, luider nu. De weerstand vloeide langzamerhand uit haar weg.

'Wie is dat? Wat doet hij?'

'Hij doet helemaal niks, ik leen hem alleen soms mijn auto uit. Híj heeft er die avond mee gereden. Maar waar hij heen geweest is en wat hij gedaan heeft, daar weet ik niks vanaf.'

'Waarom heb je gelogen?'

'Omdat hij op de een of andere manier altijd weer in de shit raakt. Toen je naar die auto vroeg en wou weten waar ik geweest was, dacht ik al direct dat hij weer wat uitgevreten had. Maar ik ga toch niet voor hem in de bak zitten. Ik pieker er niet over. Híj had de auto.'

Sigurður Óli keek naar Sara. Die staarde naar de vloer. Hij vroeg zich af of ze niet opnieuw stond te liegen.

'Tja, waarom zou ik je eigenlijk moeten geloven?'

'Het zal me een zorg zijn of je me gelooft of niet. Híj had de auto. En verder weet ik er niks vanaf. Mijn probleem is het niet. Ga maar met hém praten.'

'Wat was hij aan het doen? Wat heeft hij tegen jou gezegd?'

'Niks. Zoveel praten we niet met elkaar. Hij is...'

Sara zweeg.

'Dus je leent hem alleen maar je auto uit,' zei Sigurður Óli.

Sara staarde niet langer naar de vloer, ze hief haar hoofd en keek Sigurður Óli aan.

'Nee... dat was ook gelogen,' zei ze.

'Wát was er gelogen?'

'Ik had hem de auto niet geleend. Hij had hem gepikt. De dag daarna was ik te laat op mijn werk. Moest een taxi nemen.

Mijn auto stond niet meer op de parkeerplaats. Hij mag dan honderd keer mijn broer zijn, het is een verrekte klootzak.'

Sara's broer heette Kristján, en ze had hem al heel lang haar auto niet meer geleend, naar ze Sigurður Óli vertelde. Nooit hield hij zich aan zijn afspraken. Soms had hij gewoon geen zin om de auto terug te brengen of was hij er niet toe in staat; dan kon ze hem zelf gaan halen. Wie weet stond de auto, een gammele Micra, dan op een parkeerplaats in het centrum een parkeerboete op te bouwen. Daarom leende ze hem de auto niet meer uit, leende ze hem ook geen geld of andere spullen meer. Hij had geld van haar gestolen, had haar creditcard een keer gepikt, en zelfs spullen uit haar appartement, die hij dan verkocht voor drugs. En altijd zat hij in de problemen. Hoe dat kwam wist ze niet. Net als zij was hij heel behoorlijk opgevoed; hun ouders waren allebei bij het onderwijs. Ze waren met vijf broers en zusters; met vier ging het prima, maar hij had altijd moeilijkheden, met alles en iedereen. De avond dat hij de auto gepakt had was hij bij haar langsgekomen, maar hij was een beetje rusteloos en ongedurig geweest. Dat was hij trouwens vaak. Hij was maar kort gebleven.

Toen ze de dag daarop wakker werd en naar haar werk wilde, kon ze haar autosleutels niet vinden, en daarna ook haar auto niet.

Sigurður Óli ging na of Kristján met de politie in aanraking was geweest, maar in de dossiers was niets over hem te vinden. Hij reed volgens Sara's aanwijzingen naar de plaats waar Kristján woonde – naar ze vermoedde tenminste. Het was een kelderappartement; de huurder ervan was een vriend van hem. Zelf woonde Kristján officieel nog bij zijn ouders, maar in werkelijkheid was hij al twee jaar geleden het huis uit gegaan. Een vaste betrekking had hij niet. Uit het laatste baantje dat hij had gehad was hij na precies een week ontslagen. Hij had toen in een supermarkt gewerkt die het hele etmaal open was en had zo ongeveer iedere dag spullen uit de zaak gestolen.

Sigurður Óli klopte op de deur. Het was een kelderappartement in een flatgebouw, met een eigen ingang. Hij klopte nog eens, maar er gebeurde niets. Toen hij de bel probeerde was er in het appartement niets te horen. Hij riep aan het raam, dat uitkeek op een verwaarloosde achtertuin en zag alleen bierblikjes en rommel op de tafel, een vieze troep. Ten slotte trapte hij zo hard tegen de deur dat die ervan dreunde.

Eindelijk kwam er iemand opendoen, een vervallen gestalte, in onderbroek, met een doodsbleke huid, het haar tot op de schouders. Hij rilde van de kou.

'Wat moet dat hier?' zei hij, en hij tuurde met de slaap nog in zijn ogen naar Sigurður Óli.

'Ik zoek Kristján, ben jij dat?'

'Ik? Nee.'

'Weet je waar hij is?'

'Hoezo? Wat is er dan met hem?'

'Zit hij hier bij jou binnen?'

'Nee.'

'Verwacht je hem nog?'

'Nee, wat... wie ben jij?'

'Ik ben van de politie en ik moet hem hebben. Weet jij waar hij kan zijn?'

'Hij komt hier niet meer, ik krijg nog een hoop geld van hem, huur en zo. Als je hem ziet, zeg dan maar dat hij me nog moet betalen. Waarom ben je van de politie?'

'Weet je waar hij kan zijn?' vroeg Sigurður Óli, die probeerde naar binnen te kijken, omdat hij geen woord geloofde van wat dat menselijke wrak tegen hem zei. Hij snapte die vraag niet – waarom ben je van de politie? – en deed ook geen poging hem te beantwoorden. Hij hield het erop dat de man wilde weten wat de politie van Kristján wilde.

'Je kunt eens kijken of hij in de Hoge Hoed zit. Hij heeft er nogal eens eentje op. Hopeloos geval,' antwoordde de man; hij glimlachte om het oude woordgrapje. 'Totaal hopeloos geval,' herhaalde hij, alsof hij wilde onderstrepen dat hij dat zelf helemaal niet was.

De barman in de Hoge Hoed kende Kristján heel goed, maar had hem al een tijdje niet gezien. Hij zei dat de rekening die hij bij de bar had openstaan hem waarschijnlijk kopschuw gemaakt had. Hij glimlachte erbij, alsof het hem niet aanging wie er bij de eigenaar in de schuld stonden. Het was kort na twaalven en er waren niet al te veel gasten. Ze hingen aan de bar of zaten met een glas bier voor zich aan een ronde tafel. Ze keken met nieuwsgierige blikken naar Sigurður Óli, iemand die niet tot de stamgasten van dit uur van de dag behoorde, en vingen ieder woord op dat tussen hem en de barman gewisseld werd. Sigurður Óli had niet verteld dat hij van de politie was, en een man van rond de dertig kwam hem onverwacht te hulp.

'Ik heb Kiddi gisteren bij de Bíkó gezien. Ik denk dat hij daar is gaan werken,' zei hij.

'Welk filiaal van de Bíkó?' vroeg Sigurður Óli.

'Aan de Hringbraut.'

Sigurður Óli herkende Kristján direct van de beschrijving die zijn zus van hem had gegeven. Het klopte: hij was pas aangenomen bij een bouwmarkt in Reykjavík-West. Hij liep een tijdje achter hem aan voor hij actie ondernam, en zag dat Kristján de klanten ontweek alsof ze besmet waren. Hij snuffelde wat bij de rekken met schroeven rond, liep toen er klanten aankwamen naar de lampen, maar botste daar tegen een man op die zei dat hij advies nodig had bij het uitkiezen van verfkwasten. Hij zei dat hij bezig was en wees een ander personeelslid aan. Hij had Sigurður Óli in de gaten gekregen en vreesde natuurlijk dat die ook iets zou willen weten.

Uiteindelijk wist Sigurður Óli hem in een hoek klem te zetten.

Kristján was niet de figuur die hij achterna had gezeten en die bij het ziekenhuis Kleppur in het donker was verdwenen. Op het moment dat hij hem zag realiseerde hij zich dat. Hij wist niet of Kristján eigenlijk wel een honkbalknuppel omhoog kon krijgen, want zelf was hij niet veel zwaarder, een aaldunne jongen van zo'n twintig jaar, in bedrijfskleding van de Bíkó die als vuile was om hem heen hing. 'Bedeesd' was het woord dat Sigurður Óli te binnen schoot.
'Ben jij Kristján?' vroeg hij bot.
Kristján antwoordde bevestigend.
'Ik ben van de politie,' zei Sigurður Óli, en hij keek om zich heen. Ze stonden beschut achter rekken met allerlei tuingereedschappen; Kristján deed alsof hij wat bij de takkenscharen te doen had. 'Ik heb je zus gesproken,' ging Sigurður Óli verder. 'Ze vertelde me dat je haar auto gepikt hebt.'
'Dat liegt ze. Ik heb hem niet gepikt,' zei Kristján. 'Ze heeft hem aan me uitgeleend. En ze heeft hem teruggekregen ook.'
'Waar ben je naartoe gereden?'
'Wat?'
'Waar had je die auto voor nodig?'
Kristján aarzelde. Hij vermeed het Sigurður Óli in de ogen te kijken. Hij legde de takkenscharen neer en pakte een plastic fles met onkruidverdelger.
'Dat is míjn zaak,' zei hij, maar erg overtuigd klonk hij niet.
'De auto is gevonden in een straat niet zo ver van de Laugarásbioscoop, waar een vrouw is aangevallen en vermoord. Dat was op dezelfde avond dat jij daar met die auto bent geweest. Toen het gebeurde was je daar in de buurt, dat weten we.'
Kristján gaapte Sigurður Óli aan, maar die gaf hem geen kans om na te denken.

'Wat deed jij daar met die auto? Waarom heb je hem daar die nacht laten staan?'

'Het is gewoon... het is gewoon een... een misverstand,' zei Kristján.

'Wie was dat die je daar bij je had?' zei Sigurður Óli scherp en ongeduldig, en hij deed een stap naar hem toe. 'We weten dat jullie met z'n tweeën waren. Wie was er bij je? En waarom hebben jullie die vrouw aangevallen?'

Hoe Kristján zich ook geprepareerd had op een eventuele confrontatie als deze, toen het eropaan kwam gingen al zijn voornemens in rook op. Sigurður Óli had al vaak gezien dat het jongens als Kristján aan moed ontbrak. Ze hadden voor hem gestaan, een en al leugen en onwil. Ze hadden een grote bek opengetrokken, alles ontkend, tegen hem gezegd dat hij naar de hel kon lopen – om vervolgens als een blad aan een boom om te draaien. Dan raakten ze onder de indruk van wat gewichtigdoenerij en werden coöperatief. Kristján werd nog bedeesder, zette de onkruidverdelger neer, maar deed dat zo onhandig dat er drie flessen op de grond vielen. Hij bukte om ze op te rapen en zette ze weer op hun plaats. Sigurður Óli keek toe, maar stak geen hand uit om hem te helpen.

'Mij maak je niet wijs dat Sara tegen jou gekwekt heeft,' zei Kristján.

Sukkel, dacht Sigurður Óli.

19

Hoe Kristján op het verkeerde pad was geraakt interesseerde Sigurður Óli niet. Zulke verhalen had hij al zo vaak gehoord. Meestal dienden ze als verontschuldiging voor een onfrisse carrière in de misdaad of illustreerden ze de problemen waarin iemand dankzij de welvaartsmaatschappij terecht was gekomen. Het enige wat voor Sigurður Óli telde was dat Kristján maar een eind weg geleefd had en nu tot over zijn oren in de schulden zat. Voor het grootste deel waren dat de drugsschulden die hij bij diverse figuren gemaakt had, in de stad en in een paar gevallen zelfs in het buitenland. Zelf was Kristján bepaald geen grootverdiener. Hij werkte dan hier, dan daar, als hij tenminste werk kon krijgen. Meestal zwierf hij maar wat rond, lui, bijna apathisch. Waar hij het maar kon lospeuteren leende hij geld, niet in de laatste plaats bij banken en spaarbanken. Hij had hele stapels pinpassen en creditcards gehad. Die werden dan weer door deurwaarders in beslag genomen, al leverde hun dat niets op. Er bestond echter ook een ander soort incasseerders, en over hen maakte hij zich grotere zorgen.

Kristján had de wet overtreden, maar was daar altijd mee weggekomen. Hij had meisjes verleid en ze financieel uitgekleed voor er bij hen een lichtje ging branden. Een kandidaat-schoonvader, een oude voetbalheld, had hem ongenadig afgetuigd toen hij ontdekte dat Kristján verschillende waardevolle voorwerpen uit zijn huis had gestolen en verpatst. Sommige van die feiten wist Sigurður Óli van zijn zus Sara. De meeste kreeg hij echter op het politiebureau aan de Hverfisgata van Kristján zelf te horen.

Toen hij eenmaal in handen van de politie was praatte Kristján namelijk ineens heel openhartig. Het hielp beslist mee dat hij ervan werd verdacht medeschuldig te zijn aan moord: natuurlijk wilde hij zich daarvan schoonwassen. Toch dacht Sigurður Óli dat zijn gedrag daar niet helemaal mee verklaard was. Kristján scheen nog nooit met iemand over zijn levensloop te hebben gepraat, en na een wat aarzelend begin brandde hij los over zijn leven en over de lui die hem op het verkeerde pad hadden gebracht. Zijn verhaal was eerst erg onsamenhangend en chaotisch; later kwam er een duidelijke lijn in. Eén naam kwam steeds terug, ene Þórarinn, vrachtwagenchauffeur van beroep.

Voor zover je op Kristján af mocht gaan was deze Þórarinn niet alleen drugsdealer, maar incasseerde hij zo nodig ook de schulden bij zijn klanten. Die combinatie kwam vaker voor; zo kon je efficiënt werken. Volgens Kristján was hij geen grote jongen, maar wel een die van wanten wist, en niet makkelijk voor de lui die schulden bij hem hadden. Zo had hij Kristján ook in zijn handen gekregen. Die lukte het maar heel zelden te betalen voor wat hij gebruikte, en omdat bedreigen en afrossen niet hielpen begon hij verschillende karweitjes voor zijn dealer op te knappen. Zo betaalde hij tot op zekere hoogte voor de drugs. Hij deed van alles: van drank halen en eten kopen tot het ophalen van nieuwe zendingen bij drugssmokkelaars of wiettelers, want Þórarinn paste er wel voor op zich daar zelf mee bezig te houden. Zelf was Þórarinn geen gebruiker, maar volgens Kristján kon hij iedereen onder de tafel drinken. Hij was vader van een gezin en had een vrouw en drie kinderen. Lang geleden had hij aan atletiek gedaan. Hij viel niet op: het drugsgeld was zijn oudedagsvoorziening, zei hij vaak, en zodra het financieel kon zou hij stoppen. Kristján had nogal eens bij hem op de auto gewerkt, en kreeg dan de zwaarste vrachtjes op zijn schouders. Met het loon werden zijn schulden afbetaald.

Sigurður Óli keek naar Kristján, die tegenover hem in de verhoorruimte zat, mistroostig en ellendig. Hij geloofde niet alles wat hij hoorde. Wel was het goed mogelijk dat die stommerd het slaafje van zijn drugshandelaar was. Hij had gevraagd of hij mocht roken; het antwoord was een glashard nee. Hij vroeg ook of Sigurður Óli iets voor hem te eten had; het antwoord was bepaald onvriendelijk. Hij vroeg of hij naar het toilet mocht, maar ook dat werd hem geweigerd.

'Dat kan je me niet verbieden,' zei Kristján.

'Ach joh, rot toch op,' zei Sigurður Óli. 'Wat is er toen op maandagavond gebeurd?'

'Hij wilde niet met de vrachtwagen,' zei Kristján. 'En toen vroeg hij me om een auto te regelen. Nou ja, vragen – ik moest het gewoon doen. Ik zei tegen hem dat ik geen auto had, maar hij zei dat ik dan maar met mijn zus moest praten. Ik had hem wel eens over haar verteld, hij wist dat ze een auto had.'

'Heeft hij je verteld wat hij van plan was met die auto?'

'Nee, hij wou alleen maar dat ik die direct aan het begin van de avond bij hem neerzette.'

'Dus je bent niet met hem meegereden?'

'Nee.'

'Zat hij alleen in die auto?'

'Ja, dat denk ik wel. Weten doe ik het niet. Ik weet er verder niks vanaf.'

'Is hij altijd zo op zijn hoede? Dat hij een speciale auto regelt?'

'Hij is heel voorzichtig, ja,' zei Kristján.

'Heb je hem nog gezien sinds je hem die auto bezorgd hebt?'

Kristján aarzelde.

'Ik... hij kwam de dag erna bij de Bíkó,' zei hij toen. 'Heel even maar. Hij vertelde me waar de auto stond, en dat ik tegen niemand mocht zeggen dat hij hem geleend had, en dat we de komende weken geen contact met elkaar konden hebben, of de komende maanden, of weet ik hoe lang. En toen is hij weer weggegaan. Verder niks. Ik heb Sara gesproken en verteld waar de auto stond. Pisnijdig was ze.'

'Heeft Þórarinn je verteld wat hij daar in huis moest met die vrouw?'

'Nee.'

'Is hij voor zijn eigen zaakjes bij haar geweest of heeft iemand anders hem op haar afgestuurd?'

Sigurður Óli keek Kristján aan, en zag dat die uit zijn concentratie geraakt was. Dat was tijdens hun gesprek al een paar keer eerder gebeurd, vooral wanneer Sigurður Óli erg uitvoerige vragen stelde. Dan gaapte Kristján hem aan zonder hem te begrijpen en moest Sigurður Óli de vraag anders en korter formuleren. Dat deed hij deze keer ook en hij probeerde niet al te vlug te praten.

'Kende Þórarinn die vrouw?'

'De vrouw die hij in elkaar geslagen heeft?' zei Kristján, en er kwam nu een veelzeggende uitdrukking op zijn gezicht. 'Nee, dat denk ik niet, ik weet het niet. Hij heeft het nooit over haar gehad.'

'Ging hij daar drugsgeld incasseren?'

'Dat weet ik niet.'

'Heb je enig idee wat hij met haar wilde?'

'Nee.'

'Kent Þórarinn de man van die vrouw? Die heet Ebeneser.'

'Ik heb hem nooit over een Ebeneser horen praten. Is dat een buitenlander?'

'Nee. Zou jij zeggen dat het een gewelddadig type is, die Þórarinn?'

Kristján dacht na. Hij overwoog of hij zou vertellen van die keer dat Þórarinn hem afgetuigd had omdat hij zijn schuld niet op tijd had betaald. Of toen hij hem zijn middelvinger gebroken had. De pijn was niet te verdragen geweest. Maar afgezien daarvan was Þórarinn eigenlijk best oké. Nou ja, nadat hij zich erbij had neergelegd dat hij maar op één manier iets kon terugkrijgen van de schulden die Kristján bij hem gemaakt had: door hem voor zich te laten werken. Daarna waren ze bijna vrienden geworden. Hij geloofde niet dat Þórarinn veel vrienden had, maar daar kwam hij nooit achter. Hij had hem wel eens met zijn vrouw horen praten, en dat was niet leuk geweest. Een keer had hij haar gezien met een buil op haar voorhoofd en gebarsten lippen. En zoals hij over haar praatte – niet echt lekker. Voor zijn kinderen was hij wél goed. Al met al toch een keiharde vent. Nooit had hij Þórarinn echt in een goed humeur gezien, en hoe vaak had hij niet tegen Kristján gezegd dat hij hem zou vermoorden als hij iets tegen de politie zei? Zonder aarzelen. Hij zou hem doodeenvoudig uit de weg ruimen.

'Wat zei je?' vroeg Kristján, die de vraag vergeten was.

Sigurður Óli zuchtte en herhaalde de vraag.

'Dat kan je wel zeggen,' zei Kristján. 'Ik denk niet dat zijn vrouw het best heeft bij hem.'

'En volgens jou heeft Þórarinn zo zijn methodes om mensen te laten betalen?'

'Ja.'

'Weet je dat zeker? Ben je er getuige van geweest?'

'Hij heeft míj ook laten betalen,' zei Kristján. 'En meer lui, dat weet ik. Hij is behoorlijk *tough* als het om drugsschulden gaat en hij incasseert ook voor anderen.'

'Wat voor lui zijn dat?'

'Andere dealers. Gewoon, alle mogelijke lui.'

'En gebruikt hij daar een honkbalknuppel bij?'

'Ja natuurlijk,' zei Kristján zonder aarzelen. Van geldophalers die geen honkbalknuppel gebruikten had hij nog nooit gehoord.

'Wanneer heb je voor het laatst contact met hem gehad?'

'Toen hij me daar opgezocht heeft, de dag nadat het gebeurd was.'

'Weet je waar hij nu is?'

'Gewoon thuis, denk ik. Of op zijn werk.'
'Denk je dat hij ondergedoken is?'
Kristján haalde zijn schouders op.
'Zou kunnen.'
'Waar zou hij dan kunnen zitten?'
'Dat weet ik niet.'
'Zeker weten?'
'Ja.'
Sigurður ging door, keerde Kristján helemaal binnenstebuiten. En hij had resultaat: ondanks de talloze bedreigingen met moord hield Kristján niets achter. Het bleek dat Þórarinn een bijnaam had – als zoveel anderen in de godverlaten onderwereld van Reykjavík. Die bijnaam was voor Sigurður Óli zeer verhelderend.

Snelle Toggi.

20

Het duurde een tijd voor hij de man die met zijn moeder samenwoonde beter leerde kennen. De man, door zijn moeder nooit anders dan Röggi genoemd, was niet veel thuis. Soms zat hij op zee, soms werkte hij buiten de stad. Veel contact met moeder en zoon had hij dus niet.

Vanaf het moment dat hij bij de boer was weggegaan moest hij zichzelf doorgaans maar zien te redden. Hij leerde in de buurt leeftijdgenootjes kennen, ging met hen naar goedkope bioscoopvoorstellingen, en toen de school in de herfst begon kwam hij bij een paar van hen in dezelfde klas te zitten. In het algemeen zorgde hij er zelf voor op school te komen: hij werd op tijd wakker, zocht kleren bij elkaar en smeerde brood voor tussen de middag – als er tenminste wat in huis was. Zijn moeder kwam zo vroeg niet uit bed. Die was tot ver in de nacht op en had soms bezoekers die hij niet kende en niet wílde kennen ook. Dan kon hij niet in de kamer slapen en verhuisde naar de slaapkamer van zijn moeder en de man. Soms hoorde hij dronkemansherrie. Eén keer was het op vechten uitgedraaid en had iemand de politie gebeld. Door het slaapkamerraam had hij gezien hoe een stomdronken man in de politieauto werd gezet; hij hoorde de vloeken die hij tegen de politieagenten uitbraakte. Die pakten hem dan ook niet met fluwelen handschoenen aan, ze sloegen hem de auto in en schopten toen zijn voeten onder hem uit. Hij zag zijn moeder scheldend bij de buitendeur staan. Toen knalde ze de deur dicht. De herrie van het feest ging tot de ochtend door.

Hij had zich zo geschaamd dat hij het biljet van duizend kronen verloren was, het biljet dat de boer hem bij het afscheid had gegeven. In de bus op weg naar de stad had hij het nog bij zich gehad en het heel secuur in een van zijn broekzakken weggeborgen. Af en toe had hij er eventjes met zijn vingers overheen gestreken, de hele rit lang. Toen hij moest wachten totdat hij zou worden opgehaald was hij het briefje van duizend helemaal vergeten, bang als hij was dat er niemand zou komen. Thuis was hij aan de keukentafel als een blok in slaap gevallen en op de bank weer wakker geworden. Hij had totaal niet meer aan het bankbiljet gedacht. Hij was ook helemaal niet gewend zelf iets te bezitten, laat staan zo'n kostbare schat. Pas laat in de avond herinnerde hij zich het cadeau. Hij had nog steeds dezelfde broek aan en stak zijn hand in de ene zak, daarna in de andere en in de achterzakken, haalde het jack dat hij had aangehad en doorzocht het helemaal, zocht in zijn koffer, in de keuken, op de bank, in de kamer, en zelfs achter de tv. Hij vertelde zijn moeder wat er aan de hand was, dat hij het briefje van duizend kwijt was, en hij vroeg haar of ze niet naar het parkeerterrein konden om er daar naar te vragen.

'Duizend kronen!' zei zijn moeder. 'Wie zou er jou nou duizend kronen geven?'

Het kostte tijd om haar ervan te overtuigen dat het echt waar was wat hij zei.

'Het is uit je zak gevallen,' zei Sigurveig. 'Dat kun je verder wel schudden. Er is heus niemand die een briefje van duizend kronen gaat teruggeven. Dat doet geen mens. Dan zou je ook wel een ontzettende oen zijn – zoveel geld. Je zal het wel gedroomd hebben,' zei ze en ze stak een sigaret op.

Nadat hij er ontzettend om gezeurd had kreeg hij haar zover dat ze naar het parkeerterrein belde. Hij luisterde naar het gesprek, dat maar heel kort was.

'Nee, dat denk ik ook, natuurlijk,' zei ze, terwijl ze deed alsof ze een duidelijk antwoord had gekregen op haar vraag of er daar niet iemand een briefje van duizend had gevonden.

En dat was dat. Zijn moeder maakte er verder geen woorden aan vuil, en toen het de eerstvolgende keer dat Röggi thuis was ter sprake kwam, zei die dat hij van niets wist: hij had nooit zo'n briefje gezien.

Met zijn moeder kreeg hij geen echte band en hij begreep niet waarom ze hem van de boerderij had laten terugkomen. Hij wist niet wat hij van haar moest denken, voor hem was ze een onbekende vrouw, die zich weinig of niet met hem bemoeide. Ze scheen helemaal in haar eigen wereld te leven en daar was maar weinig plaats voor hem. Contact met de andere kinderen of familieleden had hij niet. Ze had geen werk en dus leek het alsof de enige mensen met wie ze omging nachtvlinders waren zoals zijzelf. Ze vroeg maar heel zelden hoe het met hem ging, of hij vriendjes in de buurt had, of hij het leuk vond op school, of hij gepest werd.

Had ze maar eens belangstelling getoond, dan had hij haar kunnen vertellen dat hij het best fijn vond op school en dat het in de klas heel goed ging. Alleen met rekenen zou hij wel een beetje hulp kunnen gebruiken. Maar ja, hoe kwam je daar aan? Spelling was trouwens ook moeilijk, hoor. Van die regeltjes over de y en de dubbele n snapte hij niks. Maar de meester begreep wel dat hij dat moeilijk vond. Die bleef heel geduldig, al had hij dan voor zijn dictees niet zulke beste cijfers. Hij kon ook niet zo vlug schrijven, en dat was een handicap voor hem, want het dictee werd veel te snel van een cassettebandje afgespeeld. Hij vond het maar moeilijk om het allemaal op papier te krijgen. Hij had haar ook kunnen vertellen dat ze soms merkten ze dat hij geen brood bij zich had of al heel lang in dezelfde, onfris ruikende kleren liep. Dat vond hij vervelend.

Hij zat elke dag thuis heel serieus te leren en keek 's avonds tv. Dat was net of je de bioscoop thuis had. Hij keek met dezelfde belangstelling naar alle uitzendingen, of het nu om het journaal of om discussieprogramma's ging, om spannende films of om IJslandse muzikale shows. In het weekend waren er zo nu en dan films op tv, en daar miste hij er nooit een van. Misschien zag hij die wel het liefst. En tekenfilms.

Röggi praatte niet veel als hij thuis was en vertelde maar weinig over zichzelf. Hij scheen weinig vrienden te hebben en weinig met andere mensen om te gaan. Hij kreeg nooit bezoek, nooit telefoon. Als hij niet hoefde te werken lag hij vaak te slapen, maar 's nachts was hij op de been. Toen hij op een keer midden in de nacht wakker werd zag hij Röggi in de keuken zitten. Hij rookte een sigaret en er stond een fles voor hem. Een andere keer werd hij wakker en daar stond Röggi bij hem. Die bekeek hem met een uitdrukkingsloos gezicht en ging toen zonder iets te zeggen weer naar de slaapkamer. Hij vond dat Röggi als het erop aankwam meer aandacht aan hem besteedde dan zijn moeder. Röggi vroeg hem naar de school en de onderwijzers en keek tv met hem. Gaf hem ook wel eens iets, snoepgoed soms, of frisdrank of kauwgom.

Het gebeurde op een herfstavond, toen zijn moeder niet thuis was. Röggi was bij hem en ze zaten tv te kijken. Hij vroeg hem of hij geen zin had om echte films te zien, tekenfilms. Dat wilde hij wel. Röggi ging naar de slaapkamer en kwam terug met de gekke kist die hij op de avond van zijn thuiskomst van de boerderij voor het eerst had gezien. Toen stond die op de tafel in de huiskamer. Röggi ging nog een keer de slaapkamer binnen om een kartonnen doos te halen, die vol zat met films. En ten slotte haalde hij een klein projectiescherm op een drievoet voor de dag. Dat trok hij uit een lang foedraal.

'Ik zal je die tekenfilms eens laten zien,' zei Röggi. Hij haalde een aantal spoelen uit de doos en zette er een van op het toestel.

Hij deed de stekker in het stopcontact en het toestel begon te draaien. Een helderwit schijnsel viel op het scherm. Het toestel maakte een vriendelijk brommend geluid toen de film door de projector begon te lopen en in het schijnsel vormden zich strepen en punten en cijfers. Toen ineens begon de film.

Ze keken hem uit; toen spoelde Röggi de film terug en borg hem op. Hij pakte een andere, even fleurig, even grappig als de vorige. Het was een Donald Duck-film, net als de eerste.

Toen ook die afgelopen was zette Röggi een derde film in de projector. Hij zei er niets over. Het was een kleurenfilm. Hij kwam uit het buitenland en aan het begin zag je dat een volwassen man een meisje van hooguit zeven jaar over de haren streek. Daarna deed hij haar kleren uit.

'Ik wou dat nooit!' schreeuwde hij. Hij stond over de man gebogen. Die was weer achterover op de vloer gevallen, nog steeds vastgebonden aan zijn stoel. 'Ik heb nooit naar die gore troep willen kijken. Maar ik moest van jou, je hebt me gedwongen, en je dwong me... je dwong me...'

Hij schopte naar de man, schopte naar hem alsof hij een hond was, schopte en huilde en schreeuwde naar hem, en schopte en huilde.

'Ik wou dat nooit!'

21

Þórarinn bleek ondergedoken te zijn.
Sigurður Óli ging met een aantal politiemensen naar de Sogavegur, waar Þórarinn in een klein rijtjeshuis woonde. Hij vond het niet nodig de speciale eenheid op te roepen. Hij klopte op de deur. Het liep tegen de avond; een koude motregen viel over de stad. Kort daarvoor waren de straatlantaarns in de buurt gaan branden; ze wierpen een nevelig schijnsel om zich heen. Finnur was met Sigurður Óli meegekomen; achter hen stonden nog een paar andere politiemensen te wachten tot de deur open zou gaan. Twee man waren achterom gegaan voor het geval Þórarinn de benen zou nemen en aan de achterkant van het huis over een vluchtweg beschikte. De deur ging open en een klein meisje van ongeveer zes staarde naar hen omhoog.
Sigurður Óli boog zich voorover.
'Is jouw pappa thuis?' vroeg hij en hij probeerde erbij te glimlachen.
'Nee,' zei het meisje.
Achter haar verscheen een ander meisje, van tegen de tien. Ze keek naar Sigurður Óli en Finnur en de politiemensen die achter hen stonden te wachten.
'Is jullie mamma thuis?' vroeg Sigurður Óli, zich nu tot het oudste meisje richtend.
'Die slaapt,' zei het meisje.
'Maar jij wil haar vast wel voor ons wakker maken, hè?' zei Sigurður Óli, in een poging als een aardige meneer over te komen. Het scheen hem niet goed af te gaan.

'Dat mogen we niet,' zei het meisje.

Sigurður Óli keek naar Finnur.

'Als het voor ons is mag je haar echt wel wakker maken, kindje,' zei Finnur beslist. 'Wij zijn van de politie en we moeten met je vader praten. Weet jij ook waar hij is?'

'Hij is aan het werk,' zei het oudste meisje. 'Ik zal mamma wakker maken,' zei ze toen en ze liep naar binnen.

Er ging een tijdje voorbij; ze bleven op de stoep wachten. De agenten achter het huis stonden in de motregen en stapten van de ene voet op de andere. Ze hadden toestemming de woning binnen te gaan en huiszoeking te doen, maar Finnur wilde het, anders dan Sigurður Óli, niet bedreigender maken dan nodig was – tenslotte waren er kinderen bij betrokken. Ze wisten dat er drie in huis waren, het jongste was vier jaar. Ze wisten ook dat Þórarinn op dat moment niet aan het werk was. Onderzoek had uitgewezen dat hij sinds maandag niet meer gewerkt had. Er was al naar zijn vrachtwagen gezocht.

Eindelijk kwam het oudste meisje terug. Ze staarde zonder iets te zeggen naar buiten, en even daarna verscheen haar moeder. Het was duidelijk te zien dat die een dutje had gedaan en nog niet helemaal wakker was. In haar dikke gezicht zaten slaaprimpels. Ze had verward en piekerig haar.

'We hebben toestemming om hier huiszoeking te doen,' zei Sigurður Óli. 'We willen graag dat je ons binnenlaat. En we moeten ook met je man praten, met Þórarinn. Weet je waar hij is?'

De vrouw zei niets. Het meisje staarde naar hen.

'Het liefst willen we dit in alle rust afwerken,' zei Finnur.

De vrouw had tijd nodig om wakker te worden.

'Wat... wat willen jullie van hem?' vroeg ze; ze klonk nog slaapdronken.

Sigurður Óli was inmiddels aanbeland bij het punt waarop hij geen zin meer had in verdere gesprekken. Hij gaf de mannen bevel hem te volgen. Hij duwde voorzichtig het meisje in de deur weg. Haar moeder liep ruggelings voor hem uit het huis in. Algauw was de huiszoeking in volle gang. Er werd gezocht naar bebloede of gescheurde kleding, naar drugs, naar geld, naar een lijst van klanten zelfs, alles wat maar verband kon houden met de aanslag op Lína en de aanleiding daartoe. Ze vonden het jongste meisje slapend in het bed van haar ouders. De moeder maakte haar wakker en nam haar mee naar de woonkamer. De vrouw scheen niet bijzonder verbaasd te zijn over de inval, deed niet moeilijk, stond zwijgend op een afstandje met haar dochtertjes de werkzaamheden te volgen: een huis vol politiemensen die alles in haar woning op zijn kop zetten. Het was er uitzonderlijk netjes, in alle laden lagen schone spullen, de keuken was helemaal opgeruimd en de tafels waren schoon. Luxe was nergens te vinden, op de tafels in de kamer stonden goedkope prulletjes, het bankstel was aan vernieuwing toe. Als Þórarinn al iets aan de drugshandel verdiende was dat aan zijn huis niet te merken. En de enige auto die hij had was zijn vrachtwagen.

'Weet je nog wat voor kleren je man afgelopen maandag aanhad?' vroeg Sigurður Óli.

'Wat voor kleren?' zei de vrouw. 'Hij draagt altijd hetzelfde.'

'Kun je ons dan zeggen wat voor kleren dat zijn?'

De vrouw gaf een tamelijk nauwkeurige beschrijving, die overeen bleek te komen met wat Sigurður Óli wist. Ze wilde weten wat Þórarinn gedaan had.

'Waar was hij maandagavond?' vroeg Sigurður Óli, zonder op haar vraag in te gaan.

'Hij is de hele avond hier thuis geweest,' zei de vrouw zonder aarzelen. 'Maandagavond is hij niet weggeweest,' voegde ze eraan toe, alsof het niet goed tot Sigurður Óli doorgedrongen was.

'Dat klopt niet, en dat weten we,' zei hij. 'Hij is ergens anders gezien, dus hij kan echt niet de hele avond hier geweest zijn. En degene die hem gezien heeft was ik toevallig zelf. Dus als je door wilt gaan met liegen, prima, maar dan wel op het politiebureau. De kinderen moeten maar zolang naar een oppas. Als je er geen kunt vinden, zorgen wij er wel voor.'

De vrouw keek naar Sigurður Óli.

'Je kunt ons ook vertellen wat we willen weten. Dan kun je weer verder slapen,' voegde hij eraan toe.

Er bleef de vrouw niet veel te kiezen over, toen ze naar haar drie dochtertjes keek. De oudste had het op school moeilijk, niet alleen tijdens de lessen maar ook op het schoolplein, en ze weigerde de laatste tijd naar het zwembad en de gymles te gaan.

'Mij vertelt hij nooit wat,' zei ze. 'Ik weet het niet.'

'Maar was hij nou thuis, maandagavond, of niet?'

Ze schudde haar hoofd.

'Heeft hij je gezegd wat je ons moest vertellen? Dat hij hier was?'

Ze aarzelde een ogenblik en knikte toen.

'En waar is hij nu?'

'Ik weet het niet. Maar wat heeft hij dan gedaan? Ik heb hem sinds maandagavond niet meer gezien. Toen kwam hij hierheen en ik begreep nauwelijks waar hij het over had. Hij zei dat hij voor een poosje de stad uit moest, maar dat hij gauw terug zou komen.'

'Wat bedoelde hij daarmee, de stad uit? Waar wou hij dan naartoe?'

'Ik zou het niet weten. Een vakantiehuisje of zoiets hebben we niet.'

'Heeft hij familie buiten de stad?'

'Nee, niet dat ik weet. Maar wat heeft hij dan toch gedaan?'

De drie meisjes hadden met open mond naar het gesprek geluisterd; hun ogen schoten heen en weer tussen hun moeder en de politieman. Sigurður Óli gaf de vrouw een teken. Het was beter dat de kinderen niet alles zouden horen wat ze zeiden. Ze reageerde ogenblikkelijk, loodste haar dochters de keuken in en gaf de oudste opdracht chocolademelk te maken.

'We denken dat hij in Reykjavík-Oost een vrouw heeft aangevallen,' zei Sigurður Óli toen de vrouw uit de keuken terugkwam. 'Hij is gezien op de plaats waar het gebeurd is.'

'Had hij een andere vrouw?"

'Nee, dat denk ik niet,' zei Sigurður Óli. 'Volgens ons stond die aanslag los van dat soort kwesties. Kun je me vertellen met wie hij in de dagen voor hij verdween contact heeft gehad?'

Ze hadden bij het telecombedrijf een uitdraai opgevraagd van de telefoongesprekken vanuit Þórarinns huis en een van zijn gsm-gesprekken. Die zouden licht kunnen werpen op de gebeurtenissen die tot de aanslag op Lína hadden geleid, al had Sigurður Óli daar zo zijn twijfels over. Als hij afging op de beschrijving die Kristján van hem had gegeven, zou Þórarinn heus wel oppassen, dacht hij. Dat zag je al aan het feit dat er geen uitgaande gsm-gesprekken op de lijst stonden.

'Ik weet maar zo weinig van wat Toggi uitspookt,' zei zijn vrouw. 'Hij vertelt me nooit wat. Het enige wat ik weet is dat hij vrachtwagenchauffeur is en dat hij keihard werkt, soms nog 's avonds en 's nachts. En nou is hij ervandoor.'

'Heeft hij nog contact met je opgenomen sinds hij verdwenen is?'

'Nee,' antwoordde de vrouw beslist. 'Maar waarom heeft hij die vrouw aangevallen?'

'Dat weten we niet.'

'Was dat die vrouw die op het journaal was?' vroeg ze. 'Die nou dood is?'

Sigurður Óli knikte.

'En jullie denken dat Toggi dat gedaan heeft?'

'Weet je dat je man schulden incasseert? En dat de mensen die hem niet kunnen betalen slecht af zijn?' vroeg Sigurður Óli.

'Wat?' zei de vrouw. 'Nee. Waarom denken jullie dat hij dat

gedaan heeft? Waarom... nee, dat geloof ik echt niet!'

Ze wisten dat Þórarinn in de justitiële documentatie voorkwam, maar dat was nog uit de tijd voordat het oudste meisje was geboren, misschien nog wel voordat hij zijn vrouw had leren kennen. Hij was tweemaal veroordeeld voor geweldpleging. De eerste keer had hij vier maanden voorwaardelijk gekregen omdat hij bij een danstent in Reykjavík een man had aangevallen en in elkaar geslagen. Voor het tweede misdrijf had hij zes maanden gekregen, waarvan hij er drie had uitgezeten. Dat was wegens geweldpleging in een restaurant in Hafnarfjörður. In het opsporingsbericht dat 's middags werd uitgezonden werd erop gewezen dat hij gewelddadig en gevaarlijk was.

Als je op het verhaal van Kristján mocht afgaan kon Þórarinn dat ook tegenover zijn vrouw zijn, maar daar merkte Sigurður Óli niets van. Hij overwoog nog of hij dat thema moest aansnijden, maar deed het niet.

'We zijn bezig uit te zoeken wat hij met de zaak te maken heeft,' zei hij. 'Daar kun je van op aan. Hou jíj het huis zo schoon?'

'Hij wil dat het er allemaal spic en span uitziet,' zei de vrouw, bijna automatisch.

Finnur kwam uit de keuken en vroeg Sigurður Óli mee te komen. Ze gingen de kamer uit.

'Er is hier niks te vinden wat hem met Lína in verband brengt,' zei Finnur. 'Ben je met haar nog wat verder gekomen?'

'Ze heeft zonet gehoord dat haar man wel eens een moordenaar kan zijn. Als dat een beetje bezonken is kan ze ons misschien wat meer vertellen.'

'En die vrienden van je, wat zeggen die?' vroeg Finnur.

'Vrienden? Begin je nou weer?'

'Wil je niet weten hoe het met hun verhoor gegaan is?'

'Interesseert me niks.'

Sigurður Óli wist dat Patrekur en Hermann waren verhoord, evenals hun echtgenotes. Finnur had de leiding gehad. Natuurlijk had Sigurður Óli het verslag wel kunnen krijgen, maar hij was te druk geweest met het opsporen van Þórarinn.

'Hermann heeft me die foto van hem laten zien en vertelde dat dat stel, Lína en Ebeneser, hem gechanteerd had. Hij heeft natuurlijk niet bekend dat hij Lína te lijf is gegaan of dat hij een kerel gestuurd heeft om de foto's op te halen. Hij zat er nogal zielig bij en zijn vrouw zat de hele tijd te huilen. Patrekur kon er beter tegen. Ontkende alles.'

'En wat ga je nou met ze doen?'

'Ik heb ze een reisverbod opgelegd. Patrekur heeft toegegeven dat hij bij jou geweest is. Dat is genoteerd. Dus ook dat jij van die zaak wist, maar dat je dat niet gemeld hebt. Ik ga dit rapporteren. Daar ga je nog van horen, dat zit er dik in.'

'Waarom doe je dat nou, man?' zei Sigurður Óli.

'Wat ik niet snap is dat jij nog het lef hebt om aan deze zaak te blijven werken,' zei Finnur. 'Je hebt veel te nauwe banden met die mensen. En als je daar zelf niks aan doet, dan moet ik het wel doen. Ík moet dit rechercheteam leiden, het is niet jouw persoonlijke speeltje.'

'Jij vindt dat je reden hebt om mij onder druk te zetten?' zei Sigurður Óli.

'Je bent hier gewoon de juiste persoon niet voor, Siggi,' zei Finnur. 'Je werkt op je eentje en op die manier ben je bezig de zaak te verknallen. Ík heb de leiding en je doet wat ík zeg.'

'Dus jij denkt serieus dat ik niet te vertrouwen ben?' zei Sigurður Óli. 'Is dat wat je zegt? Uitgerekend jij?'

'Ja, dat is wat ik zeg.'

Sigurður Óli keek Finnur lang aan. Hij wist dat Finnur een goede politieman was, maar zijn opmerkingen begonnen langzamerhand op een soort pesterij te lijken. Het moest nu maar eens afgelopen zijn, hij was niet van plan dit nog langer te pikken. Niet van Finnur. Van iemand anders misschien nog wel. Maar zeker niet van Finnur.

'Als je nou niet ophoudt met dat gezeik van je,' zei hij, zich naar hem toe buigend, 'dan heb ik ook nog wel wat. Ik zou er nog maar eens goed over nadenken als ik jou was. Laat me met rust. Dat is wel zo goed voor je, denk ik.'

'Waar héb je het over?'

'Jij kent toch een knul die Pétur heet, is het niet?'

Finnur keek hem met een ernstig gezicht aan, maar gaf geen antwoord.

'Dat is een van die sukkels die constant in de puree zitten,' ging Sigurður Óli door. 'Een zak, nog welddadig ook. Hij is kortgeleden bijna doodgeslagen, niet ver van het bureau aan de Hverfisgata. Weet jij daarvan?'

Finnur staarde nog steeds zwijgend naar Sigurður Óli.

'Als jij soms denkt dat je de enige fatsoenlijke politieman bent hier, dan heb je het echt mis. Je moet eens ophouden de zedenpreker uit te hangen. Je moet eens ophouden met dat dreigen van je. Dan kunnen we tenminste doorgaan met datgene waarvoor we betaald worden.'

Finnur bleef hem aankijken. Het leek alsof hij probeerde te ontdekken waar Sigurður Óli op zinspeelde. Het was niet duidelijk of er een lichtje bij hem ging branden, maar ineens knalde hij er een serie krachttermen uit en liep hij het huis weer binnen.

Toen Sigurður Óli tegen de avond op het politiebureau kwam, bleek dat er iets voor hem was bezorgd. De bezorger had zijn naam niet willen noemen, maar de beschrijving herinnerde aan de alcoholist die hem achter het politiebureau had lastiggevallen. Zijn naam kende hij: Andrés. Wat hij bezorgd had zat in een grote, kreukelige plastic zak. Die droeg het logo van een supermarktketen. De inhoud was zo nietig dat Sigurður Óli eerst niets zag en meende dat er helemaal niets in de zak zat, dat het alleen maar om een stom grapje ging. Ten slotte hield hij de zak ondersteboven en schudde hij hem stevig uit, waarna de inhoud op de vloer viel.

Het bleek een opgerold stukje 8mm-film te zijn. Sigurður Óli legde het op zijn bureau en zocht nog eens goed of er geen briefje of andere stukjes film in de zak zaten. Maar er was verder niets te vinden.

Hij nam het stukje en strekte het. Toen hield hij het voor de bureaulamp en probeerde te ontdekken wat erop stond, maar dat lukte niet. Lang zat hij te peinzen; hij zag Andrés voor zich, daar achter het politiebureau, en probeerde te bedenken waarom die hem moest spreken.

Hij staarde naar het stukje film. Zoiets nietigs in zo'n grote plastic zak bezorgd te krijgen, hij wist niet wat hij ervan moest denken. Het kon nauwelijks iets voorstellen, zo kort was het. Hij had er geen idee van waarom hij het had ontvangen.

Later bleek dat het twaalf seconden duurde.

22

Lína had als secretaresse bij een middelgroot accountantskantoor gewerkt en het personeel van dat bedrijf was geschokt door de noodlottige gebeurtenissen die haar waren overkomen. Op zaterdag, rond het middaguur, ging Sigurður Óli erheen. Hij had daar tot na het weekend mee willen wachten, maar men had hem verteld dat verreweg de meeste personeelsleden op zaterdag en zondag doorwerkten, omdat het bedrijf nauwelijks op tijd alle opdrachten kon afwerken die het had aangenomen. Niemand van de mensen met wie hij daar sprak kon bedenken waarom Lína op een dergelijke manier was aangevallen, of wie haar zo'n lot gunde. Hij praatte met andere secretaresses in het bedrijf, en met een paar accountants voor wie ze gewerkt had. In een kleine vergaderruimte had hij een onderhoud met haar directe chef op de afdeling. Het merendeel van het werk dat Lína verrichtte deed ze voor hem. Het was een man van ongeveer vijftig jaar, die Ísleifur heette. Hij was wat aan de dikke kant en zag er in zijn peperdure pak zeer welvarend uit. De firma deed het buitengewoon goed en je kon merken dat hij het vreselijk druk had. Hij had twee mobieltjes voor zich op tafel liggen. Ze stonden allebei op de trilstand. Nu eens begon het ene, dan weer het andere te vibreren om een gesprek te melden. Dan keek Ísleifur op het display, om vervolgens te beslissen dat het wel kon wachten. Eén keer echter beantwoordde hij een oproep; te oordelen naar wat hij zei had hij zijn vrouw aan de lijn. Op vriendelijke toon zei hij dat hij in bespreking was en dat ze het er nog wel over zouden hebben. Het leek alsof ze dat vaker gehoord had.

Hij beschreef Lína als een uitstekende kracht en zei dat hij alleen maar goeds over haar hoorde, van iedereen. Ook Sigurður Óli had van niemand een kwaad woord over haar gehoord.

'Volgens mij interesseerde het werk in de accountancy haar echt,' zei Ísleifur. 'Ze had een heel goed inzicht in de essentie van dit vak. En dat kun je denk ik niet van iedereen zeggen,' voegde hij eraan toe.

'Is het dan niet doodgewoon een kwestie van optellen en aftrekken?' zei Sigurður Óli.

Ísleifur liet een afgemeten lachje horen. 'Je bent niet de enige die er zo over denkt. Maar het ligt echt wel een beetje anders.'

'Werkte Lína nauw met je samen?'

'Dat kun je wel zeggen, ja. En ze was een heel goede collega ook. We moeten vaak lang overwerken, we gaan zelfs in het weekend door, zoals je ziet, maar ze draaide volledig mee.'

'Wat voor werk doe je hier?' vroeg Sigurður Óli. 'Wat voor soort klanten heb je?'

'Het hele spectrum,' zei Ísleifur, en hij nam een trillende gsm op, keek snel op het display en drukte het signaal weg. 'Het gaat om particulieren en bedrijven, om grote ondernemingen ook. We verzorgen het hele scala aan mogelijkheden, zou je kunnen zeggen, van doodsimpele boekhoudingen tot de meest gecompliceerde contracten.'

'Had Lína contact met een of meer van die klanten?'

'Contact?'

'Kun je me een klant noemen met wie Lína door haar werk rechtstreeks contact had?'

'Nou, ik weet niet...'

De andere telefoon begon te trillen.

'...bedoel je persoonlijk contact, of...'

Hij keek naar het telefoonnummer en drukte het signaal weer weg.

'Had ze persoonlijk contact met een klant van jouw afdeling? Wat dat contact dan ook inhield?'

'Niet dat ik weet,' zei Ísleifur. 'Er ontstaan natuurlijk allerlei banden, maar in de regel toch niet tussen de secretaresses en de klanten. Tussen ons accountants en de klanten krijg je dat veel eerder, kun je je wel voorstellen.'

'Ken je haar man, Ebeneser?'

'Jawel, maar heel oppervlakkig. Ik weet dat hij de leiding had van een aantal tochten die we met klanten door het binnenland hebben gemaakt. We houden dan een barbecue op het ijs van de Vatnajökull, dat soort dingen. Hij is toch gids of iets dergelijks?'

'Zijn relatie met Lína, was die goed? Slecht? Weet je daar iets van?'

Beide telefoons op tafel begonnen te trillen en Ísleifur pakte ze met een verontschuldigend gebaar op.

'Deze moet ik eigenlijk wel nemen,' zei hij. 'Lína werkte meestal samen met Kolfinna. Die is ook secretaresse, je zou misschien met haar moeten praten.'

Kolfinna had het niet minder druk dan haar chef. Ze zat achter haar computer en beantwoordde de telefoon, terwijl ze informatie intikte in een Excel-bestand. Sigurður Óli vroeg of ze een paar minuutjes voor hem kon vrijmaken, hij was bezig met het onderzoek naar de dood van Sigurlína.

'God, ja,' zei Kolfinna. 'Ik hoorde al dat de politie hier was. Wacht eens, rook je soms?'

Sigurður Óli schudde van nee.

'Nou, laten we toch maar een rookpauze houden,' zei ze en ze sloot het bestand. Ze trok een la open, greep een pakje sigaretten en een aansteker en vroeg hem met haar mee te lopen. In een paar tellen stonden ze in de openlucht, achter het gebouw. Daar stond een teil, halfvol vies water waarop sigarettenpeuken dreven. Kolfinna stak een sigaret aan en inhaleerde diep.

'God, wat is dit vreselijk,' verzuchtte ze. 'Die inbrekers – krankzinniger kan het toch niet? Nou slaan ze de mensen ook nog in elkaar.'

'Denk jij dat het inbrekers zijn geweest?' zei Sigurður Óli en hij probeerde zo te gaan staan dat hij de sigarettenrook niet recht in zijn gezicht kreeg.

'Ja, dat was toch zo? Tenminste, dat heb ik gehoord. Was het dan niet zoiets?'

'We zijn bezig met het onderzoek,' zei Sigurður Óli kortaf. Hij hield niet van rokers en vond het heel goed dat er nu sprake van was hen uit openbare gelegenheden te weren, om te beginnen uit restaurants en kroegen. Verder mochten ze van hem in alle rust aan hun dood werken.

'Hoe was haar relatie met Ebeneser?' vroeg hij. Hij hoestte beschaafd, maar dat ging helemaal langs Kolfinna heen.

'Hun relatie? Gewoon. Goed, denk ik. Hoewel, ze hadden nogal eens herrie. Ze zitten tot over hun oren in de schulden. Opgezadeld met een lening in buitenlands geld en nog een tweede voor de auto en het vakantiehuisje dat ze aan het bouwen zijn. Ze verdienen modaal, maar ze doen van alles, ze ontzeggen zich niks. Dan lenen ze gewoon nog meer. Maar ja, dat doen we tegenwoordig allemaal.'

'Een vakantiehuisje?'

'Ja, in Grímsnes.'

'Ik begrijp dat Ebeneser tochten voor jullie heeft geleid,' zei Sigurður Óli. 'Met klanten.'

'Ja, dat heeft hij geloof ik twee keer gedaan. Ik ben niet mee geweest. Lína natuurlijk wel. Het zal best heel leuk zijn geweest: tochten van twee of drie dagen, als ik het goed heb, met jeeps de gletsjer op. Ze hebben allemaal een jeep, die kerels. Hoe kleiner hun geslacht, hoe duurder de jeep.'

Kolfinna zei het wat spottend, terwijl ze haar sigaret in het smerige water gooide.

'Tenminste, dat beweerde Lína altijd.'

'Had ze daar dan ervaring mee?' vroeg Sigurður Óli.

Kolfinna frunnikte nog een sigaret uit het pakje, vastbesloten de pauze ten volle te benutten. Ze lachte plotseling, met een hees geluid. Sigurður Óli glimlachte.

'Bedoel je of ze met sommigen van die kerels wat begonnen is?' zei ze. 'Nou, reken maar. Zo was Lína wel. Die zat er echt niet mee om bij een ander in bed te kruipen. Weet je daar soms wat van? Van zulke relaties?'

Haar belangstelling was echt, en ze was duidelijk teleurgesteld toen Sigurður Óli zei dat iets van dien aard hem niet bekend was. Hij vroeg of ze hem namen kon geven van klanten die met Ebeneser en Lína per jeep op reis waren geweest. Dat was geen moeite, zei ze, Lína had er op de computer een lijst van bijgehouden. Maar ze had nooit gehoord dat die twee het soort problemen hadden waarmee je jezelf criminelen op je dak haalt. Ze herhaalde dat ze diep in de schulden zaten en zei dat Lína niet het type was dat veel over zichzelf sprak. Hoewel ze vriendschappelijk genoeg met elkaar omgingen en al heel wat jaren hadden samengewerkt, wist Kolfinna feitelijk maar heel weinig van haar.

'Het was echt leuk om met haar te werken,' zei ze, 'maar ze hield je toch altijd een beetje op afstand. Zo was ze gewoon. Ze drong zich ook niet op.'

'Heb je haar wel eens horen zeggen dat ze bang was, of gevaar liep, of dat ze in zaakjes was beland waar ze geen greep op had?' vroeg Sigurður Óli.

'Nee,' zei Kolfinna. 'Er was niks met haar aan de hand. Tenminste, dat denk ik.'

Ze kon alleen maar de lijst van de tweede jeeptocht in haar computer vinden en printte die uit. De eerste zou ze mailen zodra ze hem had gevonden. Sigurður Óli keek snel de lijst door, maar zag geen bekende namen.

Elínborg belde hem later die dag en vroeg hem of hij haar 's avonds wilde assisteren. Hij had op zaterdagavond wel wat beters te doen, zei hij, maar hij liet zich toch overhalen. Elínborg zat met een moeilijke zaak; ze werkte bijna dag en nacht aan het onderzoek naar de moord in Þingholt. Ze haalde hem 's avonds op en ze reden naar een man die aan de Fellsmúli woonde. Valur heette hij, een buitengewoon irritante vent, die Sigurður Óli op de zenuwen werkte.

'Heb je nog wat van Erlendur gehoord?' vroeg Sigurður Óli toen ze het bezoek achter de rug hadden en in de auto stapten. Hij dacht aan het gesprek met Eva Lind, die naar haar vader had gevraagd.

'Nee, niks,' antwoordde Elínborg vermoeid. 'Zei hij niet dat hij een dag of wat naar de Oostfjorden wilde?'

'Hoe lang is dat geleden?'

'Al zeker een week.'

'Wat moet hij met zo'n lange vakantie?'

'Ik zou het niet weten.'

'En wat wou hij daar in het oosten doen?'

'Weer eens terug naar zijn geboortestreek.'

'Heb jij nog wat gehoord van die vrouw die hij regelmatig ziet?'

'Valgerður? Nee. Die kan ik wel eens bellen. Kijken of zij iets van hem gehoord heeft.'

23

Sigurður Óli zat nu al de tweede achtereenvolgende zondag in zijn auto voor het flatgebouw en hield het tijdschrift in de gaten dat bij de voordeur uit de brievenbus stak. Hij was er 's morgens vroeg heen gegaan, kort nadat het tijdschrift was rondgebracht, en keek naar de mensen die door de straat kwamen. Hij had een thermosfles koffie bij zich en wat leesvoer: kranten en een paar nieuwe reisgidsen voor Florida. De verwarming had hij op de hoogste stand gezet. Er waren niet veel voorbijgangers, in ieder geval minder dan de zondag ervoor. Het meisje dat de week daarvoor de trap op was gestrompeld verscheen niet, en ook de sukkel die zichzelf componist noemde bleef onzichtbaar. De tijd sleepte zich langzaam voort. Sigurður Óli las zijn kranten tot de laatste letter en tuurde telkens weer op de kleurrijke foto's in de reisgidsen. Hij had de radio aangezet, maar vond niets wat hem interesseerde. Hij switchte snel tussen de zenders heen en weer, van praatprogramma's naar muziek en weer terug. Ten slotte vond hij een zender die oude rock uitzond. Daar bleef hij een tijd bij hangen.

Een oudere man, die een zak bij zich had van de bakkerswinkel vlakbij, ging de flat binnen. Naar het tijdschrift keek hij niet. Sigurður Óli keek naar de zak en kreeg trek. De bakkerij was niet ver, als hij een paar meter achteruittreed kon hij het bord op de gevel zien. Hij dacht na over zijn kansen, rook de geur van vers gebak al bijna, zo'n trek had hij. Had hij maar iets te eten, al was het maar een koffiebroodje. Maar intussen zou de tijdschriftendief het blad kunnen pikken. Toch vroeg hij zich af, in de richting van de bakkerij kijkend, of er veel volk in de winkel zou staan.

Er gebeurde weinig opzienbarends, tot er tegen de middag een vrouw van middelbare leeftijd in het portaal verscheen. Ze tuurde door de glazen deur naar buiten en keek naar de brievenbussen. Zonder aarzelen pakte ze het tijdschrift en duwde de tussendeur naar het trappenhuis open. Sigurður Óli, uitgehongerd, zat met een kruiswoordpuzzel te worstelen. Hij smeet de krant naast zich neer, sprong uit zijn auto, rende het portaal in en zette zijn voet tussen de deur naar het trappenhuis. Hij greep de op heterdaad betrapte vrouw vast. Die was nog maar twee treden de trap op.

'Wat doe jij daar met dat tijdschrift?' vroeg hij. Zijn stem klonk hard. Hij pakte de arm van de vrouw.

Doodsbenauwd keek ze hem aan.

'Laat me los,' zei ze toen. 'Dat blad krijg je niet! Dief!' riep ze er met zwakke stem achteraan.

'Ik ben geen dief,' zei Sigurður Óli. 'Ik ben van de politie. Waarom steel jij dat blad van Guðmunda?'

De blik van de vrouw werd wat minder gespannen.

'Ben jij de zoon van Gagga?' vroeg ze.

'Ja,' antwoordde Sigurður Óli beteuterd.

'Maar ik ben Guðmunda, beste jongen.'

Sigurður Óli liet haar los.

'Heeft Gagga dan niet met je gepraat?' vroeg hij. 'Ik wou dat blad voor je in de gaten houden.'

'Och hemel, dat is waar ook. Ja, ik had zo'n zin om te gaan lezen.'

'Maar je kunt dat blad niet gaan lezen als ik het voor je in de gaten moet houden.'

'Nee,' zei Guðmunda, en ze liep verder de trap op. 'Dat was een vergissing. Nou jongen, doe je moeder de groeten van me.'

Sigurður Óli praatte met zijn moeder over het voorval toen

hij even daarna bij haar aan tafel zat. Hij werkte het maal dat ze had klaargemaakt naar binnen en zei dat hij niet nóg een keer voor die tijdschriftendief aan de Kleppsvegur ging zitten. Hij had het helemaal gehad met die onzin.

Gagga scheen de belevenissen van haar zoon nogal vermakelijk te vinden. Ze stond achter zijn rug te stikken van de lach en vroeg, verbaasd over zijn eetlust, of hij nog meer wilde.

Ze schonk hem koffie in en vroeg of hij zijn vader nog had gesproken. Sigurður Óli vertelde dat die bij hem aan de Hverfisgata was geweest met het bericht over de prostaatkanker.

'Vond je niet dat hij nogal uit zijn doen was?' vroeg zijn moeder. Ze ging bij hem aan de keukentafel zitten. 'Hij belde me om het me te vertellen, maar ik vond hem erg mat.'

'O nee hoor, je merkt niks aan hem,' zei Sigurður Óli. 'Ik wou straks nog even bij hem langsgaan, hij gaat morgen onder het mes. Hij zei dat ik me ook moest laten onderzoeken. Ik zit nu in een risicogroep.'

'Dat moet je dan doen ook,' zei Gagga. 'Hij heeft het mij ook verteld. Daar moet je niet mee wachten.'

Sigurður Óli dronk zijn koffie en dacht over zijn vader en moeder, en over hun relatie, vroeger toen ze nog bij elkaar waren. Hij herinnerde zich dat hij wel eens gesprekken tussen hen had afgeluisterd waarin het over hem ging: ze konden niet scheiden om hem. Het was zijn vader geweest die daar niet van af te brengen was. Gagga zei dat ze heel goed alleen voor hem zou kunnen zorgen. Zijn vader had gedaan wat hij kon om de scheiding te voorkomen, maar tevergeefs. Het onvermijdelijke gevolg was geweest dat hij ten slotte het huis had verlaten met koffers vol kleren, een oude hutkoffer die al heel lang in zijn familie was, een tafel, foto's, boeken en zo nog het een en ander. Het verdween allemaal in een kleine vrachtwagen die voor de flat stond. Gagga was die dag niet thuis. Toen alles was ingeladen hadden vader en zoon elkaar op het terrein voor de flat gedag gezegd. Zijn vader had gezegd dat dit geen afscheid was, ze zouden heel veel en heel goed contact houden.

'Misschien is het onder deze omstandigheden maar het beste zo,' zei hij. 'Al snap ik eigenlijk niet goed wat er allemaal gebeurt,' had hij eraan toegevoegd, en die woorden had Sigurður Óli nooit vergeten.

Hij had zijn moeder naar de reden van de breuk gevraagd, maar geen bevredigend antwoord gekregen. 'Het was al heel lang over tussen ons,' had ze gezegd, en ze zei hem er maar niet over te tobben.

Hij kon zich niet anders herinneren dan dat zijn vader alles voor haar deed, totdat hij ten slotte helemaal bij haar onder de duim zat. Ze gedroeg zich vaak schandalig tegen hem, ook als Sigurður Óli erbij was. Dan wachtte hij tot zijn vader het welletjes zou vinden, iets zou doen, iets zou zeggen, kwaad worden, tegen haar schreeuwen, haar zou vertellen hoe onredelijk, veeleisend en onhebbelijk ze was. Maar hij zei niets, trad nooit hard tegen haar op, liet haar helemaal bepalen wat er moest gebeuren. Sigurður Óli wist dat de schuld bij zijn moeder lag, bij het gedrag dat zo kenmerkend was voor haar, haar veeleisendheid en onbuigzaamheid. Toch ging hij ook zijn vader van een andere kant bezien, begon hem de schuld te geven van wat er was misgegaan, oog te krijgen voor zijn slapheid, zijn onmacht om het gezin bij elkaar te houden. Hij wende zich eraan onpartijdig naar hem te kijken.

Híj zou zich zeker niet in een relatie laten vernederen. Zo lang hij kon zou hij ervoor zorgen dat hij niet werd als zijn vader.

'Wat zag je in hem toen jullie elkaar voor het eerst ontmoetten?' vroeg hij aan zijn moeder. Hij dronk zijn kopje leeg.

'Wat ik in je vader zag?' zei Gagga. Ze vroeg of hij nog koffie wilde. Hij bedankte en stond op. Hij moest naar het ziekenhuis en daarna wilde hij naar de Hverfisgata.

'Toen dacht ik dat er meer pit in hem zat. Maar zo is je vader nooit geweest.'

'Hij heeft wel altijd geprobeerd om het je naar de zin te maken,' zei Sigurður Óli. 'Dat weet ik nog goed. En ik weet ook dat jij vaak ongelooflijk vervelend tegen hem deed.'

'Wat krijgen we nou?' zei Gagga. 'Waarom begin je daar nú over? Is dat vanwege Bergþóra? Zit je ergens mee?'

'Misschien heb ik wel te veel aan jouw kant gestaan,' zei Sigurður Óli. 'Misschien had ik wat meer voor hem moeten kiezen.'

'Er viel voor jou helemaal niks te kiezen. Het huwelijk was voorbij. En dat had helemaal niet met jou te maken.'

'Nee,' zei Sigurður Óli. 'Het ging niet om mij. Dat heb je altijd gezegd. Vind je dat eerlijk?'

'Ja, wat wil je dán dat ik zeg? En waarom zit je er eigenlijk zo over te tobben? Het is allemaal al zo lang geleden.'

'Ja, dat wel,' zei Sigurður Óli. 'Nou, ik moet ervandoor.'

'Ik kon het best met Bergþóra vinden.'

'Zíj zegt van niet.'

'Dat moet ze dan vooral zeggen, maar het klopt niet.'

'Ik moet nu echt weg.'

'Doe je vader de groeten,' zei Gagga en ze ruimde de kopjes van tafel.

Zijn vader lag op de afdeling urologie van het Rijksziekenhuis aan de Hringbraut. Hij lag in de stilte van een eenpersoonskamer onder een wit dekbed. Toen Sigurður Óli bij hem kwam, sliep hij. Hij wilde hem niet wakker maken; hij pakte een stoel en wachtte.

Hij dacht na over Bergþóra, of hij niet te star was geweest, en of hij daar iets aan zou kunnen doen.

24

Maandagmiddag had het zoeken naar Þórarinn nog geen enkel succes opgeleverd. Men had gesproken met een groot aantal mensen die hem kenden of op de een of andere manier iets met hem te maken hadden, vrachtwagenchauffeurs, familieleden, vaste klanten. Niemand had iets van hem gehoord, niemand wist waar hij zich ophield. Toch kwamen er zo verschillende vermoedens ter sprake en aan sommige ervan werd enige aandacht besteed. Een recente foto van hem, door zijn vrouw aan de politie verstrekt, was via de media verspreid. De politie deelde mee dat hij werd gezocht voor de moord op Sigurlína en dat hij gevaarlijk zou kunnen zijn. Het duurde niet lang of er begonnen tips binnen te komen over plaatsen waar hij was gesignaleerd. Ze kwamen zowel uit Reykjavík als uit de wijde omgeving, zelfs helemaal uit de Oostfjorden.

Intussen besteedde Sigurður Óli het merendeel van zijn tijd aan een ander en veel ongrijpbaarder probleem. Daarvoor had hij iemand nodig die kon liplezen. Tegen de avond lukte het hem eindelijk met zo iemand in contact te komen. Elínborg had hem gezegd dat hij eens met de Bond van Slechthorenden moest praten. Een dame daar op het kantoor spande zich erg in om hem verder te helpen, en zo kwam hij ten slotte in contact met een vrouw die op het gebied van liplezen tot de besten van het land moest behoren. Ze hadden e-mailcontact en spraken af elkaar rond zes uur op het politiebureau aan de Hverfisgata te ontmoeten.

Sigurður Óli wilde dat ze met hem keek naar het stukje film dat hem in die smerige plastic zak was bezorgd.

Hij had het fragmentje aan vakmensen gegeven, die de filmbeelden hadden bekeken en op een cd-rom hadden gezet. Ze hadden ook geprobeerd de beelden helder te krijgen en ze zo goed als in die korte tijd mogelijk was schoon te maken. Het bleek om een stukje 8mm-Kodak-film te gaan, een type film dat na 1990 uit de productie was genomen. Ze geloofden niet dat het beelden uit een professioneel vervaardigde productie waren, eerder een fragment van een home video of van een film die een amateur voor eigen gebruik had gemaakt. Maar het was erg moeilijk te zeggen uit welk land het kwam. Het zou in eigen land gemaakt kunnen zijn, maar evengoed in het buitenland, zoals een van de technici zei toen hij Sigurður Óli de resultaten van zijn onderzoek doorbelde. Daar schoot je veel mee op!

Het was moeilijk te zien waar of wanneer het stukje film was opgenomen. Dat had verschillende oorzaken. Een ervan was dat de beelden erg 'gesloten' waren, zoals de technicus het uitdrukte. Daarmee bedoelde hij dat ze niets van de omgeving lieten zien. Je zag alleen een meubelstuk: een bed of een bank of misschien een divan. Wat dat betreft was het beeldmateriaal buitengewoon pover. Het zou vrij recent kunnen zijn, dat wil zeggen van tamelijk kort voor 1990, maar het kon evengoed uit het midden van de vorige eeuw stammen, de tijd dat dit soort Kodak-film volop gebruikt werd. Dat was met geen mogelijkheid uit te maken. Het was ook maar zo'n kort stukje, honderdtweeënnegentig beeldjes in totaal, zestien per seconde, en ze lieten steeds hetzelfde zien, dezelfde bewegingen, vanuit dezelfde gezichtshoek. De opname was duidelijk binnenshuis gemaakt. Het bed of de bank suggereerden dat het om een slaapkamer ging. Het was onmogelijk de woning te lokaliseren. Vanuit het raam was niets te zien: de lens was de hele tijd naar beneden gericht geweest.

Het was een stukje stomme film, maar toch werden er woorden uitgesproken. De technicus slaagde er niet in te bepalen wat er gezegd werd, en ook Sigurður Óli kon er volstrekt niets van maken. Daardoor was hij op het idee gekomen een liplezer in te schakelen.

Om wat het liet zien zou het filmpje hem niet geïnteresseerd hebben, maar juist wat het in die twaalf seconden níet liet zien, wat het suggereerde, had zijn belangstelling gewekt. Hoe weinig het ook te bieden had, het vertelde een verhaal, het was een stille getuigenis van het ongeluk en de pijn van een zwak schepsel. En dat waarnaar het vooruit wees was nog erger dan wat je hier al zag. Er was zeker reden om je zorgen te maken, ondanks de rare manier waarop het fragment bij de politie was terechtgekomen. Dat vertelde zijn ervaring hem. Sigurður Óli kon het idee niet kwijtraken dat er iets veel schokkenders aan het licht zou komen als de hele film werd gevonden.

Het liep tegen zessen toen Sigurður Óli naar de hal van het politiebureau werd geroepen: er wachtten twee dames op hem, werd erbij gezegd. Hij ging naar voren om hen te ontvangen. De ene, de liplezeres, heette Elísabet; de andere, een gebarentolk, Hildur. Hij begroettte hen en gezamenlijk liepen ze naar Sigurður Óli's kantoor, waar hij een tafel op wieltjes naar binnen had gerold met daarop een computer, aangesloten op een flatscreen. Ze gingen op de stoelen zitten die Sigurður Óli naast elkaar voor het beeldscherm had gezet. Hij legde de liplezeres nu uitvoeriger uit waar het om ging. De politie had een filmfragmentje in handen gekregen zonder precies te weten wie de eigenaar was. Er stond een stukje op van een mogelijk strafbare handeling die waarschijnlijk in het verleden was gepleegd. Geluid was er niet bij en nu hoopte hij dat zíj hem zou kunnen helpen, als een soort geluidsspoor bij de film. De gebarentolk vertaalde alles wat hij zei simultaan voor Elísabet. Het waren twee totaal verschillende vrouwen. De liplezeres, rond de dertig, was heel klein en slank, ze had bijna het figuur van een jong meisje. Het leek Sigurður Óli dat ze breekbaar was als een porseleinen poppetje. De gebarentolk daarentegen was een grote, gezette vrouw van tegen de zestig, die erg luid praatte. Aan haar gehoor mankeerde niets en het was goed te merken dat ze altijd de beschikking had gehad over haar stem. Maar wat belangrijker was, ze beheerste de gebarentaal buitengewoon goed en stuitte nooit op problemen. Snel en duidelijk vertolkte ze wat de liplezeres zei.

Ze keken naar het stukje film. Ze keken nog een keer. Een derde keer. Wat ze zagen was een jongetje, niet veel ouder dan tien jaar, dat pogingen deed weg te lopen van degene die de opname maakte. De jongen was naakt. Hij viel van de bank of het bed, dat ten dele zichtbaar was, lag even op de grond en dook als een spin ineen. Toen keek hij recht in de lens, of naar degene die de camera op hem richtte, en zijn lippen bewogen. De bizarre pogingen om te ontsnappen deden denken aan een in het nauw gebracht dier. Het was duidelijk dat hij bang was voor de filmer en dat hij om genade smeekte. Het fragment eindigde even plotseling als het begonnen was, in hulpeloosheid en schaamte. De pijn op het gezicht van het jongetje greep de twee vrouwen heftig aan; Sigurður Óli had hetzelfde ervaren toen hij het fragment voor het eerst zag. Ze keken hem allebei aan.

'Wie is dit?' zei Hildur. 'Wie is deze jongen?'

'Dat weten we niet,' antwoordde Sigurður Óli, en Hildur vertaalde dat simultaan. 'Daar proberen we achter te komen.'

'Wat is er met hem gebeurd?' tolkte Hildur voor Elísabet.

'Ook dat weten we niet,' zei Sigurður Óli. 'Dit is wat we in handen hebben gekregen. Meer was er niet. Kun je ons vertellen wat dat jongetje zegt?'

'Het is erg onduidelijk,' gebaarde Elísabet. 'Ik wil er nog een keer goed naar kijken.'

'O, je kunt het net zo vaak bekijken als je wilt,' zei Sigurður Óli.

'Weten jullie wie die film gemaakt heeft?'

'Nee.'
'In welk jaar is dit opgenomen?'
'Dat weten we niet. We weten dat er voor 1990 met dit soort films werd gewerkt, maar deze zou net zo goed pasgeleden gemaakt kunnen zijn. Het enige waar we misschien op af kunnen gaan is het kapsel van dat jochie.'

Sigurður Óli vertelde de dames dat hij drie foto's van beelden uit het fragment had laten maken en daarmee naar een aantal kapperszaken was gegaan, waar oudere, ervaren kappers werkten. Hij had hun die foto's laten zien en ze hadden allemaal hetzelfde gezegd. Het jongetje had een model dat rond 1970 mode was geweest: bovenop een flinke kuif en daaromheen heel kort geknipt.

'Die film is dus eind jaren zestig gemaakt?' vroeg Elísabet.

'Dat zou kunnen,' antwoordde Sigurður Óli.

'Werden jongens in die tijd niet vaak zo geknipt als ze in de zomer een tijd naar de boer gestuurd werden?' voegde Hildur eraan toe. 'Ik heb twee jongere broers, die rond 1960 zijn geboren en die werden altijd helemaal kaalgeknipt voor ze naar de boer gingen.'

'Bedoel je dat dit een boerenhuis zou kunnen zijn?' vroeg Sigurður Óli.

Hildur haalde de schouders op.

'Het is heel moeilijk te zien wat hij zegt,' zei ze Elísabet na. 'Maar het zou volgens mij wel IJslands kunnen zijn.'

Ze bekeken het fragment weer en Elísabet concentreerde zich op de lipbewegingen van het jongetje. Weer speelden ze het fragment af, en nog eens, en nog eens, tien keer, twintig keer, terwijl Elísabet geconcentreerd bleef kijken naar de lipbewegingen. Zelf had Sigurður Óli ook geprobeerd te raden wat de jongen zei, maar dat had niets opgeleverd. Het liefst had hij natuurlijk gezien dat het een mannennaam was, dat de jongen de filmer bij zijn naam had genoemd. Maar zo simpel was het helaas maar zelden, wist hij.

'...*hou op*...'

Terwijl ze op het scherm bleef turen sprak Elísabet die woorden uit.

Ze sprak zonder nadruk, vlak en mechanisch, een beetje onzeker; haar stem was dun en helder, als van een kind.

Hildur keek haar en vervolgens Sigurður Óli aan.

'Ik heb haar nog nooit één woord horen zeggen,' fluisterde ze in opperste verbazing.

'...*hou op*...' zei Elísabet opnieuw. En nog eens: '*hou op*'.

Het was al laat in de avond toen Elísabet ten slotte tamelijk zeker meende te weten welke smekende woorden het jongetje had gezegd.

hou op
hou op
ik wil niet meer
hou nou op

25

Een paar dagen eerder, toen hij met de foto's uit het filmfragment bij de kappers langsging, had Sigurður Óli geprobeerd Andrés te pakken te krijgen. Hij ontdekte dat die nog in hetzelfde flatgebouw woonde als de vorige winter. Hij ging ernaartoe en bonsde zo hard op zijn deur dat het hele trappenhuis ervan weergalmde. Juist dacht hij erover de deur open te breken toen Andrés' buurvrouw naar buiten kwam, een vrouw van rond de zeventig.

'Zeg, wat is dat voor een heidens kabaal? Doe jíj dat?' vroeg ze, en ze keek nijdig naar Sigurður Óli.

'Weet jij soms iets van Andrés, heb je hem pasgeleden nog gezien?' vroeg Sigurður Óli, volstrekt niet geïntimideerd door het boze gezicht van de vrouw.

'Andrés? Wat moet je van hem?'

'Niks. Ik hoef hem alleen maar te spreken,' zei Sigurður Óli. Het liefst had hij tegen de vrouw gezegd dat ze daar helemaal niets mee te maken had.

'Andrés is al een hele tijd niet meer thuis geweest,' zei de vrouw, terwijl ze Sigurður Óli met de ogen opnam.

'Het is nogal een zwerver, een zuipschuit, is het niet?' vroeg Sigurður Óli.

'Nou en? Is hij daar soms minder om?' zei de vrouw. 'Ik heb nooit last van hem gehad. Hij is niet te beroerd om iets voor een ander te doen, maakt nooit drukte en hij kan het zonder hulp van andere mensen af. Dus wat zou het, al lust hij er graag een paar.'

'Wanneer heb je hem voor het laatst gezien?'

'Wie ben jij eigenlijk, als ik vragen mag?'

'Ik ben van de politie,' zei Sigurður Óli, 'en ik moet hem spreken. Het is niks ernstigs. Ik hoef hem maar heel even te hebben. Kun je me zeggen waar hij is?'

'Ik heb geen idee,' zei de vrouw en ze keek Sigurður Óli wantrouwig aan.

'Zou het kunnen dat hij gewoon binnen is? En dat er iets met hem aan de hand is, zodat hij me niet kan horen?'

De vrouw weifelde en ze keek naar de deur van Andrés' appartement.

'Je hebt hem dus lang niet gezien,' zei Sigurður Óli. 'Heb je er wel eens aan gedacht dat hij thuis zou kunnen zijn, zonder eten en drinken?'

'Hij heeft me een sleutel gegeven,' zei de vrouw.

'Heb jij een sleutel van zijn appartement?'

'Hij zegt dat hij altijd zijn sleutel kwijt is en hij heeft me gevraagd of ik een reservesleutel voor hem wilde bewaren.'

'Hoe ging het de laatste tijd met hem?'

'Niet zo best. Arme kerel. Hij was ergens over in de war, ik weet niet wat. Maar hij zei dat ik me geen zorgen over hem hoefde te maken.'

'Wanneer was dat?'

'Aan het eind van de zomer.'

'Aan het eind van de zomer?'

'Dat is niks bijzonders. Zo vaak zie ik hem niet,' zei de vrouw. Ze klonk verdedigend, alsof zij voor haar buurman verantwoordelijk was.

'Zullen we de deur maar opendoen en eens bij hem gaan kijken?' zei Sigurður Óli.

De vrouw aarzelde. Er zat een mooi koperen naambordje op de deur van haar appartement. 'Margrét Eymunds' stond erop.

'Ik kan me niet voorstellen dat hij thuis is,' zei ze.

'Zouden we het niet toch even controleren?'

'Nou ja, het kan misschien geen kwaad,' zei ze. 'Hij kan in huis wel een ongeluk gehad hebben, die knul. Maar je raakt niks aan! Ik denk niet dat hij het leuk vindt als de politie bij hem binnen rondsnuffelt.'

Ze ging de reservesleutel halen en deed Andrés' voordeur open. Al direct kwam hem een sterke geur van vuil en etensresten tegemoet. Het appartement was niet groot. Sigurður Óli was al eerder binnen geweest en wist wat hij kon verwachten: een zwijnenstal, het leefmilieu van de alcoholist. Andrés was niet thuis, maar het was hem snel duidelijk hoe slecht hij eraan toe moest zijn. Sigurður Óli deed het licht aan; wat hij zag was chaos en smerigheid.

Hij dacht aan de laatste keer dat hij hier binnen was geweest en hoe het gesprek tussen Erlendur en Andrés toen gelopen was. Toen ze bij hem waren was hij in zijn gewone doen geweest: een alcoholist die langdurig had zitten drinken. Hij had gesuggereerd dat er een gevaarlijke kerel in de buurt woonde, die hij van vroeger kende. Voor zover ze konden begrijpen was het een pedofiel, maar Andrés had halsstarrig geweigerd meer informatie over hem te geven. Via andere kanalen waren ze te weten gekomen dat het Andrés' stiefvader was, die Rögnvaldur heette, maar ook wel andere namen gebruikte. Een daarvan was Gestur. Het was hun niet gelukt hem te vinden. Aan Andrés' uiterst warrige en onvolledige verklaring, het enige waarop ze konden afgaan, hadden ze niet veel gehad. Wat hij zei was allesbehalve betrouwbaar. Andrés had gezegd dat die Rögnvaldur zijn leven had verwoest en dat hij voor hem een nachtmerrie was die hij nooit kwijtraakte. Hij had gesuggereerd dat de man een moord had gepleegd, maar weigerde daar verder op in te gaan. Erlendur had het begrepen: hoe vreemd het ook klonk, Andrés zelf was het slachtoffer van die 'moord' geweest. Het was een soort omschrijving geweest van de kwelling die Rögnvaldur hem had aangedaan en die zijn hele leven had kapotgemaakt.

Sigurður Óli kon in het appartement geen aanwijzingen omtrent Andrés' verblijfplaats vinden.

Er was één ding dat hem in deze chaos opviel. Andrés was in de keuken bezig geweest met het verknippen van lappen leer. Stukjes ervan lagen op de keukentafel, andere verspreid over de vloer. Op de tafel lag ook een stevige naald met sterk draad erin. Sigurður Óli keek lang naar de stukken leer en probeerde te begrijpen wat Andrés daarmee had gedaan. De vrouw begon pogingen te doen hem de deur uit te praten – Andrés was immers niet thuis – maar hij bleef koppig naar de stukken leer staren, alsof hij bedacht hoe ze aan elkaar zouden passen. Ze vertoonden een zeker patroon, al kon hij dat niet direct thuisbrengen. Hij begon ze als een puzzel aan elkaar te leggen en probeerde te begrijpen wat het was dat de man eruit had gesneden. Al snel stopte hij om zijn werk te overzien. Voor hem lag een vierkant met zijden van veertig centimeter waaruit een ovaal stuk was gesneden, dat naar onder smaller werd.

Sigurður Óli staarde naar de tafel en naar de naald en de draad. Er waren nog een paar stukjes leer overgebleven die hij een plaats in het beeld wilde geven. Erg moeilijk was dat niet. Wat hij zag leek een menselijk gezicht, met ogen en een mond. Het scheen dat Andrés een soort masker had gesneden, maar de bedoeling ervan begreep Sigurður Óli niet.

Het kostte Sigurður Óli niet veel tijd om uit te vinden wie Andrés' voornaamste steun en toeverlaat was geweest in de jaren dat hij in Reykjavík op straat had geleefd. Hij heette Hólmgeir; Geiri werd hij genoemd. Hij was nu op het goede pad, dronk niet meer en had vast werk. Maar hij had heel wat jaren in de goot geleefd; dronkenschap en kleine misdrijven hadden hem tot een goede bekende van de politie gemaakt. Andrés' geschiedenis leek op die van hem. Andrés had ettelijke keren wegens diefstal en geweldpleging in de gevangenis gezeten, telkens vrij kort omdat hij geen zware crimineel was. Hij was in de eerste plaats een alcoholist, die ook nog aan drugs verslaafd was. Zijn drugsgebruik financierde hij in de regel met inbraak en diefstal. Soms moest hij zich verdedigen, zoals hij dat noemde in de politierapporten die Sigurður Óli had opgezocht. Er waren mensen die hem zomaar aanvielen en hem zijn rechtmatige bezit probeerden af te pakken. 'Maar,' zei hij ergens, 'ze moeten verdomme niet denken dat ik over me heen laat lopen.'

Sigurður Óli had aan de Hverfisgata naar Andrés geïnformeerd en gesproken met ouwe rotten in het vak, die lang genoeg bij de politie waren om hem te kunnen bijpraten. Toch bleek dat er maar heel weinig over hem bekend was. De meeste collega's waren alles wat met Andrés te maken had allang weer vergeten. Eén belde echter op dringend verzoek van Sigurður Óli met een gepensioneerde collega, en deze wist meer. Hij kon zich Andrés heel goed herinneren en wist ook de naam Hólmgeir te noemen.

Geiri werkte als nachtwaker bij een grote meubelzaak die deel uitmaakte van een buitenlandse meubelgigant. Sigurður Óli besloot 's avonds op weg naar huis bij hem langs te gaan. Er werd telefonisch een afspraak voor hem gemaakt; Holmgeir verwachtte hem en liet hem via de achterdeur binnen. Hij had zijn nachtwakersuniform aan, droeg een zendontvanger aan een riem over zijn schouder en had een zaklantaarn en ander gereedschap bij zich. Als je maar een perspectief hebt, dacht Sigurður Óli. Hij herinnerde zich hoe Geiri zo'n tien jaar geleden in de goot geleefd had.

Sigurður Óli had hem door de telefoon verteld wat hij wilde bespreken en gevraagd of hij daarover wilde nadenken. Hij viel met de deur in huis en vroeg Hólmgeir of hij enig idee had waar Andrés zich ophield.

'Ik heb er goed over nagedacht, maar ik ben bang dat je niet zoveel aan me hebt,' zei Hólmgeir, een pafferige man van tegen de vijftig, die zich in zijn uniform heel lekker scheen te voelen. Aan zijn gelaatstrekken was te zien dat hij een zwaar leven achter de rug had. Zijn stem was hees en onhelder.

'Is het lang geleden dat je hem voor het laatst gezien hebt?'

'O ja, ontiegelijk lang geleden,' zei Hólmgeir. 'Ik weet niet of je daar wat van weet, maar ik heb een heel zware tijd gehad, ik ben er slecht aan toe geweest, ik leefde op straat en sliep in de goot. Ik ben lang aan de drank geweest en zo heb ik Andrés leren kennen. Die was er in die tijd trouwens nog erger aan toe.'

'Wat was het voor een man?' vroeg Sigurður Óli.

'Zo mak als een lam,' zei Hólmgeir direct, 'maar altijd een beetje op zichzelf. Hij wilde met rust gelaten worden. Ik weet niet goed hoe ik het moet zeggen, maar hij was ontzettend gevoelig voor wat er over hem werd gezegd en voor hoe mensen met hem omgingen. Hij kon totaal onhandelbaar worden. Ik heb hem vaak moeten helpen als hij door een stel lummels gepest werd. Waarom zoeken jullie hem? Of kan je me dat niet zeggen?'

'We moeten over een oude zaak praten,' zei Sigurður Óli. Meer wilde hij er niet over kwijt. 'Erg dringend is het niet, maar we willen wel graag weten waar hij is.'

Vanaf het allereerste moment was hij ervan overtuigd geweest dat de jongen op het filmfragment Andrés zelf was. Door hem het stukje film te bezorgen wilde hij de aandacht van de politie trekken, of liever die van hem, Sigurður Óli zelf, want hem had hij al eerder ontmoet. En het tijdschema klopte wel. De jongen op het stukje film was ongeveer tien jaar oud. Andrés was volgens de politierapporten in 1960 geboren. Wat hij over zijn stiefvader Rögnvaldur beweerde wees erop dat die een pedofiel was. In de tijd waarin het filmpje naar je mocht aannemen gemaakt was, woonde Rögnvaldur samen met Andrés' moeder.

'Had hij het er wel er eens over hoe hij in de goot was terechtgekomen?' vroeg Sigurður Óli.

'Nee, hij praatte nooit over zichzelf,' zei Hólmgeir. 'Ik vroeg er wel eens naar, maar dan zei hij niks. Je had er bij die eindeloos konden jammeren en klagen. Het lag altijd aan alles en iedereen. Nooit te beroerd om naar alle kanten beschuldigingen en geleuter rond te strooien. Zo een was ik er zelf ook. Maar hem heb ik nooit horen klagen. Hij nam het zoals het kwam. En toch...'

'Ja?'

'Toch merkte je dat hij kwaad was. Waar dat vandaan kwam heb ik nooit precies geweten. Ik kende hem goed, en toch wist ik niks van hem af. Andrés was een binnenvetter. Hij had een soort afkeer van zichzelf en hij zat vol woede, kokende woede. Daar liep hij mee rond en die kon losbreken als je er totaal niet op verdacht was. Maar ik ben veel kwijt van wat er allemaal gebeurd is, hele hoofdstukken waar ik me nog nauwelijks wat van kan herinneren. Jammer genoeg.'

'Weet je wat hij de afgelopen jaren gedaan heeft? Wat deed hij voor werk, als hij tenminste werk had?'

'Hij heeft ooit geprobeerd stoffeerder te worden,' zei Hólmgeir. 'Dat vak wilde hij al leren toen hij jong was.'

'Stoffeerder?' herhaalde Sigurður Óli. Hij zag de stukken leer voor zich die bij Andrés thuis lagen.

'Maar ja, daar is natuurlijk nooit wat van terechtgekomen.'

'Je weet niet of hij ergens een baan gehad heeft waar hij dat soort werk deed?'

'Nee.'

'En je weet ook niet waar hij zou kunnen uithangen?'

'Nee.'

'Had hij vrienden bij wie hij terechtkon?' vroeg Sigurður Óli. 'Ken je misschien mensen die nog met hem omgaan?'

'Hij kwam nergens en er was niemand die hem opzocht. Destijds hing hij veel op het busstation rond, op Hlemmur. Daar was het lekker warm en je werd er met rust gelaten als je je koest hield. Maar vrienden had hij niet. Tenminste, niet dat ik weet. En als je vrienden had hield je ze vaak maar kort. Er waren er genoeg die de winter niet overleefden.'

'Had hij geen familie?'

Hólmgeir dacht na.

'Hij had het wel eens over zijn moeder. Uit wat hij zei begreep ik dat die al lang niet meer leefde.'

'Wat vertelde hij over haar?'

'Niet veel goeds,' zei Hólmgeir. 'Wat ik me ervan herinner.'

'Hoezo niet?'

'Precies weet ik het niet meer. Ik geloof dat het iets te maken had met mensen bij wie hij op de boerderij geweest is.'

'Weet je nog wat voor mensen dat waren?'

'Nee. Maar daar praatte hij heel positief over. Ik weet nog wel dat hij daar had willen blijven, in plaats van naar de stad terug te moeten. Hij zei dat dat de enige tijd in zijn leven was geweest waarin het goed met hem ging.'

26

Sigurður Óli kwam tegen middernacht thuis en ging op de bank voor de tv liggen. Hij zette een Amerikaanse show op, maar die kon hem niet boeien, en hij zapte verder tot hij een honkbalwedstrijd vond die live werd uitgezonden. Maar ook nu lukte het hem niet zich op de wedstrijd te concentreren. Zijn gedachten zwierven naar zijn moeder en naar zijn vader en naar Bergþóra en naar hun relatie, en hoe die was verbroken zonder dat hij zijn best had gedaan die in stand te houden. Hij had het allemaal maar laten gebeuren – totdat het één grote puinhoop was en er niets meer te redden viel. Misschien lag het aan zijn koppigheid en onnadenkendheid dat er een einde was gekomen aan hun relatie.

Hij dacht aan Patrekur. Nadat die voor verhoor was opgeroepen had hij niets meer van hem gehoord. Hij dacht aan Finnur, die hem met alle mogelijke narigheid had bedreigd. Het was niets voor hem zich zo op te stellen. Sigurður Óli kon het op zich goed met hem vinden. Finnur was een echte familievader. Hij was heel precies in alles wat hij deed, of het nu zijn werk of zijn persoonlijk leven betrof. Zijn drie dochters waren met tussenpozen van twee jaar geboren en waren alle drie in dezelfde maand jarig. Zijn vrouw had een deeltijdbetrekking als lerares bij het middelbaar onderwijs. Een beetje pedant was hij wel, maar ook buitengewoon consciëntieus; tegenover degenen met wie hij samenwerkte of met wie hij als politieman te maken had, wilde hij absoluut correct zijn. Hij kon het dus niet goedkeuren dat Sigurður Óli zich vanwege zijn persoonlijke betrokkenheid niet uit de zaak had teruggetrokken. Maar Finnur had net als anderen zijn tekortkomingen. Sigurður Óli had hem dat onder de neus gewreven en was erin geslaagd hem te kalmeren. Voor hoelang dat zou zijn wist hij niet. Sigurður Óli vond dat hij best aan het onderzoek van Lína's dood kon werken, al was zijn vriend er dan ook bij betrokken. Hij vertrouwde helemaal op zijn eigen oordeelsvermogen. En bovendien: het land was zo klein dat je overal wel op banden tussen vrienden, kennissen en familieleden stuitte. Dat was nu eenmaal niet te vermijden. Het enige wat ertoe deed was dat je daar eerlijk en vakkundig mee omging.

De wedstrijd was afgelopen, Sigurður Óli zapte naar een andere zender. Hij dacht over het filmfragment. Het had hem aangegrepen, toen hij dat om genade smekende kereltje zag. Hij herinnerde zich hoe hij met Erlendur op een koude januaridag bij Andrés langs geweest was. Die had langdurig zitten drinken, hij stonk – een afstotelijke kerel. En opeens was hij over zichzelf begonnen, over 'kleine Drési'. Misschien hadden ze hem in zijn jonge jaren wel zo genoemd, dacht Erlendur. Drési. Was die kleine Drési het jongetje van het stukje film? Waar was de rest van de film? En waren er meer films dan deze? Wat had die stiefvader van kleine Drési met hem gedaan? En waar zat die man tegenwoordig, die Rögnvaldur? Sigurður Óli had de politierapporten doorgelezen, maar had niemand met die naam gevonden die de stiefvader van Andrés kon zijn.

Andrés had er in januari in zijn verwaarloosde appartement angstig uitgezien. Inmiddels was het herfst, en scheen hij er nog erger aan toe te zijn. Het schimmige wezen dat Sigurður Óli achter het politiebureau staande had gehouden kon je nauwelijks meer een mens noemen. Eén brok ellende met ingevallen geelbleke wangen, baardstoppels, onfris ruikende, smerige kleren, gebogen, neurotisch en bang. Wat was er gebeurd? Waar had Andrés in die tussentijd gezeten?

Sigurður Óli dacht terug aan de tijd dat hijzelf zo oud was als de jongen op het filmpje. Zijn ouders waren toen net gescheiden en hij woonde bij zijn moeder. Sommige weekends was hij bij zijn vader en ging hij met hem mee naar zijn werk, want hij scheen alle dagen van de week tot ver in de avond in touw te zijn. Hij raakte bekend met het loodgieten en ontdekte dat zijn vader van andere loodgieters een bijnaam had gekregen. Daar had hij veel over nagedacht. Op een keer ging hij tussen de middag met hem naar een eethuis. Het was midden in de week, Aswoensdag, hij had vrij van school. Zijn moeder was aan het werk, maar om de een of andere reden kon hij niet alleen thuisblijven. Dus ging hij met zijn vader mee. Die at tussen de middag altijd in hetzelfde eethuis, wanneer hij tenminste niet naar huis ging of boterhammen meenam. Het was een tent aan de Ármúli, waar veel werklui kwamen, die daar goedkoop konden eten, alledaagse kost zoals gehaktballen of gebraden lamsvlees. Ze schrokten hun maal naar binnen, rookten en redeneerden een eind weg en stapten weer op. Het kostte hun twintig minuten, op zijn hoogst een halfuur. Dan waren ze weer vertrokken.

Hij stond bij een van de tafels en keek naar zijn vader die voor zijn maaltijd in de rij stond, toen er een man tegen hem op botste die grote haast had om buiten te komen. Bijna viel hij ondersteboven.

'Sorry, beste jongen,' zei de man en hij greep hem in zijn val beet. 'Wat moet je hier eigenlijk?'

Hij zei het nogal bot, alsof een jongen geen plek voor volwassenen hoorde te in te nemen. Misschien was hij ook wel nieuwsgierig wat zo'n snotjongetje eigenlijk in die eettent moest.

'Ik hoor bij hém,' zei Sigurður Óli aarzelend en verlegen, en hij wees naar zijn vader, die zich op hetzelfde moment omdraaide en tegen hem glimlachte.

'Wel wel, ben jij er een van Kraantje-lek?' zei de man. Hij

knikte naar zijn vader, gaf de jongen een aai over zijn bol en liep door naar buiten.

De woorden van de man hadden wat lacherig en spottend geklonken; de minachting die eruit sprak trof Sigurður Óli onverwacht. Over de plaats van zijn vader op de maatschappelijke ladder had hij nog nooit hoeven nadenken en het duurde even eer hij begreep dat die gekke bijnaam op zijn vader sloeg. Hij had zijn best gedaan het zich niet aan te trekken.

Nooit had hij het zijn vader verteld. Hij had altijd gedacht dat zijn pa een doodgewone werkman was en hij vond het helemaal niet leuk dat hij met die naam zo werd weggezet. Op de een of andere manier, die Sigurður Óli niet helemaal begreep, maakte die naam hem kleiner. Was hij in de ogen van anderen dan zo'n rare vent? Was hij een mislukkeling? Sloeg het op het feit dat zijn vader graag alleen wilde werken en niet samen met anderen? Dat hij niet voor een baas wilde werken? Dat hij weinig vrienden had, geen gemeenschapsmens was en zelf ook zei dat hij niet veel om gezelschap gaf?

Sigurður Óli was een paar dagen eerder bij zijn vader in het ziekenhuis langs geweest en had gewacht tot hij na de operatie was bijgekomen. Hij had zitten denken aan het moment dat hij die bijnaam hoorde. Later had hij beter begrepen wat er gebeurd was, wat voor gevoelens er bij hem opgekomen waren. Plotseling was hij weer terug in die ongezellige eettent, had hij een beetje medelijden met zijn pa. Voelde met hem mee, wilde hem zelfs verdedigen.

Zijn vader werd wakker en deed de ogen open. Sigurður Óli had te horen gekregen dat de operatie geslaagd was. De klier was verwijderd en er waren geen uitzaaiingen gevonden, alleen dat ene orgaan was aangetast. Zijn vader zou snel weer de oude zijn.

'Hoe is het met je?' vroeg Sigurður Óli toen zijn vader wakker was.

'Het kon slechter,' antwoordde hij. 'Nogal moe, dat wel.'

'Je ziet er heel goed uit,' zei Sigurður Óli. 'Je moet alleen flink uitrusten.'

'Dank je dat je gekomen bent, Siggi, m'n jongen,' zei zijn vader, 'al had je het niet hoeven doen. Over een ouwe kerel als ik hoef je je echt geen zorgen te maken.'

'Ik zat te denken over mam en jou.'

'Zat je dáárover te denken?'

'Ja, hoe het kon dat jullie wat met elkaar kregen, jullie die zoveel van elkaar verschillen.'

'Ja, dat is waar, we verschillen ontiegelijk veel van elkaar. Dat bleek eigenlijk al direct, maar pas later kregen we er problemen mee. Toen ze ging werken veranderde ze, vond ik. Ik bedoel, toen ze als accountant ging werken. Vind je het vreemd dat ze een relatie begon met een loodgieter als ik?'

'Ik weet het niet,' zei Sigurður Óli, 'het was misschien niet echt iets voor haar. Als jij zegt: "pas later", was dat dan nadat ik geboren was?'

'Het heeft helemaal niks met jou te maken, Siggi. Dát moet je niet van je moeder denken.'

Ze zwegen. Zijn vader sliep weer in. Sigurður Óli bleef nog een poosje bij hem zitten, stond toen op en ging weg.

Sigurður Óli stond op en zette het toestel uit. Hij keek op de klok. Waarschijnlijk was het al te laat om te bellen. Toch wilde hij graag haar stem horen, hij had er de hele dag aan gedacht. Hij pakte de hoorn en woog die in zijn hand. Weifelde. Toetste toen het nummer in. Toen de telefoon drie keer was overgegaan klonk er een vrouwenstem.

'Bel ik te laat?' vroeg hij.

'Nee... het geeft niet,' zei Bergþóra. 'Ik slaap nog niet. Is er iets, dat je zo laat belt?' Haar stem klonk bezorgd, maar leek ook een beetje gespannen, bijna kortademig.

'Ik wou alleen maar even je stem horen, en je over pa vertellen. Die ligt in het ziekenhuis.'

'O ja?'
Hij vertelde Bergþóra over de kwaal van zijn vader en over de operatie die goed geslaagd was, zodat hij over een paar dagen weer naar huis mocht.
'Maar ja, hij wil eigenlijk niet geholpen worden.'
'Jullie hebben nooit zoveel contact gehad,' zei Bergþóra, die haar voormalige schoonvader niet heel goed had leren kennen.
'Nee,' zei Sigurður Óli. 'Zo is het nou eenmaal gelopen tussen ons, ik weet eigenlijk niet waarom. Eh... ik zat te denken, kunnen we elkaar niet weer eens zien? Bij jou thuis misschien? Gewoon, voor de gezelligheid?'
Bergþóra zweeg. Hij hoorde een geluidje, een stem, een beetje gesmoord.
'Bergþóra?'
'Sorry,' hoorde hij zeggen, 'de hoorn glipte uit mijn hand.'
'Wie is er bij je?'
'We kunnen misschien beter een andere keer verder praten,' zei Bergþóra. 'Het komt nou niet zo goed uit.'
'Bergþóra...?'
'We praten nog wel,' zei ze. 'Ik bel je.'
De verbinding werd verbroken. Sigurður Óli staarde naar de hoorn. Om wat voor reden ook, het was nooit bij hem opgekomen dat Bergþóra op een nieuwe relatie uit zou zijn. Zelf had hij daar wel voor opengestaan, maar dat Bergþóra daar eerder toe gekomen was kwam volkomen onverwacht voor hem.
'Verdomme,' hoorde hij zichzelf woedend fluisteren.
Hij had niet moeten bellen.
Wat had ze nou bij een ander te zoeken?
'Verdomme,' fluisterde hij opnieuw en hij legde de hoorn neer.

27

Men vond het niet nodig voorlopige hechtenis voor Kristján aan te vragen. Hij was maar een hulpkracht – als je al van kracht mocht spreken – van Þórarinn, de geldophaler en drugsdealer die naar alle waarschijnlijkheid Lína had aangevallen en gedood. Kristján werkte niet meer bij de Bíkóbouwmarkt, had zijn slampampersleventje weer opgevat en hing nu constant rond in de kroeg waar Sigurður Óli al eerder naar hem gevraagd had. Hij voelde zich heel wat en vanuit de hoek waar hij zat zwaaide hij naar Sigurður Óli, alsof ze oude kameraden waren.

'Bij de Bíkó vertelden ze dat je daar weg was,' zei Sigurður Óli.

Het was kort na de middag. Kristján zat alleen aan tafel met een halflege bierpul, een pakje sigaretten en een wegwerpaansteker voor zich. Het ging niet beter of slechter met hem sinds de laatste keer dat ze elkaar hadden gesproken. Hij zei dat hij niets van Þórarinn had gehoord, en dat scheen hij ook prima te vinden. Hij leek erop te hopen dat de politie Þórarinn zo gauw mogelijk zou inrekenen en hem levenslang zou opsluiten.

'Het is geen vriend van me,' zei Kristján, 'als je dat soms denkt.'

Hij was op dat uur van de dag nagenoeg de enige klant in de kroeg. Het bestaan lachte hem toe. Hij had een paar dagen loon uitbetaald gekregen en voelde zich opperbest. Vroeger kon hij soms de huur van zijn kamertje niet eens betalen, had hij zelfs gewoon hongergeleden.

'Nee, dat kan ik me voorstellen,' zei Sigurður Óli. 'Hij is waarschijnlijk niet zulk leuk gezelschap. Ik heb zijn vrouw gesproken. Die wist niet waar hij zat.'

'Hè? Weten jullie nog helemaal niks over Toggi?'

'In rook opgegaan. Maar het is de vraag of hij dat onderduiken lang volhoudt, meestal hebben zulke lui het na een paar dagen wel bekeken. Enig idee waar hij kan zitten?'

'Geen idee. Relax, man, pak een pilsje. Rook je?'

Kristján hield hem het pakje voor. Hij deed wat flinker dan anders, nu hij min of meer op eigen terrein was en het bier hem naar het hoofd was gestegen. Sigurður Óli herkende hem nauwelijks en keek de sukkel zwijgend aan. Was er een diepere vernedering denkbaar? Als er íéts was wat hem in zijn werk tegenstond, dan was het wel dat hij aardig moest doen tegen geteisem als Kristján, dat hij mensen die hij in werkelijkheid alleen maar kon minachten vriendelijk tegemoet moest treden, dat hij tot hun niveau moest afdalen. Dat hij zelfs moest doen alsof hij bij de club hoorde, met ze moest meedoen. Zijn collega Erlendur vond dat niet moeilijk: die kon voor die lui nog wel begrip opbrengen. En als Elínborg met crimineel volk te maken had, kon ze terugvallen op een soort vrouwelijke intuïtie. Sigurður Óli kon echter alleen maar een wereld van verschil zien tussen een sukkel als Kristján en hemzelf. Ze hadden niets gemeen en kónden dat niet hebben ook, en ze zouden nooit op basis van gelijkheid met elkaar kunnen praten. De een was een veelpleger, de ander een eerzaam burger. In de ogen van Sigurður Óli had zulk gajes elk recht verspeeld om in de maatschappij mee te draaien. Maar het kwam voor – nu bijvoorbeeld – dat hij moest doen alsof hij het echt van belang vond wat ze dachten, wat voor mening ze er over van alles en nog wat op na hielden, wat er in die miezerige zielen omging. Hij had zich dus voorgenomen Kristján vriendelijk te behandelen in de hoop nog wat meer informatie uit hem los te krijgen.

'Nee, dank je, ik rook niet,' zei hij en hij plooide zijn gezicht in een glimlach. 'Het is heel belangrijk dat we hem zo gauw mogelijk vinden. Als je informatie hebt, ook al is het nog zo weinig, dan zou ik daar heel blij mee zijn. Waar kan die Toggi – zo noem je hem toch, hè? – waar kan die Toggi uithangen en met welke mensen heeft hij contact?'

Kristján was op zijn hoede. Die smeris gedroeg zich nu heel anders dan toen ze elkaar de laatste keer hadden gesproken, en hij wist niet precies hoe hij daarop moest reageren.

'Daar weet ik helemaal niks van,' zei hij.

'Wie zijn zijn vrienden en collega's? We hebben niks over hem. Hij is nog nooit met ons in aanraking geweest, dus we moeten zo'n beetje afgaan op wat mensen zoals jij ons kunnen vertellen, dat begrijp je wel, hè?'

'Jawel, maar zoals ik zeg...'

'Eén naam maar, dat zou al helpen. Een naam die je hem eens hebt horen noemen, al was het maar zijdelings.'

Kristján keek hem aan, toen dronk hij in een lange teug zijn glas leeg en schoof het naar voren.

'Doe mij er nog maar een, man,' zei de sukkel. 'En ga zitten, dan kunnen we praten. Wie weet heb je er wat aan.'

Drie glazen bier en een eindeloos uur van verveling later reed Sigurður Óli in oostelijke richting over de Miklabraut, op weg naar een garage die gespecialiseerd was in motorfietsen en sneeuwscooters. Daar werkte een man die Höddi genoemd werd. Hij was, naar Kristján had gezegd, een van Þórarins zeer weinige vrienden. Kristján wist niet precies wat hun gemeenschappelijke belangen waren, maar ze hadden elkaar geholpen met diverse grotere en kleinere klussen: geld incasseren door intimidatie en andere onfrisse praktijken. Zo had Höddi eens een witte Range Rover van twaalf miljoen kronen met leren binnenbekleding en alles erop en eraan in brand gestoken, en wel op verzoek van de eigenaar. Die zat erg in zijn maag met een lening waar hij vanaf moest en wilde de verzekering ervoor laten opdraaien. Höddi ontving het verzoek via Toggi, die met de man connecties onderhield. Hoe het precies gegaan was wist Kristján niet, maar Toggi zat in Spanje en er was een beetje haast bij. Höddi had het karwei toen geklaard. Die draaide daar zijn hand niet voor om, want volgens Kristján kon je hem als een ervaren brandstichter beschouwen. Andere vrienden van Snelle Toggi kende hij niet.

Höddi was groot en zeer krachtig gebouwd, al begon hij een buikje te ontwikkelen. Hij was kaal als een knikker; wel had hij een dikke, blonde baard en snor. Hij droeg jeans en een T-shirt met de vlag van de vroegere zuidelijke staten van Amerika erop – hij kon voor een karikatuur van een Amerikaanse racist doorgaan. Sigurður Óli trof hem in zijn garage, waar hij zich boog over een motorfiets met een heleboel chroom eraan. De werkplaats was maar klein. Volgens Kristján was Höddi zelf eigenaar en tevens de enige arbeidskracht.

'Hallo,' zei Sigurður Óli, 'ik zoek Höddi. Ben jij dat toevallig?'

De man richtte zich op.

'Wie ben jij?' vroeg hij wantrouwig, alsof hij al van veraf kon ruiken dat er problemen in de lucht hingen.

'Eigenlijk moet ik Toggi hebben,' zei Sigurður Óli, 'of Þórarinn, en ik heb begrepen dat jij die kent. Het gaat over een politiezaak waar je misschien wel van gehoord zult hebben. Ik bén van de politie.'

'Wat voor politiezaak?'

'Er is in Reykjavík-Oost een aanslag gepleegd op een vrouw.'

'En waarom begin je daar tegen mij over?'

'Nou, ik...'

'Wie heeft je naar mij gestuurd?' vroeg Höddi. 'Ben je alleen?'

Sigurður Óli wist niet wat hij met die laatste vraag aan

moest. Een politieman was in zekere zin nooit alleen, maar hij dacht niet dat filosofische beschouwingen over dit punt Höddi erg zouden aanspreken. Waarom had hij dat gevraagd? Wou die kerel hem soms te lijf gaan als hij wist dat Sigurður Óli alleen was? Op de eerste vraag zou hij in elk geval geen antwoord geven. Kristján kon hij niet noemen, iets wat hij overigens met plezier gedaan zou hebben, want nooit in zijn hele leven had hij zich zo verveeld als tijdens dat gesprek met hem. Hij bleef dus zonder iets te zeggen staan en keek de werkplaats rond. Daar stonden de sneeuwscooters waaraan gesleuteld werd totdat ze sneller waren en meer lawaai maakten dan die opgevoerde motorfietsen waarmee je de verkeersregels steeds makkelijker kon overtreden.

Höddi liep op hem af.

'Waarom denk je eigenlijk dat ik wat van die Toggi af weet?' vroeg hij.

'Ik ben degene die hier de vragen stelt,' zei Sigurður Óli. 'Weet je waar hij kan zijn?'

Höddi staarde hem aan.

'Nee,' antwoordde hij toen. 'Ik ken die man niet.'

'Ken je iemand die Ebeneser heet? Ebbi wordt hij genoemd.'

'Ik dacht dat je naar Toggi vroeg?'

'Naar Ebbi ook.'

'Die ken ik niet.'

'Zijn vrouw heet Lína. Ken je die?'

'Nee.'

In de broekzak van de man rinkelde een mobieltje. Hij bleef Sigurður Óli aanstaren terwijl het overging, vier, vijf, zes keer. Eindelijk besloot hij op te nemen.

'Ja?' zei hij.

Daarna luisterde hij een tijdje.

'Dat zal me een rotzorg zijn,' zei Höddi in zijn mobieltje. 'Ja... ja... nee. Daar zit ik helemaal niet mee.'

Daarna luisterde hij weer een poos.

'Al is het honderd keer je neef,' zei hij geïrriteerd, 'ik ga hem toch echt zijn knieën *bashen*!'

Hij verstijfde hij toen hij dat zei en keek naar Sigurður Óli. Die wist wat 'bashen' betekende: iemand met een honkbalknuppel bewerken. Dat klonk naar een wraakoefening of naar zijn methode van geld incasseren. Maar het volgende moment besloot Höddi niet voor de politie weg te duiken. Hij daagde Sigurður Óli uit, als wilde hij hem laten zien dat ze hem niks konden maken, dat hij onaantastbaar was.

'Hou je bek!' zei Höddi in de telefoon. 'Ja... ja... precies, ja, en jijzelf ook. Ik zou me maar gedeisd houden, jongen!'

Hij beëindigde het gesprek en stak de gsm weer in zijn zak.

'Heeft Toggi kortgeleden soms nog contact met je gehad?' vroeg Sigurður Óli, die deed of hij het telefoongesprek niet had gevolgd.

'Ik ken geen Toggi.'

'Snelle Toggi noemen ze hem.'

'Ken ik ook niet.'

'Jij gaat zeker met deze dingen de bergen in,' zei Sigurður Óli en hij wees in de richting van de sneeuwscooters met hun krachtige motoren.

'Wat sta je nou uit je nek te lullen, man?' zei Höddi. 'Hou op met dat gezeik en sodemieter alsjeblieft op.'

'Of de gletsjer op,' zei Sigurður Óli, die de groeiende irritatie van de man negeerde. 'Kan dat kloppen? We hebben het nu over georganiseerde tochten door verenigingen of bedrijven. Niet over kleine ritjes met die dingen.'

'Waar slaat dat nou weer op?'

'Verzorg jij zulke tochten? Doe je daar op de een of andere manier aan mee? Tochten over een gletsjer met de klanten van bedrijven – sneeuwscooters, jeeps, barbecues, dat werk?'

'Ik ga vaak mee op zulke tochten, ja. Heb jij daar last van?'

'Die Ebbi waar ik het over heb, die verzorgt tochten door het binnenland. Werk jij op de een of andere manier met hem samen?'

'Ik ken toch geen Ebbi, man.'
'Oké,' zei Sigurður Óli. 'Dat zal dan wel.'
'Ja, dat zal het zeker. En rot nou op en laat me met rust,' zei Höddi en hij draaide zich weer om naar zijn motorfiets.

Toen Sigurður Óli aan de Hverfisgata kwam was er een e-mail voor hem binnengekomen van Kolfinna, de secretaresse op het accountantskantoor waar Lína had gewerkt. Ze had hem de beloofde tweede lijst gestuurd van mensen – personeel en relaties – die met Lína op gletsjertocht waren geweest. Sigurður Óli printte hem uit en liet zijn ogen over de namen gaan. Tot zijn verbazing stond Hermann op de lijst, en even later bleef zijn blik rusten bij een naam die hij maar al te goed kende. Hij kon zijn ogen niet geloven.

Het was de naam van zijn vriend Patrekur.

28

Ze hadden wantrouwig naar hem gekeken toen hij de Rijksslijterij binnenstapte en twee flessen IJslandse brandewijn kocht. Hij was opgestaan, had zijn broek opgesjord, zijn winterjack aangetrokken en een muts opgezet. Tegen de kou, maar vooral om zijn verwarde, vieze haar te verbergen. Toen was hij naar de slijterij aan het Eiðistorg gelopen, een ontzettend eind. Hij lette erop niet te vaak in hetzelfde filiaal te komen. Hij was wel eens in de winkel in de Austurstræti geweest, de dichtstbijzijnde zaak vanuit de Grettisgata, en toen had hij gemerkt dat het personeel met een schuin oog naar hem keek. En hij was in het filiaal in het winkelcentrum Kringlan geweest. Hij betaalde met contant geld, want een betaalkaart had hij niet: hij had er nooit een kunnen krijgen. Daarom moest hij soms naar de bank om geld te halen. Hij ontving een invaliditeitsuitkering die direct op een rekening werd gestort; daarnaast had hij nog wat geld van zijn laatste baan. Meer had hij ook niet nodig. Eten deed hij eigenlijk nauwelijks meer. De brandewijn was zijn eten en drinken.

    Ze keken naar hem alsof hij iets misdaan had. Maar misschien leek dat alleen maar zo. Hij hoopte het. Want wat zouden ze nou echt kunnen weten? Niks. En zijn geld weigerden ze ook niet. Dat was goed genoeg voor hen, al zag hij er dan niet echt uit als een bankdirecteur. Ze bemoeiden zich heus niet met hem. Zeiden geen woord tegen hem, maakten geen enkele opmerking. Wat kon het hem schelen wat ze dachten? Ze hadden niks met hem te maken. En hij? Wat had hij met hen te maken? Niks toch? Hij kwam daar doodgewoon zijn brandewijn kopen, meer niet. En drukte maakte hij ook al niet. Hij was gewoon een klant. Zoals er zoveel rondliepen.

Maar waarom verdomme staarden ze dan zo naar hem? Je mocht zeker alleen maar brandewijn drinken als je een net pak aanhad?

Terwijl die vragen door zijn hoofd gingen liep hij de winkel uit; hij keek achterom alsof hij verwachtte dat ze hem achterna zouden komen. Zouden ze de politie gebeld hebben? Hij maakte dat hij wegkwam. De jongeman bij wie hij had afgerekend zat op zijn stoel bij de kassa en keek hem door de winkelruit na tot hij verdwenen was.

Politie zag hij niet, maar voor alle zekerheid verliet hij zodra het kon de drukke wegen. Via een aantal stille straten liep hij in de richting van het kerkhof, al kostte hem dat veel extra tijd. Soms, als niemand hem kon zien, bleef hij staan, haalde een van de flessen uit de zak en dronk eruit. Eigenlijk had hij hem al leeg toen hij ten slotte op het kerkhof kwam. Met de andere moest hij kalmer aan doen.

Hij was al vaak op het kerkhof aan de Suðurgata geweest. Daar werd hij met rust gelaten. Op een laag stenen muurtje rondom een groot graf ging hij zitten uitrusten. Hij dronk uit de fles. De kou buiten merkte hij niet: daarvoor zorgden het degelijk gevoerde winterjack en de brandewijn.

Hij knapte op van het drinken, voelde zich herleven, zijn geest was gewoon veel helderder. In gedachten zei hij keer op keer een paar regels op van een rijmpje dat hem vaak door de kop zeurde als hij dronk: Brandewijn, het beste eten, 'k zou geen fijner voedsel weten. Hij was van plan het centrum te mijden, want daar kon hij kennissen tegenkomen, politieagenten zelfs, en dat wilde hij in geen geval. Meer dan eens was hij opgepakt, alleen maar omdat hij er zijn gezicht liet zien. Viel geen mens lastig, zat bijvoorbeeld alleen maar rustig op een bankje op Austurvöllur, en dan kwamen er twee agenten op hem af die hem moesten spreken. Dan zei hij dat ze hun mond moesten houden. Oké, misschien was hij wel eens wat grof geweest, al wist hij daar niks meer van. Maar hup, daar zat hij alweer in de cel. 'De toeristen lusten jou niet,' zeiden de smerissen.

Hij keek over de met mos begroeide stenen van het kerkhof en de bomen die boven oude, scheef gezakte graven oprezen. Hij keek naar de hemel. De lucht was donker en dreigend, bijna zwart, vond hij, maar boven de Bláfjöll week het wolkendek eventjes vaneen. Door de opening zag je een strook helderblauwe hemel, die direct weer achter de donkere wolkenbank verdween.

Toen zijn moeder begraven werd was hij er niet bij geweest. Eens, ergens, waarschijnlijk bij een ziekenhuisopname, dat wist hij niet meer, had ze zijn naam genoemd als het familielid waarmee men contact moest opnemen als ze zou overlijden. En dus was hij gebeld, een telefoongesprek dat hij soms weer hoorde, als van heel ver, van achter de strook blauwe hemel boven de Bláfjöll. Hij kreeg te horen dat Sigurveig, zijn moeder, overleden was.

'Waarom vertel je me dat?' had hij gevraagd.

Hij had geen vreugde en geen verdriet gevoeld. Ook geen verbazing of woede. Niks had hij gevoeld. Dat was al heel lang zo.

De vrouw aan de telefoon wilde met hem praten over het afleggen van het lichaam, over de begrafenis en over nog iets anders, maar dat had hij niet gehoord.

'Daar heb ik niks mee te maken,' had hij gezegd, en toen had hij opgehangen.

Hij dronk uit de fles, keek naar de wolken, lette erop of er ergens een opening kwam, maar nergens zag hij een beetje licht. Hij kende het kerkhof goed, ging er heen om wat vrede en veiligheid te zoeken. Hier zou niemand hem in verwarring brengen.

Er kwam een wonderlijke rust over hem, daar binnen de

omheining van het oude graf en een hele tijd wist hij niet zeker of hij zich op het graf bevond of erin. Dat gevoel had hij vaker gehad.

Hij was al bijna vergeten dat hij iets te doen had toen hij de politieman zag naderen. Wist zo gauw niet meer hoe die heette. Sigur en nog wat.

Sigurður.

29

Sigurður Óli stond de uitgeprinte lijst te bekijken toen de telefoon op zijn tafel overging. Gespannen nam hij op, maar aanvankelijk hoorde hij alleen iemand ademen. Het was alsof er iemand snel, regelmatig ademde en tegelijk een heel klein beetje snurkte.
'Met wie spreek ik?' vroeg hij.
'Ik moet je spreken,' hoorde hij zeggen. Direct herkende hij Andrés' stem.
'Is dat Andrés?'
'Ik... heb je nou tijd voor me?'
'Waar ben je nu?'
'Ik sta in een telefooncel. Ik ben... ik ga naar het kerkhof.'
'Welk kerkhof?'
'Aan de Suðurgata.'
'Oké,' zei Sigurður Óli. 'Waar ben je nu?'
'...over zo'n twee uur.'
'Afgesproken. Over twee uur. Op het kerkhof. Waar precies op het kerkhof?'
Hij kreeg geen antwoord. Andrés had opgehangen.
Minder dan twee uur later parkeerde Sigurður Óli in de Ljósvallagata en ging via de westelijke ingang het kerkhof op. Hij had geen idee waar Andrés kon zitten en besloot eerst naar links te gaan. Een hele tijd liep hij langs grafmonumenten en stenen, over smalle paden die tussen de mossige grafstenen door kronkelden. Hij was al bijna bij de Suðurgata aangekomen, aan de andere kant van het kerkhof, toen hij Andrés zag zitten op een laag, met mos begroeid muurtje, dat

lang geleden rondom een dubbel graf was gezet. Zijn handen waren smerig, voor zover je ze uit de lange mouwen van zijn jack kon zien steken. Hij had een muts op en zag er even armzalig uit als toen Sigurður Óli hem voor het laatst had gezien, achter het politiebureau.

Het leek alsof Andrés wilde gaan staan toen Sigurður Óli naderde, maar uiteindelijk liet hij het erbij. De lucht die hij afgaf was niet te harden, een soort mestgeur, vermengd met de lucht van alcohol en urine. Hij scheen al weken dezelfde kleren aan te hebben.

'Ben je daar eindelijk?' zei hij.

'Ik was al op zoek naar je,' zei Sigurður Óli.

'Hier ben ik dan,' zei Andrés.

Hij had een plastic tas van de Rijksslijterij bij zich. Er zaten twee flessen in, meende Sigurður Óli te zien. Hij ging naast Andrés zitten en zag hoe die de ene fles uit de tas haalde, de dop losschroefde en de fles aan zijn mond zette. Sigurður Óli merkte op dat hij hem bijna helemaal had leeggedronken. Maar hij bedacht dat er mét die alcohol waarschijnlijk meer met hem te beginnen was dan zonder.

'Andrés, vertel op, wat is er aan de hand?' vroeg hij.

'Waarom zoek je steeds contact? Wat wil je van ons?'

Andrés keek om zich heen. Zijn blikken zwierven van de ene grafsteen naar de andere. Toen nam hij weer een slok brandewijn.

'En wat doe je hier op het kerkhof? Ik had al naar je gevraagd in het flatgebouw waar je woont.'

'Het is nergens rustig. Alleen hier.'

'Ja, het is stil hier,' zei Sigurður Óli, en hij herinnerde zich dat hier ooit het lijk van een jong meisje aangetroffen was, en wel op het graf van Jón Sigurðsson, de IJslandse vrijheidsheld. Bergþóra was in die zaak getuige geweest; zo hadden ze elkaar leren kennen. Er reed een enkele auto over de Suðurgata en aan de andere kant van de muur stonden de vriendelijke hui-

zen van de Kirkjugarðsstígur naast elkaar te dommelen.
 'Heb je gekregen wat ik voor je had achtergelaten?' vroeg Andrés.
 'Je bedoelt dat stukje film?'
 'Ja, dat stukje film. Dat heb ik eindelijk gevonden. Veel is het niet, maar wel genoeg. Hij heeft alleen maar twee korte films bewaard. Alle andere heeft hij weggegooid.'
 'Ben jij dat, die we op dat filmpje zagen?'
 'We? Welke we? Ik heb het aan jou gegeven. Heb je het aan iemand anders laten zien? Dat had niemand mogen zien! Geen mens mag het zien! Dat mag niet!'
 Andrés wond zich hevig op en Sigurður Óli probeerde hem te kalmeren. Hij vertelde hem dat hij er alleen een liplezeres bij had gehaald om erachter te komen wat de jongen op de film had gezegd. En verder had niemand het gezien, voegde hij eraan toe, zijn toevlucht nemend tot een leugentje om bestwil. Hij had er nog niets mee gedaan; hij wilde het eerst zelf onderzoeken om te zien of er reden was het naar de zedenpolitie te sturen en er tijd en mankracht aan te besteden.
 'Ben jij dat die op dat filmpje staat?'
 'Ja, dat ben ik,' zei Andrés mat. 'Wie zou... wie zou het anders moeten zijn?'
 Hij zweeg en dronk uit de fles.
 'En heeft het lang geduurd voor je die film vond? Waar heb je hem gevonden?'
 'Mijn moeder, weet je... ze was niet... ze was geen sterke vrouw, ze kon hem niet aan,' zei Andrés. Hij deed geen moeite uitvoeriger antwoord te geven. Hij had een baard, maar erg vol was die niet, eerder piekerig. Zijn gezicht was vuil en hij had een bloederige plek onder zijn ene oog, alsof hij met iemand gevochten had of ergens tegenop was gelopen. Zijn kleine ogen traanden, ze waren grijs, bijna kleurloos, zijn neus was gezwollen en stond scheef. Het leek alsof hij ooit zijn neus had gebroken maar er niets aan had laten doen. Misschien in

de jaren dat hij de warmte van het busstation op Hlemmur had opgezocht.

'Over wie heb je het? Wie kon ze niet aan?'

'Hij heeft haar alleen maar gebruikt, weet je. Ze gaf hem onderdak en hij zorgde dan dat ze brandewijn en drugs kreeg. En niemand die zich met mij bemoeide, geen mens. Hij kon zijn gang met me gaan als hij zin had.'

De stem was hees en onhelder; afschuw en een oude woede klonken erin door.

'Zijn er veel van die films?'

'Het gaf hem een kick om films te maken,' zei Andrés. 'Hij had ook een filmprojector. Die had hij uit een school gestolen, ergens in een dorp. En hij had een hele massa porno. Die smokkelen ze op schepen het land binnen.'

Andrés zweeg.

'Heb je het nu over een man die Rögnvaldur heet?' vroeg Sigurður Óli.

Andrés staarde voor zich uit.

'Weet jij wie dat is?' zei hij.

'We hebben elkaar in januari nog gesproken,' zei Sigurður Óli. 'Dat ging toen over iets anders. Weet je nog? Een paar dagen geleden wist je het nog wel. We hebben je toen vragen gesteld over die Rögnvaldur. Was dat niet je stiefvader?'

Andrés zweeg.

'Was hij degene die dat filmpje gemaakt heeft?' vroeg Sigurður Óli.

'Hij miste een wijsvinger. Hij heeft me nooit verteld hoe dat kwam, maar ik troostte mezelf soms met de gedachte dat het zeer gedaan moest hebben, dat hij geleden had en gehuild van pijn. Net goed voor hem.'

'Heb je het nu over hem?'

Andrés liet zijn hoofd hangen, knikte daarna onwillig.

'Wanneer is het gebeurd?'

'Lang geleden al, heel lang geleden.'

'Hoe oud was je toen?'

'Tien jaar. Toen is het begonnen.'

'Dus rond 1970? Dat hadden we al zo'n beetje geprobeerd uit te rekenen.'

'Je raakt het nooit kwijt,' zei Andrés, zo zacht dat Sigurður Óli het nauwelijks kon verstaan. 'Wat je ook probeert. Je raakt het nooit kwijt. Ik heb geprobeerd wat ik kon om het weg te drinken, maar dat helpt ook niet.'

Andrés stond op, rekte zich uit en tuurde naar de hemel. Het leek of hij in de wolken iets zocht. Hij sprak nog maar fluisterend.

'Twee jaar heeft die smeerlapperij geduurd. Bijna zonder ophouden. Toen is hij weggegaan.'

30

Door de Suðurgata reed een bus met veel lawaai naar het centrum. Vanaf de Kirkjugarðsstígur klonken lachsalvo's. Het leven in de stad ging zijn gewone gang, maar het leek op het kerkhof, daar waar Andrés zat, tot stilstand te zijn gekomen. Een tijdlang kwam er geen woord over zijn lippen. Sigurður Óli wachtte tot hij verder zou gaan met zijn verhaal. Hij wilde hem niet opjagen en en er gingen minuten voorbij. Andrés had de tweede fles gepakt, er stevig uit gedronken en hem toen weer in de zak gestopt. Hij leek hier helemaal thuis te zijn. Toen duidelijk was dat hij niet verder zou gaan met zijn verhaal, schraapte Sigurður Óli zijn keel.

'En waarom nu?' vroeg hij.

Hij wist niet zeker of Andrés hem hoorde.

'Waarom nu, Andrés?'

Andrés draaide zijn hoofd naar hem toe en keek Sigurður Óli een tijdlang aan alsof hij een totaal onbekende voor zich had.

'Wat?' zei hij.

'Waarom begin je er nú tegen ons over?' zei Sigurður Óli. 'Al zouden we die Rögnvaldur te pakken krijgen, dan nog is de zaak allang verjaard. We kunnen er niks meer aan doen. Er is geen wet waarmee we hem nog kunnen pakken.'

'Nee,' zei Andrés gelaten. 'Jullie kunnen niks doen. Jullie hebben nooit wat kunnen doen.'

Toen zweeg hij weer.

'Hoe is het verdergegaan met Rögnvaldur?'

'Die is het huis uit gegaan en heeft zich nooit meer laten

zien,' zei Andrés. 'Ik wist niks van hem. Hij was gewoon weg. Al die jaren.'

'En toen?'

'Toen heb ik hem weer teruggezien. Dat heb ik jullie verteld.'

'Wíj hebben hem nooit kunnen vinden. Er bestond een mogelijkheid dat hij betrokken was bij de zaak waar we destijds aan werkten, maar toen we die hadden opgelost was hij voor ons niet belangrijk meer. Hij had er niet zoveel mee te maken. En met jou als getuige kwamen we niet ver. We wisten maar heel weinig van hem en jij wou niks zeggen. Waarom wil je er nu wel over praten?'

Sigurður Óli wachtte tot Andrés antwoord zou geven, maar die bleef zwijgend naar zijn voeten staren.

'Als ik me goed herinner,' ging Sigurður Óli verder, 'liet je doorschemeren dat hij toen je jong was iemand had vermoord. Daar is bij ons niks over bekend. Had je het toen over jezelf? Heb je het zo beleefd wat hij deed: dat hij iets in jou doodgemaakt heeft?'

'Misschien hád hij me moeten doodmaken,' zei Andrés. 'Misschien was dat maar beter geweest. Ik weet niet meer wat ik jullie toen gezegd heb. Ik ben niet... het gaat al een hele tijd niet zo goed met me.'

'Je kunt hulp krijgen,' zei Sigurður Óli. 'Die is er voor mensen zoals jij, die zo'n ervaring achter de rug hebben. Heb je al eens iets in die richting geprobeerd?'

Andrés schudde zijn hoofd.

'Ik wou je spreken om je te zeggen... om je te zeggen dat wat er gebeurt, hoe het allemaal gaat, dat het niet allemaal míjn schuld is. Begrijp je? Niet allemaal mijn schuld. Ik wil dat je dat weet, dat jullie dat weten.'

'Dat er wát gebeurt?' vroeg Sigurður Óli. 'Waar heb je het over?'

'Dat zul je wel merken.'

'Heb je die Rögnvaldur soms gevonden?'
Andrés gaf geen antwoord.
'Ik kan je niet laten gaan als je me dat niet zegt. Je kunt niet zomaar zulke toespelingen maken.'
'Ik wil niks goedpraten. De dingen zijn zoals ze zijn en daar kan niks aan veranderen. Nadat hij was weggegaan probeerde ik... probeerde ik te doen alsof er niks gebeurd was, maar... ik... ik kon het niet kwijtraken... ik ontdekte dat ik het met brandewijn en drugs weg kon drukken, en daar ben ik toen naar op zoek gegaan, en naar de lui die daarvoor konden zorgen. Zo kon ik ermee leven. Direct nadat hij weggegaan was. Toen ik twaalf jaar was ben ik voor het eerst stomdronken geweest. Ik ging lijm snuiven. Gebruikte alles wat ik te pakken kon krijgen. Sindsdien ben ik nauwelijks meer helder geweest. Zo is het gewoon. Ik wil niks goedpraten.'
Andrés zweeg. Hij schraapte zijn keel en haalde de fles uit de zak. Je hoefde geen expert te zijn om te zien dat hij zowel lichamelijk als geestelijk op instorten stond.
'Je zult het wel zien,' zei hij.
'Wat zien?'
'Daar kom je nog wel achter.'
'Ik heb begrepen dat je het stoffeerdersvak hebt geleerd,' zei Sigurður Óli. Hij wilde het gesprek met Andrés zo veel mogelijk rekken, hem tot meer openheid bewegen. Misschien zou hij dan meer loslaten over Rögnvaldur.
'Ik heb soms wel geprobeerd mezelf aan te pakken,' zei hij. 'Maar dat duurde nooit lang.'
'Ben je de laatste tijd met leer bezig geweest?' vroeg Sigurður Óli behoedzaam.
'Hoe bedoel je?' vroeg Andrés en hij nam zijn afwerende houding weer aan.
'Je buurvrouw maakte zich al zorgen over je,' zei Sigurður Óli. 'Ze dacht dat je misschien iets was overkomen, en toen heeft ze me bij je binnengelaten. In de keuken vond ik stuk-

ken leer, en toen ik ze aan elkaar legde kreeg ik iets wat een beetje op een gezicht leek.'

Andrés zweeg.

'Wat heb je uit dat leer gesneden?'

'Niks,' zei Andrés. Hij begon om zich heen te gluren alsof hij naar een vluchtmogelijkheid zocht. 'Ik snap niet wat jij bij mij binnen te zoeken had. Daar snap ik helemaal niks van.'

'Ze maakte zich zorgen, je buurvrouw,' herhaalde Sigurður Óli.

'Dat heb jij haar dan zeker aangepraat.'

'Nee, echt niet.'

'Je had niet bij me naar binnen mogen gaan.'

'Wat doe je met dat leer?'

'Gaat je niks aan.'

'Van de winter hebben we kinderporno bij je gevonden, herinner je je dat nog?' zei Sigurður Óli.

'Ik...'

Andrés zweeg.

'Wat moet je daarmee?'

'Daar begrijp jij toch niks van,' zei Andrés.

'Nee.'

'Ik... een waardelozer figuur dan ik zal er wel niet bestaan... ik...'

Andrés zweeg weer.

'Waar is Rögnvaldur?' vroeg Sigurður Óli.

'Dat weet ik niet.'

'Ik kan je niet laten gaan als je me dat niet vertelt.'

'Ik wist niet wat ik moest doen. Toen ineens herinnerde ik me het weer. Hoe de boer dat deed met die pin. Toen wist ik hoe ik het moest doen.'

'Welke pin?'

'Groter dan een kroon zal de kop niet zijn.'

Andrés was niet meer te volgen.

'Waar is Rögnvaldur?' vroeg Sigurður Óli opnieuw. 'Weet je waar hij is?'

Andrés gaf geen antwoord. Hij keek naar de grond en zweeg.

'Ik had er zo graag weer heen gewild,' zei hij toen. 'Maar ik kon me er nooit toe zetten.'

Weer zweeg hij.

'Röggi was een gore viezerik. Ik spuug op hem. Ik spuug op hem!'

Andrés staarde voor zich uit in een oneindige verte. Hij zag gebeurtenissen die niemand kende dan hij en hij fluisterde woorden die Sigurður Óli nauwelijks kon verstaan: 'Maar het meest spuug ik op mezelf.'

Op dat moment ging het mobieltje van Sigurður Óli over. Het geluid verscheurde de stilte op het kerkhof. Hij grabbelde het snel uit zijn jaszak en zag dat het Patrekur was. Hij aarzelde, keek naar Andrés, toen weer naar zijn gsm en besloot het gesprek aan te nemen.

'Jou moest ik net hebben,' zei hij, voor Patrekur iets had kunnen uitbrengen.

'Oké,' zei Patrekur.

'Je hebt tegen me gelogen,' zei Sigurður Óli.

'Wat?'

'Wat dacht je, tegen mij kun je wel liegen?'

'Wat...'

'Moet kunnen, hè? Mij in de problemen brengen. Tegen me liegen.'

'Waar slaat dit op?' zei Patrekur. 'Ik snap niet waar je het over hebt.'

'Jij hebt gezegd dat je die Lína nog nooit in je leven gezien had.'

'Ja, dat is ook zo.'

'Dus dat blijf je nog volhouden ook?'

'Volhouden? Waar héb je het over?'

'Ik heb het over jou, Patrekur! En over mij!'

'Wind je nou even niet zo op, man. Ik snap echt niet wat je allemaal uitkraamt.'

'Je bent met haar op gletsjertocht geweest, zak!' zei Sigurður Óli. 'Samen met een stel andere zakken. Weet je het nou weer? Op gletsjertocht, een jaar geleden. Weet je nou weer wie het is?'

'We moeten met elkaar praten, zeker?' zei Patrekur ten slotte.

'Ja, wat dacht je zelf?' siste Sigurður Óli in de telefoon.

Hij was tijdens het bellen met zijn rug naar Andrés gaan staan om het gesprek een beetje af te schermen, en toen hij zich weer omdraaide was Andrés verdwenen.

Er ging een schok door hem heen. Hij verbrak de verbinding en begon over het kerkhof te rennen, evenwijdig met de Kirkjugarðsstígur. Maar Andrés zag hij niet meer. Sigurður Óli kwam bij de kerkhofmuur, ging de straat op, maar hij was nergens te vinden. Weer holde hij het kerkhof op, keek in alle richtingen. Geen resultaat. Hij had Andrés laten glippen.

'Verdomme, verdomme, verdomme!' vloekte hij. Hij bleef stilstaan. Andrés had zich heel snel uit de voeten gemaakt. Terwijl Sigurður Óli met Patrekur aan het bellen was had hij het kerkhof kunnen verlaten, in welke richting hij maar wilde.

Sigurður Óli liep weer naar de Ljósvallagata, stapte in zijn auto en reed weg. Hij reed nog enige tijd door de straten rondom het kerkhof om te zien of Andrés daar liep, maar die moeite was tevergeefs.

Hij was totaal uit het zicht verdwenen. Sigurður Óli had geen idee waar hij zich ophield, of hij met Rögnvaldur in contact was gekomen en wat dat voor gevolgen kon hebben.

Hij probeerde zich hun gesprek weer te binnen te brengen, maar dat lukte hem slecht. Andrés had iets over zijn moeder verteld, en tegen het eind iets over een pin en dat die op een kroon leek. En over zijn weerzin tegen Rögnvaldur. En dat

Sigurður Óli moest weten dat het niet allemaal zijn schuld was, wat er ook zou gebeuren.

Om de een of andere reden was het belangrijk voor hem dat ze zich daar bij de politie bewust van waren.

31

Patrekur keek schaapachtig naar Sigurður Óli toen die het café binnenkwam en tegenover hem ging zitten. Het was het café waarin ze de vorige keer ook gezeten hadden, maar nu was het er drukker. Het zou niet makkelijk zijn in alle herrie een gesprek te beginnen zonder zelf ook hun stem flink te verheffen. Ze hadden niet zo'n geschikte ontmoetingsplaats gekozen, zagen ze, en ze besloten ergens anders heen te gaan. Langzaam liepen ze vanuit het centrum de zeekant op, langs het oude gebouw van de Stoomvaartmaatschappij, via de Tryggvagata en de Sæbraut in de richting van Austurhöfn. Daar moest een enorm gebouw verrijzen: het zou het muziek- en conferentiecentrum van de toekomst worden. Het grootste deel van de wandeling hadden ze gezwegen; nu begonnen ze over het nieuwe project te praten.

'Wij werken op het ogenblik aan de voorbereiding van de bouw,' zei Patrekur. Hij bleef staan en keek in de richting van het terrein. Ik geloof niet dat de mensen zich realiseren hoe groot het wordt. Wat voor een gigantisch complex dit gaat worden.'

'En moet dat allemaal voor die duizend mensen die hier naar een concert gaan?' zei Sigurður Óli, die het woord 'symfonie' nauwelijks kon spellen.

'Tja, daar weet ik verder niks van.'

Ze hadden nog niet over Patrekurs leugen gesproken. Sigurður Óli wilde afwachten wat hij zou zeggen. Maar Patrekur denkt natuurlijk precies hetzelfde, ging het door hem heen. Ze praatten over de reusachtige concertzaal, volgens Patrekur een voorbeeld van de grootheidswaan van een klein volk. Het was duidelijk dat de jongen die in zijn gymnasiumjaren de vrije markt had ingeruild voor de revolutie nog niet helemaal in hem gestorven was.

'Volgens mij weten ze niet waar ze mee bezig zijn, die geldjongens van ons,' zei hij.

'En jij?' zei Sigurður Óli. 'Weet jij waar je mee bezig bent?'

Patrekur gaf geen antwoord, en nu zwegen ze allebei. Er ging een flinke tijd voorbij.

'Nog wat van Hermann gehoord?' vroeg Sigurður Óli.

'Nee,' zei Patrekur.

Sigurður Óli had van hen allebei het verslag van hun verhoor doorgekeken en gezien dat ze zich hadden gehouden aan het verhaal zoals hij het van hen gehoord had. Vanzelfsprekend had Finnur hen opnieuw willen verhoren. Patrekur ontkende met klem dat hij Lína had gekend of dat hij ooit met haar te maken had gehad. Beiden ontkenden dat ze een vrachtwagenchauffeur kenden die Þórarinn heette, en verklaarden dat ze geen enkele verantwoordelijkheid droegen voor de aanval op Lína.

'Hoe kende jij Lína?' vroeg Sigurður Óli.

'Ik dacht dat jij wel raad zou weten met het probleem,' zei Patrekur. 'En als alles dan achter de rug was zou ik je vertellen hoe het precies zat. Dat geloof je misschien niet, maar zo had ik het me voorgesteld.'

'Geef nou maar gewoon antwoord op mijn vragen,' zei Sigurður Óli. 'Ik heb het er al lang en breed met je over gehad. Draai er dus niet omheen.'

'Ik voel me behoorlijk rot dat ik tegen je gelogen heb.'

'Ja, geef nou maar antwoord.'

'Ik ben een jaar geleden met die gletsjertocht mee geweest,' zei Patrekur. 'Samen met buitenlandse relaties van de zaak. Er waren verschillende groepen: een van ons, een andere van die accountantsfirma waar Lína bij werkte, en nog een stel bankmensen. Ebbi had alles voorbereid en had de leiding. Het was echt zo'n tocht waar ze buitenlanders mee willen plezieren. Ze de natuur laten zien, de gletsjers, en ze ondertussen flink laten zuipen. We zijn de Vatnajökull op gereden. Daar hebben we gebarbecued. Het was in het weekend, en de laatste nacht hebben we in Höfn in de Hornafjörður geslapen.'

'En was Hermann daar ook bij?'

'Ik had hem gevraagd of hij met me mee wilde, maar hij bleek maar één dag te kunnen. Híj heeft Lína en mij aan elkaar voorgesteld. Ze kwam naar ons toe, maar hij was niet zo op zijn gemak. En ik snap nou ook waarom hij er niet de hele tijd bij kon zijn. Hij kende haar natuurlijk.'

Patrekur aarzelde.

'En?' zei Sigurður Óli.

'En toen ben ik met haar naar bed geweest.'

'Jij bent met Lína naar bed geweest?'

Patrekur knikte.

'Ebbi was niet in dat hotel. Die was ergens anders ondergebracht... we... nou ja, het kwam ervan dat we met elkaar geslapen hebben.'

'Ho eens even...'

Sigurður Óli was aangeslagen.

'Ik had het je natuurlijk direct moeten zeggen.'

'Doe je dat vaker, Súsanna bedonderen?'

'Ik heb het één keer eerder gedaan,' zei Patrekur. 'Twee jaar geleden. Bij eenzelfde soort gelegenheid. Een andere vrouw. Dat was toen ik in het oosten zat, daar heb ik aan de dammen bij de Kárahnjúkar gewerkt. Ik was niet helemaal nuchter meer, maar dat is natuurlijk geen excuus. Lína was heel leuk en ze ging recht op haar doel af. Ikzelf was natuurlijk... nou ja, ten slotte was ik er wel voor in.'

'Natuurlijk?' zei Sigurður Óli.

'Wat moet ik ervan zeggen? Het is gebeurd. Ik heb geen excuus. Het is gewoon gebeurd.'

'Heeft ze je verteld dat ze Hermann kende, dat ze van plan was hem te chanteren?'

'Nee, natuurlijk niet.'

'En, moest ze jou niet ook fotograferen?'

'Het is niet iets om geintjes over te maken.'

Sigurður Óli haalde de schouders op.

'Je kunt je niet voorstellen hoe ik schrok toen Hermann en zijn vrouw bij ons kwamen en vroegen of ik niet een vriend bij de politie had,' zei Patrekur. 'Toen hij zijn verhaal deed en vertelde om wat voor lui het ging, dacht ik dat ik gek werd. Mijn grootste angst was dat hij over Lína en mij zou beginnen. Dat ze tegen hem gekletst had over me. Ik dacht alleen nog maar aan mezelf, ik kon niet anders.'

'Dit is toch niks voor jou, man, zulk gedoe,' zei Sigurður Óli. Hij vond het moeilijk met zijn vriend mee te voelen, al leek de klank van berouw in Patrekurs stem ongehuicheld.

'Ja, vertel mij wat.'

'En al dat gepraat over die schnitzelparty's van Hermann? En dat ze elkaar puur toevallig hebben leren kennen?'

'Ik denk dat het alles bij elkaar genomen wel klopt wat Hermann zegt. Ik geloof niet dat hij liegt. Wij hadden er geen idee van dat ze aan partnerruil deden, Súsanna's mond viel ervan open. Daar begrijpt ze helemaal niks van. Liegen en vreemdgaan en zo, dat snapt ze gewoon niet. We wilden Hermann en mijn schoonzus helpen. Het is tenslotte Súsanna's zus – maar dat had ik je dat al verteld. We konden niet anders. Toen heb ik beloofd dat ik met jou zou gaan praten. Ik zou je vragen Lína en Ebbi onder druk te zetten en te proberen de zaak uit de wereld te helpen voordat die volledig uit de hand zou lopen. Ik had je de volledige waarheid moeten vertellen. Het was alleen maar stom en egoïstisch dat ik dat niet gedaan heb. En jou heb ik bedonderd. Dat besef ik heel goed. Ik had de waarheid moeten vertellen, dat sprak vanzelf, want jij raakte er door mij bij betrokken. Maar het was zo pijnlijk allemaal. En toen werd ze in elkaar geslagen en opeens was het één grote ellende. Toen sloot ik me nog meer af. Ik meen het echt, ik durf nauwelijks nog adem te halen in deze hel.'

'Is het niet in je opgekomen om zelf met Lína te gaan praten? Jullie kenden elkaar tenslotte.'

'Sinds wat er in Höfn gebeurd is heb ik geen contact meer met haar gehad, en dat wilde ik heel graag zo houden.'

'Denk je dat jij haar op het idee gebracht hebt? Om chantage te plegen?'

'Kom nou, zeg! Nee, natuurlijk niet.'

'Heb je haar iets verteld over Hermann en zijn vrouw? Dat ze een politieke loopbaan begonnen is?'

'Dat... nee, dat geloof ik niet.'

'Hadden ze veel schulden? Weet je daar wat vanaf?'

'Volgens Hermann mag je daar wel van uitgaan. En dan bedoel ik nog niet eens dat ze bij de bank rood staan, al heeft die ze natuurlijk wel op de zwarte lijst gezet. Maar ze zijn waarschijnlijk allebei aan de drugs, en Hermann is er zeker van dat ze schulden hebben bij dealers. Daarom zijn ze ook zo ver gegaan. Ze leken wel krankzinnig, ze dreigden met van alles en nog wat. Met roddelbladen. Met internet. Het leek wel of Hermann in de klauwen van een stel gevaarlijke gekken terecht was gekomen. Ik wilde er niet bij betrokken raken, ik piekerde er ook niet over om met ze te gaan praten. Ik dacht dat jij de man was die ze weer met beide benen op de grond kon krijgen, die ze kon laten ophouden door ze eens flink onder druk te zetten – nou ja, dat hebben we besproken. En ik denk dat het je gelukt was ook. Ze waren hondsbrutaal, maar ik weet zeker dat er niet zo gek veel voor nodig was om ze met die krankzinnigheid te laten stoppen.'

'Weet je zeker dat ze gebruikten?'

'Hermann heeft me verteld dat ze hem wel eens wat hebben aangeboden, ecstasy, speed, hij wist niet eens hoe al dat spul heette. Ze hadden er nogal wat van.'

'Wist hij waar ze het vandaan hadden?'
'Nee, daar heeft hij ook niet naar gevraagd,' zei Patrekur.
'Heb jij Lína nog ontmoet na wat er gebeurd was?'
'Nee. Nou ja, ze heeft me één keer gebeld. Op mijn werk. Ze vroeg hoe ik het maakte en zo. We hebben even gepraat en toen heb ik haar gevraagd geen contact meer met me te zoeken: het was een vergissing geweest en ik wilde haar niet meer terugzien.'
'Wilde zij jou wél ontmoeten?'
'Ja.'
'En dat heb je geweigerd?'
'Ja.'
'Wist of weet Ebbi dat jullie met elkaar naar bed zijn geweest?'
'Ik denk het niet,' zei Patrekur. 'Ik neem aan van niet, maar ja, als je kijkt hoe ze leefden zou ze het best aan hem verteld kunnen hebben. Maar weten doe ik het niet.'
Ze zwegen. Men was begonnen de oude huizen aan de Faxagarður te slopen om ruimte te maken voor het grote muziekcentrum. Sigurður Óli herinnerde zich dat hij in de krant een aantal kritische artikelen had gelezen van een econoom, die zich verbaasde over zoveel patserigheid. Hij noemde het de droom van de nieuwe rijken, die een gedenkteken wilden oprichten voor het financiële inzicht van de IJslanders. Aan de overzijde van de Kalkofnsvegur stond het gebouw van de IJslandse Bank als een burcht, bekleed met pikzwart, loodzwaar graniet uit de Oostfjorden.
'Ik had het je direct moeten zeggen,' zuchtte Patrekur. 'Dat van mij en Lína. Ik ben de hele tijd doodsbenauwd geweest dat je erachter zou komen. Ik wil onze vriendschap niet kapotmaken. Ik hoop dat ik dat niet gedaan heb.'
Sigurður Óli gaf hem geen antwoord. Ze stonden daar, zwijgend, en keken naar de drukte aan de haven. Sigurður Óli dacht aan Lína, aan haar dreigementen, aan chantage,

geldophalers, gletsjertochten en accountants. Aan Súsanna, die niets wist van de ontrouw van haar man. Aan Hermann, aan zijn vrouw die een politieke carrière wilde. Hij dacht aan Bergþóra, aan hun laatste telefoongesprek, en aan zijn vader in het ziekenhuis.

'Ga je het Súsanna vertellen?' vroeg hij uiteindelijk.

'Dat heb ik al gedaan,' zei Patrekur. 'Ik hield het niet langer uit en toen heb ik het haar allemaal verteld.'

'En?'

'Ik weet niet. Ze denkt erover na. Ze was natuurlijk ongelooflijk kwaad. Des duivels, kan je beter zeggen. Ze vindt dat iedereen tegenwoordig van God los is. Dat bespringt elkaar maar. Alsof het beesten zijn.'

'Het zal wel door de welvaart komen,' zei Sigurður Óli.

Hij keek naar zijn vriend.

'Heb jij haar wat aangedaan, Patrekur? Lína, bedoel ik?'

'Nee, echt niet.'

'Je hebt haar niet het zwijgen willen opleggen?'

'Ja, kom zeg! Door haar dood te maken? Ben je wel goed bij je hoofd? Het is me nogal wat, verdomme nog aan toe!'

'En Hermann?'

'Nee, ik denk het niet, echt niet. Maar dat moet je hém vragen. Ik heb je alles verteld wat ik weet.'

'Oké. Wie waren er met jullie mee op die tocht? Ik herkende verder geen van de namen op de lijst.'

'Buitenlanders,' zei Patrekur. 'Ingenieurs, net als ik, en bankmensen. Voor het merendeel onbekenden. Er waren Amerikanen bij, die wilden zien wat we hier met aardwarmte doen. Nieuwe vormen van energiewinning, hè. Ik moest mee omdat ik in de Verenigde Staten heb gestudeerd en omdat we op dat gebied veel research gedaan hebben. Maar...'

'Ja?'

'Kort daarna is er een overleden. Een van die banklui. Hoe hij heette weet ik niet. Ze waren samen op reis en hij is omgekomen. Ze hebben hem pas afgelopen voorjaar teruggevonden. Tenminste, wat er nog van hem over was.'

32

Höddi woonde in een oud en tamelijk vervallen rijtjeshuis in Breiðholt. Op een klein erf voor de garage stonden twee sneeuwscooters. Ze waren allebei met een hoes afgedekt. Een grote, tamelijk nieuwe jeep met een aanhangwagen erachter stond voor het huis op straat. Verder was er nog een motorfiets. Als dit Höddi's speelgoed was, moest die werkplaats van hem wel flink wat opleveren. Sigurður Óli had Höddi een tijdje in de gaten gehouden. Hij had gezien hoe hij na zijn werk naar de sportschool en vervolgens naar huis was gegaan. Andere bewoners had hij niet in of bij het huis gezien; of Höddi een gezin had wist hij niet. Drie jaar geleden was hij wegens geweldpleging gearresteerd, maar de aanklacht was ingetrokken. Verder was er bij de politie niets over hem bekend.

Sigurður Óli kreeg het koud. Hij zat op een behoorlijke afstand van het rijtjeshuis in zijn auto en probeerde niet op te vallen. Hij wist nog niet hoe lang hij daar zou blijven zitten en waarom hij eigenlijk achter Höddi aan zat. Het huis van Þórarinn werd in de gaten gehouden voor het geval hij thuis zou komen. Ook werd zijn telefoon afgeluisterd: hij zou contact kunnen opnemen met zijn vrouw.

Van Andrés had hij niets meer gehoord. Hij wist niet hoe hij hem zou moeten opsporen en of het wel zin had om dat te doen. In zijn koude auto zat hij na te denken over Andrés: wat kon de reden zijn dat hij voortdurend contact zocht? Het was duidelijk dat hij iets kwijt wilde, en dat dit te maken had met gebeurtenissen uit zijn jeugd die hij kennelijk nog niet had verwerkt, hoewel ze in het verre verleden lagen. Hij zat vol bitterheid, woede, regelrechte haat tegen degenen die ervoor verantwoordelijk waren. In alles wat hij over Rögnvaldur zei klonk die haat door. Sigurður Óli vroeg zich af of Andrés de man opgespoord zou kunnen hebben en wat er zou zijn gebeurd als dat inderdaad het geval was. Wat doe je als je zo'n beul tegenkomt, iemand die zo lang je kwelgeest is geweest? Uit Andrés' gedrag viel niet op te maken dat er bij hem ruimte was voor vergeving.

Sigurður Óli had hem mee willen nemen. Zo zou het gemakkelijker zijn hem de hulp te bieden die hij nodig had en te ontdekken wat hij precies wilde. Uit zijn woorden viel dat onmogelijk op te maken, soms waren die zelfs totaal onbegrijpelijk. Door zijn onmatige drankgebruik was hij er zeer slecht aan toe, hij had zichzelf lange tijd verwaarloosd en werd gekweld door zijn gedachten. De alcohol had hij nodig om zijn ellende te verzachten. Sigurður Óli had de slijterijen in het district Reykjavík gevraagd het te melden als hij zich zou laten zien. Hij had er een simpele beschrijving bij gegeven. Dat moest voldoende zijn.

Hij had medelijden met het jochie op het filmfragment. Het overkwam hem niet vaak dat hij wat voelde voor de pechvogels die op zijn pad kwamen, maar iets trof hem in de ellende van de jongen op het oude stukje film, zijn angst, zijn rampzaligheid. Zijn uitgangspunt was altijd geweest dat de slachtoffers zelf verantwoordelijk waren voor de toestand waarin ze terecht waren gekomen. Hij deed zijn werk en dat was afgelopen als hij de stempelklok gepasseerd was. Dan liet hij het achter zich, en pas aan het begin van de volgende dag hoefde hij zich er weer mee bezig te houden. Er waren ook politiemensen die de neiging hadden de moeilijke zaken die ze onder handen hadden met zich mee naar huis te nemen. Veel nieuwelingen deden dat bijvoorbeeld, maar ook sommigen van zijn oudere collega's. Dan had je het heel wat zwaarder dan hij, vond hij. Vaak hadden anderen hem zijn nogal cynische houding verweten, maar dat interesseerde hem weinig.

De zaak van Andrés hield hem echter veel sterker bezig dan hij gewend was. Afgezien van het feit dat het slachtoffer een kind was, wist hij niet precies hoe dat kwam. De politie kreeg natuurlijk voortdurend met zulke gevallen te maken, maar het kwam niet vaak voor dat Sigurður Óli zo duidelijk de gevolgen zag van een langdurig misbruik als in dit geval. Het was zonneklaar dat Andrés het daaraan weet dat hij er nu zo aan toe was. Hij had een intriest leven gehad en was nog steeds vervuld van verdriet en woede.

De ruiten van de auto besloegen en hij zette een raampje op een kier om de condens te verjagen. Hoe lang hij Höddi's woning nog in de gaten zou houden wist hij niet. Het was al na tienen en hij had nog geen enkele beweging bij het huis gezien.

Zijn mobieltje rinkelde; zijn moeder, zag hij.

'Ben je nog bij je vader langs geweest?' vroeg Gagga op het moment dat hij opnam.

Hij antwoordde bevestigend en zei dat de operatie heel goed was gegaan, dat de ouwe het goed maakte en al gauw weer naar huis mocht.

'En heb jij je al laten onderzoeken?' vroeg ze direct.

'Nee,' zei hij. 'Tijd genoeg.'

'Daar moet je mee opschieten, hoor,' zei Gagga. 'Het heeft geen enkele zin om te wachten.'

'Ja, ik ga echt wel,' zei Sigurður Óli nogal onwillig, maar hij betwijfelde of het er ooit van zou komen. Niet alleen was hij bang voor dit specifieke onderzoek, hij had ook al heel lang een soort artsenfobie. Hij kon er niet tegen als hij naar de dokter moest, om wat voor reden ook. Hij kon niet tegen de lucht in wacht- en spreekkamers, de oude tijdschriften, het wachten, en al helemaal niet tegen de confrontatie met de dokter. Tandartsen waren nummer één op het lijstje van zijn artsenvrees. Niets vond hij erger dan in de stoel te liggen gapen naar zo'n miljonair die boven hem stond te klagen dat alles zo duur was. Keel-, neus- en oorartsen zaten hun voorgangers op de lijst direct op de hielen. Zijn moeder had hem eens zijn amandelen laten knippen, omdat ze meende dat hij dan minder vatbaar was voor zijn kwaaltjes: hoesten, neusverkoudheid, keelontsteking en oorpijn. Nu nog kon hij de herinnering eraan nauwelijks verdragen, de narcose, de vieze smaak in zijn mond. Een speciaal hoofdstuk vormde de eerste hulp. Sigurður Óli was tijdens zijn werk wel eens in een hevige vechtpartij beland en had zich daar moeten laten behandelen. Het ging er allemaal uiterst langzaam – een nachtmerrie. Daar kwam bij dat hij een hekel had aan de luchtjes van desinfecterende middelen en aan al die oude, gescheurde tijdschriften. Van de bladen die je in een dokterspraktijk aantrof was hij echt vies. Hij had eens gelezen dat er geen ziektekiemen op zaten, zelfs niet als ze elke dag door doodzieke mensen bevingerd werden. Daar trapte hij dus niet in.

Zijn moeder had verder niets op het hart en nam afscheid. Zo'n vijf minuten later ging zijn telefoon opnieuw. Het was Bergþóra.

'Hoe is het met je vader?' vroeg ze.

'Prima,' zei Sigurður Óli kort.

'Is er iets?'

'Nee, niks, ik ben aan het werk.'

'Dan zal ik je niet storen,' zei Bergþóra.

Op dat moment kwam Höddi zijn huis uit. Hij sloot de deur zorgvuldig achter zich en trok nog twee keer aan de knop om zich ervan te vergewissen dat hij echt op slot zat. Toen liep hij naar de jeep en begon de aanhangwagen los te koppelen.

'O nee, geen probleem,' zei Sigurður Óli. Hij probeerde niet te kortaangebonden te klinken, al kostte hem dat na hun laatste gesprek wel moeite. 'Stoorde ik, gisteravond?'

Höddi reed de aanhanger naar de sneeuwscooters en zette

hem daar neer. Daarna ging hij in de jeep zitten en reed weg. Sigurður Óli wachtte even voor hij startte. Toen reed hij op een flinke afstand langzaam achter hem aan.

'Nee, dat gaf niks,' zei Bergþóra. 'Ik had het je al eerder willen zeggen: ik heb een week of drie geleden met een man kennisgemaakt, en sindsdien zien we elkaar af en toe.'

'O ja?'

'Ik had het je de avond dat we elkaar ontmoet hebben al willen vertellen, maar ik kon er op de een of andere manier niet toe komen.'

'Wie is het?'

'Je kent hem niet,' zei Bergþóra. 'Tenminste, hij zit niet bij de politie. Hij werkt bij een bank. Het is een heel aardige vent.'

'Fijn voor je dat het een aardige vent is,' zei Sigurður Óli. Het viel hem niet mee Höddi in zijn jeep te volgen zonder dat die het merkte, en tegelijk met Bergþóra te moeten praten over een kwestie waar hij diep in zijn hart niets van wilde weten – en dat mocht zíj niet merken.

'Ik hoor dat je bezig bent,' zei Bergþóra. 'Ik kan ook wel later met je praten?'

'Nee, dat geeft niet,' zei Sigurður Óli en hij reed de Breiðholtsbraut op, Höddi achterna. Die reed flink door. Het had die avond gevroren en de straten waren glad. Sigurður Óli reed nog op zomerbanden. Hij maakte een schuiver, maar kreeg de auto weer onder controle. Höddi had zijn voorsprong vergroot en scheurde in noordelijke richting over de Breiðholtsbraut.

'Wat wilde je eigenlijk?'

'Hoe bedoel je?'

'Toen je belde gisteravond. Het was al zo laat, ik dacht dat er iets aan de hand was.'

'Nee, ik...'

Weer moest hij afslaan, de Bústaðaweg op. Het licht stond op oranje en hij nam de bocht veel te snel. Een ogenblik verloren de banden hun grip op de weg. Höddi was de heuvel bij de Bústaðakerk over gereden en uit het zicht verdwenen. Hij ging hem kwijtraken. En hij merkte dat hij ook Bergþóra kwijtraakte.

'Zit je in de auto?'

'Ja.'

'Is dat nou wel slim? Tegelijk telefoneren?'

'Eigenlijk niet, nee.'

Höddi sloeg af naar de Réttarholtsvegur. Sigurður Óli reed op een rood licht af. Veel verkeer was er niet. Hij keek snel om zich heen en reed toen door.

'Ik weet dat het jouw zaak niet is, maar ik vond...'

'Nou, wat?'

'Ik vond je een beetje... toen je gisteravond belde, vond ik dat zoiets geks van je,' zei Bergþóra. Op hetzelfde moment zag hij dat Höddi het viaduct over de Miklabraut op reed. 'Vind je het vervelend dat ik met die man omga? Heb je er bezwaar tegen?'

'Ik...' zei Sigurður Óli. Hij wilde dat hij zich beter kon concentreren. 'Ik kan daar geen bezwaar tegen hebben. Je moet doen wat je wilt.'

Bergþóra zweeg, alsof ze wachtte tot hij verder zou gaan, er nog iets meer over zou zeggen. De toon en de inhoud van zijn woorden waren niet met elkaar in overeenstemming. Terwijl hij zocht naar iets wat hij zou kunnen zeggen was de stilte oorverdovend. Hij had haar de vorige avond gebeld omdat hij wilde weten of ze ervoor voelde elkaar toch weer te ontmoeten. Het zou anders worden dan de laatste keer. Hij zou zichzelf onder handen nemen, hij zou luisteren naar wat zíj ervan vond en niet horkerig en vervelend zijn. Hij zou niet zijn zoals zijn moeder. Maar hij vond de goede woorden niet terwijl hij, slecht toegerust met zijn zomerbanden, over de gladde straten van de stad racete.

'Ik zal je verder niet storen,' zei Bergþóra ten slotte. 'We houden contact. Rij voorzichtig. Je moet niet bellen terwijl je rijdt.'

Hij wilde niets liever dan haar vasthouden, nog iets zeggen, iets van zichzelf geven, maar zijn geest was leeg.

'Oké,' zei hij.

Beroerder had het niet gekund, dacht Sigurður Óli. Op het moment dat hij Höddi in de Vogarwijk zag verdwijnen hoorde hij Bergþóra de telefoon neerleggen.

33

Höddi's jeep was uit het zicht verdwenen, maar vanwege de gladheid durfde hij zijn snelheid nauwelijks te verhogen. Bij de afslag die Höddi vermoedelijk had genomen ging hij de wijk in. Hij reed de straat helemaal uit en ontdekte dat die doodliep. Hij keerde en keek om zich heen of hij de jeep zag. Hij draaide de volgende straat in en kwam op een kruising. Hij had er geen idee van welke kant hij nu op moest en besloot linksaf te gaan omdat hij dan in de richting van zijn huis reed. Juist toen hij eraan dacht het maar op te geven, zag hij Höddi's jeep staan op de parkeerplaats van een snackbar.

Langzaam reed hij er langs. Voor de toonbank stonden wat mensen te wachten. Midden in de rij zag hij Höddi staan. Die staarde naar een verlicht bord boven de toonbank, waarop de snacks waren afgebeeld. Sigurður Óli zette zijn auto op de parkeerplaats, op veilige afstand van de jeep, en wachtte. Normaal gesproken deed hij zo'n achtervolging niet alleen; er namen meer politiemensen aan deel en alles werd tot in de puntjes geregeld. Maar of hij voor een dergelijke actie toestemming zou hebben gekregen was helemaal niet zeker. Daarvoor moest hij met iets beters aankomen dan dat Höddi hem zo irriteerde. De kerel werkte hem onbeschrijflijk op de zenuwen, maar dat betekende natuurlijk niet dat men hem daarom het etmaal rond in de gaten moest houden.

De rij in de snackbar schoof langzaam op. Sigurður Óli veronderstelde dat Höddi alleen maar even was gaan rijden om een luchtje te scheppen en en passant voor een hamburger langs zijn favoriete snackbar was gegaan. Hij zag eruit alsof hij er heel wat aankon.

Zelf had Sigurður Óli ook trek gekregen en hij dacht aan al die hamburgers die binnen op hem wachtten. Zijn energie en vastberadenheid werden er niet groter op, maar op het moment dat hij er de brui aan wilde geven en – na een korte stop bij een hamburgertent – naar huis zou rijden, kwam Höddi met een zak etenswaren naar buiten en ging in zijn jeep zitten.

Hij reed de wijk uit en sloeg af naar de Sæbraut. Het ging in oostelijke richting, de kant op van de Elliðavogur. Hij sloeg rechts af en reed langs een rij panden waarin garages en kleinere bedrijven waren ondergebracht. Bij één ervan, een garage, stopte hij, stapte uit de jeep en opende de deur met een sleutel. Er werd geen licht gemaakt. Hoe het bedrijf heette kon Sigurður Óli zo gauw niet zien, maar hij herinnerde zich dat Þórarinn in de richting van het psychiatrisch ziekenhuis Kleppur was gerend en daarna langs de Elliðavogur. Zou dit zijn doel zijn geweest? Was dit de plaats waar hij zich verborgen hield nadat hij Lína had aangevallen?

Hij vond het beter niet op de deur te kloppen: hij wist niet of hij tegen twee zware jongens op zou kunnen. En hij wilde liever geen andere politiemensen oproepen: bewijs dat Snelle Toggi zich in die garage schuilhield had hij niet. Het was best mogelijk dat Höddi daar gewoon een boodschap te doen had. Iemand met zo'n stel voertuigen moest natuurlijk regelmatig onderhoud laten verrichten. Hij wachtte dus op veilige afstand in zijn auto en hield de werkplaats in het oog.

Ongeveer een halfuur later ging de deur open, zonder dat het licht in de garage aan was geweest, voor zover Sigurður Óli dat had kunnen zien. Höddi kwam naar buiten. De zak met snacks had hij niet meer bij zich. Hij keek recht voor zich uit, ging in de jeep zitten en reed weg.

Sigurður Óli wachtte een hele tijd voor hij zijn auto uit kwam en naar de ingang liep. Hij hield zijn oor tegen de deur en luisterde of hij binnen iets hoorde. Dat was niet het geval. Hij keek omhoog naar de gevel van de garage en zag hoe die heette: Birgirs Reparatiebedrijf. Hij liep naar de achterkant, een flinke afstand, omdat hij voor hij achterom kon lopen eerst langs een hele rij bedrijfjes moest. Hij rekende uit waar de reparatiewerkplaats moest zijn en zag dat er aan die kant geen vluchtweg was.

Hij stapte terug naar de voorkant en probeerde voorzichtig de deur open te trekken. Die was zorgvuldig gesloten. Hij gaf er drie klappen op. Vlak ernaast was de grote garagedeur; die dreunde bij elke klap luid mee. Hij legde zijn oor weer tegen de deur en luisterde. Er was niets te horen. Hij sloeg opnieuw, nog harder, maar er kwam geen enkele reactie. Hij meende alleen een gedempt geluid te horen, dat even plotseling ophield als het begonnen was.

Sigurður Óli zag maar twee mogelijkheden. Op de een of andere manier inbreken, of wachten tot het personeel 's morgens aan het werk zou gaan. Hij keek op zijn horloge. Dit ging een lange nacht worden. Hij speurde om zich heen naar een hulpmiddel, desnoods een stuk steen. In de deur zaten vier ruitjes en hij zag nergens stickers met de mededeling dat het pand werd bewaakt. Waarschijnlijk was er niets te vinden wat de moeite waard was om te stelen.

Vlakbij vond hij een stuk buis en woog het op zijn hand. Hij liet het op een van de ruitjes neerkomen, zodat het versplinterde. Hij verwijderde de glasscherven uit de opening, stak zijn hand voorzichtig naar binnen, vond het slot en maakte de deur open. Als iemand vragen zou stellen, kon hij zeggen dat hij na een anonieme tip naar de garage was gegaan.

Sigurður Óli sloot de deur en stapte behoedzaam naar binnen. Hij tastte rond de ingang naar een lichtknopje en vond er toen drie naast elkaar. Hij drukte er een in. Ergens onder het dak, midden in de werkplaats, ging een zwak licht branden. Eronder stonden stapels autobanden. Een hele tijd bleef hij doodstil staan, terwijl hij de situatie binnen voor zichzelf in kaart bracht. Het bedrijf zag er precies zo uit als elke andere garage in de stad. Sigurður Óli dacht na over de vraag wie die Birgir wel kon zijn. Misschien een familielid van Höddi of een relatie van Þórarinn – als die zich hier inderdaad verborgen hield.

'Hallo!' riep Sigurður Óli, maar er kwam geen reactie.

'Þórarinn!' riep hij. 'Zit je hier?'

Hij liep langs een kleine glazen ruimte met een bar, twee stoelen en een tafel met een massa beduimelde tijdschriften erop. Kennelijk was dit de receptie. Achterin hing een zwakke koffiegeur. Hij opende de deur naar de koffieruimte. Daar stond een tafel met drie stoelen. Op de tafel een smerige koffiemachine en een hele menigte mokken. Er stond ook een prullenbak, waarin de zak lag die Höddi bij zich had gehad toen hij de werkplaats binnenging, en een doosje waarin een hamburger met friet had gezeten. Het was half leeggegeten. Sigurður Óli keek lang naar de prullenbak: zou Höddi thuis zo weinig gelegenheid hebben zijn hamburger in alle rust op te eten dat hij er laat op de avond mee naar een verlaten garage aan de Elliðavogur reed?

'Þórarinn! Dit is de politie! We weten dat je hier bent. We moeten je spreken.'

Er kwam geen antwoord.

Sigurður Óli ging de werkplaats weer in.

'Hou nou maar eens op met die gekheid!' riep hij.

Al te lang daarbinnen blijven wilde hij niet. Eigenlijk vond hij het al tamelijk idioot dat hij daar stond te schreeuwen, omdat Snelle Toggi wel eens tussen de auto-onderdelen en de stapels banden verscholen kon liggen. Als die zich niet in die garage verborgen hield, stond hij erbij als een halvegare.

Hij liep dwars door de werkplaats en steeds meer kreeg hij de indruk dat er iets ontbrak. Hij had in de loop van de tijd heel wat auto's gehad en was vaak genoeg in garages geweest.

Als een reparatie niet al te veel tijd in beslag nam bleef hij erop wachten, en anders zorgde hij voor vervoer. In het ergste geval belde hij een taxi, al deed hij dat eigenlijk alleen als het echt niet anders kon. In het algemeen probeerde hij de monteurs zover te krijgen de reparatie te verrichten terwijl hij wat in de garage rondhing, in de receptie zat of een wandelingetje maakte. Hij had dus wel enige ervaring met garages, vond hij zelf, en hij had dan ook de indruk dat Birgir niet bepaald over de allerbeste uitrusting beschikte.

Hij stond midden op de vloer van de werkplaats toen het hem ineens duidelijk werd wat er ontbrak.

Een brug.

Op hetzelfde ogenblik meende hij een heel licht geritsel onder zijn voeten te horen.

Sigurður Óli keek naar de vloer. Hij stond op een grote rechthoekige ijzeren dekplaat, langwerpig van vorm. Het leek alsof het geluid daaronder vandaan was gekomen. Hij stampte op de dekplaat.

'Þórarinn!' riep hij.

Er kwam geen antwoord. Sigurður Óli wist waarom er geen brug in de garage was. In plaats van de auto omhoog te heffen om eronder te kunnen komen, ging de monteur in een smeerkuil staan, waar de auto overheen werd gereden. Waarschijnlijk had Birgir niet de middelen voor een brug. Misschien had hij die ook niet nodig. Het was zelfs mogelijk dat hij het zonder kuil afkon: die was immers afgedekt.

Sigurður Óli had al snel ontdekt hoe hij de dekplaat van de smeerkuil kon laten glijden. Dat bleek verrassend soepel te gaan. Toen hij naar beneden keek zag hij Þórarinn. Die zat met zijn rug tegen de wand naar hem te kijken.

'Hoe hebben jullie me verdomme gevonden?' zei hij. Duidelijk was te zien hoe verbaasd hij was. Hij ging staan en staarde omhoog naar Sigurður Óli. Toen klom hij uit de kuil en sloeg het vuil van zijn kleren.

'Ben je van plan drukte te gaan maken?' vroeg Sigurður Óli. 'Hoe heb je dat in godsnaam klaargespeeld?'

Þórarinn verzette zich niet.

'Dat vertel ik je misschien later nog wel eens,' zei Sigurður Óli, die inmiddels om assistentie had gebeld. Binnen drie minuten zou de eerste politiewagen bij de garage zijn. 'Heb je hier lang gezeten?'

'Ik zit hier net.'

'Waar ben je dan al die tijd geweest?'

'Ik ben me rot geschrokken,' zei Þórarinn, zonder hem antwoord te geven. 'Ik zat een hamburger te eten en toen hoorde ik jullie op de deur bonzen. De smeerkuil in, iets anders kon ik niet verzinnen. Kwam het door Höddi? Zijn jullie hem gevolgd?'

Heel zachtjes, nauwelijks merkbaar, was Þórarinn begonnen naar de deur te schuifelen.

'Blijven staan,' commandeerde Sigurður Óli. 'Er zijn auto's onderweg. Je kunt geen kant op.'

'Ben je alleen?' zei Þórarinn, en weer kon hij zijn verbazing niet verbergen.

Het was de tweede keer die dag dat iemand dat aan Sigurður Óli vroeg.

'Buiten staan nog twee mensen,' zei hij. 'Ze wachten op ons.'

Hij hoopte dat zijn leugen overtuigend genoeg klonk om Þórarinn tegen te houden. Hij had geen zin te moeten gaan vechten. Er klonken sirenes in de verte.

'En verder staat de straat hier vol politiewagens. Hoor maar.'

'Wie heeft jou over Höddi verteld?'

'Kalm nou maar,' zei Sigurður Óli en hij ging tussen Þórarinn en de deur staan. 'We zouden je toch wel gevonden hebben. Of je had jezelf aangegeven. Uiteindelijk doen jullie dat allemaal.'

34

Þórarinn werd naar het politiebureau aan de Hverfisgata gebracht. Het was inmiddels na middernacht en er werd besloten met zijn verhoor te wachten tot de volgende morgen. Hij werd in een cel gezet en Sigurður Óli reed naar huis. Het was eigenlijk beter geweest als hij niet had gelogen over de manier waarop hij Þórarinn had ontdekt. Hij was dat ook niet van plan geweest, hij wilde alleen proberen Kristján erbuiten te houden. Hij had een anoniem telefoontje gekregen, zei hij; iemand had gezegd dat Höddi op de een of andere manier met Þórarinn contact hield. De tip was niet bijzonder betrouwbaar geweest, maar toch had hij besloten hem na te trekken. Dus was hij Höddi op een afstand gevolgd; die had een hamburger gekocht en was daarna richting Elliðavogur gereden. Ineens was het hem weer te binnen geschoten dat Snelle Toggi die kant op was gerend, de avond dat Lína in elkaar was geslagen. En toen had het hem het beste geleken poolshoogte te gaan nemen. Höddi was een werkplaats binnengegaan en er zonder die hamburger weer uitgekomen. Sigurður Óli had het raadzaam gevonden niet te wachten; hij had zich toegang tot de werkplaats verschaft en Þórarinn ontdekt.

Door het verhaal zo te vertellen leidde hij de aandacht van Kristján af, meende hij, en hij schaamde zich dan ook niet voor dat leugentje. Kristján mocht dan een enorme eikel zijn, je schoot er niets mee op als je twee van die kleerkasten op hem losliet. Niemand had commentaar op Sigurður Óli's verhaal: het ging erom dat Þórarinn gevonden was, op welke manier deed er verder niet toe. De politie moest wel vaker improviseren.

Diezelfde nacht werd Höddi gearresteerd. Ook Birgir, de eigenaar van de garage, en de monteur die bij hem werkte werden opgepakt en naar de Hverfisgata gebracht. De honkbalknuppel die Þórarinn had gebruikt toen hij Lína te lijf was gegaan werd gevonden in een afvalcontainer, op ongeveer tweehonderd meter afstand van de garage. Er zaten bloedsporen aan het uiteinde.

Toen Sigurður Óli naar huis ging was hij Finnur tegen het lijf gelopen.

'Je had ondersteuning moeten vragen,' zei Finnur. 'Het is jouw privézaak niet, ook al zitten je vrienden er middenin.'

'Ik zal eraan denken,' zei Sigurður Óli.

De volgende morgen nam hij al vroeg deel aan het verhoor van het drietal. Birgir zei er niet van op de hoogte te zijn dat zijn garage werd gebruikt als onderduikplaats voor criminelen en bezwoer dat hij niet medeplichtig was. Hij zei dat Höddi met geld in zijn bedrijf zat en daarom over een sleutel beschikte. Noch hij, noch zijn monteur had ook maar iets van Toggi's aanwezigheid gemerkt. Als hij daar dus onder werktijd was geweest, had hij zich ongelooflijk goed weten te verstoppen. De garage was maar klein en tijdens het werk kwamen ze in alle hoeken en gaten. Het was dus waarschijnlijker dat hij zich er alleen 's nachts schuilhield. Birgir noch zijn medewerker waren ooit met de politie in aanraking geweest, en hun verhalen maakten een betrouwbare indruk. Er leek geen reden te zijn hen vast te houden.

'Wie betaalt die ruit eigenlijk?' vroeg Birgir somber toen hij hoorde dat de deur van de garage wat schade had opgelopen. Hij had verteld dat het bedrijf niet al te best liep en dat hij er echt geen onkosten bij kon hebben.

'Stuur de rekening maar,' zei Sigurður Óli, niet bijzonder aanmoedigend.

Höddi was wat moeilijker te hanteren. Na zijn verblijf in de cel was hij chagrijnig en obstinaat, hij schold op alles en iedereen en zijn antwoorden sloegen nergens op.

'Hoe ken jij Þórarinn?' vroeg Sigurður Óli voor de derde keer.

'Hou je bek, man,' zei Höddi. 'Als ik jou was zou ik maar oppassen. Straks ben ik hier weer weg.'

'O ja? Dan kom je zeker mijn knieën bashen?'

'Ach, hou toch je bek, kerel.'

'Wou jij me bedreigen, sukkel?'

'Je moet je bek houden, jij.'

Höddi staarde Sigurður Óli aan, die glimlachend naar hem keek.

'Hoe ken jij Þórarinn?'

'We zijn met ons tweeën bij je moeder langs geweest.'

Höddi werd weer naar zijn cel gebracht.

Þórarinn was nergens bang voor toen hij naar de verhoorruimte werd gebracht. Trots als een pauw stapte hij naar binnen, ging met zijn raadsman tegenover Sigurður Óli zitten en begon met zijn voet op de vloer te tikken, zeer maatvast. Finnur nam deel aan het verhoor. Ze vroegen Þórarinn eerst waar hij de afgelopen dagen was geweest en kregen prompt antwoord. Hij was die avond, toen hij de politie te snel af was geweest, naar Birgirs Reparatiebedrijf gerend en had zich buiten de garage verborgen gehouden; daarna was hij naar Höddi's huis gevlucht. Höddi had hem eerst in zijn huis verborgen, maar had later, nadat hij bezoek van de politie had gekregen, tegen hem gezegd dat hij weer naar de garage moest gaan. Daar moest hij op hem wachten. Ze hadden elkaar na sluitingstijd weer ontmoet en Höddi had hem binnengelaten. Laat in de avond was hij teruggekomen en had hij eten voor hem meegebracht. Het volgende punt op het programma was dat Þórarinn zou verkassen naar een vakantiehuisje in de Borgarfjord dat eigendom was van Höddi. Daar zou hij

zich een aantal dagen schuilhouden en intussen een plan bedenken.
'Is het niet bij je opgekomen om je aan te geven?' vroeg Sigurður Óli.
'Ik heb haar niet vermoord,' zei Þórarinn. 'Ze leefde nog toen híj daar erbij kwam,' ging hij verder, en hij wees naar Sigurður Óli. 'Hij heeft haar vermoord. Ik wist het wel: jullie gaan mij in mijn schoenen schuiven wat híj gedaan heeft. Daarom ben ik gevlucht.'
Sigurður Óli keek verbaasd naar Þórarinns advocaat.
'Denk je echt dat het in het voordeel van je cliënt is het over die boeg te gooien?' vroeg hij.
'Het is zíjn verhaal,' zei hij.
'Ze was beslist nog in leven toen ik daar kwam,' zei Sigurður Óli. 'En ze leefde ook nog toen het ambulancepersoneel met haar naar het ziekenhuis reed. Daar is ze een dag later overleden. De sectie heeft uitgewezen dat ze is gestorven aan een slag op haar hoofd die haar met een knuppel is toegebracht. Die knuppel hebben we op tweehonderd meter afstand van je schuilplaats gevonden, en ík ben er echt niet met dat ding naartoe gehold. Als je je op advies van je advocaat zo opstelt wens ik je veel sterkte, Toggi. Een jochie van vier zou je beter geholpen hebben. Dan had je er niet als een volslagen idioot bij gezeten toen we zonet begonnen.'
Þórarinn keek zijn raadsman aan.
'We zouden wel eens willen weten wat jij daar kwam doen,' zei de advocaat, die probeerde er het beste van te maken. 'Wat je bij Sigurlína te zoeken had. Ik meen dat mijn cliënt er recht op heeft dat te weten.'
'Dat zijn jullie zaken niet,' zei Sigurður Óli. 'Þórarinn is een dealer en hij int schulden, op zijn manier dan. Ik heb hem in Lína's huis betrapt, en ze lag daar meer dood dan levend met een bloedende hoofdwond op de vloer. Ik was daar vanwege een onderzoek dat helemaal losstaat van deze zaak. Þórarinn

is me te lijf gegaan en toen is hij een heel stel politiemensen door de vingers geglipt – hij rende als een gek, mag je wel zeggen. Dat doe je niet als je een onschuldig lammetje bent.'

'Wat was je daar bij Sigurlína aan het doen, Þórarinn?' vroeg Finnur, die een tijdje gezwegen had.

Sigurður Óli probeerde te bedenken wat er in Finnur omging en hoe hij zou reageren op de idiote voorstelling van zaken van Þórarinn en zijn advocaat. Die konden volstrekt niet weten wat hij die avond bij Lína te zoeken had; ze probeerden alleen maar de zaak gecompliceerder te maken en hem als politieman in diskrediet te brengen. Hij vroeg zich af of hij langzamerhand niet moest vertellen waar hij op uit was geweest, daar bij Lína, maar het was nog erg onzeker hoe de zaken zich zouden ontwikkelen. Dat had hij zelf niet in de hand, of slechts zeer ten dele, en hij kon er alleen maar het beste van hopen. Zijn toekomst hing tot op zekere hoogte van Finnur af, maar over hem maakte hij zich geen al te grote zorgen.

Þórarinn keek zijn raadsman aan. Die knikte.

'Drugsschulden,' zei hij toen. 'Dat klopt. Ik verkoop soms drugs. En ik kreeg geld van haar. Maar dat wijf werd agressief, ik moest mezelf verdedigen en toen heb ik haar geslagen. Het was niet de bedoeling dat het hard zou aankomen. Het ging helemaal zonder opzet. Maar toen die gek erbij kwam raakte ik in paniek,' zei Þórarinn, en hij wees naar Sigurður Óli.

'Is dat je verweer?' vroeg Sigurður Óli.

'Het was een ongeluk, ik kon er totaal niks aan doen,' zei Þórarinn. 'Zíj viel mij aan. Ik moest mezelf verdedigen. Zo simpel was het.'

'Je bent haar huis binnengedrongen met een honkbalknuppel, je hebt de hele boel kort en klein geslagen en toen heeft zij je aangevallen?'

'Ja.'

'Dit is het wel, voor het moment,' zei Finnur.

'Kan ik gaan?' zei Þórarinn grijnzend. 'Ik heb geen tijd voor zulke geintjes, weet je. Ik moet voor mijn gezin zorgen. Vrachtwagenchauffeurs verdienen nou eenmaal niet zoveel als bankdirecteuren.'

'Ik denk dat het lang gaat duren voor je nog ergens heen rijdt, afgezien van een paar hele korte ritjes,' zei Finnur.

'Met welke auto ben je naar haar toe gereden?' vroeg Sigurður Óli.

Þórarinn dacht na.

'Welke auto?'

'Ja.'

'Wat heeft dat er nou mee te maken?'

'Als je helemaal niet van plan was om haar iets aan te doen en als het allemaal zonder opzet is gebeurd, waarom had je dan een geleende auto nodig om daar naartoe te rijden?'

'Een geleende auto?' zei de jurist. 'Wat maakt dat voor verschil?'

'Dat wijst erop dat er sprake was van opzet. Waarschijnlijk kun je in jullie terminologie zelfs wel van "levensberoving met voorbedachten rade" spreken. Hij wilde bij dat huis niet laten zien dat hij eraan kwam.'

'Was het Kiddi?' zei Þórarinn en hij boog zich op zijn stoel naar voren. 'Natuurlijk. Jij hebt met Kiddi gepraat. Dat stomme rund. Die ga ik verdomme...'

'Welke Kiddi?' vroeg Finnur en hij keek Sigurður Óli aan.

'Bij de les blijven,' zei deze. Hij wist dat hij te veel had losgelaten, althans voor dit moment.

'Was het Kristján die geluld heeft? Heeft die je soms over Höddi verteld? Verdomme. Verdomme!'

'Welke Kristján?' vroeg Finnur.

'Ik zou het niet weten,' zei Sigurður Óli.

35

Het duurde een hele tijd voor hij wakker was. Hij had geen idee of het dag was of nacht. Hij bleef stil liggen tot hij weer bij zijn positieven was; toen begon hij zich vaag de ontmoeting op het kerkhof te herinneren. Het mos. De herfstkou. Kromgegroeide bomen. Hier en daar verzakte graven. Rust en vrede.

Hij herinnerde zich niet alles van die politieman op het kerkhof. Hij wist nog dat hij hem ontmoet had. De man was een poosje bij hem gaan zitten en had met hem gepraat, en toen was er iets gebeurd, meer wist hij niet. Hij wist niet wát er gebeurd was en hoe ze uit elkaar waren gegaan of hoeveel hij hem had verteld. Hij was van plan geweest hem alles te vertellen. Toen hij de politieman belde en hem had gevraagd elkaar op het kerkhof te ontmoeten was hij vastbesloten het allemaal te vertellen, van de Grettisgata, van Röggi en van zijn moeder en wat er was gebeurd toen hij nog een kleine jongen was en hoe het verder met hem was gegaan. Hij wilde met de politieman naar de Grettisgata gaan. Dan zou hij hem die smeerlap aanwijzen en hem alles vertellen, zonder er verder doekjes om te winden. En toch had hij dat niet gedaan. Om wat voor reden dan ook. Was hij weggerend? Het volgende wat hij zich herinnerde was dat hij wakker werd op de vloer van de kelderwoning in de Grettisgata.

Met veel moeite kwam hij overeind en reikte naar de zak. Er was al één fles leeg en de andere net over de helft. Hij nam er een stevige slok uit en bedacht dat hij direct weer naar de Rijksslijterij zou moeten. Ineens wist hij weer dat hij over de kerkhofmuur was geklauterd, toen de straat op was gelopen, en daar bijna door een auto was overreden. Hij herinnerde zich de politieman te hebben gebeld.

Hij stond in dubio: zou hij die man nog een keer bellen en proberen hem opnieuw te ontmoeten? Hij was er zeker van dat hij hem een klein stukje film had gegeven, van een van de films die hij in het onderkomen van die smeerlap had gevonden. Het waren er twee, voor zover hij nog wist. Meer had hij niet kunnen vinden en toch had hij het appartement helemaal overhoopgehaald, muren opengebroken en vloerplanken losgemaakt.

Lang nadat hij de films had gevonden – hij wist niet hoeveel tijd eroverheen was gegaan – had hij een poging gedaan ze te bekijken, maar hij had het niet aangekund. Hij zette een van de twee films in de projector, startte het toestel, en plotseling was er een beeld op de witte muur. Hij zag een jongetje verschijnen – dat was hij zelf – en hij wist weer precies wat er was gebeurd toen die film was opgenomen. Hij mocht dan nog nauwelijks iets van de afgelopen vierentwintig uur weten, het kostte hem niet de minste moeite weer helder voor zich te zien wat er tientallen jaren geleden was gebeurd. Haastig had hij het toestel afgezet en de film eruit gehaald. Te midden van alle rommel had hij een schaar gevonden, een stukje van de film afgeknipt en het in een plastic zak gedaan die hij op de vloer vond.

Hij wilde niet dat iemand die films te zien kreeg. Ze waren zíjn geheim. Hij zette ze in de gootsteen in de keuken en stak ze aan. Hij keek toe hoe ze verbrandden; er stegen dikke, stinkende rookwolken op – dat kon je verwachten als je zulke vuiligheid in brand stak. Hij lette erop dat werkelijk alles helemaal verbrandde, en toen dat gebeurd was spoelde hij de as door de gootsteen.

Toen was het achter de rug. Toen was het klaar.

Hij dronk weer uit de fles, die nu bijna leeg was. Hij moest weer naar de Rijksslijterij.

En hij wilde weer met die politieman praten, hem alles open en eerlijk vertellen.
Er niet vandoor gaan.
Deze keer proberen er niet vandoor te gaan.

36

Ebeneser deed niet open toen Sigurður Óli bij hem aanbelde en op de deur klopte. Hij riep zijn naam, maar ook dat bleef zonder resultaat. Ebenesers jeep stond voor het huis en Sigurður Óli had sterk het gevoel dat hij thuis was. Hij gluurde door de ramen. Eerst bij de keuken; daar was wel het een en ander op te knappen, zag hij. Daarna liep hij naar het huiskamerraam aan de andere kant van het huis en keek naar binnen. Pas na scherp turen zag hij een mannenbeen en toen een hoofd dat onder een deken uitstak. Hij bonsde op het raam dat het dreunde en zag dat Ebeneser half ontwaakte, maar alleen om op zijn zij te gaan liggen. Op tafel stonden drankflessen en bierblikjes. Ebbi had zijn ellende willen wegdrinken.

Weer bonsde Sigurður Óli op de deur terwijl hij Ebenesers naam riep. Die kwam langzamerhand bij zijn positieven, al duurde het nog een hele tijd voordat hij ontdekt had waar dat lawaai vandaan kwam. Daar stond die verrekte politieman voor het raam. Hij ging rechtop op de bank zitten en kwam nu snel tot de werkelijkheid terug. Sigurður Óli liep weer naar de voorkant van het huis en wachtte. Er gebeurde niets en hij verloor zijn geduld. Misschien was Ebeneser weer in slaap gesukkeld. Hij belde en klopte op de deur.

Na een hele tijd werd er opengedaan. Daar stond een zeer verfomfaaide Ebeneser.

'Wat is dat voor een pestherrie?' zei hij met een schorre stem.

'Vind je het erg als ik je even stoor?' zei Sigurður Óli. 'Ik zal het niet lang maken.'

Ebeneser keek vanuit zijn ooghoeken naar hem. Het was

nog niet helemaal donker buiten, hoewel de dag ten einde liep. Hij keek op zijn horloge en toen weer naar Sigurður Óli. Daarna liet hij hem binnen. Sigurður Óli liep achter hem aan naar de woonkamer, waar ze gingen zitten.

'Het is een puinhoop hier,' zei Ebeneser. 'Ik heb nog niet...'

Hij wilde iets zeggen om de chaos en ook de toestand waarin hijzelf verkeerde te rechtvaardigen, maar hij vond de goede woorden niet en liet het maar zo.

'Ik zag op het journaal dat je hem gepakt hebt,' zei hij.

'Ja, we hebben de man gevonden die je vrouw heeft aangevallen,' zei Sigurður Óli. 'Hij heeft ook een reden genoemd, maar in dit stadium weten we nog niet zeker wat waarheid is en wat leugen. Daarom hebben we aanvullende informatie nodig.'

'Wat is het voor een man?'

Volledig wakker was Ebeneser nog niet.

'Hij heet Þórarinn. Die heeft Lína in elkaar geslagen, dat weten we.'

'Lína kende niemand die Þórarinn heette,' zei Ebbi. Hij pakte een bierblikje en schudde het: misschien zat er nog een slok in. Het was leeg.

'Nee, dat klopt. Ze kenden elkaar niet.'

Sigurður Óli wilde volstrekt niet tegenover Ebeneser zijn mond voorbijpraten over het onderzoek. Hij bracht hem in enkele woorden op de hoogte van de stand van zaken, beschreef onder welke omstandigheden Toggi was gevonden en benadrukte dat het nu het goede moment was om een aantal punten door te praten die in het verhoor van de verdachte ter sprake waren gekomen. Ebeneser leek niet te luisteren.

'Heb je meer tijd nodig om wat tot rust te komen?' zei Sigurður Óli.

'Nee,' zei Ebbi. 'Het gaat wel.'

'Het duurt niet lang,' zei Sigurður Óli en hij hoopte dat hij niet te hard loog.

Ebeneser zag er bleek en vermoeid uit; hij was mat en somber, erger dan alleen van een kater. Sigurður Óli overwoog dat hij zich misschien toch misrekend had: de dood van Lína had Ebbi veel meer aangegrepen dan hij had beseft. Hij besloot zich tactvol en wellevend op te stellen. Dat waren geen van beide sterke eigenschappen van hem; bovendien mocht hij de man niet. Hij herinnerde zich wat Patrekur had gezegd: dat Ebbi en Lína gevaarlijke gekken leken, die hadden gedreigd de foto's in roddelbladen en op internet te publiceren.

'Wat voor reden heeft hij genoemd?' vroeg Ebeneser. 'Die kerel die jullie opgepakt hebben.'

'Drugsschulden,' zei Sigurður Óli. 'Ik heb uit andere bronnen vernomen dat je drugs gebruikt, jullie allebei trouwens. Dus dat het met drugsschulden te maken heeft is op zichzelf nog niet zo'n gekke verklaring, vinden we.'

Ebeneser keek Sigurður Óli lang aan zonder iets te zeggen.

'Þórarinn dealt én hij incasseert schulden. Een goeie bekende van de politie is hij niet, hij is erg op zijn qui-vive en zorgt dat hij niet opvalt. Hij werkt als vrachtwagenchauffeur. Wat voor reden zou zo'n man nou hebben om Lína te lijf te gaan als jullie het niet helemaal bij hem verknald hadden? Zou je me dat eens kunnen uitleggen?'

Ebeneser zat een hele tijd roerloos de vraag te overdenken.

'Ik weet het niet,' zei hij toen. 'Ik... Lína en ik, oké, we gebruikten allebei, laat ik het maar eerlijk zeggen. Maar we werkten allebei hard en we hadden er het geld voor. Ik ken die Þórarinn helemaal niet en Lína kende hem volgens mij ook niet. Ik heb geen idee waarom hij haar aangevallen heeft.'

'Nou goed,' zei Sigurður Óli. 'Laten we zeggen dat die drugs er niks mee te maken hebben. Laten we zeggen dat het ergens anders aan lag. Wat zou dat dan kunnen zijn? Waar hielden Lína en jij je nog meer mee bezig, afgezien dus van dat drugsgebruik en die chantage?'

Ebeneser gaf geen antwoord.

'Het is duidelijk dat jullie bij iemand alle alarmbellen hebben laten afgaan. Wie was dat?'

Ebbi gaf nog steeds geen antwoord.

'Waar ben je bang voor? Of voor wie ben je bang? Hebben jullie geprobeerd nog anderen te chanteren?'

'Die foto's die we genomen hebben,' zei Ebeneser eindelijk, na lang nadenken. 'Zoiets hadden we nooit eerder gedaan. En later ook niet meer. Lína wilde het wel eens proberen. Kijken wat het opleverde. Als het lukte zouden we wat geld vangen. Lukte het niet, dan was er geen man overboord. Ik wil haar de schuld niet in de schoenen schuiven, maar het idee kwam serieus van haar. Ze was er ook veel resoluter in dan ik. Maar we hadden er nog niks mee gedaan, we hadden de foto's nooit gebruikt – tot een aantal dagen geleden. Toen zag Lína haar op tv.'

'Hermann z'n vrouw?'

'Ja.'

'En toen hebben jullie hun een foto gestuurd?' zei Sigurður Óli. Het was voor het eerst dat Ebeneser toegaf dat Lína en hij chantage gepleegd hadden.

'Ja, Lína zei dat die zo'n beetje carrière wilde maken in de politiek. Met haar wou ze het wel eens proberen. Gewoon, voor de gein.'

'Voor de gein? Jullie hebben het leven van twee families kapotgemaakt! En Lína is doodgeslagen!'

Sigurður Óli klonk rauw, woedend. Toen beheerste hij zich. Híj was niet degene die kwaad moest worden, al kende hij de mensen om wie het ging. Finnur had hem ervoor gewaarschuwd. Maar Sigurður Óli kon nu eenmaal onmogelijk neutraal zijn.

'Neem me niet kwalijk,' zei hij, een tikje bescheidener. 'Zit je nou de verantwoordelijkheid niet van je af te schuiven?'

'Nee, echt niet,' zei Ebenester. 'Lína liep altijd met zulke ideeën rond.'

'Wat voor ideeën? Mensen chanteren?'
'Nee, alle mogelijke idiote ideeën. Ze deed er nooit iets mee. Alleen deze ene keer.'
'Maar je mocht wel weten wat ze deed?'
'Ja, dat wel.'
'Vond je het niet erg dat ze met andere mannen naar bed ging?'
'Zo wilden we het,' zei Ebeneser. 'Ze vond het ook niet erg als ik met andere vrouwen sliep. Tja, dat was gewoon zo.'
'En partnerruil?'
'Daar hebben we ook aan meegedaan, al vanaf het gymnasium. Daar is het begonnen. Toen we elkaar pas hadden leren kennen. En op de een of andere manier is dat zo doorgegaan.'
'Praatte ze met je over de mannen met wie ze naar bed ging?'
'Soms wel. Of ja, meestal wel, denk ik.'
'Ging ze soms ook met lui van haar werk naar bed?'
'Niet dat ik weet.'
'Was jij erbij als ze met klanten van haar firma tochten door het binnenland of naar een gletsjer maakte?'
'Ja, meestal wel. Lína had kans gezien om mij dit soort klussen toe te spelen. Ze wisten dat ik gids ben en dat ik zulke tochten verzorg. Lína had verteld dat ik die best zou kunnen leiden. Dat viel in goede aarde en ze waren er heel tevreden over. Het liep ook allemaal heel goed.'
'Kende je de mensen die meegingen op die tochten?'
'Nee, nooit.'
'Waren het bankmensen? Ingenieurs? Buitenlandse investeerders?'
'Dat soort mensen, ja. Behoorlijk wat buitenlanders.'
'Er is iemand op zo'n reisje verongelukt, heb ik begrepen,' zei Sigurður Óli. 'Spoorloos verdwenen en pas maanden later weer teruggevonden. Heb je daarvan gehoord?'
'Ja, daar heeft Lína me wat van verteld. Ik weet niet meer

precies wat ze ervan zei. Het is niet op een van mijn tochten gebeurd.'

'Kende zij die mensen?'

'Dat geloof ik niet.'

'Heeft ze niet met ze geslapen?'

Ebeneser antwoordde niet. Er was iets in de toon van de vraag wat hem niet beviel. Sigurður Óli vond het volkomen geoorloofd hem te stellen. Voor Lína was het geen punt geweest bij Patrekur in bed te stappen. Bovendien hielden zij en Ebbi er niet bepaald een traditioneel huwelijksleven op na, althans niet volgens zíjn maatstaven.

'Ik moet die foto's hebben,' zei Sigurður Óli.

'Welke foto's?'

'Die van jullie met Hermann en zijn vrouw. Heb je die hier?'

Ebeneser dacht na. Toen stond hij op en ging via de keuken naar een berghok. Sigurður Óli bleef zitten wachten terwijl Ebeneser de foto's haalde. Die was al gauw terug met een envelop, die hij hem overhandigde.

'Is dit alles?' vroeg Sigurður Óli.

'Ja.'

'En je hebt ze niet in je computer opgeslagen?'

'Nee, deze vier hebben we uitgeprint. We hebben er hun een gestuurd. Om ze te laten zien dat het ons ernst was. Die foto's stonden alleen maar op de camera, een digitaal toestel. We zijn nooit van plan geweest ze te publiceren. Dat was maar een... een geintje.'

Het leek alsof Ebeneser uitgepraat was. Hij was er zichtbaar slecht aan toe. Hij keek de kamer door.

'Het is één grote rotzooi,' zei hij somber.

'Ontken je nou nog dat je door die chantage zo in de ellende zit?' vroeg Sigurður Óli.

Ebeneser schudde zijn hoofd. De capitulatie was hem van het gezicht af te lezen. Hij kan zomaar in huilen uitbarsten, dacht Sigurður Óli.

'Het scheelt niet veel of we zijn failliet,' gaf hij daarna toe. 'Het huis. De jeep. Allemaal honderd procent gefinancierd. Een veel te hoge hypotheek. En we hebben overal schulden. Ook vanwege die drugs.'

'Van wie krijgen jullie je drugs?'

'Ik noem liever geen namen.'

'Daar zul je niet onderuit kunnen.'

'Ik ga niet kletsen.'

'Heeft hij dreigementen geuit?'

'We kopen bij verschillende dealers. Maar er is er niet één die ons bedreigd heeft. Dat is onzin. En een Þórarinn ken ik niet. Ik heb nooit van hem gekocht. Ik zou niet weten waar die man het vandaan heeft dat we bij hem drugsschulden hebben. We zijn hem niks schuldig.'

'Toggi noemen ze hem.'

'Nooit van gehoord.'

'Geen enkel idee waarom hij Lína aangevallen kan hebben?'

'Nee, absoluut niet.'

'Je moet het me niet kwalijk nemen dat ik al die vragen stel,' zei Sigurður Óli, 'maar we moeten de zaak nou eenmaal grondig uitspitten, op welke manier ook. Weet je of Lína zich heeft laten betalen voor seks?'

De vraag scheen Ebeneser niet te raken. Eerder had hij nogal wat commentaar gegeven op dit soort vragen. Nu leek hij helemaal apathisch. Sigurður Óli probeerde te bedenken wat voor relatie die twee gehad konden hebben en op wat voor basis die berustte.

'Als dat zo was heeft ze me er nooit iets van verteld. Dat is alles wat ik ervan kan zeggen.'

'Zou je het niet erg gevonden hebben?'

'Lína was een heel bijzondere vrouw,' zei Ebeneser.

'Aan welke mannen moeten we denken als het inderdaad zo was? Iemand van haar kantoor?'

Ebeneser haalde de schouders op alsof hij daar niets van af wist.

'Ze heeft wel eens iets verteld over die man die toen verdwenen is. Die op een van die tochten mee is geweest.'
'Bedoel je die bankman?'
Ebeneser pakte een bierblikje, schudde het en hoorde het zachtjes klokken. Hij dronk het leeg en kneep het samen, zodat het knapte en kraakte.
'Er is waarschijnlijk een heel smerig spelletje gespeeld.'
'Smerig spelletje?'
'Ze hebben samen een plannetje uitgebroed, die schooiers,' zei Ebeneser. 'De kerels die samen met hem aan die tocht meededen. Lína heeft er nog wat over verteld.'
'Wanneer?'
'Nog maar kortgeleden.'
'Wat vertelde ze dan?'
'Dat het werkelijk ongelooflijk was: lui die dát wilden proberen.'
'Wat proberen?'
'Dat weet ik niet. Het had iets met bankzaken te maken. Lína begreep het ook niet helemaal, maar het was een of andere uitgekiende rottigheid, en ze kon het niet geloven.'
'Wat kon ze niet geloven?'
'Zo koud als ze waren. Zoiets was het. Zo ongelooflijk koud als ze waren.'

37

Sigurður Óli maakte de envelop met foto's niet open, wist eigenlijk ook niet wat hij ermee aan moest. Toen hij aan de Hverfisgata terug was legde hij hem in een la. Het was heel goed mogelijk dat Ebeneser loog toen hij zei dat hij geen kopieën van de foto's had. Wat Ebbi betrof wist hij eigenlijk niet wat hij moest geloven. Hij dacht niet dat de foto's van belang waren voor het onderzoek zoals dit zich had ontwikkeld. Ebbi had geprobeerd de zaak zo klein mogelijk te maken. Die chantage was eigenlijk maar een spelletje dat Lína op goed geluk gespeeld had. Als ze er geld aan overhielden was dat erg leuk. Zo niet, dan kapten ze ermee, dat bleef Ebbi volhouden.

Hij zat daarover na te denken toen de telefoon op zijn bureau ging.

'Ja?' zei Sigurður Óli.

'Ik... ik was niet...'

'Hallo?'

Aan de andere kant van de lijn klonk geritsel en gerommel.

'Hallo,' zei Sigurður Óli. 'Met wie spreek ik?'

Hij kreeg geen antwoord.

'Andrés?'

Sigurður Óli meende de stem herkend te hebben.

'Ik zei... ik was niet...' hoorde hij heel onduidelijk door de telefoon mompelen. De stem was dof, moeilijk te verstaan. 'Ik had je nog niet verteld...'

Hij maakte de zin niet af. Sigurður Óli hoorde hem ademhalen.

'Andrés? Ben jij dat? Wat wou je me vertellen?'

'...weet... weet alles van hem... van die smeerlap...'
'Wat bedoel je? Wat wil je vertellen?'
'Ben jij dat? Met wie ik gepraat heb... op het kerkhof?'
'Ja. Wat wil je? Waarom ben je weggehold? Waar ben je nu? Zal ik naar je toe komen?'
'Waar ik ben? Wie interesseert dat? Wie maakt zich daar druk over? Niemand! Daar heeft nog nooit iemand zich druk over gemaakt. En nou is... nou heb ik hem te pakken... die duivel...'
'Wie?' zei Sigurður Óli. 'Welke duivel?'
Weer viel het gesprek stil. Sigurður Óli wachtte. Een hele tijd was er niets te horen, maar plotseling ging Andrés verder, alsof hij moed verzameld had.
'...en... hem te pakken gekregen! Dat wou ik je vertellen toen we met elkaar gepraat hebben. Ik wou je zeggen dat ik hem heb. En ervandoor gaan zal hij niet. Je hoeft je geen zorgen te maken dat hij ervandoor gaat. Ik heb... ik heb een masker gemaakt... en... en daar was hij niet blij mee... niet blij dat hij me zag. Hij was er niet blij mee dat hij me na al die jaren terugzag, dat kan ik je wél vertellen. Hij was niet blij dat hij kleine Drési zag. Nee. Nee. Dat was hij echt niet.'
'Waar ben je nu, Andrés?' vroeg Sigurður Óli resoluut en hij keek op de nummerweergave door welk nummer hij gebeld werd. Hij zocht het op in de telefoongids op internet; op het scherm verschenen Andrés' naam en adres. 'Ik kan je helpen,' zei Sigurður Óli. 'Laat me je helpen, Andrés. Ben je thuis?'
'Maar ik heb hem helemaal in mijn macht,' ging Andrés verder, alsof hij Sigurður Óli niet hoorde. 'Ik... ik dacht eerst dat het wel moeilijk kon worden, maar het was maar een ouwe zak. Een waardeloze ouwe zak...'
'Heb je het over Rögnvaldur? Is Rögnvaldur daar bij je? Andrés!'
De verbinding werd verbroken. Sigurður Óli stoof weg, pakte zijn gsm en vroeg het nummer op van Andrés' buur-

vrouw in het flatgebouw. Hij wist het adres, maar kon zich haar naam zo gauw niet te binnen brengen. Hij dacht diep na.
Margrét Eymunds.
Margrét antwoordde bij de derde keer dat de bel overging. Toen was Sigurður Óli al met zijn auto onderweg. Hij noemde zijn naam en verzekerde zich er eerst van dat de vrouw wist wie hij was: de rechercheur die eerder bij haar was geweest, op zoek naar Andrés. Daarna vroeg hij haar naar het huis van haar buurman te gaan en te zien of hij thuis was.

'Je bedoelt Andrés?' zei de vrouw.

'Ja. Als je hem ziet, wil je dan proberen hem daar te houden tot ik er ben? Zou je dat voor me willen doen? Hij belde me op en ik denk dat hij hulp nodig heeft.'

'Hoezo, wil je dat ik hem ga bespioneren?'

'Wat voor telefoon heb je? Draadloos?'

'Ja.'

'Ik probeer hem te helpen. Ik ben bang dat hij zichzelf iets aan zal doen. Wil je je telefoon aan hem geven? Wil je dat voor me doen?'

'Wacht even.'

Hij hoorde door de telefoon hoe de deur openging. Daarna hoorde hij dat er op een deur werd geklopt en dat Margrét Andrés riep. Sigurður Óli minderde vaart en vloekte. Hij stond in een file. Ergens voor hem was een ongeluk gebeurd dat de opstopping veroorzaakte.

'Wat zie je eruit, Andrés,' hoorde hij Margrét zeggen.

Sigurður Óli claxonneerde uitzinnig en probeerde op de andere rijstrook te komen. Hij kon Andrés niet verstaan en hoorde ook maar heel onduidelijk wat Margrét zei. Het was iets over een politieman die hem wilde spreken, en waar hij naartoe ging. Wat ze daarna zei klonk eigenaardig moederlijk, iets als: 'Maar joh, zo kun je toch niet over straat, met zulke kleren aan?' Hij probeerde nu weer met Margrét zelf te spreken, maar het was duidelijk dat ze de hoorn niet aan haar oor hield.

Hij was bij de plaats van het ongeluk aangekomen en schoot met het dubbele van de maximumsnelheid tussen het verkeer door toen Margrét weer aan de telefoon kwam.
'Hallo?' zei ze met een onzekere stem.
'Ja, ik ben er nog,' zei Sigurður Óli.
'Die stakker,' zei Margrét. 'Hij zag er verschrikkelijk uit.'
'Is hij weg?'
'Ja, ik kon hem niet vasthouden. Hij wou niks van me weten en hij vloog zo'n beetje de trap af. Hij was behoorlijk dronken, leek me.'
'In welke richting liep hij toen hij uit het flatgebouw kwam?'
'Dat heb ik niet gezien. Ik kon niet zien waar hij naartoe liep.'

Sigurður Óli reed langzaam op het flatgebouw af. Hij keek naar alle kanten of hij Andrés kon ontdekken, maar zag hem nergens. Hij reed nog door de omgeving, maar de man was hem ontglipt. Langzaam reed hij weer naar het flatgebouw en drukte beneden op Margréts bel. De deur ging open. Zeer bezorgd stond ze in het trappenhuis op hem te wachten.
'Heb je hem niet gevonden?' vroeg ze, zodra ze Sigurður Óli zag.
'Nee, hij is ervandoor. Heeft hij nog wat tegen je gezegd?'
'Niks. Die stakker. Hij had zich niet gewassen, hij rook vreselijk en hij zag er zo ellendig uit. Zo lang ik hem ken heeft hij er nog nooit zo beroerd uitgezien. Nooit!'
'Heb je enig idee waar hij naartoe kan zijn?'
'Nee. Ik heb het aan hem gevraagd, maar daar zei hij niks over, hij zei helemáál niks. Hij ging er als de wind vandoor en weg was hij.'
'Had hij iets bij zich toen hij wegging?'
'Nee, niks.'
'Heb je hem wel eens horen praten over een man die Rögnvaldur heet?'

'Rögnvaldur? Nee, dat geloof ik niet. Is dat een vriend van hem?'

'Nee,' zei Sigurður Óli. 'Niet bepaald.'

Margrét deed de deur van Andrés' appartement voor hem open, zoals ze al eerder had gedaan. Het was er nog net als voorheen. Sigurður Óli keek vlug rond, terwijl Margrét in de deuropening bleef staan. Voor zover hij kon zien was Andrés alleen maar thuisgekomen om hem te bellen en te vertellen dat hij Rögnvaldur te pakken had, wat dat ook mocht betekenen.

Sigurður Óli's gsm ging over. Het was een collega die bij de afdeling verdovende middelen van het district Reykjavík werkte.

'Ik heb gehoord dat je Hördur Vagnsson gearresteerd hebt,' zei de collega.

'Höddi? Ja, hoezo?'

'Wij hebben ook achter hem aan gezeten, maar dat heeft tot nu toe nog niks opgeleverd. Een aantal dagen geleden zijn we begonnen zijn telefoon af te tappen. Ik dacht ineens dat jij daar misschien wel belangstelling voor had.'

'Heb je een transcriptie van de gesprekken?'

'Ja. Die leg ik wel op je bureau.'

'Hebben jullie iets over hem ontdekt?'

'Nee, maar dat komt nog wel. Tenzij jij het al gedaan hebt. Want één ding kan ik je wel over hem vertellen: het is een ongelooflijk rund.'

Hij hoorde gegrinnik aan de andere kant van de lijn.

'Hebben jullie de telefoon van zijn vriend Þórarinn ook afgetapt, of hem in de gaten gehouden?'

'Toggi?'

'Ja.'

'Die kennen we alleen van naam. Áls hij al dealt, is hij altijd heel erg op zijn qui-vive geweest, zeker als hij er al veel langer mee bezig is. Dan is hij in elk geval slimmer dan Höddi.'

Sigurður Óli was nooit eerder in het hoofdgebouw van de bank geweest. Hij raakte in vervoering van alles wat hij zag, van heel die overrompelende weelde. Het leek alsof hij midden in Reykjavík in een exotische wereld was gestapt. Bewonderend keek hij naar het glas, het staal, het donkere hout, de zuivere, klassieke tekening in al die tropische houtsoorten. Er waren geen kosten gespaard om van dit gebouw een schitterend paleis te maken. Uiteindelijk vond hij iets dat op een balie leek. Een oudere man probeerde er of hij een rekening kon betalen.

'Ja, kijk, het is zo dat je hier niet kunt betalen,' zei de mevrouw achter de balie, een klein eilandje midden in de oceaan van weelde.

'Maar is dit dan geen bank?' zei de man.

'Jawel, maar voor zoiets moet je naar een van onze filialen. Daar kun je betalen.'

'Maar ik wil gewoon deze rekening betalen,' zei de man.

'Wat kan ik voor je doen?' vroeg de mevrouw en ze keek Sigurður Óli aan. Ze had geen zin zich langer met de man bezig te houden.

'Sverrir, van de afdeling bedrijven, is die er?'

De mevrouw tikte de naam van de man in.

'Nee, helaas, die is even weg. Als je na tweeën of zo eens terugkomt?'

'En Knútur?' vroeg Sigurður Óli. 'Knútur Jónsson? Dat is ook iemand van de afdeling bedrijven.'

'Verwacht hij je?' vroeg de mevrouw met iets zangerigs in haar stem.

'Nee. Totaal niet.'

'En waar is het dichtstbijzijnde filiaal?' vroeg de man, die zijn pogingen om een rekening te betalen nog niet had opgegeven.

'Je kunt het beste naar de Laugavegur gaan,' zei de mevrouw zonder op te kijken.

'Knútur is in gesprek. Wil je wachten? Welke naam kan ik hem doorgeven? Gaat het om een zakelijk advies?'

Sigurður Óli besloot alleen op de laatste vraag in te gaan en antwoordde bevestigend. Hij zag de man met de rekening door de enorme glazen deur naar buiten gaan.

'Derde verdieping,' zei de mevrouw. 'Daar bij de uitgang zijn de liften.'

Nadat Sigurður Óli ongeveer een kwartier op de derde verdieping had zitten wachten, kwam er een man samen met een jong echtpaar uit een spreekkamer. Hij had een opvallend kinderlijk gezicht en blond haar. Zijn rijzige gestalte was in een ogenschijnlijk peperduur pak gehuld. Met een glimlach op de lippen nam hij afscheid van het echtpaar en zei dat hij hun verdere informatie over beleggingsrekeningen zou toesturen. Hij wendde zich tot Sigurður Óli.

'Zit je op mij te wachten?' vroeg hij, nog steeds glimlachend.

'Ja, dat wil zeggen, als jij Knútur bent,' zei Sigurður Óli.

'Dat klopt. Kan ik iets voor je doen?'

'Nou nee, eigenlijk niet. Ik ben van de politie en ik zou graag meer willen weten over wat er is gebeurd toen je collega Þorfinnur verdwenen is. Het zal niet veel tijd kosten.'

'Hoezo? Zijn er nieuwe ontwikkelingen?'

'Misschien is het beter als we ergens anders praten, in plaats van hier op de gang.'

Knútur keek Sigurður Óli een hele tijd aan; daarna keek hij op zijn polshorloge. Zijn tijd was zeer beperkt, zei hij, maar hij zou hem tussendoor wel even kunnen spreken. Sigurður Óli bleef staan. Zonder iets te zeggen bleef hij wachten tot Knútur uiteindelijk vroeg hem te volgen. Ze gingen zitten in zijn kantoor.

38

Knúturs verhaal over de gebeurtenissen van een jaar geleden, toen zijn collega op Snæfellsnes de dood had gevonden, kwam sterk overeen met de politierapporten. Vier mannen die allen op de bank werkten gingen gezamenlijk naar hotel Búðir. Ze reden op vrijdag met twee jeeps naar Snæfellsnes en waren van plan twee nachten in het hotel te blijven, wat te werken, een rit om de Snæfellsjökull heen te maken en 's zondags weer naar Reykjavík terug te keren. Toen ze vrijdagavond aankwamen was het rustig weer; het vroor flink. Zaterdag splitste het clubje zich. Twee van hen, Knútur en Arnar, spraken af om met een groep toeristen de Snæfellsjökull op te gaan. De andere twee, Sverrir en Þorfinnur, reden naar Svörtuloft in het uiterste westen van het schiereiland, een kustgedeelte met steil uit zee oprijzende klippen. Ze zouden elkaar 's middags in het hotel terugzien. Het weer werd in de loop van de dag aanmerkelijk slechter, het stormde en sneeuwde. De mannen die de ijskap waren opgegaan keerden op de afgesproken tijd terug, maar de twee die naar Svörtuloft waren gereden lieten op zich wachten. Speciale veiligheidsmaatregelen hadden ze niet getroffen. Ze waren van de risico's op de hoogte, ze hadden ervaring met deze tochten.

De gsm's van de twee mannen hadden geen bereik meer toen ze de rijweg hadden verlaten.

Slechts één van het tweetal keerde van Svörtuloft terug. Zodra Sverrir zijn mobieltje weer kon gebruiken belde hij zijn collega's om te vertellen dat hij Þorfinnur was kwijtgeraakt. Ze waren in zuidelijke richting gelopen, evenwijdig met de rotsen. Nadat ze ongeveer een uur hadden gewandeld wilde Sverrir omkeren, maar Þorfinnur wilde doorgaan. Ze spraken af dat Sverrir de auto zou halen en Þorfinnur op de weg bij Beruvík zou oppikken. Toen Sverrir daar aankwam was Þorfinnur nergens te zien. Hij had een flinke poos gewacht en daarna nog minstens een uur naar hem gezocht, totdat het weer nog slechter begon te worden. Inmiddels was er drie uur verstreken sinds het tweetal uit elkaar was gegaan. Knútur en Arnar reden naar het lavaveld achter de kust en met zijn drieen zochten de mannen naar hun collega, totdat ze eindelijk besloten contact op te nemen met de politie en de reddingsbrigades.

Het was inmiddels pikdonker en het weer was nog wat slechter geworden toen de mensen van de reddingsbrigades bij Gufuskálar bij elkaar kwamen en naar Svörtuloft reden. De drie vrienden waren bij de zoekactie aanwezig. Sverrir wees de plaats aan waar Þorfinnur en hij ieder hun eigen weg waren gegaan, maar kon verder weinig hulp bieden. Het lavaveld was in die omgeving moeilijk begaanbaar; de duisternis en het slechte weer maakten het er niet beter op en de reddingswerkers moesten na een paar uur zwoegen het terrein verlaten. Direct bij het aanbreken van de volgende dag gingen ze er opnieuw heen en trokken langs de rand van het lavaveld naar de zee. Daar waren de klippen erg steil, de zee beukte met razend geweld tegen de rotswand en de storm loeide zo hevig dat men nauwelijks op de been kon blijven.

De mannen van de reddingsbrigades vertelden aan de vrienden uit Reykjavík dat zeelieden aan deze klippen de naam Svörtuloft hadden gegeven. Heel wat schepen waren er te dicht bij in de buurt gekomen en dan was de pikzwarte steilte het laatste geweest wat de mannen voor ogen hadden gehad. Aan de zeekant hadden deze steile rotsen overal diepe kloven en geulen en gevaarlijke spleten waaruit door het geweld van de zee voortdurend lava losraakte. Er werd gezegd dat Þorfinnur misschien te dicht bij de rand was gekomen en dat die was ingestort, of dat hij was gestruikeld en toen in zee gevallen.

'Hij is nooit teruggevonden,' zei Knútur tegen Sigurður Óli. 'Je weet wat ze dan zeggen, hè? "Alsof de aarde hem opgeslokt had." Nooit had ik gedacht dat ik dat nog eens letterlijk zou meemaken.'

'Nou ja, nooit teruggevonden... het volgende voorjaar pas,' zei Sigurður Óli.

'Ja, inderdaad. Ik kan niet zeggen hoe ellendig het was. Om te rillen. Þorfinnur was dan wel geen kostwinner, hij was single, maar dat maakt het niet minder vreselijk.'

'Het is nu een jaar geleden.'

'Ja.'

'Ik heb begrepen dat niemand van jullie daar vaak in die omgeving kwam.'

'Sverrir wel. Die heeft ons meegenomen. Hij komt er vandaan en is er bekend... dus... maar voor mij was het nieuw. Het was de eerste keer dat ik daar de gletsjer op geweest ben. Ik weet niet of ik het ooit nog wil overdoen.'

'De sectie heeft niks anders opgeleverd dan dat Þorfinnur waarschijnlijk ten gevolge van een ongeluk is overleden. Hij is door een stel Zweedse toeristen op een zandstrandje bij Skarðsvík gevonden. Daar was zijn lichaam naartoe gedreven. Hij was onherkenbaar doordat hij zo lang in zee had gelegen, maar later is hij geïdentificeerd. Het vermoeden was dat hij gewoon onvoorzichtig is geweest en toen van de rotsen is gevallen.'

'Ja, iets dergelijks moet het haast wel geweest zijn.'

'Jullie werkten allemaal hier op de bank?'

'Ja.'

'En Sverrir is dus de laatste geweest die Þorfinnur levend heeft gezien?'

'Ja. Hij zit er natuurlijk erg mee dat hij niet beter op hem gelet heeft en geeft er zichzelf tot op zekere hoogte de schuld van dat het zo gelopen is. Dat was uiteraard niet zo. Þorfinnur kon behoorlijk koppig zijn. Die liet zich niet zo gauw overtuigen.'

'Wilde hij alleen doorgaan?'

'Ja, dat is wat Sverrir zegt. Þorfinnur was helemaal verrukt van dat gebied.'

De gsm van de bankman ging over. Hij keek op het display en vroeg Sigurður Óli hem te willen excuseren. Hij zat achter zijn bureau en liet zijn stoel een halve cirkel draaien om meer privacy te hebben, maar Sigurður Óli kon het hele gesprek volgen. Het ging over een muziekensemble.

'Waar heb je dat orkestje vandaan gehaald dat een paar dagen geleden bij je gespeeld heeft?' vroeg Knútur. 'Nee, ik heb een etentje,' antwoordde hij op iets wat zijn gesprekspartner zei. 'Ja, ik weet het, dat is kort dag, maar het is wel echt klasse. Een van de eigenaars komt ook. En dat ensemble – het had het helemaal, vond ik.'

Hij maakte een notitie, groette kort en draaide zich weer naar Sigurður Óli.

'Was dat het?' vroeg hij. Hij keek op de klok van zijn computerscherm alsof hij geen tijd meer had om met Sigurður Óli te praten.

'Doen jullie allemaal hetzelfde werk?'

'Nee, maar op sommige punten grijpt het natuurlijk wel in elkaar. We werken veel samen.'

'Kun je zo'n punt noemen?'

'Nee, dan zou ik inbreuk maken op de vertrouwelijkheid. Het bankgeheim is er niet voor niks, hè. Ik kan alleen maar zeggen dat we de belangen van bedrijven behartigen.'

Knútur glimlachte.

Sigurður Óli vond dat hij nogal uit de hoogte deed. Knútur was wat jonger dan hij, waarschijnlijk vijf keer zo rijk, en hij bestelde musici voor bij een etentje, die kerel met zijn babyface. Sigurður Óli had bewondering voor zulke mensen. Die kwamen vooruit, en dat was hun eigen verdienste, hun eigen initiatief. Hij misgunde hun het succes dan ook nooit. Maar Knúturs gedrag was irritant, en het gedoe over dat orkestje werkte hem op de zenuwen, hij kon het niet helpen.

'Ik begrijp het,' zei hij. 'Jullie kenden elkaar dus niet zo heel goed, jullie vieren?'

'Jawel, we kennen elkaar allemaal heel goed op de bank. Maar waarom vraag je nu naar die geschiedenis? Ben je die weer aan het onderzoeken?'

'Nou, om eerlijk te zijn, ik weet het niet. Ken je een vrouw die Sigurlína heet?'

'Sigurlína?' zei Knútur nadenkend. Hij stond op, alsof het gesprek wat hem betrof afgelopen was, liep naar de deur en opende die. Sigurður Óli maakte geen aanstalten om overeind te komen. 'Nee, die naam zegt me zo direct niks. Moet ik die kennen?'

Hij knikte naar iemand op de gang. Tijd voor de volgende bespreking. De beleggingsrekeningen wachtten op nieuwe klanten.

'Ze was secretaresse bij een accountantskantoor,' zei Sigurður Óli. 'Ze is in haar huis het slachtoffer geworden van lichamelijk geweld. Het is op het journaal geweest. Ze is in het ziekenhuis overleden.'

'Dat heb ik op het journaal gezien. Ik zou niet weten wie het was.'

'De firma waar ze werkte had kort voor die tragische gebeurtenissen in Snæfellsnes een tocht door het binnenland georganiseerd. Jullie hebben daar allemaal aan deelgenomen. Haar man heeft jullie toen begeleid. Lína werd ze genoemd.'

'O, die? Was zíj dat, hebben ze háár in elkaar geslagen?' zei Knútur, die eindelijk zijn houding scheen te hervinden. 'Weten jullie wat er gebeurd is?'

'De zaak is in onderzoek. Weet je weer wie het was?'

'Ja, nou je het over die tocht hebt. We hebben het ontzettend leuk gehad. Ik bedoel, het reisje was leuk.'
'Heb je verder nog contact met haar gehad? Na dat reisje?'
'Nee, helemaal niet.'
'Iemand uit jullie groep soms? Dus uit de groep van de bank, die met haar op stap is geweest?'
'Nee, dat denk ik niet. Niet dat ik weet in elk geval.'
'Ben je daar zeker van?'
Sigurður Óli stond op en liep naar de deur, die Knútur nog steeds openhield. Hij was nu te laat voor zijn volgende afspraak. Het geld wachtte niet op de mensen.
'Ja,' zei Knútur, 'dat weet ik heel zeker. Je moet het maar aan de anderen vragen. Heeft ze soms iets over ons gezegd?' vroeg hij toen.
Sigurður Óli kon de verleiding niet weerstaan hem een beetje te pesten.
'Ja,' zei hij. 'Tegen haar man. Hij vond jullie ongelooflijk, echt ongelooflijk.'
'Hoezo?'
'Ze had het over een of ander smerig spelletje. Weet je wat ze daarmee bedoelde?'
'Een smerig spelletje?'
'Een of ander plan waar jullie mee rondliepen, een operatie waar jullie aan werkten. Ze gebruikte de woorden "ongelooflijk koud" toen ze jullie noemde. Wat er aan de hand was wist ze niet, maar daar ben ik gauw genoeg achter. Dank je voor je medewerking.'
Ze gaven elkaar een hand. Hij liet Knútur achter in de open deur, zijn kinderlijke gezicht een en al verwarring.

39

De politie boekte met Höddi en Toggi niet veel vooruitgang. Toen de verhoren later op de dag werden voortgezet kregen Sigurður Óli en Finnur weer met hun brutaliteit en irritant gedrag te maken.

'Wat voor een trut mag dat wel wezen?' vroeg Höddi toen hem gevraagd werd of hij Lína kende.

'Dat toontje van je zal je echt niet helpen,' zei Finnur.

'Dat toontje van je,' zei Höddi hem na. 'Wou jij me soms voorschrijven hoe ik moet praten? Let op jezelf, kerel, je praat alsof je gestoord bent.'

'Hoe ken je Þórarinn?' vroeg Sigurður Óli.

'Die ken ik helemaal niet. Welke Þórarinn? Moet ik die kennen soms?'

Höddi werd weer naar zijn cel gebracht en Þórarinn werd de verhoorkamer binnengeleid. Hij ging breeduit zitten en keek beurtelings naar Finnur en Sigurður Óli alsof hij het allemaal erg grappig vond.

'Je zegt dat je bij Lína kwam om een drugsschuld te incasseren en dat je haar toen hebt aangevallen. Haar man weet daar helemaal niks van. Hij zegt dat ze nooit bij jou gekocht hebben.'

'Kan die dat weten?' zei Þórarinn.

'Je wou zeggen dat Lína met jou zakengedaan heeft zonder dat haar man er vanaf wist?'

'Hallo! Wakker worden! Ze had drugs gekocht en moest betalen. En verder was het zelfverdediging. Punt uit.'

'Dus jij bent bereid om voor een onnozele drugsschuld zestien jaar te gaan zitten?'

'Hoe bedoel je?'

'Vind je dat geen tamelijk onbenullige reden om levenslang te krijgen? Dat beetje spul?'

'Ik begrijp je niet.'

'Zo'n miezerige drugsschuld?'

'Wat...? O, je bedoelt, als het nou eens om wat anders ging? Maakt dat uit?'

De vraag kwam recht uit zijn hart. Þórarinns raadsman, die bij het verhoor aanwezig was, rees op van zijn stoel.

'Er kunnen allerlei omstandigheden bestaan die in je voordeel pleiten,' zei Finnur.

'Bijvoorbeeld dat je alleen maar, laten we zeggen, de loopjongen van iemand anders was, alleen maar degene die door die ander werd gebruikt,' zei Sigurður Óli. 'Dat jijzelf niks met de zaak te maken hebt. Je weet er het fijne niet van en wat je deed deed je niet omdat je er persoonlijk belang bij had.'

Sigurður Óli probeerde zo goed hij kon de pil te vergulden, hoewel hij twijfelde of er enige grond was voor wat hij beweerde.

'Bovendien kunnen we het aan de rechtbank zo presenteren dat je je bereid getoond hebt om mee te werken,' ging hij verder. 'Dat kan in je voordeel zijn.'

'Bereid om mee te werken?'

'Het enige wat wij willen is de zaak oplossen. De vraag is wat jíj wilt. Hoe wil je dat we hem oplossen? En nou niet aankomen met een of ander waardeloos verhaal over zelfverdediging. Jij was daar. Jij hebt Lína's dood veroorzaakt. Dat weten we. Dat weet iedereen trouwens. Het enige wat we nog niet weten is de reden waarom je bij haar was. We kunnen de zaak best oplossen zoals jij het wilt, hoor. Alleen, dan zit je zestien jaar vast. Als je verstandig bent tien jaar. En dat allemaal om een drugsschuld van – wat was het helemaal? Honderdduizend kronen? Tweehonderdduizend?'

Sigurður Óli had Þórarinns belangstelling gewekt.

'Misschien kun je ook wel aannemelijk maken dat je je zelfbeheersing verloren hebt en Lína te hard hebt geslagen. Ik bedoel dat je haar alleen pijn wou bezorgen, maar haar niet wilde doden. Het is namelijk niet echt logisch dat je haar uit de weg zou willen ruimen. Als je haar doodsloeg zou ze niet betalen ook. Dan kreeg je je geld in elk geval nooit terug en was je er nog erger aan toe dan toen je daar bij Birgir onder de vloer zat. Maar er zijn nog meer mogelijkheden. Laten we er eens van uitgaan dat iemand je naar Lína heeft gestuurd om haar een paar tikjes te verkopen en dat je dat hebt gedaan, alleen iets te hard. Dan is degene die je gestuurd heeft verantwoordelijk. Of – dat is ook mogelijk – hij heeft je gestuurd om haar te vermoorden. Tja, dan loopt hij vrij rond, terwijl jij al die jaren mag opknappen. Vind je dat redelijk?'

Nog steeds luisterde Þórarinn vol belangstelling toe.

'Maar ja,' ging Sigurður Óli verder, 'de eenvoudigste verklaring is natuurlijk toch dat je erheen bent gereden om haar te vermoorden, niet omdat ze drugsschulden had of omdat iemand je gestuurd had, maar om iets anders, iets wat je niet wilt vertellen. Ja, dat zou heel goed kunnen: je bent naar haar huis gereden met als enige doel haar te vermoorden. Je gaf haar net de laatste knal op haar hoofd toen je gestoord werd. In die richting denk ik zo'n beetje. Dat komt door die gekke vlucht van je. Én omdat je probeerde te verbergen hoe je naar haar toe was gegaan. Dat betekent voor ons dat je alles heel precies gepland en van te voren besloten had. Je was altijd al van plan Lína te vermoorden.'

Het was een lange toespraak, en Sigurður Óli was niet zeker of Þórarinn alles wat hij zei kon volgen. Hij suggereerde, moedigde aan, bagatelliseerde, overdreef. Hij probeerde nieuwe wegen te openen en andere af te sluiten, inspelend op Þórarinns kijk op zijn eigen positie. Sigurður Óli wist wel dat hij met zijn ongegronde beweringen en insinuaties geen been had om op te staan. Toch had hij besloten het zo te brengen:

hij wilde zien hoe Þórarinn zou reageren. Een deel van wat hij zei moest Þórarinn als onzin in de oren klinken, maar hij hoopte ook iets gezegd te hebben dat als basis voor een gesprek kon dienen.

'Beschouw jij het soms als je taak zulke kolderspeeches te houden?' vroeg Þórarinns raadsman, een zware man met een slaperige oogopslag.

'Ik kan me niet herinneren dat ik jou wat gevraagd heb,' zei Sigurður Óli.

Þórarinn giechelde. Finnur zat zwijgend naast Sigurður Óli. Van zijn gezicht viel niets af te lezen.

'Wat is dat nou voor een reactie,' zei de advocaat.

'Dit is wel de grootste waanzin die ik mijn hele leven gehoord heb,' zei Þórarinn.

'We hebben gewoon een sterke zaak, Toggi,' zei Sigurður Óli. 'Opgelost en wel. Voor ons kan het niet beter.'

'Ja hoor, ik kan het aan je zien.'

'Het is alleen maar de vraag hoe jíj wilt dat we de moord in onze rapporten zullen vastleggen. Is er soms iemand zo belangrijk dat die er tussenuit mag glippen en verder een plezierig leventje leiden, terwijl jij in de cel zit met zestien jaar aan je kont? Als je eruit komt ben je een wezenloze idioot geworden.'

'Nee zeg, hoor toch eens,' zei de raadsman.

'Ik vind gewoon dat je hier eens goed over moet nadenken.'

'Jawel hoor, hartelijk bedankt,' zei Þórarinn. 'Je bent een echte lieverd.'

Ze ontmoetten elkaar in een Thais restaurantje bij het busstation Hlemmur en hij merkte direct dat Bergþóra opgewekter was. Zij was er het eerst. Ze stond op en kuste hem op zijn wang toen hij binnenkwam, regelrecht uit het verhoor van Þórarinn.

'Komt er al een beetje schot in de zaak?' vroeg Bergþóra.

'Ik weet het niet, het is waarschijnlijk ingewikkelder dan we dachten. Hoe is het met jou?'
'Redelijk.'
'Je hebt dus een nieuwe partner.'
Hij probeerde het te zeggen alsof hij het er volstrekt niet moeilijk mee had, maar slaagde daar niet helemaal in, en zij merkte wat er in hem omging.
'Ik weet het niet, het is allemaal nog zo nieuw.'
'Hoe lang ken je hem nou? Zo'n week of drie, is het niet?'
'Ja, of een maand, zoiets. Hij werkt bij een bank.'
'Wie niet, tegenwoordig?'
'Is er iets?'
'Nou ja, alles goed en wel, maar ik dacht dat we gewoon... dat we tot het uiterste zouden moeten proberen om...'
'Dat heb ik ook gedacht,' zei Bergþóra, 'maar het kwam nooit van jouw kant...'
'...en dan komt dit ineens.'
'...en je toonde nooit interesse.'
De ober verscheen bij hun tafel. Ze vroegen hem welke gerechten hij kon aanbevelen. Sigurður Óli bestelde er bier bij, Bergþóra een glas witte wijn. Ze deden hun best niet te luid te spreken, want het restaurant was maar klein en alle tafels waren bezet. De geur van Thaise gerechten, gedempte oosterse muziek en het geroezemoes van de gasten had een kalmerende invloed op hen. Nadat de ober hun bestelling had opgenomen zaten ze een hele tijd zwijgend samen.
'Je had wel kunnen denken dat ik je bedroog, dat ik vreemdging,' zei Bergþora ten slotte.
'Nee,' zei Sigurður Óli. 'Natuurlijk niet. Maar was je dan al wat met hem begonnen, de laatste keer dat we elkaar spraken? Toen heb je me niks over hem verteld.'
'Nee, dat had ik misschien moeten doen, ik wóú het ook doen, maar we hebben geen echt contact meer. Ik weet niet hoe het met ons staat. Er is niks meer, denk ik. Het is gewoon

op. Ik heb een tijd het vage idee gehad dat we nog iets hadden samen, maar sinds de laatste keer dat we elkaar gesproken hebben begreep ik dat het over was.'

'Ik ben pas geschrokken toen ik je een dag of wat geleden 's avonds opgebeld heb. Toen ik hoorde dat er iemand bij je was.'

'Je hebt onze relatie geen kans gegeven.'

Bergþóra zei het heel rustig, zonder dat er beschuldiging of ergernis in haar stem doorklonk. De ober zette hun drankjes op tafel.

'Ik weet niet of dat helemaal zo is,' zei Sigurður Óli, maar bijzonder overtuigd klonk het niet.

'Ik wilde het wel proberen,' zei Bergþóra, 'en ik denk dat ik mijn bijdrage ook geleverd heb, maar van jouw kant kwam er nooit iets, je was alleen maar negatief, je ging er altijd maar tegenin. En nou is het achter de rug, nou kunnen we verdergaan. Het was een behoorlijke opluchting toen ik me realiseerde dat ik zo niet hoefde door te leven, een en al zelfbescherming, constant in de verdediging. Ik ga door met míjn leven en jij met het jouwe.'

'Het is dus afgelopen?' zei Sigurður Óli.

'Het is allang afgelopen,' zei Bergþóra. 'We hadden alleen tijd nodig om dat tot ons te laten doordringen. Maar nu heb ik het begrepen en ik heb me ermee verzoend.'

'Het is dus niet zomaar een bankman die je ontmoet hebt,' zei Sigurður Óli.

Bergþóra glimlachte.

'Het is een goeie vent. Hij speelt piano.'

'Heb je hem verteld dat...'

Zonder nadenken was hij zijn vraag begonnen; midden in de zin realiseerde hij zich dat hij die niet mocht stellen. Maar de woorden hingen al in de lucht en Bergþóra begreep wat hij wilde zeggen. Ze kende zijn gedachtegang en wist dat zijn verbittering vroeg of laat zou bovenkomen.

'Wil je nou echt dat het zo eindigt?' zei ze.

'Nee, natuurlijk niet. Ik wou niet... Ik belde je die avond om te vragen of we niet toch moesten proberen onze relatie te herstellen. Maar toen was het al te laat. Dat is mijn schuld. Daar kan ik alleen maar mezelf de schuld van geven. Daar heb je helemaal gelijk in.'

'Ik heb hem verteld dat ik geen kinderen kan krijgen.'

'Toen pas heb ik begrepen dat het afgelopen was,' zei Sigurður Óli. 'Toen ik je laatst gebeld heb, 's avonds.'

'Soms ben je precies je moeder,' zei Bergþóra geïrriteerd.

'En toen heb ik zo'n spijt gekregen. Ik ben zó'n idioot geweest.'

'Mij spijt het ook,' zei Bergþóra. 'Maar het is afgelopen.'

'Ik denk dat het niks met haar te maken heeft,' zei Sigurður Óli.

'Meer dan je denkt,' zei Bergþóra, en ze dronk haar wijnglas leeg.

40

De meester vroeg hem waarom hij zo somber keek. Het was onder de les biologie. Hij had zijn huiswerk niet gedaan en nu was hij bang dat hij het antwoord niet zou weten als hij de beurt kreeg. De meester had het hem drie dagen eerder ook al gevraagd en toen had hij evenmin geweten wat hij moest zeggen. Biologie vond hij leuk, maar het lukte hem niet om thuis ook maar iets te leren, ook niet voor rekenen en de andere vakken. Hij wist dat hij achteruitging, maar hij slaagde er niet in zichzelf tot de orde te roepen. Hij had er de kracht niet voor. Hij kwam maar niet op gang en wat hij had geleerd toen hij op school begon lag alweer zo ver achter hem. Hij was depressief, maar wist dat niet en kon geen antwoord geven toen de onderwijzer ernaar vroeg. Hij keek hem alleen maar aan en zei niets.

'Is er iets met je, Andrés?' vroeg de onderwijzer.

De hele klas keek naar hen. Waarom moest de meester daar nou naar vragen? Waarom liet hij hem niet met rust?

'Nee, hoor,' antwoordde hij.

Maar dat klopte niet.

Hij leefde voortdurend in angst. Rögnvaldur had gezegd dat hij hem zou doodmaken als hij zou praten over wat er gebeurde. Maar die bedreiging was overbodig, hij zou er voor geen geld met iemand over praten. Wat moest hij er ook over zeggen? Hij kon het niet eens uitleggen; hij ging zelfs elke gedachte eraan uit de weg.

Hij borg zijn afschuw weg, op een plaats waar niemand erbij kon komen. Een plaats waar bloed en tranen langs de muren

stroomden en waar niemand hem hoorde roepen.
De onderwijzer zag dat de jongen zich slecht op zijn gemak voelde nu alle aandacht zich op hem richtte. Hij veranderde direct van onderwerp en vroeg Andrés twee meerjarige planten te noemen. Dat deed hij, een beetje aarzelend. De onderwijzer ging verder met de volgende leerling. Niet meer in het middelpunt van de belangstelling herademde hij.
Sinds hij weer bij zijn moeder was teruggekomen had hij zich nooit meer blij gevoeld. Zijn leven was een onafgebroken nachtmerrie geworden. Hij zag er 's morgens tegenop wakker te worden en 's avonds om te gaan slapen. Hij zag ertegenop naar school te gaan, waar ze hem vroegen waarom hij zo somber keek en of hij soms geen schone kleren had om aan te trekken en waarom hij geen brood bij zich had. Hij was bang de aandacht te trekken. Hij was bang wakker te worden, want zodra hij wakker werd kwam alles terug. Hij was bang te gaan slapen, want hij wist nooit of Rögnvaldur 's nachts bij hem zou komen en hem met zich mee zou nemen. Hij was bang voor de dag, want dan was hij helemaal alleen op de wereld.
Zijn moeder was nooit thuis als het gebeurde, maar ze wist wat er gaande was. Hij wist dat zij het wist, want één keer had hij gehoord dat ze Rögnvaldur vroeg van de jongen af te blijven. Ze was als gewoonlijk dronken.
'Bemoei je d'r niet mee,' had Rögnvaldur gezegd.
'Het is nou wel genoeg geweest,' zei zijn moeder. 'En waarom film je dat eigenlijk allemaal?'
'Hou je bek,' was het antwoord geweest.
Ook haar bedreigde hij en soms sloeg hij haar.
Op een dag was Rögnvaldur weggegaan. Zijn filmprojector, de films, de camera, zijn kleren, schoenen en laarzen, zijn scheerspullen in de badkamer, zijn mutsen en jassen – toen Andrés op een dag wakker werd was alles verdwenen. Soms was hij wel eens een korte tijd weggeweest, maar dan liet hij zijn eigendommen altijd thuis. Nu leek het erop dat hij niet

meer terug zou komen. Hij was verdwenen met alles wat hij had.

De dag ging voorbij. Twee dagen. Drie. Geen Rögnvaldur. Vijf dagen. Tien. Twee weken. Geen enkel levensteken van Rögnvaldur. Hij werd op een nacht wakker en dacht dat Rögnvaldur hem aanstootte. Maar hij was het niet, hij stond er niet. Drie weken. Herhaaldelijk vroeg hij er zijn moeder naar.

'Komt hij terug?'

Hij kreeg altijd hetzelfde antwoord.

'Net of ik dat weet!'

Een maand.

Een jaar.

Toen was hij begonnen de pijn te verdoven. Ongelooflijk hoe lekker je je ging voelen als je lijm snoof.

Met al zijn kracht vermeed hij de ruimte te openen waar het bloed langs de muren stroomde.

Rögnvaldur kwam nooit terug.

Hij keek naar de grijze, sombere hemel.

Hij voelde zich wonderlijk goed op het kerkhof. Hij zat met zijn rug tegen een oude, met mos begroeide grafsteen, en hoewel die kil aanvoelde liet hij die kou niet tot zich doordringen. Hij dacht dat hij had geslapen. De avondschemering lag over de stad; het lawaai van het verkeer drong tot hem door van achter de kerkhofmuur en de hoge bomen die boven lang vergeten graven oprezen. Hij was aan alle kanten omringd door een vredige dood.

Hier stond de tijd stil.

Hier hoefde hij niets te doen.

41

Sigurður Óli wist niet goed of hij Andrés serieus moest nemen en hoeveel waarde hij moest hechten aan wat hun laatste gesprek had opgeleverd. Het was erg onhelder en onsamenhangend geweest. Andrés had kennelijk duidelijk willen maken dat hij Rögnvaldur op de een of andere manier te pakken had gekregen. Verder had hij iets verteld over een masker – dat klopte in elk geval met de stukken leer die Sigurður Óli bij hem in de keuken had zien liggen. Hij had gewoon opgebeld om hem die inlichtingen te geven, zonder dat hij verder iets wilde. Zijn aarzelende gedrag wees erop dat hij niet precies wist wat hij moest doen en hoe hij de zaak tot een einde kon brengen. In zijn woning in het flatgebouw was hij niet te vinden en je kon zien dat hij die een hele tijd niet gebruikt had.

Sigurður Óli probeerde erachter te komen wie die Rögnvaldur was, de man over wie Andrés het had. Waar woonde hij? Er waren in de regio Reykjavík niet veel mannen met dezelfde naam en van dezelfde leeftijd, en geen van hen was als vermist opgegeven. Maar Andrés' stiefvader had al eerder onder valse vlag gevaren, andere namen gebruikt, en het was heel goed mogelijk dat hij dat nog steeds deed. Het kon dus wel eens extra moeilijk zijn om hem te vinden. Zou het mogelijk zijn dat Andrés hem wat had aangedaan? Of waren dat de fantasieën van een oude alcoholist? Kon je hem geloven? Moest je serieus nemen wat hij zei? Een kerel die al jaren last veroorzaakte, een ouwe zwerver, een zatladder?

Deze en vele andere vragen gingen Sigurður Óli door het hoofd toen hij na zijn ontmoeting met Bergþóra op weg was naar het huis van zijn moeder. Ondanks alles besloot hij Andrés tot op zekere hoogte serieus te nemen. Die gebeurtenissen uit zijn jeugd, de nachtmerrie die hem in zijn macht had, had hij absoluut niet verzonnen. Hij had duidelijk hulp nodig. En daar vroeg hij zelf ook om, al deed hij dat op een vreemde manier. Het filmfragmentje en hun gesprek op het kerkhof waren voor Sigurður Óli genoeg om hem te geloven.

Sigurður Óli was moe en somber en wilde eigenlijk het liefst naar huis om te gaan slapen. Toch wilde hij ook graag zijn moeder spreken, haar een aantal vragen voorleggen, over allerlei onderwerpen. Voor een deel hadden die te maken met het feit dat ze zijn moeder was. Andere waren van financiële aard. Hij wist dat ze als accountant weinig ophad met die zogenaamde moderne Vikingen die het buitenland afstroopten om met geleend geld bedrijven over te nemen. En al evenmin was ze enthousiast over de enorme groei van de banken.

Gagga was een beetje verbaasd over zijn bezoek, zo laat op de avond. Sigurður Óli ging bij haar in de keuken zitten. Hij hoorde dat de tv in de kamer aanstond en vroeg of Sæmundur thuis was. Dat was zo, zei Gagga, hij wilde een bepaald programma zien. Ze vroeg hem of hij hem niet even dag wilde zeggen. Sigurður Óli schudde zijn hoofd. Zijn moeder had een kan koffie staan, maar hij vroeg of ze sinaasappelsap voor hem had. Gewoonlijk had ze wel een paar flessen in voorraad, voor als hij kwam binnenwippen.

'Een dag of wat geleden zei je iets over de banken. Weet je eigenlijk hoe het daarmee gaat?' vroeg Sigurður Óli.

'Wat wil je erover weten?'

'Hoe het komt dat ze ineens zoveel geld hebben. Waar dat vandaan komt. En wat een stel bankmensen samen hebben zitten uitbroeden. Het gaat om plannen die het daglicht niet kunnen verdragen. Weet jij daar iets van?'

'Dat weet ik niet,' zei Gagga. 'Je hoort zoveel, tegenwoordig. Er zijn al mensen die zeggen dat het op chaos uitdraait als het zo doorgaat. Die ongelooflijke groei van de IJslandse economie van de laatste tijd steunt bijna helemaal op buitenlandse kredieten, maar er zijn nu aanwijzingen dat die geldkraan echt niet zo hard blijft lopen of dat er op een gegeven moment gewoon niks meer uit komt. Als er internationaal een ernstige schaarste op de geldmarkt optreedt – en daar wordt al over gepraat – dan zullen ze het nog heel moeilijk krijgen. Het gevaar zit hem waarschijnlijk hierin dat ze hun activiteiten niet beperken, maar er juist een schepje bovenop doen. Gisteren heb ik nog gehoord dat ze financieel het hoofd boven water willen houden door in andere Europese landen geld te lenen. Ik heb begrepen dat er al plannen in die richting bestaan. Ben je de banken soms aan het onderzoeken?'

'Ik weet het niet,' zei Sigurður Óli. 'Misschien mensen die met het bankwezen te maken hebben.'

'IJslandse kapitaalbezitters hebben vanwege hun ondernemingen grote belangen in de banken en kunnen er zelf makkelijk geld lenen. Het is natuurlijk gevaarlijk en immoreel als dat allemaal in één hand is. Ze gebruiken die banken, nv's dus, voor hun eigen gewin. Ze ruilen onderling de grootste ondernemingen van het land en kopen in het buitenland alles wat beweegt. Dat kan allemaal omdat ze zo goedkoop kunnen lenen. En ze halen alle mogelijke fantastische toeren uit om de waarde van hun ondernemingen te verhogen. Als je nagaat waar zo'n waardeverhoging op berust, dan blijkt dat vaak bedroevend weinig te zijn. Door hun ondernemingen tegen overwaarde te verkopen krijgen ze geld in handen. De topmannen van de banken regelen voor zichzelf optiepakketten tot honderden miljoenen kronen, als het er al geen miljarden zijn. Ze krijgen van hun eigen banken leningen om aandelen van de bank zelf te kopen, met als onderpand die aandelen, zodat ze geen enkel risico lopen.'

'Ja, daar hoor je voortdurend over.'

'Zo worden ze betaald voor hun samenwerking met de eigenaars,' zei Gagga. 'En zo bestaan er op het gebied van bezit allerlei dwarsverbindingen. En het is altijd hetzelfde kleine clubje dat elkaar de bal toespeelt, dat geld aan elkaar en van elkaar leent. Het risico is natuurlijk dat wanneer er maar íets misgaat, de hele constructie als een kaartenhuis in elkaar stort.'

Sigurður Óli staarde nadenkend zijn moeder aan.

'En is dat allemaal wettig?'

'Volgens mij valt de helft van wat die mensen doen buiten de wet. Het parlement is een lachertje. Daar lopen ze dertig jaar achter. Praten alleen maar over de productieprijzen in het boerenbedrijf. Dat parlement van ons stelt helemaal niks voor. De ministers hier waaien met alle winden mee, en als ze al iets doen stimuleren ze de afbraak nog. O, ze zijn zo gek met de Vikingen en de bankiers! Ze vliegen mee in hun straalvliegtuigen, de hele wereld over. Er wordt beweerd dat de schulden van de banken in de richting gaan van twaalf keer het nationaal product, en niemand die er iets aan doet. Maar wat ben je eigenlijk precies aan het uitzoeken?'

'Ik heb geen idee,' zei Sigurður Óli. 'Ik weet niet eens of er wel wat te onderzoeken valt. Het heeft te maken met vier bankmensen die naar Snæfellsnes gingen. Drie zijn er teruggekomen, de vierde is van de rotsen gevallen. Tot zover niks verdachts. Pas maanden later hebben ze zijn lichaam teruggevonden. Het was onmogelijk nog vast te stellen of er iets onrechtmatigs was gebeurd. Een jaar na dat reisje van hen is er een secretaresse in elkaar geslagen die bij een groot accountantskantoor werkte. Dat kantoor had de vier mannen dat reisje naar Snæfellsnes aangeboden en de secretaresse en haar man hadden de tocht georganiseerd. Die vrouw, Lína heette ze, was in allerlei rare zaakjes verwikkeld en zat diep in de schulden. Typisch zo'n stom exemplaar dat geen kans onbenut laat om in de problemen te raken.'

'Dus jij wilt weten wat die vier bankmensen uitgehaald kun-

nen hebben zodat het een van hen het leven gekost heeft, en die vrouw een jaar later?'
Sigurður Óli trok een scheef gezicht.
'Het kunnen er natuurlijk ook minder zijn. Het is niet gezegd dat ze alle vier in een zwendelaffaire zaten.'
'Wat voor zwendel?'
'Ik heb al te veel losgelaten. Je mag hier geen woord van verder vertellen. Tegen niemand! Als je dat doet, kan ik het bij de politie verder wel schudden. En het kan ook heel goed om doodgewone drugsschulden gaan. We hebben twee hufters opgepakt die de dood van die vrouw op hun geweten hebben. Te ver gegaan toen ze haar wilden dwingen te betalen.'
'Overdrijven op het gebied van bankzaken lukt je niet zo gauw,' zei Gagga. 'Een van de dingen die je hoort is dat de rijken honderden miljoenen en zelfs miljarden naar belastingparadijzen wegsluizen. Op die manier hoeven ze niks aan de gemeenschap te betalen. Ze richten besloten vennootschappen op, de ene na de andere, en doen er zaken mee, waarbij alle mogelijke geheime rekeningen in het spel zijn. Het is nagenoeg uitgesloten om er helemaal zicht op te krijgen, omdat zulke zaken in die belastingparadijzen bescherming genieten.'
'Witwassen van geld, gebeurt dat ook?'
'Daar weet ik niks van.'
'Misschien hebben ze hun bank bestolen. Die vier kerels.'
'Dat is natuurlijk ook mogelijk.'
'Dat is de eenvoudigste mogelijkheid om te onderzoeken als je ze van malafide praktijken verdenkt. Het enige wat ik gehoord heb was dat ze zo ongelooflijk koud waren, en dat ze met een of ander smerig spelletje bezig waren.'
'Een smerig spelletje?'
'Iets van een complot. Ongelooflijk koud, en bezig met een complot, waar ze samen in zaten. Met z'n tweeën of met meer.'
'Dat hoeft toch niet met hun bank te maken te hebben?'

'Nee, dat is zo. Met een van hen heb ik gepraat.'
'En?'
'Er kwam niks uit. Hij regelde net een orkestje voor een diner dat hij wilde geven.'
'Een orkestje?'
Sigurður Óli hoorde dat Sæmundur, die voor de tv zat, zijn keel schraapte. Hij hoopte dat hij niet de keuken in zou komen.
'Ik heb Bergþóra gesproken,' zei hij. 'We hebben onze zaken definitief geregeld.'
'Hoezo, wat bedoel je met "definitief"?'
'Het is afgelopen.'
'Was het dan niet allang afgelopen?'
'Ze heeft nu een nieuwe man ontmoet.'
'Ben je er verdrietig om?'
'Eigenlijk wel, ja.'
'Je vindt wel weer een ander. Heeft zíj de relatie uiteindelijk verbroken?'
'Ja, dat zei ik: ze heeft een nieuwe relatie.'
'Net iets voor haar,' zei Gagga.
'Wat wil je daarmee zeggen?'
'Ze laat er geen gras over groeien.'
'Jij hebt haar nooit gemogen.'
'Nee,' zei zijn moeder. 'Nee, daar kon je wel eens gelijk in hebben. Maar ga nou alsjeblieft niet om haar zitten treuren. Dat heeft geen enkele zin.'
'Hoe kún je het zeggen? Dus dat geef je zomaar toe, alsof het niks is?'
'Wil je dan dat ik tegen je ga zitten liegen? Je was veel te goed voor Bergþóra. Zo denk ik er nou eenmaal over en daar maak ik geen geheim van. Ik pieker er niet over.'
Sigurður Óli staarde zijn moeder aan. De vraag waarover hij al heel lang had nagedacht kwam nu op zijn lippen.
'Wat heb je ooit in pa gezien?'

Zijn moeder keek hem aan alsof ze de vraag niet begreep.
'Waarom zijn jullie een relatie begonnen?'
'Hoe kom je daar nou op?' zei Gagga.
'Jullie verschillen zo,' zei Sigurður Óli. 'Dat moet je toch gezien hebben? En toch... wat wás dat dan?'
'Ach joh, laat toch zitten.'
'En later? Leverde het je toen niks meer op?'
'Opleveren?'
'Hij heeft er wél voor gezorgd dat je naar de universiteit kon.'
'Mijn hemel, mensen leren elkaar kennen en mensen scheiden weer, zonder dat er speciale redenen voor zijn. En zo was het ook met je vader. Ongetwijfeld heb ik van mijn kant fouten gemaakt. Dat geef ik direct toe. En hou er nou over op.'

Terwijl hij op de bel drukte vroeg hij zich een beetje bezorgd af of het niet te laat op de avond was. Hij wilde hem niet van zijn nachtrust beroven. Het duurde een hele tijd, en hij wilde al wegsluipen toen de deurknop neergedrukt werd en de deur openging.
'Ben jij dat, Siggi?' zei zijn vader.
'Lag je al op bed?'
'Nee, helemaal niet, kom binnen, joh. Heb je Bergþóra bij je?'
'Nee, ik ben alleen,' zei Sigurður Óli.
Zijn vader droeg een oude blauwe badjas en je kon een dunne plastic buis zien die onder de zoom uit bungelde. Hij merkte dat Sigurður Óli naar de buis staarde.
'Ik loop nog met dat zakje rond,' zei zijn vader. 'Dat is voor de plas. Morgen komen ze het weghalen.'
'O ja? En hoe gaat het nou met je?'
'Prima. Alleen, nou kan ik je niks aanbieden, kerel. Had je ergens trek in?'
'Nee, hoor. Ik wilde je alleen maar even dag zeggen, op weg naar huis, en kijken of je iets nodig had.'

'Nee, ik heb niks nodig. Vind je het erg als ik ga liggen?'
Zijn vader ging in de kamer op de bank liggen. Sigurður Óli nam een stoel. Zijn vader sloot zijn ogen. Zo te zien was hij erg moe, en waarschijnlijk had hij beter nog in het ziekenhuis kunnen blijven, maar met die eeuwige bezuinigingen werden de mensen zodra het enigszins mogelijk was naar huis gestuurd. Sigurður Óli keek om zich heen naar de boekenkast, de ladekast, de oude tv, het ingelijste loodgietersdiploma. Op de tafel twee foto's van hemzelf. Een foto van Gagga en zijn vader, van dertig jaar geleden. Sigurður Óli wist nog goed bij welke gelegenheid die was gemaakt. Dat was op zijn verjaardag geweest, de laatste uit de tijd dat ze nog bij elkaar waren.

Hij vertelde over de ontwikkelingen met Bergþóra. Zijn vader luisterde zwijgend. Sigurður Óli was karig met zijn woorden en beperkte zich tot de hoofdzaken. Daarna wachtte hij zijn vaders reactie af, maar die kwam niet. Er ging een poos voorbij en hij dacht al dat zijn vader was ingedommeld. Hij wilde juist zachtjes weggaan toen die zijn ogen half opendeed.

'Jullie hadden tenminste geen kinderen,' zei hij.

'Misschien was het anders gelopen als we wél kinderen hadden gekregen,' zei Sigurður Óli.

Op die woorden volgde weer een lang zwijgen. Weer dacht hij dat zijn vader sliep. Hij durfde hem niet te storen, maar de oude man deed zijn ogen open en keek naar Sigurður Óli.

'Die hebben er altijd het meest van te lijden. Dat zou je zelf toch moeten weten. Kinderen hebben er altijd het meest van te lijden.'

42

De volgende dag kwam Sigurður Óli op het spoor van een van Þorfinnurs beste vrienden. Hij heette Ragnar en was docent IJslands aan de pedagogische academie. Sigurður Óli vond zijn naam in een politierapport: Ragnar had op Snæfellsnes deelgenomen aan het zoeken naar zijn vriend. De lessen waren nog in volle gang toen Sigurður Óli naar de school ging. Hij kreeg te horen dat Ragnar lesgaf, maar dat er kort daarna pauze zou zijn. Het was Ragnars laatste uur die dag en Sigurður Óli wachtte geduldig op de gang voor in de school, totdat de deuren zouden opengaan en de leerlingen naar buiten zouden stromen.

Lang hoefde hij niet te wachten. Direct nadat de bel klonk vulde de gang zich met luidruchtig pratende leerlingen met tassen en laptops en mobieltjes. Ragnar was in gesprek met twee leerlingen toen Sigurður Óli zijn lokaal binnenging. Hij wachtte even, terwijl de docent vragen van de leerlingen beantwoordde, die, dacht hij, betrekking hadden op een of ander examen dat ze achter de rug hadden. De leerlingen hadden het er niet al te best afgebracht. 'Jullie moeten er gewoon veel harder tegenaan,' hoorde hij de leraar zeggen.

De leerlingen gingen met hangend hoofd het lokaal uit. Sigurður Óli groette de leraar, zei dat hij van de politie was en dat hij hem een paar vragen wilde stellen over zijn vriend Þorfinnur, die bij de Snæfellsjökull was omgekomen. Ragnar deed juist zijn laptop in zijn tas, maar wachtte toen hij hoorde waar het om ging. Hij was tamelijk klein, had een dikke bos rood haar en een forse baard – Sigurður Óli wist niet dat dat weer mode was – een brede mond en grote, onschuldige ogen, die heel vaak knipperden.

'Hè hè, eindelijk,' zei hij. 'Ik dacht al dat jullie het niet aandurfden.'

'Wat niet aandurfden?' vroeg Sigurður Óli.

'Onderzoeken wat er met hem gebeurd is. Dat klopte toch niet, zoals hij aan zijn eind gekomen is?'

'Waarom zeg je dat?' vroeg Sigurður Óli.

'Nou, ik bedoel, het is een beetje vreemd allemaal. Ze gaan daar met z'n vieren naartoe en zijn van plan bij elkaar te blijven, maar ineens zit hij niet meer in dat groepje en zijn ze met z'n tweeën. En dan verdwijnt hij gewoon.'

'Zo is het ongeveer gegaan, ja. Maar mensen zijn vaak erg onvoorzichtig als ze door ruig terrein trekken, en dan gaat het mis. Zo zijn het weer en het landschap hier nou eenmaal.'

'Ik ben er vaak genoeg over begonnen, maar ze wilden nooit naar me luisteren. Ze hebben ontzettend veel tijd verspild voordat ze eindelijk iets deden. En wat ze zeiden klopte echt niet allemaal, ze spraken zichzelf tegen en dan praatten ze dat weer recht. Dat ging over de tijd waarop ze vertrokken waren en waarop ze terug hadden willen zijn. En die Sverrir, die deed gewoon of hij gek was.'

'Hoezo?'

'Hij zei dat Þorfinnur daar nooit alleen had moeten gaan rondzwerven. Ze hadden bij elkaar moeten blijven. En hij bleef maar volhouden dat Þorfinnur wilde dat hij, Sverrir, alleen naar de auto terugging. Maar waarom dan? Dát vertelde hij niet. Alleen dat Þorfinnur op z'n eentje het lavaveld door wilde terwijl hij de auto ophaalde.'

'Is het dan niet heel aannemelijk dat het zo gegaan is?'

'Maar iedereen weet toch dat je voorzichtig moet zijn en dat het weer ineens kan omslaan? En dat er overal gevaarlijke plekken zijn, rotsen, spleten in de grond waar je op moet letten? Zeker daar in het westen bij Svörtuloft.'

'Was Þorfinnur gewend voettochten te maken? Was dat een liefhebberij van hem?'

'Ja, nogal. Hij mocht graag een flink stuk lopen.'

'Heeft hij het wel eens over een vrouw gehad die Lína of Sigurlína heette? Ze is diezelfde herfst met een groep mensen mee geweest op zo'n gletsjertocht. Hij was er ook bij.'

'Nee, dat geloof ik niet.' Ragnar keek hem vragend aan. 'Was dat die vrouw die vermoord is, die vrouw op het journaal? Die heette toch zo?'

'Ja.'

'Heeft het daar iets mee te maken? Ben je daarom hier?'

Ragnars grote ogen richtten zich op Sigurður Óli.

'Daar kan ik niets over zeggen,' antwoordde hij. 'Om een beeld te krijgen van wat er gebeurd is zijn we aan het uitzoeken waar ze zich mee bezighield. De tocht die ze met een groep bankmensen en buitenlanders door het binnenland gemaakt heeft hoort daar ook bij. Weet jij wat je vriend en zijn collega's voor werk deden bij die bank van hen?'

'Daar heb ik nooit iets van gesnapt,' zei Ragnar. 'Ik weet dat Þorfinnur iets deed op het gebied van beleggingsfondsen en pensioenfondsen. We hebben het daar nooit uitvoerig over gehad. Al dat gedoe met geld vind ik stomvervelend en we praatten er zo min mogelijk over.'

'Zou je hem een eerlijk mens willen noemen?'

'Þorfinnur? Dat was een degelijke vent. In alles wat hij deed.'

'Heeft hij het wel eens gehad over problemen op zijn werk?'

'Nee.'

'En over zijn collega's of zijn vrienden op de bank, de mensen met wie hij omging?'

'Nee. Het waren niet echt vrienden van hem, denk ik. Hij heeft ze leren kennen toen hij, wat zal het zijn, vier of vijf jaar geleden bij die bank ging werken.'

'Geen intieme vrienden dus?'

'Zo praatte hij nooit over ze en ik denk dat dat reisje met ze naar Snæfellsnes voor hem ook niet zo hoefde. Hij keek er zeker niet naar uit en het liefst had hij er onderuit gewild.'

'Maar hij is toch gegaan.'

'Ja, en nooit meer teruggekomen.'

***

Sverrir liet hem drie kwartier voor zijn kantoor wachten voor hij hem binnenliet. Voortdurend liep er bankpersoneel over de gang, zonder hem een blik waardig te keuren.

Eindelijk ging de deur van het kantoor open. Sverrir stak zijn hoofd naar buiten en staarde hem aan.

'Ben jij Sigurður?' vroeg hij.

'Sigurður Óli, ja.'

'Wat wil je van me?'

'Met je praten over Þorfinnur.'

'Ben je van de politie?'

'Ja.'

'Wat moet de politie met die kwestie?'

Nog steeds had Sverrir hem zijn kantoor niet binnengelaten. Sigurður Óli bleef in de gang op zijn stoel zitten. Op een tafel lag een groot aantal oude tijdschriften, waar hij zorgvuldig van afbleef.

'Moeten we hier op de gang praten?' vroeg Sigurður Óli.

'Nee, natuurlijk niet, neem me niet kwalijk. Kom binnen.'

Sverrirs kantoor was licht en ruim; er stonden nieuwe leren meubels. Aan de muur hingen twee flatscreens, waarop koersen en grafieken te zien waren.

'Hadden jullie ruzie met Þorfinnur? Was dat de reden dat jullie gescheiden zijn opgetrokken?' vroeg Sigurður Óli, die tegenover Sverrir aan het bureau ging zitten.

'Ruzie? Waarom zijn jullie dat nou ineens aan het uitpluizen? Zijn er soms nieuwe ontwikkelingen in de zaak? En ruzie

– wie beweert dat eigenlijk? Was jij dat, die beneden met Knútur heeft zitten praten?'

Sverrir vuurde zijn woorden op Sigurður Óli af. Die overwoog of hij op al die vragen moest ingaan.

'Dan zal Knútur je wel verteld hebben wat ik allemaal over Lína wilde weten. Ze heeft gezegd dat jullie ongelooflijk koud waren en een smerig spelletje speelden. Dáárom pluis ik dat nog eens uit, zoals jij het noemt. Dát is het nieuwe in de zaak. Wat voor spelletje was dat en waarom waren jullie zo koud?'

Sverrir keek Sigurður Óli lang aan.

'Ik weet niet wat je aan het doen bent,' zei hij ten slotte. 'Knútur is hier geweest en die vertelde me dat je met hem over Þorfinnur gepraat hebt en dat je van alles en nog wat insinueerde. Ik vind dat niet bepaald van goede smaak getuigen.'

'Kende je Lína?'

'Ik herinnerde me haar pas toen Knútur het weer over dat tochtje van ons had. Ik wist niet dat het dezelfde vrouw was die pasgeleden in elkaar geslagen is.'

'Hoe zat dat met Þorfinnur en jou? Waarom ging jij alleen naar de auto? Hadden jullie ruzie? Wat is er gebeurd?'

'Je hebt toch de politierapporten gelezen? Daar heb ik helemaal niks aan toe te voegen. Ik wou hem bij Beruvík ophalen, maar hij kwam nooit opdagen.'

'Ik heb begrepen dat hij nogal koppig was. Hij liet zich niet gauw overtuigen. Zo drukte iemand het uit.'

'Zo kon hij wel zijn, ja. Hij wilde verder lopen dan ik verstandig vond: het was al bijna avond. Ik wilde terug naar de auto. Hij wilde doorgaan. We spraken af dat ik de auto zou ophalen en dan achter hem aan zou komen. Er zijn daar in de lava wel paden die je met de auto kunt berijden.'

'Dus hij struinde gewoon door en jij hebt hem niet kunnen tegenhouden? En toen is hij verdwenen?'

'Het staat allemaal in de rapporten. En "doorstruinen" is

het goede woord niet. Hij was daar nooit eerder geweest en hij vond het er prachtig.'

'Jij bent daar al wel vaak geweest?'

'Allicht. Ik kom van Snæfellsnes.'

'En je weet er de weg?'

'Ja.'

'Was het jouw idee om erheen te gaan?'

Sverrir dacht na.

'Ja, ik denk dat het van mij kwam.'

'En ben je vaak in dat lavaveld geweest?'

'Nee, niet zo heel vaak.'

'Maar je weet wel hoe gevaarlijk het is. En toch heb je hem alleen gelaten.'

'Het is er niet gevaarlijker dan op duizend andere plekken in IJsland, je moet gewoon oppassen.'

'Wat voor complot was dat waar Lína jullie over heeft horen praten?' vroeg Sigurður Óli.

'Er was geen complot en er was geen smerig spelletje,' zei Sverrir. 'Ik weet niet waar ze het over had, en in wat voor verband. Kan ze niet gewoon maar wat gezegd hebben?'

'Haar man beweert van niet.'

'Tja, ik kende haar niet. Ik weet niet wat ze allemaal over mij en de anderen rondgekletst heeft.'

'Maar een van jullie is wél kort daarna omgekomen. Diezelfde herfst nog.'

'Ik geloof niet dat ik je verder kan helpen. Ik heb het ontzettend druk en ik vrees dat we nu moeten ophouden.'

Sverrir stond op.

'Zijn lichaam is in Skarðsvík gevonden. Daar was het aangespoeld,' zei Sigurður Óli.

'Ja. Hij had te veel risico genomen en daarmee was de kous af. Dat hoef ik je toch niet te vertellen?'

'Doordat het in zee gelegen had was het lichaam zo aangetast dat de doodsoorzaak niet meer kon worden vastgesteld,' zei Sigurður Óli. Hij stond op. 'Jij hebt die Lína niet wat beter leren kennen?'

'Nee!'

'Ze had de naam promiscue te zijn, maar misschien vond ze het alleen maar leuk met mannen om te gaan, had ze er lol in ze om haar vinger te kunnen winden. Al die keurige meneren.'

'Nou, ík kende haar in ieder geval niet,' zei Sverrir en hij deed de deur open.

'Ken je dan soms een paar kerels die Þórarinn en Hörður heten? Toggi en Höddi worden ze ook wel genoemd. De ene is vrachtwagenchauffeur en de andere heeft een garage. Ongelooflijke hufters allebei.'

'Nooit van gehoord. Zou ik die moeten kennen?'

'Het zijn lui die zakendoen met behulp van een knuppel. De ene heeft Lína omgebracht. Dat was Toggi. Snelle Toggi noemen ze hem. Het is een klootzak, en dat kun je zien ook. Ik denk dat we hem wel zover krijgen dat hij gaat praten. Het zal echt niet lang meer duren of hij vertelt ons alles, precies zoals het gegaan is. Misschien dat we elkaar dan nog terugzien.'

'Is dat een dreigement?'

'Ik zou niet durven,' zei Sigurður Óli. 'Is iemand van jullie met haar naar bed geweest? Met Lína, bedoel ik?'

'Ik niet,' zei Sverrir. 'En ik wil er nog eens op wijzen dat ik dit een buitengewoon onbehoorlijke manier van ondervragen vind. Ik weet niet waar je op uit bent, maar ik geloof niet dat je het op deze manier moet doen.'

43

De vierde man die aan die noodlottige tocht had deelgenomen heette Arnar; hij werkte één verdieping hoger. Sigurður Óli zocht hem direct na het gesprek met Sverrir op. Na een keer vragen vond hij een deur met het opschrift 'Arnar Jósefsson'. Hij klopte een paar keer zachtjes en deed de deur toen zelf open. Daar stond Arnar, hij hield zijn mobieltje tegen het oor en keek Sigurður Óli vragend aan.

'Ik zou graag met je willen praten over Þorfinnur, je collega die omgekomen is,' zei Sigurður Óli.

Arnar verontschuldigde zich tegenover zijn gesprekspartner, zei dat hij later terug zou bellen en verbrak de verbinding.

'Ik dacht niet dat ik een afspraak met je had,' zei hij en hij bladerde in de agenda op zijn bureau.

'Nee, ik ook niet met jou,' zei Sigurður Óli. Hij legde in enkele woorden uit wie hij was en wat de reden van zijn bezoek was. 'Klopt het dat jij ook bij dat groepje van Þorfinnur hoorde, toen die verdwenen is?'

Arnar stopte met bladeren in zijn agenda, wees hem een stoel en ging zelf ook zitten.

'Ja. Wordt die zaak soms weer onderzocht?'

'Kun je me in grote lijnen vertellen wat er gebeurd is?' vroeg Sigurður Óli, zonder op de vraag in te gaan.

Arnar begon te vertellen wat er bij de verdwijning van zijn collega Þorfinnur was voorgevallen. Zijn verhaal kwam overeen met dat van Sverrir en Knútur. Hij bevestigde dat Sverrir de laatste was geweest die Þorfinnur levend had gezien.

'Waren jullie goede vrienden?' vroeg Sigurður Óli. 'Hoe was jullie onderlinge verhouding?'

'Ik zou eigenlijk wel eens willen weten waarom je daar nu ineens naar vraagt.'

'Hebben ze het er dan niet met je over gehad, de anderen?'

'Knútur wel, maar die weet ook niet wat er aan de hand is.'

'Nee, misschien komt dat nog. Waren jullie vieren goede vrienden?'

'Vrienden? Dat is misschien wat te veel gezegd. Meer kennissen eigenlijk.'

'Collega's?'

'Collega's natuurlijk ook, we werkten allemaal hier bij de bank. Waar zit je nou eigenlijk naar te vissen?'

Sigurður Óli haalde een samengevouwen velletje papier uit zijn binnenzak.

'Kun je me zeggen wie dit zijn?' vroeg hij en hij reikte Arnar de lijst met de namen van degenen die met Lína en Ebbi op gletsjertocht waren geweest.

Arnar nam de lijst aan en keek hem snel door. Daarna gaf hij hem weer aan Sigurður Óli.

'Ik ken alleen de mensen die ons hebben uitgenodigd, de mensen van dat accountantskantoor.'

'De buitenlandse namen zijn je niet bekend?'

'Nee,' zei Arnar.

'Kende je Lína of Sigurlína van dat accountantskantoor soms ook van andere gelegenheden? Dus afgezien van die tocht?'

'Nee. Zij had toen toch de leiding?'

'Ja, dat klopt. Kende een van de anderen van jullie groepje haar?'

'Ik dacht het niet.'

'Niemand?'

'Nee. Als dat al zo was, zou het Þorfinnur moeten zijn,' zei Arnar, en het leek hem beter er direct bij te zeggen: 'Die was vrijgezel.'

'Ik denk niet dat dat haar wat uitmaakte,' zei Sigurður Óli. 'Hoe kende hij Lína dan?'

'Ik bedoel alleen maar dat ze wat met hem flirtte. Ze plaagde hem een beetje, dat soort dingen. Þorfinnur was nogal verlegen als er dames in het spel waren. Hij was een beetje onhandig met vrouwen, als je begrijpt wat ik bedoel. Maar heb je nog meer te vragen? Ik wil niet onbeleefd zijn, maar ik heb het vreselijk druk. Helaas.'

'Maar is er iets voorgevallen tussen die twee?'

'Nee,' zei Arnar, 'niet dat ik weet.'

'En tussen haar en Sverrir of Knútur?'

'Ik begrijp niet wat je bedoelt.'

'Lína wist nogal van wanten,' zei Sigurður Óli. 'Dat bedoel ik.'

'Tja, dat moet je ze dan zelf maar vragen.'

Toen hij de bank verliet ging Sigurður Óli nog even langs Sverrir en Knútur. Hij liet hun de lijst met namen zien en stelde dezelfde vraag als aan Arnar: of er ook namen op stonden die ze kenden. Hij wilde hen ermee overvallen, hen er totaal onverwacht mee confronteren en hen in het onzekere laten over wat hij precies wist. Sverrir wierp nauwelijks een blik op de lijst, gaf hem terug en zei dat hij op die tocht geen enkele bekende gezien had. Knútur nam er meer tijd voor om de namenlijst door te kijken. Hij was tegenover Sigurður Óli onzekerder dan de twee anderen, maar zijn reactie was dezelfde: dat hij er afgezien van zijn collega's niemand van kende.

'Weet je het zeker?' vroeg Sigurður Óli.

'Ja,' zei Knútur. 'Absoluut.'

Hij wilde net het bankgebouw uitlopen toen hij zijn naam hoorde roepen. Hij draaide zich om en zag Steinunn, zijn oude klasgenote. Glimlachend liep ze op hem af. Sinds de reunie van zijn eindexamenklas had hij haar niet meer gezien. Toen had ze hem verteld over haar nieuwe baan bij de bank, en had ze zich laten ontvallen dat hij niet haar type was.

'Wat doe jíj nou hier? Wil je geld lenen?' zei Steinunn. Met dat blonde haar, die donkere wenkbrauwen en die strakke broek zag ze er weer een beetje 'ordi' uit, meer zelfs nog dan laatst.

'Nee, ik...'

'Wou je Guffi spreken?' zei ze. 'Die is met vakantie, zit in Florida.'

'Nee, ik heb een gesprek gehad met iemand hier op de eerste verdieping,' zei Sigurður Óli. 'En hoe is het met jou?'

'Prima. Het is leuk werken hier, heel wat anders dan bij de belastingdienst. En jullie, hebben jullie nog niet genoeg te doen? Twee moorden in de stad.'

'Ja, ik doe onderzoek in verband met die vrouw die doodgeslagen is.'

'Verschrikkelijk zeg, om zo aan je eind te komen. Waren dat van die kerels die geld komen ophalen? Die de boel verbouwen als je het niet hebt? Zoiets hoor je wel eens.'

'Daar komen we nog wel achter,' zei Sigurður Óli, blij dat Steinunn kennelijk niet wist dat Patrekur door de politie was verhoord.

'Ze deinzen nergens voor terug, die lui,' zei Steinunn. 'Laatst had iemand het ook al over zo'n zware jongen. Wie was dat ook alweer?'

'Heb jij iemand die je kent over dit soort kerels horen praten?'

'Ja, iemand had er een achter zich aan, helemaal tot in een school. Ach, mijn geheugen is een vergiet. Maar in elk geval, die maakte zijn karwei toen gelukkig niet af.'

'Wie was dat?'

'Die kerel? Geen idee.'

'Nee, wie heeft je dat verteld?'

'Ja, dat is het nou juist, ik weet niet meer waar ik het gehoord heb. Als het me weer te binnen schiet laat ik het je weten. Het was iemand die we allebei kennen, dacht ik, of heb ik dat nou weer mis? Iemand bij de belastingdienst misschien?'

'Je laat het me weten, hè?' zei Sigurður Óli.

'Ja, hoor. Leuk je gezien te hebben. Doe je de groeten aan Bergþóra? Of is het helemaal uit tussen jullie?'

'Tot ziens,' zei Sigurður Óli, en hij haastte zich naar buiten.

44

Kolfinna, Lína's vriendin op het accountantskantoor, die Sigurður Óli de lijsten met deelnemers aan de gletsjertochten had gegeven, wist meteen weer wie hij was toen hij haar opzocht. Ze was juist onderweg naar een bespreking en Sigurður Óli moest haar letterlijk door de gangen van het kantoor achternalopen. Eindelijk kreeg hij haar zover dat ze haar tempo vertraagde, zodat hij haar de lijst met namen kon overhandigen.
'Kun je die lijst met me doorkijken en me vertellen wat voor mensen dat zijn?' vroeg hij.
'Ik heb wel ontzettende haast.'
'Kun je me nog wat meer over Lína vertellen?'
'Hebben deze mensen dan iets met haar te maken?' vroeg Kolfinna en ze keek de lijst door. 'Shit, ik bén al te laat,' zei ze, op haar horloge kijkend.
'Ik weet het niet,' zei Sigurður Óli. 'Die ken ik,' vervolgde hij en hij wees Patrekur op de lijst aan. 'En die ook,' zei hij – dat was Hermann. 'En ik weet wie deze vier zijn,' ging hij verder, de vier bankmensen aanwijzend. 'Lína en Ebeneser ken ik uiteraard, maar dan is er nog een hele reut namen, met drie buitenlanders erbij. Of zijn dat geen buitenlanders, deze hier?'
'Aan de namen te zien wel.'
'Weet je wie deze anderen zijn?'
'Deze twee, Snorri en Einar, werken hier bij ons. Ik vermoed dat ze speciaal voor Guðmundur, deze man hier, moesten zorgen, want dat is een heel grote klant. En voor deze hier, Ísak, ook zo'n grote. Die buitenlanders ken ik niet. Dat kun

je het beste aan Snorri vragen. Die weet dat misschien wel.'
'Snorri?'
'Die onderhoudt de contacten met de andere hoofdvestigingen. Mogelijk weet hij wie die buitenlanders zijn. Sorry, ik moet er nou echt vandoor. Leuk je weer gezien te hebben.'

Snorri had het al even druk als Kolfinna. Sigurður Óli had geen keus dan twintig minuten buiten zijn kantoor te wachten voor de deur openging en hij werd binnengelaten. Tijdens hun gesprek ging voortdurend de telefoon. Soms nam hij op, soms niet.

Sigurður Óli legde Snorri uit waar hij mee bezig was en waarom hij bijzonderheden wilde weten over de buitenlanders die hadden deelgenomen aan de gletsjertocht van het kantoor. De aanslag op Lína en de dood van Þorfinnur noemde hij niet; hij zei alleen dat de politie onderzoek deed naar de contacten tussen personen uit de zakenwereld. Snorri, een slanke, beweeglijke man, die zo te zien aardig wat tijd in de sportschool doorbracht, gaf vlot antwoord en beperkte zich daarbij tot de hoofdzaken. Hij liet zijn ogen over de lijst gaan.

'Deze twee zijn er via ons bij gekomen,' zei Snorri en hij wees op twee van de buitenlandse namen. 'We zijn in feite maar een bijkantoor van een internationale onderneming, zoals je aan onze naam wel kunt zien. Deze mensen onderhouden de contacten met ons en met de andere hoofdkantoren in de Scandinavische landen. Ze komen hier regelmatig en we hadden besloten ze op die tocht mee te nemen. Mijn indruk was dat ze het erg leuk hebben gevonden.'

'En deze?' zei Sigurður Óli en hij wees op de derde buitenlandse naam.

'Hé, die vent ken ik niet,' zei Snorri. 'Die moet dan met het bankpersoneel zijn meegekomen.'

'Ken je die mensen goed?'

'Nee. Maar we hebben grote zaken met de bank gedaan. Zo

komen ze er natuurlijk tussen. Zal ik natrekken wie dit is?'

'Als je dat zou willen doen,' zei Sigurður Óli.

'Geen punt.'

Snorri tikte op zijn computer de naam van de man in. Er verscheen een aantal zoekresultaten en hij keek die snel door. Binnen een minuut had hij de belangrijkste gegevens bij elkaar.

'Directeur van een bank in Luxemburg,' zei Snorri. 'Niet zozeer een topman, maar wel iemand met een goede positie. Middenkader, zouden we hier zeggen. Alain Sörensen. Vader een Zweed, moeder een Française, opgegroeid in Zweden. Geboren in 1969. Derivatenspecialist. Gehuwd, twee kinderen. Studie in Frankrijk. Hobby's: wielrennen en reizen. Is dat hem?' vroeg Snorri, van het scherm opkijkend.

'Het is in ieder geval dezelfde naam,' zei Sigurður Óli.

'Met ons heeft hij niets te maken, daar ben ik tamelijk zeker van.'

'Is het dan niet waarschijnlijk dat hij met de bankmensen is meegekomen?'

'Ja, dat kan dan haast niet anders. Zij waren de enigen in de groep die contacten hadden met buitenlandse banken.'

Sigurður Óli dacht aan de drie bankmensen die de lijst hadden bekeken en hadden gezegd dat ze er niemand van kenden.

'Maar wat is er aan de hand?' vroeg Snorri. 'Als bankmensen elkaar ontmoeten is dat toch nog niet direct een politiezaak?'

'Nee, dat is niet het eerste waar je aan denkt,' zei Sigurður Óli. 'Kun jij me trouwens vertellen hoe de economie van dit land ervoor staat, met al die banken en nieuwe miljardairs en met die enorme hoeveelheid geld die er omgaat?'

'Zo ingewikkeld is dat niet,' zei Snorri.

'Zijn het allemaal genieën, die geldjongens?'

'Welnee. Het probleem is juist dat het merendeel van de

mensen die zich met die miljardenbusiness bezighouden, die Vikingen zoals we ze noemen, maar weinig van geldzaken af weet, en dat sommige gewoon niet al te snugger zijn.'

'Om de waarheid te zeggen was ik nogal onder de indruk van wat ze gedaan hebben,' zei Sigurður Óli.

'Ja, ja, ze kopen grote bedrijven in Denemarken en Engeland en zetten IJsland op de kaart, zoals vaak gezegd wordt. Sommigen van die mensen zijn natuurlijk wel handig en natuurlijk heeft de groei van de banken een enorme hoeveelheid werkgelegenheid gecreëerd, vooral voor mensen zoals ik. En het heeft het land veel geld opgeleverd. Maar genieën, nee, dat zijn het niet. Ze zijn erachter gekomen dat je in de wereld bakken vol goedkoop geld kunt lenen. Ze hebben het maar voor het opscheppen. Hun eigendommen zijn onderling op een heel ingewikkelde manier met elkaar verweven; ze lenen alles wat ze maar te pakken kunnen krijgen en verstrekken vervolgens weer leningen aan zichzelf, aan hun bedrijven en aan wie dan ook, om aandelen in banken te kopen, of hele luchtvaartmaatschappijen. Daar betalen ze dan gigantische bedragen voor. En het zijn altijd dezelfde mensen.'

'Maar daar is toch niks mis mee?' zei Sigurður Óli.

'Oppervlakkig gezien verdienen ze dik en kopen ze het ene bedrijf na het andere op,' zei Snorri. 'Maar wat er in werkelijkheid gebeurt is dat de aandelen van hun bedrijven in waarde stijgen. Daardoor lijkt het alleen maar zo dat ze zo veel verdienen, en tegelijkertijd kunnen ze dan weer meer geld lenen. Er zijn aanwijzingen dat ze zelf de waarde van hun aandelen buiten alle proporties verhogen. Wanneer het grote publiek en de zogenaamde professionele beleggers, pensioenfondsen bijvoorbeeld, de koersen zien stijgen, springen ze op de wagen en kopen aandelen. Door de waardestijging kunnen de Vikingen dan nóg meer lenen. Die stijging wordt ook nog eens gestimuleerd door hun steeds groter wordend bezit, dat met geen mogelijkheid te taxeren valt. En zo gaat het maar door.'

'Maar worden zulke ontwikkelingen dan niet in de gaten gehouden?'

'Die onechte bezitsvorming hebben ze zelf helemaal in handen. Om een voorbeeld te noemen, ze mogen tegenwoordig de economische waarde van hun bedrijven als volledig eigendom opgeven. Dat wil zeggen dat ze mogen laten registreren wat die bedrijven naar hun verwachting in de toekomst opleveren. Ze bepalen dus zelf welk gedeelte van hun totale bezit wordt gevormd door hun bedrijven. Dat is dan een bedrag dat ze volledig uit hun duim hebben gezogen. Het kan tot in de tientallen miljarden kronen lopen en het hoeft helemaal niet op realiteit te berusten. Maar het helpt wél om de waarde van hun bedrijven nog weer verder op te voeren. En er is nagenoeg geen controle op.'

'Op die economisch waarde, bedoel je?' zei Sigurður Óli.

'Ze doen wat ze kunnen om de cijfers zo mooi mogelijk te maken,' zei Snorri. 'Maar als ze op die manier doorgaan hoeft er maar iets te veranderen of het gaat mis. Als er maar één lening fout loopt is de hele zaak naar de filistijnen.'

'Maar is het niet jullie verantwoordelijkheid dat zulke zaken correct en eerlijk verlopen?'

'Daarom vertel ik dit ook. We maken ons beetje bij beetje los van de activiteiten van die heren,' zei Snorri. 'Ik heb er in dit kantoor voor gevochten en inmiddels luisteren de mensen naar me. We doen er niet meer aan mee.'

'En die Alain Sörensen?'

'Ik ken hem niet,' zei Snorri. 'De banken knijpen vaak een oogje dicht bij het wegsluizen van geld naar belastingparadijzen en meer van zulke praktijken. Maar deze man ken ik niet.'

'Hoe kom je ineens op belastingparadijzen?'

'Nou ja, omdat hij uit Luxemburg komt. Veel van zulke activiteiten lopen via Luxemburg.'

45

De verhoren van het duo Toggi en Höddi – Þórarinn en Hörður – werden 's middags voortgezet. Þórarinn werd ondervraagd door Sigurður Óli en Finnur. Het verhoor vond plaats in het huis van bewaring van Litla-Hraun, waar de verdachten in voorarrest zaten. Sigurður Óli had Finnur in grote lijnen op de hoogte gebracht van zijn onderzoek naar de contacten tussen Lína en de drie bankmensen. Hij had verteld dat hij met hen was gaan praten, maar weinig medewerking had gekregen. De beide rechercheurs hadden afgesproken welke tactiek ze voor de ondervraging van Þórarinn zouden gebruiken. Die was tot nu toe niet bereid geweest tot enige samenwerking. Het werd tijd dat hij zich eens goed realiseerde in wat voor positie hij verkeerde.

'Vermoeiende kerel,' zei Finnur.

'Doodziek word ik van die vent,' zei Sigurður Óli.

De verdachte was bepaald niet onder de indruk toen hij met zijn raadsman de verhoorkamer werd binnengeleid. Hij glimlachte vriendelijk tegen de rechercheurs, ging wijdbeens op zijn stoel zitten en tikte met een voet op de vloer.

'Wat is dit hier voor een tent?' zei hij. 'Elke dag havermout.'

'Ik zou er maar vast aan wennen,' zei Finnur.

Sigurður Óli zette de opnameapparatuur aan en het verhoor begon met dezelfde vragen als tevoren: over Lína, waarom hij haar, gewapend met een knuppel, thuis had opgezocht, en waarom hij haar had neergeslagen. Þórarinn hield zich aan zijn eerdere verklaring: dat het om drugsschulden ging en dat hij niet zover had willen gaan. Nog steeds be-

weerde hij dat hij uit zelfverdediging had moeten handelen.
'Oké,' zei Sigurður Óli. 'Iets anders. Ken je ene Sverrir? Hij werkt bij een bank.'
'Wie is dat?'
'Als jíj me dat eens vertelde.'
'Ik ken geen Sverrir. Wat beweert die man? Verkoopt hij leugens over me? Ik ken hem in ieder geval niet.'
'En een man die Arnar heet? Ook een bankman. Werkt bij dezelfde bank.'
'Ken ik niet.'
'En nog een derde man van die bank. Die heet Knútur. Ken je die?'
'Nee.'
'Ken je ene Þorfinnur?'
'Nee. Wat zijn dat voor gasten?'
'Heb je wel eens contact gehad met die mensen?'
'Nee.'
'Heeft een van hen het wel eens met je over Lína gehad?'
'Ik zeg toch dat ik die lui niet ken?'
'Ontken je dat je contact met ze gehad hebt?'
'Ja. Ik ken ze helemaal niet.'
'Heb je de naam Alain Sörensen wel eens gehoord?'
'Wie is dat nou weer, verdomme?'
'Oké,' zei Sigurður Óli. 'Dat was het. Bedankt.'
Hij strekte zijn hand uit naar de recorder en schakelde hem uit.
'Je krijgt levenslang, omdat je in je eentje verantwoordelijk bent voor Lína's dood. 'Dat heb je prima gedaan. Mag je trots op zijn. Gefeliciteerd.'
'Wat? Is het nou al afgelopen?' zei Þórarinn stomverbaasd. 'Wat waren dat voor lui waar je zonet naar vroeg?'
'Het is wel duidelijk, denk ik,' zei Finnur tegen Þórarinns advocaat. Noch hij, noch Sigurður Óli bekommerde zich erom dat de verdachte erbij zat. Ze legden de raadsman uit

dat de zaak wat hen betrof opgelost was en dat de politie verder geen bemoeienis meer met Þórarinn zou hebben. De zaak ging nu regelrecht naar de openbare aanklager. Toggi luisterde aandachtig en langzamerhand begon het tot hem door te dringen dat hij de zaken niet meer naar zijn hand kon zetten.

'We verwachten dat hij tot de uitspraak hier in Litla-Hraun in voorarrest gehouden wordt. Na het vonnis blijft hij dan hier, zoals gebruikelijk,' zei Sigurður Óli tot de advocaat.

'Laat dat van die verantwoordelijkheid nog eens horen,' zei Þórarinn en hij keek Sigurður Óli en Finnur aan.

'Wat voor verantwoordelijkheid?' zei Sigurður Óli. 'Waar heb je het over?'

'Als iemand... hoe zeg je dat... waar je het de laatste keer over had. Als je alleen maar... als je alleen maar een werktuig bent, of weet ik wat je zat te lullen.'

'Bedoelde je wat ik zei over medeplichtigheid?'

'Ja, wat was dat ook al weer?'

'Wil je zeggen dat je je verklaring wilt wijzigen?'

Þórarinn zweeg.

'Wil je je verklaring wijzigen?' vroeg Finnur.

'Het is nog helemaal niet zeker dat ik de enige ben die er schuldig aan is,' zei Þórarinn. 'Dat wou ik alleen maar zeggen. Jij zei dat ik niet de enige schuldige hoefde te zijn. Dat heb je de laatste keer gezegd.'

'Wat wil je nou eigenlijk,' zei Sigurður Óli. 'Wees nou eens een keer duidelijk.'

'Ik wil alleen maar zeggen dat ik misschien niet de enige schuldige ben.'

'O nee?'

'Nee.'

'Je moet nog veel duidelijker zijn,' zei Finnur. 'Waar heb je het over?'

Þórarinns raadsman boog zich naar hem toe en fluisterde hem iets in het oor. Þórarinn knikte. Nog een keer fluisterde de raadsman hem iets in en Þórarinn schudde nee.

'Mijn cliënt geeft aan dat hij niet ongenegen is om met de politie mee te werken,' zei de advocaat toen ze klaar waren met hun onderonsje. 'Hij wil weten of hij tot een regeling kan komen voor clementie in ruil voor inlichtingen.'

'Wat ons betreft zit die clementie er niet in,' zei Finnur. 'Wat het OM doet is een ander verhaal.'

'Die cliënt van jou heeft ons al te lang aan het lijntje gehouden,' zei Sigurður Óli.

'Rustig, man, rustig,' zei Þórarinn. 'Doe niet zo opgefokt.'

'Hij biedt nu aan met de politie mee te werken,' zei de advocaat.

'Nou, oké dan,' zei Sigurður Óli, en hij ging weer achter de recorder zitten, 'voor de draad ermee.'

Een uur later werd Höddi, vergezeld van zijn advocaat, de verhoorruimte binnengebracht. Sigurður Óli en Finnur wachtten hen op. Algauw begon de recorder te zoemen, heel zacht, nauwelijks hoorbaar. Sigurður Óli noemde heel precies de plaats, de tijd en de namen van degenen die bij het verhoor aanwezig waren. Het was alsof Höddi gemerkt had dat er iets was veranderd, dat de rollen misschien wel waren omgedraaid, en niet in zijn voordeel. Hij keek de twee rechercheurs aan, en vervolgens zijn raadsman. Die haalde zijn schouders op.

Finnur schraapte zijn keel.

'Je vriend Þórarinn heeft tijdens zijn verhoren verteld dat hij om jou te helpen het huis van Sigurlína Þorgrímsdóttir is binnengevallen.'

'Dat liegt hij dan,' zei Höddi.

Finnur ging verder.

'Hij zegt dat jij hem hebt gevraagd om Sigurlína – Lína, zoals ze genoemd wordt – op te zoeken om haar bang te maken en haar een pak slaag te geven dat haar lang zou heugen. En haar te vertellen dat ze vermoord zou worden als ze "er niet mee ophield". Hij moest in haar huis ook nog foto's zoeken.'

'Dat is stomweg gelogen!'

'Hij zei nog meer. Je zou hem verteld hebben dat de opdrachtgever jou kende, en dat je het heel lollig had gevonden dat die contact met je had opgenomen voor die klus.'

'Bullshit.'

'Hij zei dat je hem er niet voor hebt betaald. Je had nog wat van hem te goed, dus daarom heb je het aan hém gevraagd. Jij hebt indertijd die jeep voor hem in brand gestoken, op het terrein van een garage in Selfoss. Dat was voor een kennis van hem, een zaakje van verduistering en verzekeringsfraude.'

'Zei hij dat? Die man is gestoord!'

'Hij heeft in zijn verhoren ook gezegd dat hij helemaal niet van plan was Sigurlína dood te slaan, maar dat de klappen, twee waren het er, ongelukkig terecht waren gekomen. Het was niet de bedoeling, niet van hem, niet van jou en ook niet van je opdrachtgever, om die vrouw te doden. Het was gewoon een ongelukkige actie, waarvoor híj verantwoordelijk is.'

Finnur onderbrak zijn betoog even. Sigurður Óli en hij wisten niet of Þórarinn hun de waarheid had gezegd. Weliswaar had hij bereidheid getoond hen te helpen de zaak op te lossen en maakte zijn verhaal een geloofwaardige indruk, maar op veel punten was het onvolledig. En het was mogelijk dat Höddi gelijk had. Het zou kunnen dat Þórarinn had gelogen over wat hij had gedaan, al leek hun dat tamelijk onwaarschijnlijk.

Höddi staarde naar Finnur en Sigurður Óli. Ze gaven hem de tijd zich op zijn nieuwe positie te beraden. Ten slotte boog hij zich naar zijn advocaat toe en staken ze de koppen bij elkaar. Daarna verzocht de advocaat om een onderbreking van het verhoor, zodat hij beter met zijn cliënt kon overleggen. Dat werd toegestaan, en hij ging met Höddi de gang op.

'Hij lult maar wat,' hoorden ze hem zeggen, juist voor de deur dichtviel. Sigurður Óli en Finnur wachtten rustig. Er verstreek een tijdje voor ze weer verschenen.

'Ik wil naar mijn cel terug,' zei Höddi toen hij met zijn advocaat de verhoorruimte binnenkwam.

'Wie heeft je op Lína afgestuurd?' vroeg Sigurður Óli.

'Niemand,' antwoordde Höddi.

'Wat was de bedoeling?' vroeg Finnur.

'Helemaal niks.'

'Waar moest Lína mee ophouden?' vroeg Sigurður Óli.

Höddi gaf geen antwoord.

'Ik noem je nu een paar bankmensen. Sverrir, Arnar en Knútur. Ken je die?' vroeg Finnur.

Höddi gaf nog steeds geen antwoord.

'Heeft een van die mensen je op Lína afgestuurd om haar het zwijgen op te leggen?'

Geen antwoord.

'En twee mannen die Patrekur en Hermann heten?' vroeg Finnur en hij keek Sigurður Óli aan om hem duidelijk te maken dat hij die vraag niet had mogen overslaan.

'Ik wil naar mijn cel terug,' zei Höddi. 'Mij krijgen jullie niet zover dat ik meedoe met Toggi z'n leugens. Die wil alles op mijn bordje schuiven. Dat zíé je toch? Begrijpen jullie dat dan niet? Híj heeft die meid doodgeslagen. Hij alleen. Niemand anders. Maar evengoed schuift hij het mij in de schoenen. Helemaal geen punt voor hem!'

'Ken je de mensen die we hebben genoemd?'

'Nee! Die ken ik niet.'

'Waar moest Lína mee ophouden?' vroeg Sigurður Óli.

Op dat punt waren Þórarinns antwoorden heel vaag geweest. Hij beweerde dat Höddi dat zo had gezegd. Wat hij letterlijk had gezegd en waar Lína precies mee moest ophouden was hij vergeten, en daarom had hij alleen maar tegen haar gezegd dat ze moest ophouden met wat ze deed. Þórarinn had verteld dat hij naar het huis was gereden, Lína had zien thuiskomen en gemeend had dat ze alleen was. Hij had de auto op een geschikte plaats neergezet en vervolgens zijn opdracht uitgevoerd. Hij had haar geen kans gegeven zich te verdedigen of vragen te stellen en had niet goed gelet op wat ze zei. Hij had haar een klap op haar schouder gegeven en tegen haar gezegd wat hem was opgedragen, maar dat scheen ze niet goed te horen of te begrijpen. Toen had hij haar nog een keer op haar schouder willen slaan, harder, maar de knuppel had keihard haar hoofd geraakt en ze was op de vloer gevallen. En toen had hij voetstappen gehoord en zich verscholen.

'Ophouden waarmee?' vroeg Finnur. 'Waar moest je Lína dan mee laten stoppen?'

'Nergens mee.'

'Ben je zo'n sufkop dat je dat niet eens meer weet?' zei Sigurður Óli.

'Krijg de ziekte, kerel,' zei Höddi.

'Wie was jouw opdrachtgever?'

'Niemand.'

Sigurður Óli zette de recorder af.

'Morgen gaan we verder,' zei hij. 'Hopelijk denk je er vannacht nog eens goed over na.'

'Vergeet het maar,' zei Höddi.

46

Het was al halverwege de avond toen Sigurður Óli kwam aanrijden bij een prachtig vrijstaand huis in een nieuwe buurt bij het meertje Elliðavatn. De witte bungalow had rondom grote, in aluminium kozijnen gevatte ramen om de schitterende natuur eromheen zo goed mogelijk te vangen. Op het erf stonden twee zwarte jeeps; de dubbele garage was aan het huis vast gebouwd. De tuin om het huis was met zorg ontworpen, met zonneterrassen, een verwarmbaar bad, grote flagstones en mooi grind. Er waren drie grote bomen geplant; een ervan was een goudenregen.

Sigurður Óli belde aan. Bij de voordeur stond een kinderfietsje met kleurige franjes aan de uiteinden van het stuur en een zijwieltje aan één kant. Hier had iemand kennelijk vorderingen in het fietsen gemaakt.

Hij realiseerde zich heel goed dat hij zich op de zwakste schakel richtte. Maar hij deed wat hij moest doen, daaraan twijfelde hij niet. Hij vond het de moeite waard een poging te wagen wat druk uit te oefenen en te zien hoe ver hij daarmee kwam.

De deur ging open en een vrouw van ongeveer dertig jaar glimlachte hem tegemoet. Ze droeg een wit shirt T-shirt en fonkelnieuwe jeans. Ze keek vrolijk, maar was duidelijk ergens druk mee bezig.

'Zou ik Knútur kunnen spreken?' vroeg Sigurður Óli behoedzaam. Hij wilde het graag rustig houden. Het kon wel eens een bezoek worden dat de vrouw zich haar leven lang zou herinneren.

'Kom binnen,' zei ze, nog steeds glimlachend, nog steeds vriendelijk. 'Hij is aan het pakken en ik ben aan het bakken, dus als je me wilt verontschuldigen?'

'Dank je,' zei Sigurður Óli. 'Gaat hij ver weg?'

'Nee, eerst naar Londen en dan naar Luxemburg.'

'Hij is altijd aan het werk, hè?' zei Sigurður Óli.

'Ja, en dan al die reizen,' zei ze alsof die wel dodelijk vermoeiend moesten zijn. 'Je begrijpt niet hoe hij het volhoudt.'

Ze vroeg niet wie hij was of wat hij met haar man te bespreken had; ze was open, vrijmoedig, zonder enig wantrouwen. Misschien is ze ooit voor dat kinderlijke gezicht van Knútur gevallen, dacht Sigurður Óli. Dat had beslist iets vertederends.

'Maar daarna willen we samen naar Griekenland. Heel even op vakantie,' zei ze terwijl ze de keuken in liep. 'Dat hebben we gisteren net afgesproken. Hij zei: "Dat hebben we wel verdiend."'

In de keukendeur verscheen een jongetje van een jaar of vijf, helemaal onder de bloem. Het keek verlegen en wantrouwig naar Sigurður Óli en holde toen gauw weer naar zijn moeder.

De vrouw was de keuken door gelopen om haar man te halen. Knútur kwam van ergens achter uit het huis aanlopen. Toen hij Sigurður Óli bij de voordeur zag staan was hij meteen op zijn hoede.

'Wat kom je hier doen?' vroeg hij zacht, bijna fluisterend.

'Ik wou graag over een paar punten je mening horen,' zei Sigurður Óli. 'We mogen geen tijd verspillen. Het onderzoek is in volle gang en sommige aspecten ervan moeten we nog helderder zien te krijgen.'

Hij gebruikte het meervoud 'we' alsof hij niet alleen op pad was. Naar zijn eigen inzichten was hij dat ook niet. En hij praatte over het onderzoek, dat geen uitstel kon dulden. Dat laatste lichtte hij niet verder toe.

'Waar gaat het over?' vroeg Knútur, in de richting van de

keuken kijkend. De bange uitdrukking op zijn gezicht liet zich niet verbergen.

'We kunnen er misschien beter bij gaan zitten,' zei Sigurður Óli.

'Is het iets belangrijks?'

'Dat kon het wel eens worden, ja.'

'Nou, kom maar mee, dan gaan we naar mijn kantoor.'

Sigurður Óli volgde hem door het prachtige huis met zijn etsen aan de muren, zijn glanzend witte bankstel en de parketvloer van walnotenhout.

'Hoe is het met dat orkestje afgelopen?' vroeg Sigurður Óli.

'Hè?'

'Toen ik je een paar dagen geleden sprak was je bezig een orkestje te huren.'

'O, goed. Ja, het was heel goed.'

'Heeft het hier gespeeld?'

'Ja.'

'Moet je ergens naartoe?'

'Nee. Of eigenlijk ja. Dat heeft Maja je zeker verteld? Ik moet een paar dagen weg. Business.'

'En dan met vakantie?'

Knútur liet hem het kantoor in.

'We gaan een dag of wat naar Griekenland,' zei hij en hij sloot de deur.

'Dat heeft toch niet met mij te maken?' zei Sigurður Óli. Hij liet zijn blikken door het kantoor gaan. Het viel bij hem in de smaak. Geen boeken. Witgeverfde planken met kunstvoorwerpen, licht parket. Een flatscreen en een muziekinstallatie die hém royaal een maandsalaris zouden kosten. Op het witgelakte bureau twee computerschermen. Vast en zeker vloerverwarming. Zo zou hij het ook willen hebben. Als hij het geld voor het opscheppen had.

'Nee,' zei Knútur. Hij probeerde te glimlachen.

'Wonen jullie hier pas?' vroeg Sigurður Óli.

'Een halfjaar nu,' zei Knútur.
'Moet je aardig wat gekost hebben. En twee auto's. Nou ja, als je tenminste niet geleend hebt. Tegenwoordig kun je voor alles geld lenen.'
Knútur dwong zichzelf weer te glimlachen. Hij was niet van plan over zijn financiële situatie te praten.
'Wat ben je waard,' zei Sigurður Óli. 'Dat is toch het belangrijkste gezelschapsspel op jullie party's? Als het muziekensemble weer vertrokken is en de cognac rijkelijk vloeit? Wat ben je waard?'
'Welnee. Ik weet het niet. Wat...'
'Hoeveel denk je dat je waard bent? Weet je dat? Heel precies?'
Knútur rechtte zijn rug.
'Ik snap niet wat jij daarmee te maken hebt.'
'Dat kan voor ons van belang zijn. Voor de politie.'
'Ik zou niet weten hoe dat...'
'We weten van Alain Sörensen,' viel Sigurður Óli hem in de rede.
Knútur reageerde niet.
'We weten van Luxemburg.'
'Weer toonde Knútur geen reactie. Hij staarde naar Sigurður Óli, die de lijst van deelnemers aan de gletsjertocht uit zijn jaszak haalde en hem die aanreikte.
'Ik had algauw door dat jullie onderling contact hadden,' zei hij.
Knútur pakte de lijst aan.
'Waarom heb je niet gezegd dat je Sörensen kende?'
'Die ken ik ook niet,' zei Knútur. Hij keek niet naar de lijst.
'Jullie hebben samen met hem aan die gletsjertocht meegedaan. Dat is me bevestigd.'
'Dat is niet waar.'
'Ik heb getuigen die ook met die tocht zijn mee geweest,' zei Sigurður Óli, die met Patrekur had gebeld. Die had hem ge-

zegd dat 'de Zweed', zoals hij Sörensen noemde, en die bankmensen kennelijk bij elkaar hoorden. Hij kon zich dat groepje wel herinneren. Het was informatie die Sigurður Óli heel goed kon gebruiken. Hij schraapte zijn keel en zei: 'Ze bevestigen dat Alain Sörensen met de bankmensen was meegekomen, met jullie dus.'

Knútur was wit geworden.

'En toch herkende je op de lijst zijn naam niet. Niemand van jullie groep. En nou beweer je dat je hem helemaal niet kent.'

Knútur zweeg.

'Waarom moesten jullie daarover liegen? Vertel me dat eens. Waarom zou je nou liegen over zo'n onbelangrijk punt: of jullie die Sörensen kenden? Je snapt zeker wel dat ik jullie daarop kan pakken?'

Knútur gaf geen antwoord.

'Jullie hebben iets te verbergen, zou ik denken.'

Sigurður Óli voerde de druk op.

'We weten alles over die man,' zei hij, hoewel hij in werkelijkheid buitengewoon weinig over hem wist, en al helemaal niets over foute praktijken. 'Vader van twee kinderen. Zweeds-Franse ouders, opgegroeid in Zweden, heeft in Frankrijk gestudeerd. Hobby's: wielrennen en reizen. Daarom heeft hij natuurlijk de kans waargenomen om voor die ontmoeting met jullie naar IJsland te komen. Hij hield van reizen.'

Nog steeds zei Knútur niets. Hij pakte het papier met namen en keek erop.

'We hebben voorbereidingen getroffen om hem in Luxemburg op te zoeken,' zei Sigurður Óli.

Het was aan Knútur te zien dat hij op het punt stond in te storten. Op wat Sigurður Óli opdiste leek hij geen weerwoord te hebben.

'Het zal vast niet meevallen om met zo'n grote zwendelaffaire mee te doen,' zei Sigurður Óli. 'En dan weten we er natuurlijk de helft nog niet van, zoals...'

Het leek alsof Knútur niet van het vel papier durfde opkijken.

'...zoals wat Lína jullie geflikt heeft.'

Knúturs vrouw kwam binnen en verstoorde het onderhoud.

'Trek in koffie, heren?'

Knútur keek op van het papier en ze zag meteen dat er iets aan de hand was.

'Wat is er?' zei ze bezorgd.

Knúturs ogen vulden zich met tranen.

'Wat is er gebeurd?' zei ze. 'Wat is er?'

Ze liep naar haar man toe, die zijn tranen probeerde te bedwingen en haar tegen zich aan drukte alsof ze het enige houvast was dat hij nog in zijn leven had.

'Wat?' zei de vrouw, en ze keek met een vragende blik naar Sigurður Óli. 'Wat is er dan, lieverd? Is er iemand overleden?'

Knútur wierp zich in de armen van zijn vrouw. Ze keek naar Sigurður Óli, haar ogen plotseling vol verbazing en bezorgdheid.

'Wat gebeurt hier, Knútur? Wie is deze man?'

Ze liet hem uit haar armen los en ze keken elkaar aan.

'Wat is hier aan de hand, Knútur?'

'O god,' zei haar man.

'Wat is er?'

'Ik kan dit niet langer,' zei Knútur.

De vrouw draaide zich naar Sigurður Óli.

'Wie ben jij?'

Sigurður Óli keek naar Knútur. Hij had een beetje druk op hem willen uitoefenen, maar dit resultaat had hij niet verwacht. Het was duidelijk dat Knútur aan het eind van zijn Latijn was.

'Ik ben van de politie,' zei hij. 'Je man zal mee moeten. Ik verwacht dat hij vannacht zal moeten blijven. Je kunt met

hem meegaan naar het bureau als je dat wilt.'
Ze staarde Sigurður Óli aan alsof ze niet begreep wat hij zei. Ze verstond de woorden die hij uitsprak, maar kon ze niet koppelen aan iets wat ze kende. De betekenis ervan ging haar begrip ver te boven. Sigurður Óli merkte het aan haar en hij hoopte dat Knútur haar te hulp zou komen. Maar die vertoonde geen enkele reactie.
'Wat bedoelt hij daarmee?' zei de vrouw. 'Geef antwoord. Ik wil een antwoord, Knútur. Zeg wat!'
Hun zoontje was in de deur van het kantoor verschenen en keek nog even wantrouwig naar Sigurður Óli als de eerste keer. Ze letten niet op hem.
'Zeg wat!' riep de vrouw tegen Knútur. 'Sta daar niet te staan! Is het waar? Is het waar wat hij zegt?'
'Mamma,' zei het jongetje in de deuropening.
Maar de vrouw hoorde het kind niet.
'Waarom? Wat heb je gedaan?'
Knútur keek zwijgend naar zijn vrouw.
'Wat heb je gedaan?' herhaalde ze.
'Hij wil wat tegen jullie zeggen,' zei Sigurður Óli. 'Jullie zoon.'
'Mamma,' zei het jongetje. 'Mamma.'
Eindelijk schonk ze hem aandacht.
'Wat? Wat is er, m'n kerel?' zei ze; snel probeerde ze te kalmeren.
Het jochie keek nog steeds even wantrouwig naar Sigurður Óli. Hij had hun avond volledig verwoest.
'De taart is klaar.'

47

Ze overnachtten als werknemers van de bank in een schitterend hotel in de onmiddellijke omgeving van Piccadilly. Ze hadden ruime kamers, suites bijna, met enige kantoorfaciliteiten en twee badkamers. Alles wat ze in het hotel verteerden kwam voor rekening van de bank. Alles wat ze verder deden werd eveneens door de bank betaald. Zelfs hun bezoek aan het Mousetrap Theatre, waar Sverrir al lang naartoe had gewild, en aan een theater in West End met beeldschone Amerikaanse actrices. Hij hield van theaterbezoek. Ze aten in dure oosterse restaurants, omdat Sverrir en Arnar allebei van mening waren dat het Engelse voedsel niet te eten was. Beiden gingen het liefst naar Mr. Chow, het Chinese restaurant dicht bij Harrods. Heel vaak als ze voor de bank in Londen waren gingen ze daar eten, waarbij ze altijd vroegen wat de ober kon aanbevelen.

De seminars die ze bezochten – zij en enige tientallen andere functionarissen uit het middenkader en de directies van financiële instellingen over de hele wereld – hadden betrekking op de handel op grotere schaal in derivaten, het risico en de winstverwachting ervan. Verder werden er twee referaten over belastingparadijzen gehouden. In die lezingen waren Sverrir en Arnar het meest geïnteresseerd. Ze hadden deelgenomen aan presentaties die de bank op dit gebied voor meer gefortuneerde klanten had gegeven. Veel ingewikkelds hoefde je er niet voor te doen en het bood grote mogelijkheden. Je liet, bijvoorbeeld op de Engelse Maagdeneilanden, een beheermaatschappij registreren en je stortte je inkomsten op de rekening ervan. Zo was het mogelijk de belasting in je eigen land te omzeilen. Velen hadden van deze service van de bank gebruikgemaakt.

Aan het eind van de laatste lezing kwam Alain Sörensen naar hen toe en schudde hun de hand. Sverrir kende hem goed. Behalve op zulke conferenties en seminars had hij hem ook vaak ontmoet als hij werk te doen had voor die beheermaatschappijen in belastingparadijzen. Sörensen was specialist in zulke zaken en was de bank daarbij behulpzaam. Sverrir had hem de dag voor de conferentie ontmoet. Hij had hem aan Arnar voorgesteld en verteld dat hij bij een oude, degelijke bank in Luxemburg werkte en erg geïnteresseerd was in IJsland en in het zakenleven daar.

Alain Sörensen vroeg hun of ze geen zin hadden met hem uit eten te gaan. Sushi.

Sverrir en Arnar keken elkaar aan.

'Okay,' zei Sverrir. 'Sure.'

Ze hadden eigenlijk naar Mr. Chow gewild, maar de sushi was voortreffelijk.

Sörensen ging eerst met hen naar een goede bar, daar dichtbij, en bij een gin-tonic praatten ze over koetjes en kalfjes, nauwelijks over bankzaken. Later op de avond bezochten ze op voorstel van Sörensen een Japans restaurant. Ze hadden ingestemd, hoewel ze geen van beiden veel vertrouwen hadden in verse vis in het hartje van Londen. De obers begroetten Sörensen alsof hij een oude huisvriend was. Er volgde een geanimeerd gesprek over IJsland. Sörensen beweerde dat hij daar altijd nog eens heen wilde: reizen was een van zijn hobby's. Hierna kwam hij op het onderwerp dat hij wilde bespreken: de IJslandse rente.

Hij was in die materie heel goed thuis en overrompelde hen met zijn uitgebreide kennis van de IJslandse markt. Speciaal stond hij stil bij het feit dat IJslandse spaarders een veel hogere rente kregen dan die in andere landen. De rente op spaarrekeningen kon wel tot twintig procent bedragen en was variabel.

'Dat is zo,' zei Sverrir. 'Als de inflatie toeneemt, wordt de rente ook hoger. Als de economie groeit, en die groeit nou eenmaal altijd, gaat de rente als een gek omhoog.'

'Ik begrijp niet dat de IJslandse banken niks doen met dat grote renteverschil, dat ze geen filialen in andere Europese landen openen. Ze kunnen een veel hogere rente bieden dan de andere banken.'

'Ik denk eigenlijk dat daar al over wordt nagedacht,' zei Arnar en hij glimlachte.

En toen kwam Alain Sörensen voor de dag met het verleidelijke aanbod waar het hem eigenlijk om ging. Hij had het over vijfenveertig miljoen euro. Waar dat geld vandaan kwam deed er niet toe, zei hij, alleen dat het bewaard werd op Tortola, het grootste van de Maagdeneilanden, een bekend belastingparadijs. Hij kon het ze via zijn bank in Luxemburg tegen een zeer lage rente lenen en een rekening openen waar alleen zij weet van hadden. Die vijfenveertig miljoen zouden ze kunnen gebruiken om er waardevast bezit van te kopen, staats- of bedrijfsobligaties bijvoorbeeld, die een hoge rente opbrachten. De rente zou dan naar Sörensen gaan, die ze later tussen hen zou verdelen. Te oordelen naar de grote stijging van de rente in IJsland was het rendement van een dergelijk geldbedrag zeer de moeite waard. Hun aandeel erin kon worden ondergebracht in een bv of in een brievenbusfirma, die ze op Tortola zouden oprichten.

Na zijn woorden was het een tijdje stil.

'Wat voor geld is het?' vroeg Sverrir.

Sörensen glimlachte.

'Je hebt het over zwart geld?' zei Arnar.

'Waar ik het over heb is dat jullie je daar geen zorgen over hoeven te maken,' zei Sörensen. 'Ik, of de bank waar ik bij werk, we lenen jullie dat geld alsof het een doodgewone transactie is. Dat is het trouwens ook. Het gunstigst zou het zijn als je het in yens wisselt: daarmee vergroot je het renteverschil.'

Ze hadden gegeten en sake gedronken en hadden daarna het sportcafé naast het sushirestaurant bezocht. Het was een doordeweekse dag en je kon er naar rechtstreekse uitzendingen van het Europacupvoetbal kijken. Ze gingen voor een scherm zitten waarop je een wedstrijd van Arsenal kon volgen.

'Het is wel een smak geld,' zei Sverrir.

'Ik ga ervan uit dat jullie op de een of andere manier een speciale rekening kunnen openen om het geld op te zetten,' zei Sörensen.

'Waarom wij?' vroeg Arnar.

'IJsland heeft met het oog op de toekomst interessante mogelijkheden te bieden,' zei Alain Sörensen. 'We gaan ervan uit dat de rente in IJsland nog zal stijgen. Dat zal ons heel wat opleveren; grote projecten in het binnenland, expansie van de banken en riskante investeringen met goedkoop geleend geld zullen inflatie veroorzaken, waardoor de rente nog hoger wordt. Ik heb een rekenvoorbeeld voor jullie uitgewerkt, uitgaande van de stand van zaken nu. Geen slechte cijfers, hoor. In IJslandse kronen. Mijn bank zal voor jullie een beheermaatschappij oprichten en kan zorgen voor de afhandeling.'

Hij haalde een vel papier uit zijn zak en reikte het hun aan. Sverrir las de cijfers eerst en gaf ze door aan Arnar.

'Jullie blijven binnen de perken van de wet,' zei Sörensen. 'Jullie lenen gewoon geld van mijn bank, je investeert het in IJsland en de winst breng je onder op Tortola. Daar doe je niets onwettigs mee.'

'Dus jij zoekt een investering in IJsland, en wij zorgen voor de rente?' zei Sverrir.

'Precies, jullie doen simpelweg zaken op basis van het renteverschil,' zei Sörensen.

'Gaat het om witwassen van geld?' vroeg Arnar, die Sörensen

niet goed kende en directere vragen durfde stellen.

De Luxemburgse bankman keek hen een voor een aan.

'Als jullie erover zouden willen nadenken, zou ik dat heel prettig vinden,' zei hij. 'En als jullie op de bank met andere mensen moeten praten of anderen in de lening willen laten participeren om geen argwaan te wekken, dan is daar niets op tegen. Voor gewone mensen is het tenslotte een behoorlijk hoog bedrag.'

'Waarom wil je er mensen uit het middenkader voor hebben?' vroeg Sverrir. 'En waarom beleg je dat geld niet zelf in IJsland? Waarom verdien je zelf niet aan de kroon?'

'Als ik echt wilde zou ik het wel kunnen,' zei Sörensen. 'Maar ik zit op het ogenblik wat leningen betreft wel aan mijn maximum. Ik ben geen grote belegger, ik ben maar een gewone bankjongen, net als jullie. Zo staan de zaken er op dit moment tenminste voor. Hopelijk wordt dat nog wel eens beter. Ik zou later best in IJsland willen beleggen, misschien wel in duurzame energie. Ik heb begrepen dat daar kansen liggen. In waterkracht en aardwarmte. Daar moeten beleggers zich in de toekomst op richten. Ik hoop dat het binnen mijn mogelijkheden ligt als het zover is.'

Alain Sörensen glimlachte.

'Maar nú ben je zoals je zegt geïnteresseerd in wat er met de IJslandse rente te verdienen valt?' zei Sverrir.

'Ja, en ik ben de enige niet,' zei Sörensen. 'Overal houden beleggers het renteverschil in de gaten. Iedereen kijkt met belangstelling naar dat economische wonder van jullie. Die obligaties in IJslandse kronen verkopen heel goed.'

'Die lopen als een tierelier,' zei Arnar en hij knikte.

Sörensen keek op zijn horloge en zei dat hij er helaas vandoor moest.

'Jullie laten me weten of je zaken wilt doen,' zei hij. 'En als je meer wilt dan die vijfenveertig miljoen, dan valt dat ook te regelen.'

'Het is geen klein beetje,' zei Sverrir.

'Je kunt er ook met drie of vier vertrouwde mensen instappen. Ik zei het al, het kan verstandig zijn om dat bedrag te spreiden. Ik kan jullie een lage rente garanderen. Het eerste jaar los je niks af. De winst delen we onderling.'

Sverrir en Arnar gingen met een taxi terug naar het hotel, zaten tot diep in de nacht in de hotelbar en spraken het aanbod van Alain Sörensen door. Investeringen op basis van renteverschil zouden hun een forse winst opleveren als je volgens Sörensens plannen te werk ging. Ze hadden geen van beiden zijn voorstel meteen afgewimpeld, vonden het allebei de moeite waard het goed te overwegen. De lening die ze bij de bank van Sörensen zouden opnemen verschilde niet van welke andere dan ook. Zij hoefden zich geen zorgen te maken over de herkomst van het geld, al was Sörensen verstandig genoeg geweest daar wel iets over te laten doorschemeren. En ze wisten uit eigen ervaring dat IJslandse ondernemers en klanten van de bank het de gewoonste zaak van de wereld vonden gebruik te maken van belastingparadijzen en brievenbusfirma's.

'Het klinkt allemaal nogal fantastisch,' zei Arnar.

'Volgens mij moet het wel kunnen,' zei Sverrir.

'Jij kent hem een beetje, is het niet?'

'O ja, ik heb hem in de loop van de tijd heel goed leren kennen. Hij heeft me nogal eens naar de IJslandse situatie gevraagd. Zoals je ziet is hij zeer goed op de hoogte.'

'Inderdaad,' zei Arnar en hij glimlachte.

Ze bespraken het aanbod tot in details, met alle negatieve en positieve kanten. De bank waar Alain Sörensen werkte was een gerespecteerde, uiterst solide instelling. De herkomst van het geld echter was twijfelachtig. Die twee punten gingen ze keer op keer na.

'Moeten we dat niet uitzoeken?' zei Sverrir ten slotte, toen de nacht al grotendeels voorbij was en ze als enigen nog in de bar zaten.

'Ik zat aan Þorfinnur te denken,' zei Arnar. 'Die is tegelijk met mij op de bank begonnen en ik weet dat hij graag wat extra's wil verdienen.'

'Ja, het is waarschijnlijk wel goed om het risico een beetje te spreiden. Maar ook weer niet te veel. We moeten dit niet aan de grote klok hangen.'

'Nee, het blijft helemaal onder ons,' zei Arnar. 'Natuurlijk. Niemand mag ervan weten. Niemand hoeft er ook van te weten.'

'Niet dat er iets misdadigs aan is,' zei Sverrir.

'Dat niet, maar we kunnen het maar beter binnen het bereik van onze eigen radar houden,' zei Arnar.

'Geen slechte cijfers trouwens,' zei Sverrir, die het papier van Sörensen in handen had.

'Wat een rente, hè? Niet te geloven,' zei Arnar en hij glimlachte.

***

Knútur zat in het kantoor van Sigurður Óli en legde hem uit hoe het zakendoen met Alain Sörensen begonnen was. Finnur was er ook bij. Sigurður Óli had Knútur naar de Hverfisgata gebracht. Een advocaat wilde hij niet. 'Later misschien,' had hij somber gezegd. 'Ik wil alleen maar de feiten weergeven.' Sigurður Óli had Finnur telefonisch van de voornaamste punten op de hoogte gebracht. Mensen van de afdeling economische delicten zouden de zaak direct de volgende morgen overnemen.

Knútur had de moed helemaal verloren. Hij had geprobeerd zijn vrouw uit te leggen hoe het kon gebeuren dat er op een doodgewone herfstavond een politieman bij hen thuis had aangebeld. Sigurður Óli was intussen zijn kantoor uit gelopen, maar hij had hun wel gevraagd de deur open te houden. Na ongeveer tien minuten waren ze de gang op gekomen; ze hadden het jongetje bij zich. De vrouw keek dodelijk ernstig en stoof op Sigurður Óli af.

'Had dit nou echt niet anders gekund?' riep ze hem beschuldigend toe. Van het sympathieke in haar trekken was niets meer over.

'Dat kun je beter aan Knútur vragen,' had hij rustig geantwoord.

Nu zat hij voor hen en vertelde over het begin van hun samenwerking met de Luxemburgse bankman, en hoe Sverrir en Arnar bijna direct hadden besloten op Sörensens aanbod in te gaan. Ze waren allebei gewone personeelsleden van de bank, in goeden doen, maar ook niet meer dan dat. Ze hadden wat aandelen van de bank, net als andere werknemers, maar waren geen spelers op die markt, zoals dat heette. Ze hadden geen recht op callopties, zoals leden van de directie. Die leenden geld van hun bank om vervolgens bij dezelfde bank obligaties te kopen, met aandelen als onderpand en een verzekering tegen verliezen.

'En jij bent erin gesprongen?' zei Finnur.

'Daar heb ik niet lang over geaarzeld,' zei Knútur. 'Ze verdienen allemaal een hoop geld hier, dus waarom zouden wij dat niet doen?'

'En Þorfinnur? Deed die ook mee?'

Knútur knikte.

'We deden dit met z'n vieren,' zei hij.

'Niet met nog meer mensen?'

'Nee.'

'Wat is er met Þorfinnur gebeurd?'

'Dat moet je maar aan Sverrir vragen.'

'Jij moet ervan op de hoogte zijn,' zei Finnur.

'Het enige wat ik weet is dat hij... dat hij spijt had van de hele onderneming. Tegen ons heeft hij gezegd dat hij niet langer mee wilde doen.'

'En toen hebben jullie hem weggewerkt?'

'Daar moet je met Sverrir over praten.'
'Was dat het smerige spelletje waar Lína het over had?'
'Lína?'
'Sigurlína. Die is in haar huis verrot geslagen, en daar moet een reden voor geweest zijn.'
'Ja, maar ik weet echt niet wie dat is, dat heb ik je al verteld. Van die Lína weet ik helemaal niks.'
'Ze was bij jullie op die gletsjertocht, de keer dat Alain Sörensen ook mee geweest is. Arnar herinnert zich haar wél. En jij beweert dat je haar niet kent?'
Knútur zweeg.
'Ze wist wat jullie aan het doen waren,' zei Sigurður Óli.
'Je moet met Sverrir praten. Die weet overal vanaf. Ik participeerde alleen maar in die lening en ik heb rekeningen geopend. Híj weet van Þorfinnur af. Ik heb Þorfinnur nooit wat aangedaan. Nooit.'
'En Sverrir? zei Sigurður Óli. 'Is die erin geslaagd Þorfinnur tot zwijgen te brengen?'
'Dat moet je met hem zelf bespreken.'
'Heb je ooit de namen Þórarinn of Hörður horen noemen? De ene is vrachtwagenchauffeur, de andere is garagehouder.'
'Nee.'
'Of Toggi en Höddi?'
'Nee. Ik bleef overal buiten. Sverrir en Arnar regelden alles. Ik weet niks af van de mensen over wie je het hebt.'
'Waar moest je heen?'
'Hoe bedoel je?'
'Je was je koffers aan het pakken.'
'Ze wilden me weg hebben,' zei Knútur. 'Toen jij je ermee ging bemoeien. Ze dachten dat ik het niet zou volhouden en toen zeiden ze tegen me dat ik maar even naar het buitenland moest.'
'Je hebt het inderdaad niet volgehouden.'
'Als niet volhouden tenminste hetzelfde is als de waarheid vertellen.'

Ze zwegen een hele tijd. Toen schraapte Knútur zijn keel. Sigurður Óli zag dat hij het moeilijk had.

'Þorfinnur wou eruit stappen toen hij hoorde waar dat geld van Sörensen vandaan kwam,' zei Knútur. 'Alain heeft zich een keer wat laten ontvallen. Zat een beetje op te scheppen. Dat had hij beter niet kunnen doen.'

'Waar kwam het dan vandaan?'

'Þorfinnur was er razend over.'

'Waar kwam dat geld dan vandaan?'

Knútur aarzelde.

'Ik... je moet maar met Sverrir praten. Dat is degene die alles regelde.'

48

In het belang van het onderzoek vond men het beter met de arrestatie van Sverrir en Arnar niet tot de volgende morgen te wachten. Tegen middernacht ging de politie, voorzien van arrestatiebevelen, hen ophalen; ze werden naar het politiebureau aan de Hverfisgata gebracht, onder verdenking van omvangrijke witwaspraktijken. Volgens Sigurður Óli zou het niet lang duren of ook de moorden op Sigurlína en Þorfinnur zouden hun ten laste worden gelegd.

Bij de arrestaties was hij niet aanwezig. Hij koesterde geen speciale sympathie voor de verdachten en vond het wel genoeg dat hij er getuige van had moeten zijn hoe Knúturs leven ineenstortte toen hij hem thuis had opgezocht. Wel besloot hij te wachten tot ze binnengebracht werden; intussen begon hij de transcripties te lezen die de afdeling verdovende middelen had gemaakt van Höddi's telefoongesprekken van de afgelopen weken. Het was allemaal hoogst onbelangrijk wat daar stond en het lukte hem dan ook niet er met zijn gedachten bij te blijven.

Hij had een jeugdige delinquent op de gang zien zitten, een van die gewelddadige types waar hij nu en dan graag mee praatte, en die hij dan voor sukkels uitmaakte. Hij moest ineens aan Pétur denken, die hij ook zo genoemd had en die hij later bij het ziekenhuis had aangetroffen. Die had een koekje van eigen deeg gekregen toen hij vlak bij de Hverfisgata in elkaar was geslagen. Sigurður Óli wist niet of de politie zijn aanvaller – of aanvallers – te pakken had gekregen. Hij kende die zaak niet zo goed. Finnur was ermee bezig, wist hij.

Hij vroeg zich af of Finnur zich ook bezighield met de zaak van de jongen op de gang. Weer probeerde hij zich te concentreren op de transcripties van Höddi's telefonische geleuter. Toen gaf hij het op en liep naar de gang.

'Wat is er nou weer, Kristófer?' vroeg hij. Hij ging bij de jonge vent zitten.

'Bemoei je d'r niet mee,' zei Kristófer, die doorgaans Krissi genoemd werd. Hij was tweeëntwintig jaar oud, en met zijn voorhoofd vol schrammen deed hij erg aan Pétur denken. Hij was alleen steviger gebouwd en had tatoeages over zijn hele lichaam. Een ervan kwam tot aan zijn keel en slingerde zich verder om zijn nek. Hij stond erom bekend dat hij mensen uitdaagde om te vechten, alleen of met zijn vrienden; het maakte geen verschil of hij pillen had geslikt of clean was. Meestal gebeurde dat in het centrum, en dan vaak tegen de morgen, wanneer er mensen alleen op pad waren. Echt moedig was hij niet – kerels die zomaar mensen aftuigden die ze makkelijk aankonden waren dat nu eenmaal nooit.

'Iemand afgerost?' vroeg Sigurður Óli.

'Fuck you!'

'Je bent verhoord en nou zit je te wachten tot je weg mag. Waar of niet?'

'Fuck you.'

'Joh, je zou dankbaar moeten zijn. Het systeem hier is toch ideaal voor sukkels zoals jij?'

'Nou, geweldig.'

'Wat is er gebeurd?'

Krissi gaf geen antwoord.

'Wie heb je nou weer in elkaar gemept?'

'Hij is begonnen.'

'Ja ja, het ouwe liedje,' zei Sigurður Óli.

Kristófer zweeg.

'Ze moeten jou ook altijd hebben, hè? Vind je dat niet raar?'

'Kan ík er wat aan doen?'

'Nee, dat weten we. Jij kunt er niks aan doen dat je zo bent.'
Krissi zweeg.
'Moet je bij Finnur zijn?'
Krissi zweeg.
'Ik kan me er maar beter buiten houden,' zei Sigurður Óli en hij stond op.
'Nou, doe dat dan,' zei Krissi.
Sigurður Óli ging weg en keek een kopie door van het rapport over Kristófers arrestatie, eerder die avond. Voor een discotheek waar een schoolfeest werd gehouden was hij aan het matten geweest met een negentienjarige gymnasiast. Kristófer had hem een stel harde trappen gegeven en hem ernstig verwond. De jongen was bewusteloos geraakt; per ambulance was hij naar de eerste hulp gebracht. De getuigen waren het niet eens over wat er precies gebeurd was. Een van hen zei dat Kristófer zonder enige aanleiding naar de jongen was toe gelopen en hem in zijn gezicht had geslagen.
'Waarom maak ik me eigenlijk druk om zulke idioten?' verzuchtte Sigurður Óli en hij legde het rapport neer.
Hij probeerde Finnur te vinden, maar kreeg hem niet te pakken. Die zou wel bij de arrestatie van de twee mannen aanwezig zijn, vermoedde hij. Weer begon hij de transcripties te lezen. Er waren heel veel zeer korte telefoongesprekken geweest. Zijn vrouw had hem voor van alles en nog wat naar de winkel gestuurd, ze had hem gevraagd haar moeder op te zoeken of hun kind na een schoolfeest op te halen. Höddi's vrouw scheen niet erg van koken te houden. Steeds weer moest hij na zijn werk naar een cafetaria om kip te halen, of hamburgers, of pizza's. Dan waren er gesprekken met vrienden. Die gingen over de sportschool, hoeveel kilo hij met gewichtheffen gestoten had, wie er nog meer waren geweest. Ze gingen over voetballen, over tochten met de sneeuwscooter, over reparaties of reserveonderdelen die niet meer te krijgen waren. Soms belden er anderen, die zakelijk

met de garage te maken hadden. Sigurður Óli bladerde het allemaal door, maar zag nergens gesprekken met Þórarinn. Over Lína werd hij dus niets wijzer. Hij nam aan dat ze serieuzere zaken niet telefonisch afhandelden, maar elkaar daarvoor opzochten.

Hij hoorde mensen over de gang lopen en stond op. De politiemensen waren met Arnar op het bureau gearriveerd. Sigurður Óli keek toe toen hij als arrestant werd ingeschreven. De officiële verhoren van Sverrir en Arnar zouden de volgende dag beginnen. Beiden wilden een advocaat. Ze waren heel rustig en bedachtzaam, en het had er alle schijn van dat ze al op de politie hadden zitten wachten. Sigurður Óli stelde zich voor dat Knúturs vrouw het nieuws had doorgebeld en dat ze wisten wat hun te wachten stond. Ze zouden die eerste nacht aan de Hverfisgata blijven en de dag daarna in voorarrest naar Litla-Hraun gaan.

'Was Finnur bij jullie?' vroeg hij een van de agenten die aan de arrestatie had deelgenomen.

'Nee, die heb ik niet gezien,' zei de man. 'Is die niet gewoon naar huis gegaan?'

'Ja, dat zal het zijn, hij neemt zijn telefoon niet op.'

Arnar keek hem aan. Het leek of hij iets wilde zeggen, maar toen van gedachten veranderde. Hij staarde naar de vloer. Toen verzamelde hij moed.

'Hebben jullie Sverrir ook opgehaald?' vroeg hij.

Sigurður Óli knikte.

'Heeft Knútur jullie geholpen?'

'Morgen praten we verder,' zei Sigurður Óli. 'Welterusten.'

Sigurður Óli zag Kristófer niet meer op de gang zitten. Wel zag hij Finnur zijn kantoor binnengaan, maar die reageerde niet toen hij hem riep en sloot de deur achter zich. Sigurður Óli duwde hem weer open en stapte naar binnen.

'Waar is Kristófer?' vroeg hij. 'Is hij ervandoor?'

'Hoezo? Heb jij daar last van?' zei Finnur.
'Waar is hij?'
'Dat weet ik niet, ik denk dat hij mocht gaan. Het is mijn zaak niet. Waarom vraag je dat eigenlijk aan mij?'
'Waar is hij naartoe?'
'Waar naartoe? Denk je soms dat ik weet waar die stommelingen naartoe gaan als ze hier weg mogen?'

Sigurður Óli vloog de gang weer op en liep op een draf naar de hoofdingang van het politiebureau. Daar zag hij dat Sverrir uit de politieauto gehaald werd. Hij holde naar buiten, ondertussen Kristófers naam roepend. Op de Snorrabraut keek hij om zich heen en besloot toen de zeekant op te gaan. Even verderop ging hij de Borgartún in. Hij riep Kristófers naam een paar keer, minderde vaart en liep verder de straat in. Hij was van plan tot aan de Steintún te lopen, een straatje aan de noordkant, toen hij een man op de grond zag liggen. Drie mannen renden bij hem vandaan.

Sigurður Óli haastte zich ernaartoe. Hij zag de mannen in een auto springen, die vervolgens plankgas wegreed en om de hoek van de Steintún verdween. De man die op de straat lag steunde zwaar van pijn, zijn gezicht was een en al bloed. Het was Kristófer. Hij lag op zijn rug, zijn voortanden waren gebroken en zijn ogen gezwollen. Sigurður Óli draaide hem voorzichtig op zijn zij en belde een ambulance.

'Wie waren dat?'
'Ik... weet het niet,' fluisterde Kristófer.
'Wat is er gebeurd?'
'Ze... ze hebben me... achter het bureau opgewacht.'

Enige ogenblikken later kwam Sigurður Óli door de hoofdingang het politiebureau binnenvallen en banjerde naar Finnurs kantoor. Finnur stond op het punt te vertrekken toen Sigurður Óli plotseling voor zijn neus stond, hem weer naar binnen duwde en de deur achter hen dichtgooide.

'Wat doe je nou, man!' schreeuwde Finnur en hij liep naar hem toe alsof hij hem te lijf wilde.

'Zonet heb ik voor Kristófer een ambulance laten komen,' zei Sigurður Óli.

'Voor Kristófer? En wat heb ik daarmee te maken?'

'Zou je niet liever vragen wat er gebeurd is?'

'Waar héb je het over?'

'Ik dacht dat ik je gewaarschuwd had! En ik ga er werk van maken als je hier niet mee ophoudt.'

'Weet je waar ik allang mee ben opgehouden? Met snappen waar jij het over hebt. En nou wegwezen!'

'Waar ik het over heb is dat jij het aan anderen doorgeeft als zulk gajes hier het bureau uit komt! Vind je soms dat jij het recht moet handhaven? Is dat het?'

Finnur stapte achteruit.

'Ik weet niet wat je daar staat te zwetsen,' zei hij, maar hij klonk niet meer zo overtuigend als daarvoor.

'Ik weet best dat ze nauwelijks een serieuze rechtzaak krijgen, die criminelen, en dat ze meestal het bureau uitwandelen zonder dat ze verhoord zijn. Maar denk je nou echt dat dit de oplossing is?'

Finnur zweeg.

'Ik weet dat je dit drie jaar geleden ook al eens gedaan hebt. Vanwege dat meisje in de Pósthússtræti. En ik ben niet de enige die het weet. Maar nou ben je opnieuw begonnen. En er zijn hier mensen die dat niet laten passeren.'

'De mensen willen gerechtigheid,' zei Finnur.

'Jíj wilt gerechtigheid,' zei Sigurður Óli.

'Er is een jongen bewusteloos naar het ziekenhuis gebracht, na wat die Kristófer van je vanavond met hem gedaan heeft,' zei Finnur. 'Zomaar, zonder reden, gewoon voor de lol. We weten niet hoe die jongen eraan toe is als hij bijkomt. Het enige wat we weten is dat jouw vriend Kristófer en zijn maten zo nodig hun lolletje moesten hebben. Ik heb tegen de vader van die jongen gezegd dat we Kristófer later op de avond via de hoofdingang zouden laten gaan, voor het geval hij iets tegen hem zou willen zeggen.'

'En die organiseert een knokploeg die die knul in elkaar slaat.'

'De mensen zijn het zat. Ze willen recht. Die Kristófer had vanavond ook geen consideratie met zijn slachtoffer.'

'Je weet dat de mensen vlak na zo'n aanslag boordevol agressie zitten,' zei Sigurður Óli. 'Ze willen wraak. Ze willen bloed zien. Vind jij dat je dat vuurtje nog eens extra moet opstoken? Het is jouw taak toch niet om het recht zo'n beetje te handhaven en dan maar gebruik te maken van hun woede?'

'Dat meisje in de Pósthússtræti had ook niks gedaan,' zei Finnur.

'Ik weet dat het een nichtje van je was. Dat maakt het alleen maar erger.'

'Ze hebben haar tegen haar hoofd geschopt. Twee idioten die op zaterdagavond de beest uithingen. Ze wordt nooit meer de oude. En die lui kregen een maand of wat, voor het grootste deel nog voorwaardelijk ook. Ze hadden nog niet zo veel uitgehaald, ze waren nog jong, en de rest werd ook in hun voordeel uitgelegd.'

'En daarom liet jij ze maar afrossen,' zei Sigurður Óli. 'Jij zorgde ervoor dat ze hiervandaan werden gevolgd, en aangevallen en in elkaar geslagen.'

'Volgens mij heeft dat meer effect dan een paar maanden en de rest voorwaardelijk. Ik snap overigens niet goed wat je nou eigenlijk wil.'

'Je moet hiermee ophouden,' zei Sigurður Óli.

'Dan heb je het niet goed begrepen, Siggi, ik dóé namelijk helemaal niks.'

'Het is maar wat je niks noemt.'

'Heb je mijn nichtje wel eens gezien? Zoals ze uit het ziekenhuis gekomen is?'

'Nee. Maar jij houdt hiermee op. Anders moet ik er werk van maken en ik weet dat je dat niet wil.'

'Ze krijgen helemaal geen straf, die jongens. Je ziet ze altijd weer terug, altijd weer in dezelfde ellende. Nou, wat moet je dan nog?'

'Je moet hiermee stoppen.'

'Persoonlijk,' zei Finnur, en hij opende de deur voor Sigurður Óli, 'vind ik dat je zulk tuig moet afschieten zodra je ze in de gaten krijgt.'

49

Sverrir zat in zijn cel op de slaapbank. Hij sprong overeind toen hij hoorde hoe de sleutel werd omgedraaid en de deur openging. Sigurður Óli kwam binnen. De deur ging weer achter hem dicht. Hij was nog behoorlijk nijdig om de ruzie met Finnur.

'Waar komt dat geld vandaan?' vroeg hij en hij ging bij de zware stalen deur staan.

'Welk geld?'

'Waar komt het vandaan?'

'Ik begrijp n...'

'Knútur heeft ons verteld waar het om gaat,' viel Sigurður Óli hem in de rede.

Sverrir staarde hem aan.

'Ik kan beter niet met je praten als mijn advocaat er niet bij is.'

'Dat komt morgen allemaal voor elkaar,' zei Sigurður Óli. 'Nu wil ik alleen maar horen wat jij ervan vindt. En ik wou je alvast wat vragen over een paar details. Later kunnen we het er dan wel uitvoeriger over hebben. Bijvoorbeeld waar het geld van die witwasaffaire van Alain Sörensen vandaan komt, het geld dat jullie gebruiken. Tenminste, ik heb begrepen dat hij het bij jullie ondergebracht heeft. Met welke mensen doet Sörensen zaken? Voor wie brengt hij geld in omloop?'

'Sörensen?' zei Sverrir.

'Ja, Sörensen.'

'Wat heeft Knútur jullie verteld?'

'Alles over Alain Sörensen en hoe jij hem hebt leren kennen. Dat hij Arnar en jou in Londen ontmoet heeft en dat jullie zijn overeengekomen te profiteren van het verschil tussen de IJslandse en de buitenlandse rente. Dat jullie geld van hem leenden en het gebruikten om aan de hoge rente hier te verdienen. Dat jullie de winst samen deelden. Morgenochtend beginnen we direct met het onderzoek: wat jullie bezitten, jullie banktegoeden, jullie aandelenportefeuilles en hoe dat allemaal heten mag. Er moet nog een heleboel worden opgehelderd. Op het gebied van brievenbusfirma's en belastingparadijzen bijvoorbeeld.'

Sverrir ging weer zitten.

'Zoals ik zeg, Knútur wil graag meewerken,' ging Sigurður Óli verder. 'Hij vertelde dat jullie hem het land uit wilden hebben. Volgens jullie is hij een ongelooflijke sukkel, hè? Maar waarom hebben jullie hem er dan eigenlijk bij gehaald?'

Sverrir gaf hem geen antwoord.

'Þórfinnur wist het,' zei Sigurður Óli. 'Die wist waar het geld vandaan kwam. En daar kon hij niet mee leven. Totaal niet. Knútur zegt dat hij er razend over was.'

Sverrir zat op de slaapbank en boog het hoofd, alsof hij bang was voor Sigurður Óli's starende blik. Hij zat op een blauwe kunststof matras, waarop hij die nacht zou moeten slapen. Als hij zich bewoog kraakte de matras een beetje.

'Waar was Þórfinnur razend over?'

'Ik wil een advocaat,' zei Sverrir. 'Daar heb ik toch recht op?'

'En waarom moesten jullie Sigurlína aanvallen? Waarom was die zo belangrijk?'

'Ik ken helemaal geen Sigurlína.'

'Wat heeft ze jullie gedaan? Weet je niet meer wie ze was? Ze is verleden jaar met jullie op gletsjertocht geweest. Toen Alain Sörensen hier ook was. Ze kwam achter dat complot van jullie, jullie waren zo ongelooflijk koud, zei ze. Wie heeft zijn mond tegen haar voorbij gepraat?'

'Ik weet niet waar je het over hebt.'

'Met wie van jullie is ze naar bed geweest?' vroeg Sigurður Óli.
'Ik wil een advocaat,' zei Sverrir. 'Het lijkt me beter om er een advocaat bij te hebben, de hele tijd.'

Arnar zat in een andere cel op precies zo'n uitgeklapte slaapbank met blauwe matras. Hij kon zich er niet toe brengen op te staan toen Sigurður Óli zijn cel werd binnengelaten. Hij keek alleen even in zijn richting en staarde toen weer naar de muur tegenover hem. Het was even over middernacht, maar Arnar vertoonde geen tekenen van slaap, hoewel hij er terneergeslagen en vermoeid uitzag.
Sigurður Óli stelde hem dezelfde vragen als kort daarvoor aan Sverrir, en probeerde of hij Arnar tot een reactie kon bewegen. Hij vertelde over Knútur, die zich nu bereid toonde met de politie samen te werken, stelde gedetailleerde vragen over het witwassen van geld, waar het geld van Alain Sörensen vandaan kwam en over Lína, het complot en waarom ze het nodig hadden gevonden een zware jongen op haar af te sturen, die haar had doodgeslagen.
Bij dat laatste leek het alsof Arnar in beweging kwam. Tijdens het hele gesprek had hij er zwijgend bij gezeten.
'Welke Lína is dat, waar je het alsmaar over hebt?' zei hij. Hij keek Sigurður Óli aan en stond op.
'Sigurlína heette ze. Ze is kort geleden in haar huis overvallen. Twee criminelen waar jullie contact mee hadden zijn naar haar toe gereden en hebben haar halfdood geslagen. Om precies te zijn, de een heeft het werk gedaan, maar de andere is even schuldig.'
'Daar weet ik niks van. Dan is Sverrir echt stapelkrankzinnig geworden.'
'Ze had ontdekt wat jullie aan het doen waren. Misschien heeft ze wel gedreigd dat ze het allemaal in de media zou brengen. Ze was in dat opzicht een beetje onhandig, ze pro-

beerde de mensen onder druk te zetten om te krijgen wat ze wilde, maar slaagde daar niet goed in. En wat ze wilde was in de eerste plaats geld. Waarom hebben jullie haar niet gewoon betaald? Dat was toch verreweg de makkelijkste oplossing geweest? Jullie verdienden geld als water!'

Arnar kwam een stap dichter bij Sigurður Óli. Die stond tegen de deur geleund.

'Misschien wist ze waar het geld vandaan kwam,' zei Sigurður Óli.

'Ik weet van geen Lína,' zei Arnar. 'Ik heb op het journaal gezien dat er een vrouw was doodgeslagen, dat is alles.'

'Maar zij wist wel van jullie. En nou is ze dood. En wat is er met Þorfinnur gebeurd? Hoe is díe gestorven?'

Arnar zweeg een hele tijd. Toen draaide hij zich weer naar de slaapbank en ging zitten. Sigurður Óli wachtte. Er gingen seconden voorbij.

'Was het jouw plan hem te elimineren?'

'Nee,' zei Arnar.

'Hem bij Svörtuloft van de rotsen af te gooien? Hebben jullie daarom dat tochtje naar Snæfellsnes gemaakt?'

'Ík ben niet met Sverrir en Þorfinnur mee geweest. En ik weet niet beter dan dat Sverrir de waarheid zegt.'

'Laten we het over iets anders hebben,' zei Sigurður Óli. 'Waar komt dat geld vandaan?'

'Welk geld?' zei Arnar.

'Dat jullie voor Alain Sörensen belegd hebben. Wat was dat voor geld? En waarom was Þorfinnur zo razend? Sverrir wil daar niet over praten. Knútur wil er ook niks over zeggen. Die wijst naar Sverrir. Waar komt dat geld vandaan?'

Arnar gaf geen antwoord.

'Vroeg of laat komt het toch uit,' zei Sigurður Óli.

Arnar richtte zich op, probeerde een rechte houding aan te nemen. Anders dan Sverrir had hij het nog helemaal niet over een advocaat gehad.

'Þorfinnur was hels toen hij het ontdekte en hij dreigde er regelrecht mee naar de politie te lopen,' zei hij. 'Sverrir kreeg het voor elkaar om hem te kalmeren. Al duurde dat niet lang.'
Arnar zuchtte diep.
'Sörensen zei altijd dat we niet hoefden te weten waar dat geld vandaan kwam. Sverrir en ik vonden het wel best. Prima zelfs. Maar na verloop van tijd begon Þorfinnur vragen te stellen. Hij kreeg gewetensbezwaren. Eigenlijk denk ik dat hij er gewoon uit wou stappen en daar een reden voor nodig had. Hij was bang dat ons geld van drugshandel kwam. En met drugs wilde hij niet rijk worden. Maar toen aan het licht kwam wat voor geld het was, zei hij dat het nog tien keer erger was.'
'En toen dreigde hij dat hij het naar buiten zou brengen?'
Arnar boog zijn hoofd.
'Hij wilde ermee kappen, en Sverrir zei dat hij met zijn gepraat een risico begon te vormen. Ik heb daar verder niet op doorgevraagd. Sverrir zei dat we iets moesten doen. Dat heeft hij alleen maar tegen mij gezegd, laat ik dat vooropstellen. Niet tegen Knútur. We hebben Þorfinnur er indertijd bij betrokken omdat we de lening wilden spreiden. Anders waren de bedragen te hoog. Þorfinnur was net als Knútur. Een beetje kinderlijk, maar geld wilde hij wél. Hij wou verdienen. Dat wilden we allemaal.'
'Is dat de verklaring? Hebzucht?'
'We hebben de kans gegrepen toen die zich voordeed. We zien hoe de mensen hier leven. Dat wilden wij ook wel.'
Arnar keek op en zei: 'Sverrir heeft me niet verteld wat er precies op die tocht is gebeurd. Daar moet je hém naar vragen. Maar ik heb zo mijn vermoedens. En de politie natuurlijk ook, nou het hele zaakje in ons gezicht explodeert.'
'Waarom zijn ze naar Svörtuloft gelopen? Omdat Sverrir daar bekend is?'
'Hij had er een mopje over.'

'Wat dan?'
'Je weet dat de IJslandse Bank zo wordt genoemd. Svörtuloft. Vanwege die pikzwarte granieten muren. Sverrir vond dat wel geestig. Hij zei dat hij ons nu de échte Svörtuloft zou laten zien. Ik wist niet eens dat die plek echt bestond.'
'En van Lína weet je niks?'
'Nee.'
'Beweerde ze niet dat ze iets van jullie wist? Heeft ze nergens mee gedreigd?'
'Nee. Ik ken haar niet.'
'Herinner je je haar niet van die gletsjertocht? Toen Alain Sörensen in IJsland was en hij met jullie mee is geweest op die tocht?'
'Was dat niet de vrouw die de leiding had?'
'Klopt.'
'Ik kan me haar niet zo goed meer herinneren. Maar het zou me niet verbazen als Knútur wat met haar gehad heeft.'
'Knútur?'
'Als ik me niet vergis wel.'
'Liep Knútur achter Lína aan?'
Arnar gaf niet direct antwoord. Iets waarover hij wilde zwijgen was bezig zich naar buiten te wringen. Sigurður Óli wachtte rustig af.
'Het was kinderporno,' zei Arnar eindelijk.
'Wat?'
'Het geld dat we voor Alain Sörensen moesten witwassen. Dat zwarte geld. Een klein gedeelte ervan kwam van drugs. De rest kwam van porno, gewone porno en... kinderporno.'
'Kinderporno?'
Arnar knikte.
'We hebben meegedaan aan het witwassen van geld dat afkomstig was van de porno-industrie, en daar zaten ook mensen bij die kinderporno produceerden. En Þorfinnur... die kon daar niet mee leven.'

50

Kort daarna liet Sigurður Óli Knútur naar zijn kantoor brengen. Hij wilde hem nog ondervragen over Lína en daarna naar huis gaan om te slapen. Het was een lange dag geweest, maar hij was nieuwsgierig genoeg om koppig door te werken. Finnur was naar huis vertrokken. Sigurður Óli wist niet of hij enige notitie van hem had genomen.

De deur ging open en Knútur werd zijn kantoor binnengeleid. Hij ging op de stoel voor het bureau zitten. Op zijn kinderlijke gezicht stonden angst en zorg te lezen. Waarschijnlijk zou hij die nacht weinig slapen. Misschien hielden zijn vrouw en zijn zoontje hem uit de slaap. Misschien het lot van Þorfinnur. Of de herkomst van het geld waaraan hij samen met de anderen verdiende.

'Jij wist waar het geld van Alain Sörensen vandaan kwam, niet?' vroeg Sigurður Óli.

'Ik wil niks zeggen voor ik met mijn advocaat heb gesproken,' zei Knútur. 'Ik ben van mening veranderd. Ik wil er een advocaat bij hebben. Ik heb begrepen dat ik daar recht op heb. En nou wil ik graag weer naar mijn cel.'

'Ja, en ik wil graag naar huis,' zei Sigurður Óli. 'Dus laten we maar gelijk beginnen. Er is een punt waar ik het met je over wil hebben. Het hoeft niet lang te duren. Ik heb begrepen dat jij Lína beter kent dan je wilde toegeven. De vrouw die in haar huis in elkaar geslagen is.'

Knútur gaf geen antwoord. Sigurður Óli had, terwijl hij wachtte tot Knútur werd binnengebracht, nog wat zitten bladeren in de transcriptie van Höddi's telefoongesprekken.

Het stapeltje papier lag voor hem op tafel.

'Op de tocht die je samen met je vrienden en Sörensen hebt gemaakt ben je een beetje met haar aan het flirten geweest,' zei Sigurður Óli.

'Wie beweert dat?'

'Dat doet er nou even niet toe, maar je hebt gezegd dat je haar helemaal niet kende. Tot nu toe heb je vanavond de waarheid verteld, denk ik. Waarom zou je nou over háár gaan liegen? Kun je me dat uitleggen?'

Sigurður Óli pakte de vellen papier van de tafel en trok ze naar zich toe alsof hij wilde laten zien dat hij eigenlijk met andere dingen bezig was en dat zijn vragen feitelijk niet zo heel veel om het lijf hadden. Hij bladerde de transcriptie door en las een stukje. Knútur keek zwijgend toe.

'Was het om je vrouw?' vroeg Sigurður Óli. 'Is dat het? Dat kan ik me heel goed voorstellen, hoor.'

'Ik wil een advocaat,' zei Knútur.

'Er is één ding dat je over Lína moet weten,' zei Sigurður Óli. 'Ze zal best heel leuk en innemend geweest zijn, heel vlot ook, maar ze was nogal erg geïnteresseerd in getrouwde mannen. Precies heb ik het nog niet kunnen nagaan, maar het lijkt me dat ze mannen aantrekkelijker vond als ze getrouwd waren. De verhouding tussen haar en haar man was heel bijzonder. Ze stonden elkaar toe vreemd te gaan. Daar zal niet iedereen zo over denken. Zij dus wel. Ik weet niet of ze het daar met je over gehad heeft.'

Knútur zweeg.

'Ik zal je vertellen wat ik denk. Je moet het me maar gewoon zeggen als ik ernaast zit. Jij bent met haar naar bed geweest. Mogelijk later, toen jullie weer in de stad waren. Misschien heb je meerdere keren met haar geslapen, misschien is het maar één keer gebeurd. Het zou kunnen dat ze je later verteld heeft dat ze foto's had van jullie beiden en dat ze dreigde die naar je vrouw te sturen. In dat opzicht was ze namelijk een gevaarlijke tante. Ze was niet te vertrouwen. Op een keer toen jullie in bed lagen heb je gebabbeld over...'

'Dat is niet waar,' zei Knútur.

'...over een heel leuk spelletje dat jij en je vrienden aan het spelen waren, waar jullie schathemeltjerijk mee zouden worden. Je hebt haar niet alles verteld, maar wel zoveel dat ze haar man later kon doorbrieven dat jullie met een of ander vuil zaakje bezig waren, en dat jullie zo ongelooflijk koud waren.'

'Zo... zo was het niet.'

'Je wilde de grote jongen uithangen.'

'Nee.'

'Heeft ze foto's van jullie genomen?'

'Nee.'

'Maar jullie zijn wel bij elkaar geweest?'

'Ze heeft geen foto's genomen,' zei Knútur kwaad; het was voor het eerst dat Sigurður Óli zijn stemming zag veranderen. 'En ze heeft helemaal niet gedreigd dat ze mijn vrouw iets zou vertellen. Ik heb haar twee keer ontmoet. Allebei de keren in Reykjavík en...'

Knútur viel stil.

'Komt dit naar buiten toe?'

'Zeg nou maar gewoon wat er gebeurd is.'

'Ik wil niet dat mijn vrouw dit te weten komt.'

'Dat kan ik me voorstellen, ja.'

'Die twee keer, dat was alles,' zei Knútur. 'Ik heb het nooit eerder gedaan, vreemdgaan. Ik... ze ging er heel doelbewust op af. Ze wilde weten wat ik allemaal deed. Volgens mij had ze meer belangstelling voor me omdat ik op de bank werkte dan omdat ik getrouwd was. Daar hebben we het nooit over gehad.'

'Maar over de bank dus wél? En toen heb je geprobeerd jezelf een beetje interessant voor te doen.'

'Ik heb haar verteld...'

Knútur aarzelde.

'Of ik geprobeerd heb mezelf interessant voor te doen? Ik weet het niet. Ze was heel nieuwsgierig en ze vroeg naar mogelijke manieren om de belasting te ontduiken, dat soort dingen. Ze was geïnteresseerd in belastingparadijzen en ik heb me toen misschien iets laten ontvallen over een paar mensen die ik kende, die bezig waren een waterdicht plan te uit te werken waar ze een hele hoop geld mee zouden verdienen. Ik heb haar niet verteld wie het waren. Maar... ik heb misschien wel een beetje laten doorschemeren dat ik eraan meedeed.'

'En je vrienden, Arnar en Sverrir en Þorfinnur, heb je die over Lína verteld?'

'Nee.'

'Weet je dat zeker?'

'Ik heb er met geen van allen over gepraat.'

'Wilde ze geld van je?'

'Nee.'

'Heb jij lui op haar afgestuurd om haar het zwijgen op te leggen?'

'Nee. Het zwijgen opleggen? Ik... daar had ik geen helemaal reden toe. En dat soort lui ken ik niet.'

'Je vrouw mocht er niks van weten.'

'Nee, maar daarvoor zou ik Lína toch niet iets hebben aangedaan?'

'Ken je Þórarinn en Hörður?'

'Nee.'

'En die heb je niet op Lína afgestuurd om ervoor te zorgen dat ze haar mond hield?'

'Nee.'

'Heeft ze niet geprobeerd jullie geld af te troggelen toen ze erachter kwam wat jullie aan het doen waren?'

'Nee. Dat wist ze niet. Dat heb ik haar nooit verteld.'

'Ik denk dat je zit te liegen,' zei Sigurður Óli en hij kwam overeind. 'Maar dat zullen we morgen wel uitzoeken.'

'Ik zit niet te liegen,' zei Knútur.

'We zullen het wel merken.'
Knútur stond op.
'Ik lieg niet.'
'Wist je waar dat geld van Alain Sörensen vandaan kwam?'
'Nee. In het begin niet.'
'En later?'
Knútur zweeg.
'Was het daarom dat Þorfinnur moest sterven?' vroeg Sigurður Óli.
'Ik wil dit allemaal eerst met een advocaat bespreken,' zei Knútur.
'Is het niet zo dat jullie naar Snæfellsnes zijn gegaan om Þorfinnur weer in het gareel te krijgen?'
'Ik wil dat er een advocaat komt.'
'Ja, dat zal het beste zijn,' zei Sigurður Óli en hij bracht hem weer naar zijn cel.

Kort daarna kwam hij in zijn kantoor terug om zijn autosleutel te halen. Hij ging in zijn stoel zitten en liet zijn gedachten gaan over de gesprekken die hij met het drietal had gevoerd. Ze leken bereid om mee te werken. Sverrir bood de meeste weerstand: waarschijnlijk rustte de verantwoordelijkheid grotendeels op zijn schouders. Hij had nu de hele nacht de tijd om na te denken.

Sigurður Óli bladerde in de transcripties van Höddi's telefoongesprekken. Hij had ze nog niet nauwkeurig doorgelezen en hij wist niet of het nu nog wel de moeite waard was. Hij zag dat Höddi gepraat had met iemand met wie hij al eerder contact had gehad, iemand die bij hem in de garage was geweest. Het gesprek had nog niet lang geleden plaatsgehad.

SE: 'Wil je dat voor me doen?'
HV: 'Geen enkel punt, meid.'
SE: 'Ik kan je er vijftigduizend kronen voor geven.'
HV: *'Consider it done.'*

SE: 'Tot ziens.'
HV: 'Ja, *bye*.'
Sigurður Óli staarde naar de transcriptie. SE: 'Wil je dat voor me doen?' De politie wist wie er naar Höddi gebeld hadden. De volledige namen van alle bellers waren aan de transcriptie toegevoegd. Hij keek de namenlijst door en zag dat zijn vermoeden juist bleek. Een vreemd gevoel van verdoving maakte zich van hem meester. De ene sluier na de andere werd voor zijn ogen weggetrokken. Hij moest zich tegenover Knútur verontschuldigen voor verschillende dingen waarvan hij hem kort tevoren had beschuldigd. Hij moest Finnur zijn excuses aanbieden: die had al die tijd gelijk gehad. Hijzelf had er in zijn onderzoek verschrikkelijk naast gezeten.

'Wat heb je zitten klooien,' fluisterde Sigurður Óli en hij legde de transcriptie behoedzaam neer.

Midden in de nacht reed hij de hele lange weg naar Litla-Hraun om Höddi één vraag te kunnen stellen. Hij wist dat hij die nacht niet zou kunnen slapen, en hij zag op tegen de komende dag. Hij zag op tegen het onvermijdelijke dat komen zou. Toch wilde hij het liever zelf afhandelen dan het aan een ander overlaten. Daarna zou hij zich terugtrekken. Sigurður Óli wist dat hij verblind was geweest, en hij besefte heel goed hoe dat kwam. Hij had zichzelf sterk genoeg gevonden, kritisch genoeg, politieman genoeg om invloeden te kunnen doorstaan – van wie dan ook.

En nu was gebleken dat hij dat allemaal niet was.

Hij kreeg de dienstdoende cipier, die hij goed kende, zover dat die Höddi wakker maakte en naar de verhoorruimte bracht. Aanvankelijk voelde de cipier daar weinig voor, maar toen Sigurður Óli het belang van het onderzoek benadrukte liet hij zich overhalen.

Ze waren slechts met zijn tweeën in de verhoorruimte. Van een formeel verhoor was dus geen sprake.

'Spoor jij wel helemaal?' zei Höddi nors.

Hij had als een blok liggen slapen toen de cipier hem was komen wekken.

'Ik heb maar één vraag,' zei Sigurður Óli.

'Wat krijgen we nou?' vroeg Höddi. 'Moet je me verdomme daarvoor midden in de nacht wakker maken?'

'Hoe ken jij Súsanna Einarsdóttir?'

51

Hij had de auto van zijn moeder mogen lenen om haar af te halen. Ze zouden samen naar de bioscoop gaan.

'Waar ga je heen?' had Gagga gevraagd. Dat deed ze altijd als hij de auto leende. Hoewel hij nog nooit een ongeluk had gehad, vertrouwde ze het niet al te zeer. Hij had nog maar een jaar zijn rijbewijs.

'Naar de bioscoop,' zei hij.

'Alleen?'

'Nee, met Patrekur,' loog hij. Te veel vertellen over wat hij ging ondernemen wilde hij niet. Dat kon later wel. Misschien. Als het allemaal goed ging.

'Heb je je huiswerk af?'

'Ja.'

Hij had de advertenties van de bioscopen doorgekeken en de film gevonden die ze genoemd had, een Amerikaanse film die in de Laugarásbioscoop draaide en misschien goed bij de gelegenheid paste. De advertentie noemde het 'een romantische comedy'. Een beetje lichte kost om de stress te verminderen, hopelijk geen flutfilm.

Hij had haar op een schoolfeest ontmoet. Meestal was hij wel van de partij bij zulke gelegenheden, zeker als Patrekur erbij was. Patrekur wist dat er ergens vooraf een feestje was en had gezorgd dat er voor iedereen een flinke bel wodka was. Die smokkelde zijn oom op een koopvaardijschip het land binnen.

Hij had te veel gedronken en toen hij op het schoolfeest kwam, werd hij overvallen door de vreselijke hitte, het lawaai en de mensenmassa in het gebouw. De alcohol steeg hem naar het hoofd; hij werd misselijk. Het zweet parelde over zijn voorhoofd en hij voelde zich ziek. Hij was op een stoel gaan zitten toen ze ineens over hem begon te moederen en vroeg of het wel helemaal goed met hem ging. Hij mompelde wat. Hij wist dat ze op dezelfde school zat, al had hij nooit met haar gepraat. Hij kende haar niet eens.

Ze had hem naar het portaal geholpen, waar de toiletten waren, en stuurde hem naar de jongens-wc's. Daar moest hij overgeven – hij dacht dat het nooit zou ophouden. De surveillanten pakten hem beet en gooiden hem de school uit. Hij strompelde naar huis, naar zijn moeder, die hem met ongewoon veel begrip ontving.

'Ik zou maar niet meer drinken, joh,' had hij Gagga door de alcoholnevels heen horen zeggen. 'Je kunt er niet tegen.'

Een paar dagen later stond hij in de centrale gang van de school en zag hij het meisje dat zich zijn toestand had aangetrokken. Hij herinnerde zich haar hulp nog heel goed en ook zij was het niet vergeten.

'Ben je weer oké?' vroeg ze.

'Jawel, hoor,' zei hij aarzelend. 'Normaal ben ik nooit zo...'

Hij wilde eigenlijk 'toeter' zeggen, maar hij vond dat niet zijn stijl. Alles bij elkaar was het een blamage, vond hij.

'Vast niet,' had ze gezegd, en ze ging het lokaal vlakbij binnen.

De volgende dagen had hij haar steeds vanuit de verte in het oog gehouden, en de week daarna ging hij in de kantine bij haar zitten. Ze zat haar boterhammen te eten en las in een krant die iemand daar had laten liggen. Hij had haar een tijdje bespied voor hij tot actie overging. Je hebt niks te verliezen, dacht hij.

'En? Nog nieuws?' vroeg hij.

'Hij is een maand oud,' zei ze, van de krant opkijkend.

'Oké,' zei hij. 'Heb je een tussenuur?'

'Nee, ik spijbel even bij wiskunde, ik kan die vent niet uitstaan. En hij mij niet, dus dan staan we quitte.'
'Is hij...'
'Ach, meisjes kunnen gewoon geen goed doen bij die man. Ben jij niet die van dat vrijdenkersblad?'
'*Milton*, ja.'
'Je bent niet echt een fan van de school, hè?'
'Communistische rotschool,' had Sigurður Óli gezegd.
Daarna waren ze elkaar nog een paar keer tegen het lijf gelopen, ze hadden wat gekletst en enkele dagen later kwam ze in de garderobe van de school, waar hij zijn jack aan het zoeken was, naar hem toe.
'Heb je iets te doen vanavond?' vroeg ze. Ze ging recht op haar doel af: 'Zin in een bioscoopje?'
'Wat? Ja... nee... ehm... ja.'
'Kun je met de auto komen, of...?'
Hij dacht na. Het zou hem wel wat gedoe met Gagga kosten, maar dat was het waard.
'Ik kan je wel komen ophalen.'
's Avonds reed hij naar haar huis en wachtte. Hij wilde niet op de deur kloppen of naar haar vragen, schutterig als hij was bij zijn eerste afspraakje. En evenmin wilde hij de claxon gebruiken. Dat zou als opdringerigheid kunnen worden uitgelegd. Dus zat hij daar op haar te wachten, in alle stilte. Minuut na minuut verstreek, tot ineens de deur openging en ze naar hem toe holde.
'Stond je er al lang?' vroeg ze terwijl ze naast hem ging zitten.
'Nee, hoor,' zei hij.
'Ik zat maar te wachten tot je zou toeteren.'
'Ik heb nauwelijks hoeven wachten,' zei hij.
'We komen toch niet te laat?'
'Welnee.'
De film was nogal een teleurstelling, en toen ze na de voor-

stelling weer in de auto gingen zitten waren ze er gauw over uitgepraat. Hij reed in de richting van het centrum en dacht erover daar een of twee rondjes te rijden en haar zelfs op ijs te trakteren. De cafetaria's waren nog open. Ze praatten wat over de hoofdrolspeelster, die haar op de zenuwen gewerkt had. Hij was van mening dat de film gewoon niet erg geestig was. Ze kochten ijs; hij betaalde, zoals hij ook voor de bioscoopkaartjes en de popcorn gedaan had. Daarna reed hij kalmpjes terug. Het was een doordeweekse avond en veel verkeer was er niet. Eerder dan hij zich realiseerde waren ze alweer bij haar huis.

'Heel erg bedankt,' zei ze, en ze nam het laatste hapje ijs.

'Jij ook bedankt,' zei hij.

Ze schoof langzaam naar hem toe. Hij begreep dat ze hem wilde kussen en boog zich naar haar voorover. Haar lippen waren nog koud van het ijs, haar tong was koel en een heel klein beetje zoet.

De dagen daarna moest hij onophoudelijk aan haar denken. Hij verlangde ernaar haar weer te ontmoeten, maar in de gangen van de school zag hij haar niet. Hij herinnerde zich vaag dat ze met haar ouders op reis zou gaan – hij had niet goed geluisterd. Waarschijnlijk was dat de verklaring. Hij probeerde haar te bellen, maar er werd niet opgenomen. Tweemaal reed hij 's avonds naar haar huis, maar daar was alles donker. Nooit had hij zoiets wonderlijks meegemaakt, was hij zo gespannen geweest, zo vol verwachting. Nooit had hij zo'n verlangen gevoeld.

Hij sprak met Patrekur af in een leuke tent in het centrum. Het was er mudvol en het lawaai was nauwelijks te verdragen. Patrekur vertelde hem dat hij een ontzettend aardig meisje had ontmoet, ze zat bij hen op school. Hij riep haar om met zijn vriend kennis te maken. Daar kwam ze uit de massa naar voren.

Het was Súsanna.

Het meisje dat sinds die mooie avond zijn gedachten volledig in beslag had genomen.

'Hallo!' schreeuwde ze over de herrie heen. 'Kennen jullie elkaar?' vroeg ze verbaasd.

'Ja!' schreeuwde Patrekur terug. 'Ken jij Siggi dan?'

Sigurður Óli keek hen aan, begreep er niets meer van.

'We zijn een paar dagen geleden naar de bioscoop geweest!' riep ze. 'Naar een waardeloze film,' voegde ze er aan toe, en ze lachte. 'Vond je ook niet?'

'Ben jij... zijn jullie...?'

Sigurður Óli had moeite onder woorden te brengen wat hij wilde zeggen. Het lawaai overstemde zijn gefluister en voor hij er erg in had waren de twee in de menigte verdwenen.

52

Hij nam aan dat de kinderen naar school waren en dat ze zo kort voor de middag wel alleen thuis zou zijn. Hij belde niet om zijn komst aan te kondigen. Wel had hij eerst naar haar werkadres gebeld. Daar kreeg hij te horen dat ze zich kort tevoren ziek had gemeld en de laatste dagen niet op haar werk was geweest. Hij overwoog Patrekur te bellen om hem te vragen erbij te zijn, maar liet dat idee uiteindelijk weer schieten. Dit was haar zaak en hij vond het niet nodig Patrekur erin te betrekken voor hij met haar had gesproken. Even had hij erover gedacht iemand anders naar haar toe te sturen, maar hij besloot toch zelf te gaan. Op het bureau aan de Hverfisgata zouden anderen het wel overnemen.

Hij reed naar het huis van zijn vrienden. Patrekur en Súsanna woonden in een mooi vrijstaand huis in de wijk Grafarholt. Ze hadden er een hoge hypotheek voor moeten afsluiten, gedeeltelijk in vreemde valuta, maar Patrekur had hem verteld dat ze dat goed aankonden, al moesten ze wel bijna tweehonderdduizend kronen per maand aflossen. Hij wist dat ze ook voor hun twee auto's een lening hadden lopen.

Ze kwam zelf aan de deur en scheen niet bijzonder verbaasd te zijn hem te zien. Ze had jeans aan en een mooie lichtblauwe overhemdblouse. Ze probeerde te glimlachen, maar meer dan een kort, moeizaam lachje werd het niet, vond hij. Ondanks alles had hij altijd goed met Súsanna overweg gekund. Hij vond haar leuk, slim en eerlijk, een goede partner voor Patrekur. In zijn gedachten werd ze helemaal niet ouder, met haar dikke blonde haar, haar donkere ogen, haar zelfverzekerde gelaatsuitdrukking en haar ongecompliceerde manier van doen. Hij wist niet beter of de relatie tussen haar en Patrekur was altijd goed geweest. Nooit had hij het anders gehoord van zijn vriend, totdat die had toegegeven dat hij met Lína had geslapen.

'Je weet waarschijnlijk wel waarom ik bij je langskom,' zei hij toen ze hem binnenliet. Hij kuste haar op haar wang, zoals altijd wanneer hij haar ontmoette.

'Heb je met Patrekur gepraat?' vroeg ze.

'Nee.'

'Ik dacht dat hij misschien wel met je mee zou komen,' zei Súsanna.

'Had je dat liever gewild?' vroeg Sigurður Óli.

'Nee, ik denk van niet.'

'Zullen we er maar bij gaan zitten?'

'Natuurlijk, kom verder.'

Ze gingen in de huiskamer zitten. Die zag uit op Reykjavík, zoals het zich naar het westen uitstrekte.

'Ik heb met een man gepraat die Hörður heet, die zegt dat hij jou nog kent van de basisschool,' zei Sigurður Óli. 'Hij wordt Höddi genoemd. Hij zit nu in Litla-Hraun in voorarrest; hij is medeschuldig aan de dood van een vrouw die in het dagelijks leven Lína genoemd werd.'

'Ik ken hem,' zei Súsanna.

'Hij zei me dat jullie het altijd goed met elkaar hebben kunnen vinden. Wat voor contact jullie op de basisschool met elkaar hadden heeft hij niet precies verteld. Maar wel dat jullie het altijd heel leuk vonden als er een reünie was.'

'Ja,' zei Súsanna.

'Hij vertelde ook dat jij een keer bij hem bent geweest om hulp te vragen. Dat had met een vriendin van je te maken. Of liever, met haar dochter.'

'Het is misschien toch beter als Patrekur erbij is,' zei Súsanna.

'Oké,' zei Sigurður Óli. 'We kunnen hem bellen. Geen enkel bezwaar. We hebben geen haast.'
'Je zult wel denken dat ik...'
'Ik denk helemaal niks, Súsanna.'
Ze keek hem lang aan.
'Het was drie jaar geleden,' zei ze. Mijn vriendin had een probleem. Haar dochter zat op het gymnasium en daar was een stelletje leerlingen dat haar voortdurend bedreigde en geld van haar wilde hebben, terwijl ze hun helemaal niks schuldig was. Dat kind was bang van die club en wilde van school af. Toen heb ik Höddi gevraagd of hij niet iets voor haar kon doen. Ik wist dat hij zulke... klusjes deed, ik wist dat hij soms ook geld voor mensen incasseerde. Hij wilde dat wel doen. Ze hebben dat meisje daarna met rust gelaten. Mijn vriendin was er heel dankbaar voor. Ik heb nooit aan Höddi gevraagd wat hij nou precies gedaan heeft.'
'Hij heeft je dus geholpen,' zei Sigurður Óli.
'Ja, dat wil zeggen mijn vriendin.'
'Heb je hem later nog ontmoet? Of van hem gehoord?'
Súsanna aarzelde.
'Heb je hem nóg een keer om hulp gevraagd?'
Súsanna gaf geen antwoord.
'Ik ben pas bij hem geweest,' zei Sigurður Óli. 'Ik moest je de groeten van hem doen en je zeggen dat hij zo lang mogelijk zijn kop had gehouden. Hij vertelde me dat jullie elkaar hadden gesproken.'
'Je zult wel denken dat ik gek ben,' zei Súsanna na een lange stilte.
'Ik denk dat je een vergissing begaan hebt,' zei Sigurður Óli. 'Heb je hem gesproken?'
'Ja,' zei Súsanna. 'Toen die lui begonnen mijn zus te bedreigen bedacht ik dat Höddi maar eens met ze moest gaan praten.'
'En Lína te grazen nemen?'

'Nee, met ze praten.'
'Wist je dat hij erop los zou rammen?'
'Nee.'
'En je hebt daar niet speciaal om gevraagd?'
Súsanna kon niet langer stilzitten. Ze stond op, liep naar het grote raam en keek uit over de stad, zonder dat ze kon genieten van wat ze zag. Ze streek met de mouw van haar blouse over haar ogen.
'Heb je hem gevraagd Lína te lijf te gaan?'
'Ik heb hem gevraagd ons van die lui af te helpen. Details heb ik niet met hem besproken. Ze chanteerde mijn zus. Ze is met Patrekur naar bed geweest. Ik dacht dat ze van plan was hem van me af te pakken. Ik wou van die lui af.'
'Súsanna, als je er zulke seksuele praktijken op na houdt als je zus doet, vraag je erom dat je tegen types als Lína op loopt. En dat Patrekur voor haar viel komt voor zijn eigen verantwoording. Daar kun je háár nauwelijks de schuld van geven.'
'Ze moest ook niet dood,' zei Súsanna met tranen in haar ogen.
Hij zag dat ze probeerde flink te zijn – een hopeloos gevecht.
'Daar heb ik niet om gevraagd. Ik was... ik was zo woest. Op Patrekur natuurlijk, maar op haar ook. Ze was bezig ons leven te verwoesten. Ze was van plan foto's op internet te zetten.'
'Was het een idee van je zus?' vroeg Sigurður Óli.
Súsanna haalde diep adem. Ze vocht tegen haar tranen.
'Je neemt haar toch niet in bescherming?' vroeg Sigurður Óli.
'Zij wist ook van Höddi. Wat hij voor mijn vriendin gedaan had. Ze vroeg of ik niet met hem kon praten. Of ik hem niet zover kon krijgen dat hij die foto's ging halen. Zelf kon ze dat niet doen. Voor mij is Höddi altijd heel aardig en vriendelijk geweest, vroeger op school was hij dat trouwens voor iedereen, en ik heb geprobeerd maar niet te veel te denken aan wat

hij doet of wat ze zéggen dat hij doet. Dat hoef ik allemaal niet te weten.'

'Dus je zus zat hier achter, samen met jou?'

'Ja.'

'De man die Höddi op Lína heeft af gestuurd zei dat hij een of ander vaag verhaal meekreeg. Hij moest haar een pak slaag geven, de foto's meenemen en haar een lesje leren. Maar hij sloeg te hard. Denk je dat Höddi hem verkeerd geïnstrueerd heeft?'

'Ik weet het niet, ik had nooit met hem moeten praten. Je hebt er geen idee van hoe rot ik me al die tijd gevoeld heb. En wat moet ik nou doen? Wat kan ik nog doen? Het is afgelopen – mijn leven is kapot en dat van mijn zus ook. Wat moeten we nou? Kun jij ons niet helpen? O, en dat allemaal door zulke lui.'

Sigurður Óli zweeg. Hij had indertijd veel hartzeer gehad om Súsanna, al had hij daar tegen haar of tegen zijn vriend nooit over gesproken. Maar één keer had hij met haar over hun enige bioscoopbezoek gepraat. Dat was een paar weken later op een feest bij Patrekur thuis. Súsanna kwam naar hem toe en zei dat ze niet had geweten dat Patrekur en hij vrienden waren. 'Het geeft niet,' had hij gezegd. 'Is het echt goed tussen ons?' vroeg ze. Hij had geknikt. 'Niet meer aan denken,' zei hij.

'Ik kan je geen raad geven, Súsanna,' zei Sigurður Óli. 'Of alleen maar iets wat vanzelf spreekt: probeer alsjeblieft niet de zaak mooier voor te stellen, voor jou of voor Patrekur of voor Höddi of je zus. Niet doen. Nooit. Hoe eerder je je bij de feiten neerlegt, hoe beter.'

'Het was een ongeluk. Het was niet de bedoeling dat ze zou sterven. Ze had nooit mogen sterven.'

Ze zwegen een hele poos. Súsanna keek het raam uit, over de stad.

'Je had je redenen,' zei Sigurður Óli.

'Maar volgens jou tellen die niet.'

'Er zijn redenen waar je nog wel begrip voor kunt opbrengen. Laatst kreeg ik een stukje film in handen van een jongen van tien of elf jaar. Zijn hele leven is één grote ellende geweest. Het was maar een stukje van twaalf seconden, maar daar zat alles in wat erover valt te vertellen. Zijn hele leven in een notendop. Zijn verwaarlozing, het botte geweld dat hem is aangedaan. Dat kunnen allemaal verklaringen zijn voor hoe het verder met hem is gelopen en hoe hij er vandaag, tientallen jaren later, aan toe is.'

Sigurður Óli stond op.

'Je hebt lui die altijd maar "O, wat zielig!" roepen. Daar heb ik nooit aan meegedaan. Maar met zoveel rottigheid móet je wel rekening houden. Van hem zou ik het kunnen begrijpen als hij zich wou wreken...'

'Van mij niet?' zei Súsanna.

Op dat moment ging de deur open; Patrekur kwam binnen. Hij had Sigurður Óli's auto op de oprit herkend. De zorgelijke uitdrukking op zijn gezicht liet zich niet verbergen.

'Wat is er aan de hand?' vroeg hij en hij staarde hen beurtelings aan. Hij zag direct dat er iets mis was en probeerde zijn arm om Súsanna's schouders te leggen. Ze liet het niet toe, ontweek hem en stak haar hand uit alsof ze wilde voorkomen dat hij haar aanraakte.

'Wat is er?' zei Patrekur.

Hij keek naar zijn vrouw en naar Sigurður Óli, zijn gezicht één groot vraagteken.

'Wat gebeurt hier?' zei Patrekur.

'Súsanna?' zei Sigurður Óli.

Ze begon te huilen.

'Súsanna weet...'

'Nee, ik doe het, laat mij het maar zeggen,' viel Súsanna Sigurður Óli in de rede.

'Natuurlijk,' zei hij. 'Ik wacht hier op de gang.'

Ruim een uur later ging hij met hen naar het politiebureau aan de Hverfisgata. Patrekur had nog geen volledig beeld van wat er allemaal was gebeurd en hij wilde zijn vrouw niet alleen laten. Toch mocht hij niet verder mee dan tot de ingang. Daar namen ze afscheid.

Sigurður Óli ging Finnur zoeken, vertelde hem hoe de zaak in elkaar zat en zei dat hij zich uit het onderzoek terugtrok. Hij waardeerde het dat Finnur geen enkele opmerking in zijn richting maakte. Hij hoorde dat Alain Sörensen in Luxemburg gearresteerd was op verdenking van het witwassen van geld en dat de drie IJslandse bankmannen belangrijke getuigen zouden zijn in het proces dat in het verschiet lag.

Sigurður Óli had nu ook niet meer te maken met het onderzoek naar de dood van Þorfinnur: diens zaak hing nauw samen met de andere. Maar voor hij naar huis ging besloot hij nog een keer met Sverrir te praten. Die zat nog in zijn cel aan de Hverfisgata, totdat hij in voorlopige hechtenis naar Litla-Hraun zou worden overgebracht.

'Waarom hebben jullie die tocht naar Snæfellsnes gemaakt?' vroeg hij toen de stalen deur achter hem was dichtgevallen.

Sverrir zat op de bank met de blauwe matras en keek niet op. Hij had die nacht weinig geslapen. 's Morgens was er een advocaat bij hem geweest. 's Middags zouden de verhoren beginnen; die zouden worden afgenomen in Litla-Hraun.

'Was dat niet enkel en alleen om je van Þorfinnur te kunnen ontdoen?'

Sverrir praatte niet. Hij zat met zijn rug tegen de muur geleund, het hoofd op de borst.

'Of was het om hem weer met jullie op één lijn te krijgen?'

Sverrir gaf geen antwoord.

'Þorfinnur was erachter gekomen waar het geld vandaan kwam dat jullie voor Alain Sörensen moesten witwassen. Hij was woedend. Hij wilde niks te maken hebben met porno en al helemaal niet met kinderporno. Jij vond het allemaal wel best. Arnar en Knútur schenen er geen mening over te hebben. Þorfinnur wou er mee kappen. En dat niet alleen, hij wilde aangifte doen, en ook van jullie aandeel daarin. Hij wilde schoon schip maken, loskomen van datgene waar jullie hem bij betrokken hadden en proberen opnieuw te beginnen.'

Sverrir zat naar de muur tegenover hem te staren. Hij zweeg als het graf.

'Dus toen heb je een manier bedacht om je van hem te ontdoen. Een weekendje de stad uit. Tja, iedereen weet wat er kan gebeuren als je tochten door IJsland maakt. Het landschap en het weer – allebei riskant. Je wou dat Arnar en Knútur meegingen om eventuele boze vermoedens weg te nemen. Het moest eruitzien als een min of meer zakelijk tripje: een beetje werken, een beetje ontspanning. Hoe groot hún aandeel was in de dood van Þorfinnur weet ik niet. Maar misschien kun jij me dat vertellen. Ze besloten op het allerlaatst de gletsjer op te gaan, of was dat ook gepland?'

Sverrir antwoordde niet.

'Jullie hebben ongetwijfeld ruzie gehad met Þorfinnur,' zei Sigurður Óli. 'Jullie hebben geprobeerd hem te overtuigen. Maar Þorfinnur bleef bij zijn standpunt. Hij had miljoenen kronen verdiend, tientallen miljoenen, maar hij wou ze terugbetalen. Je hebt hem gezegd dat hij jullie dan in zijn val zou meeslepen. Je zei dat je wel een oplossing voor hem wist, je zou zijn deel van de lening overnemen en zijn sporen uitwissen. Dan was de zaak gered. Maar Þorfinnur wilde dat niet. Hij vond het een afschuwelijke zaak en hij wilde er vanaf. Voor hem maakte het wél uit waar het geld vandaan kwam.'

Sverrir staarde niet meer naar de muur. Hij richtte zich op en ging op de rand van de matras zitten.

'Ik ben niet betrokken geweest bij de dood van Þorfinnur,' zei hij eindelijk. 'Goed, er is iets waar van wat je zegt: we hebben samen meegewerkt aan het witwassen van geld. Ik weet niet wat Arnar en Knútur je verteld hebben. Ik vermoed dat er weinig anders voor me overblijft dan toegeven dat ik samen met hen en Alain Sörensen geld heb witgewassen. Dat neem ik dan voor mijn verantwoording. Maar met de dood van Þorfinnur heb ik niks te maken gehad. We hebben ruzie gehad, dat klopt. Het ging over geld, over geheime rekeningen die op onze naam staan, over de herkomst van het geld. Voor hem was het van belang waar dat vandaan kwam. Ik zei tegen hem dat het niks uitmaakte. En als hij eruit wilde stappen, zouden we dat allemaal doen. Maar dat vond hij niet genoeg. Hij wilde het geld teruggeven, de rekeningen openbaar maken en alles aan de politie vertellen. We vonden alle drie dat we de samenwerking met Sörensen stop moesten zetten. We waren zelfs bereid het geld terug te betalen. We waren bereid zo ongeveer alles te doen wat Þorfinnur vroeg. Alleen, de zaak openbaar maken zoals hij wilde, daar konden we het niet over eens worden.'

Sverrir stond op en haalde diep adem.

'Dat was waar de ruzie over ging,' zei hij. 'Dat was het enige wat we niet wilden. In al het andere hadden we toegestemd.'

'En jij hebt hem van de rotsen geduwd?'

'Ik... ik heb hem alleen gelaten,' zei Sverrir. 'Ik... We hadden ruzie over de rekeningen en over Sörensen. Hij bleef bij zijn standpunt. Toen heb ik tegen hem gezegd dat hij naar de hel kon lopen. Ik heb hem daar achtergelaten en ben de auto gaan halen. Ik was woest.'

'Je hebt eerder alleen maar gezegd dat je de auto bent gaan halen. Niet dat jullie ruzie hadden.'

'Dat geef ik nu toe,' zei Sverrir. 'Jullie schijnen toch alles van die rekeningen af te weten. Ik werd kwaad en ik heb hem alleen gelaten. Je kunt me geloven of niet, maar zo was het. Ik voel me schuldig over wat er met hem is gebeurd. Ik heb geen vrolijk moment meer gehad sinds die tijd. Indirect ben ik bij zijn dood betrokken geweest, dat erken ik. Doordat ik hem alleen gelaten heb. Maar het was geen moord. Dat bestrijd ik.

Dat bestrijd ik met klem. Ik wou hem gewoon weer ophalen. Het was zijn eigen onvoorzichtigheid.'

Sigurður Óli keek Sverrir langdurig aan. Die ontweek zijn blik en stond te kijken naar de muren die hem omgaven, muren die steeds meer op hem af leken te komen. Hij was er slecht aan toe.

'Had hij er een idee van wat je van plan was te doen?' vroeg Sigurður Óli. 'Uiteindelijk?'

'Je hebt toch gehoord wat ik zei? Ik was niet bij hem.'

'Was hij direct dood toen hij op de rotsen viel?'

Sverrir gaf geen antwoord.

'Of heeft hij nog even geleefd?'

'Ik heb hem niks gedaan,' zei Sverrir.

Sigurður Óli toonde geen genade.

'Heb je hem horen schreeuwen toen hij naar beneden viel?'

'Daar geef ik geen antwoord op. Een dergelijke vraag is het niet waard om antwoord op te geven.'

'Het is wel een feit dat jij die tocht georganiseerd hebt. Jij had Þorfinnur bij je, jij bent alleen teruggekomen en jij had grote belangen te verdedigen. Ik betwijfel of je er zo makkelijk van afkomt.'

Sigurður Óli draaide zich om en klopte op de stalen deur. Hij wilde naar buiten.

'Ik heb hem niet vermoord,' zei Sverrir.

'Ik denk dat je nog in de ontkennende fase zit,' zei Sigurður Óli. 'Volgens mij zullen de rechters de rol van Þorfinnur in deze zaak goed nagaan. Ik denk dat je hem een duwtje gegeven hebt: je zag de kans schoon om van hem af te komen. Misschien had je je dat al voorgenomen voordat je naar Snæfellsnes ging. Misschien jullie allemaal wel. Of misschien ben je heel even razend geworden. Maar het komt op hetzelfde neer: je hebt hem naar beneden geduwd.'

Er klonk een licht geknars toen de deur openging. Sigurður Óli stapte de gang op en bedankte de cipier. De cel werd weer zorgvuldig afgesloten. Sverrir bonsde op de deur en begon te schreeuwen.

'Ik moet met je praten! Ik moet met je praten!'

In de deur zat op ooghoogte een luikje. Sigurður Óli opende het. Zo keken ze elkaar in de ogen. Sverrir was bloedrood geworden.

'Het was een ongeluk,' zei hij.

Sigurður Óli keek hem aan zonder iets te zeggen.

'Het was een ongeluk!' zei Sverrir weer, nadrukkelijker nog. 'Een ongeluk!'

Sigurður Óli deed het luikje dicht en liep weg. Sverrir begon tegen de deur te slaan en te schoppen. Vanuit zijn cel schreeuwde hij dat het een ongeluk was en dat hij niets met Þorfinnurs dood te maken had.

Sigurður Óli hield zich doof.

53

Laat in de avond ging de telefoon bij Sigurður Óli thuis.
Het was Patrekur, die hem vroeg of hij langs kon komen. Kort daarna werd er op de deur geklopt. Daar stond zijn vriend Patrekur voor hem. Hij was er niet best aan toe.
'Het was mijn schuld,' zei hij. 'Ik ben degene die in de cel had moeten zitten.'
'Kom binnen, ik was juist thee aan het zetten,' zei Sigurður Óli en hij bracht hem naar de keuken.
'Ik hoef niks,' zei Patrekur. 'Ik wou alleen maar met je praten. Wat gaat er nou gebeuren volgens jou?'
'Ik heb begrepen dat Súsanna haar aandeel in de aanslag op Lína heeft toegegeven,' zei Sigurður Óli, die eerder die avond nog contact met de Hverfisgata had gehad. 'Dat ze Höddi ertoe heeft aangezet de foto's te gaan halen. Zij en haar zus. Terwijl Hermann en jij met mij zaten te overleggen, praatten zíj met Höddi.'
'Daar had ik geen flauw vermoeden van.'
'Jij had immers aan Súsanna verteld dat je met Lína naar bed bent geweest.'
'Ja. Ze ging toen helemaal over de rooie. Ze dacht dat Lína probeerde ons huwelijk kapot te maken.'
'Ja, en Höddi heeft Þórarinn erbij gehaald.'
'Ik heb geprobeerd er met Súsanna over te praten, maar ze krijste alleen maar tegen me. Dat ze me nooit meer wilde zien. Ze geeft mij overal de schuld van, en dat snap ik ook wel. Ze moet onder ogen zien dat ze de dood van een mens veroorzaakt heeft.'

'Indirect,' zei Sigurður Óli.

'Zo kijkt zíj er niet tegenaan.'

'Voor een deel is het ook toe te schrijven aan haar zus en aan Hermann. Je moet naar het geheel kijken.'

'Ze is het meest kwaad op mij.'

'Vergeet vooral die Þórarinn niet, die zak. Die is te ver gegaan,' zei Sigurður Óli. 'Niet dat ik Súsanna wil verontschuldigen met die stommiteit van haar. En jou. En jullie allemaal. Nou, mocht je nog eens plannen hebben om vreemd te gaan, dan kun je twee dingen doen: óf er toch maar van afzien, óf je mond erover houden.'

'En nu? Wat gebeurt er nou verder?' vroeg Patrekur na lang zwijgen.

'Ze zal een tijdje moeten zitten.'

'Ze heeft het heel moeilijk gehad de laatste tijd. Door mijn eigen belachelijke zorgen heb ik daar niks van gemerkt. Nu zie ik het. Er waren dagen dat ze echt zichzelf niet was.'

'Je moet maar proberen haar te steunen.'

'Als ze me tenminste nog wil.'

'Jullie moeten hiermee verder leven. Misschien kan het jullie relatie sterker maken.'

'Ik zou haar niet graag kwijtraken.'

'Nee, dat kan ik goed begrijpen,' zei Sigurður Óli.

'En jij? Ben jij door ons ook in de problemen geraakt?'

'Ik overleef het wel,' zei Sigurður Óli.

54

Hij zat voor het flatgebouw aan de Kleppsvegur en hield het tijdschrift in de brievenbus in het oog. De radio stond naar gewoonte op het station dat de meeste oudere Amerikaanse rock uitzond. Hij had slaap. De vorige avond was het laat geworden, nadat hij op tv een rugbywedstrijd gevolgd had. Hij had er nog heel even over gedacht in bed te gaan liggen lezen. Bijna een jaar geleden had hij voor zijn verjaardag een IJslandse roman gekregen, die nog altijd in het plastic zat. Hij had hem uit een la gehaald, het plastic eraf gescheurd en was begonnen te lezen. Toen had hij hem weer weggelegd en was gaan slapen.

Hij had de laatste tijd maar heel licht geslapen, gespannen als hij was na de gebeurtenissen van de laatste dagen. Ook nu was hij voor dag en dauw wakker en hij had besloten een eindje te gaan rijden. Tot zijn eigen verbazing stond hij ineens bij het flatgebouw, hoewel hij tegen zijn moeder had gezegd dat hij gestopt was met het bewaken van die brievenbus. Gagga had hem gebeld; ze wilde meer weten over de arrestaties van die bankmensen, waarover ze op het journaal en in de nieuwsberichten had gehoord. Verder had ze geprobeerd Sigurður Óli uit te horen over Súsanna en Patrekur, die ze wel kende. Veel kreeg ze niet uit hem los. 'We hebben het er nog wel over,' zei hij.

Hij zat te denken aan het gesprek dat hij met Elínborg had gehad. Ze had hem gebeld omdat ze zich zorgen maakte over Erlendur, die nog steeds op reis was in de streek waar hij vandaan kwam en al meer dan twee weken niet van zich had laten horen.

'Wat doet hij daar toch in het oosten?' vroeg Elínborg.
'Geen idee,' zei Sigurður Óli. 'Mij vertelt hij nooit wat.'
'Weet je hoe lang hij van plan is weg te blijven?'
'Nee. Hij wil rust, dat is het enige wat ik weet.'
'Ja, juist,' zei Elínborg.

Sigurður Óli geeuwde. Er was maar weinig verkeer in de omgeving van het flatgebouw, net als de vorige zondagen 's morgens vroeg. De paar mensen die uit de kroegen kwamen en nu op huis aangingen, of die even voor iets lekkers bij de bakker langsgingen, zagen er niet uit als lui die tijdschriften zouden pikken. Hij begon te knikkebollen, zijn ogen werden zwaar, zijn ademhaling trager en voor hij het wist was hij onder zeil.

Terwijl hij sliep kwam een miezerig kereltje van rond de vijftig, haren rechtovereind, een versleten ochtendjas aan, op zijn tenen de trappen af. Hij opende de deur naar het portaal, wierp een loerende blik op de parkeerplaats, griste het tijdschrift uit de brievenbus en liep weer haastig naar binnen, waar hij in het trappenhuis verdween.

Sigurður Óli sliep minstens drie kwartier en werd maar heel moeizaam wakker. Uit de radio klonk zijn vertrouwde rock. Hij wreef de slaap uit zijn ogen, liet zijn ogen over de parkeerplaats gaan, strekte zijn armen en geeuwde. En toen zag hij Andrés. Hij liep in westelijke richting over het trottoir van de Kleppsvegur.

'Wát?' zei Sigurður Óli hardop.

Andrés!

Sigurður Óli ging recht overeind zitten om hem beter te kunnen zien. Er was geen twijfel mogelijk, hij was het.

Hij wilde uitstappen en achter hem aan gaan. Hij had het portier al open toen hij zich bedacht. Hij trok het portier weer dicht, startte de auto, reed de parkeerplaats af en ging achter hem aan. Bij de eerstvolgende kruising moest hij een U-bocht nemen. Hij was al bang dat hij hem kwijt was, maar kreeg hem snel weer in het oog. Andrés liep voorovergebogen en naar het leek volkomen mechanisch de Sæbraut af, langs de Kirkjusandur en het hoofdstation van de stadsbussen. Even verder ging hij de Kringlumýrabraut op, om vervolgens af te slaan naar de Nóatún. Hij had een plastic tas bij zich en droeg dezelfde vodden als altijd. Even overwoog Sigurður Óli hem aan te houden, maar nieuwsgierigheid dreef hem verder.

Als hij zich niet in zijn eigen huis ophield, waar dan wel?

Vanaf de Nóatún sloeg Andrés af naar de Laugavegur, liep langs het busstation Hlemmur, ging linksaf de Snorrabraut op, en vandaar de Grettisgata in. Die volgde hij in de richting van het centrum. Sigurður Óli kon hem met de auto zonder enige moeite volgen, maar hield behoorlijk afstand. Hij draaide langzaam de Grettisgata in en reed die stapvoets door totdat hij een plekje zag om te parkeren. Haastig zette hij de auto neer, en liep op enige afstand achter Andrés aan. Ineens zag hij hem de trap af gaan naar het kelderappartement van een oud houten huis dat betere tijden had gekend. Hij opende de deur met een sleutel en sloot hem weer.

Sigurður Óli bleef staan en bekeek de gevel van het huis. Eigenlijk was het een bouwval, slecht onderhouden, met op sommige plaatsen roestplakkaten en hele stukken waarvan de verf was afgebladderd. Onbeschermd tegen weer en wind stond het erbij. Boven het souterrain was slechts één woonlaag. Of daar iemand woonde kon hij niet zien.

Nadat hij twintig minuten gewacht had besloot hij op de deur te kloppen. Behoedzaam liep hij de trap af. Er zaten nogal wat stenen in de treden los, je moest oppassen. Op de deur zat geen naambordje en er was ook geen bel. Sigurður Óli gaf een paar flinke tikken op de deur en wachtte. Hij merkte dat er een kwalijke lucht hing, als van rotte vis.

Er kwam geen reactie.

Weer klopte hij, riep Andrés' naam en wachtte.

Er gebeurde niets.

Hij luisterde scherp; hij hoorde gerucht binnen. Weer riep hij Andrés' naam, en nadat hij voor de derde keer zonder resultaat hard op de deur had geklopt, besloot hij een poging te wagen binnen te komen. De deur was afgesloten, maar het slot was niet bepaald degelijk. Het rammelde toen Sigurður Óli de deurknop vastgreep en het sprong gemakkelijk open toen hij zijn schouder gebruikte. In de deuropening bleef hij staan en riep Andrés. Toen ging hij het souterrain binnen.

Zijn eerste gewaarwording was de stank. Die viel op hem als een lawine en joeg hem weer naar de trap, terwijl hij naar adem snakte.

'Wat is dit?' steunde hij.

Hij had een sjaal om, die hij nu voor zijn neus en mond trok. Zo probeerde hij weer naar binnen te gaan. Hij kwam in een gangetje, vond een schakelaar en wilde het licht aandoen. Dat deed het niet; hij vermoedde dat de kelder niet op het lichtnet was aangesloten. Weer riep hij Andrés, maar hij kreeg geen antwoord. Het appartement was totaal verwoest. Zelfs in de muren waren gaten geslagen, met een knuppel kennelijk, en op sommige plaatsen was de houten vloer opengebroken. Hij moest over stukken hout en meubels heen stappen. Door zijn sjaal heen merkte hij dat de stank naarmate hij verder liep nog aanmerkelijk toenam. Hij bleef weer staan om aan het duister te wennen, riep Andrés, tevergeefs. Die had zich ergens in het appartement verborgen of was door de achterdeur naar buiten geglipt. Toen zijn ogen aan het duister gewend waren zag hij dat er gordijnen voor de ramen hingen. Hij begon ze naar beneden te halen, zodat het licht kon binnenvallen.

Wat hij zag was een totaal onbewoonbaar vertrek. Tafels en stoelen en kasten lagen overal in de rondte en het leek bijna alsof iemand met een bulldozer door de kelder was gereden.

Sigurður Óli stapte voorzichtig tussen alle brokstukken door en zag dat er in een van de hoeken dekens lagen en etensresten en lege brandewijnflessen. Hij ging ervan uit dat dit de plaats was waar Andrés zich had opgehouden. Weer liep hij de gang door en deed voorzichtig een deur open; deze gaf toegang tot de keuken. Daar was niets bijzonders te zien. Wel zag hij dat Andrés waarschijnlijk door het grote raam naar buiten was gekropen, de achtertuin in.

Hij was hem opnieuw kwijt.

Sigurður Óli stapte de kamer weer in; hij kon de stank nauwelijks verdragen. Hij was net van plan weg te gaan toen hij ergens tegenaan stootte waarvan hij dacht dat het leefde. Hij schrok.

Hij keek omlaag en zag dat hij met zijn schoen een man had geraakt die op de vloer lag. Hij lag onder een smerige deken, waar alleen zijn voeten onderuit staken. Sigurður Óli boog zich naar beneden. Hij trok de deken langzaam van de man af en begreep waar de stank vandaan kwam.

Hij hield de sjaal strak voor zijn gezicht. De man lag op zijn rug, vastgebonden aan een stoel. Het leek alsof hij achterover was gevallen. Zijn dode ogen waren half geopend en keken hem aan. Het leek alsof er een muntje van één kroon midden op zijn voorhoofd lag. Een smerig stuk leer met banden eraan lag naast het lijk op de vloer.

Sigurður Óli herinnerde zich dat Andrés iets over een kroon had gezegd, en nu werd bij hem de nieuwsgierigheid sterker dan het besef dat hij niet mocht knoeien met eventuele sporen. Hij stak zijn hand uit naar het muntje, maar toen hij het wilde pakken merkte hij dat het vastzat.

Hij bekeek het van dichterbij. Het wás geen muntstuk, zag hij. Het oppervlak was glad. Sigurður Óli staarde naar de ronde plek op het voorhoofd en langzamerhand drong het tot hem door dat dit de kop was van een pin die diep het hoofd van de man was binnengedrongen.

Het lijk was in vergevorderde staat van ontbinding.
Hij schatte dat de man ten minste drie maanden dood was.

55

Op maandagochtend ging een man aan het werk op het kerkhof aan de Suðurgata. Hij opende de deur van een van de gereedschapsschuurtjes. Het was koud, het had die nacht behoorlijk gevroren en nu blies er vanuit het binnenland een snijdende noordenwind. De man had zich er goed tegen gewapend, hij droeg een muts en dikke wanten. Hij moest nog een karwei doen dat hij een tijdje had laten liggen en zocht het gereedschap bij elkaar dat hij dacht nodig te hebben. Hij deed kalmpjes aan; een flink deel van de ochtend zou er wel mee heengaan, meende hij. Hij liep het kerkhof op in de richting van het graf van Jón Sigurðsson. Iemand had zich met een spuitbus op de stenen zuil uitgeleefd. *Nonni rules*, stond er. Echt kwaad kon hij er niet om worden. Jongeren waren nou eenmaal mondiger en brutaler geworden, en dat kon je merken. In ieder geval wist zo'n nitwit nog wél dat Sigurður Jónsson een groot staatsman was geweest. Toevallig keek hij naar links en ineens bleef hij staan. Hij tuurde over het kerkhof. Op een van de graven zat een man. Een flinke poos bleef hij staan kijken, maar toen hij geen enkele beweging zag, liep hij langzaam naar hem toe. Van dichtbij zag hij dat de man niet meer leefde. Hij was gekleed in vodden, droeg een armzalig winterjack. Zijn knieën had hij dicht tegen het lichaam geklemd, als om de kou te weren. Zijn gezicht had de bleekheid van de dood. De ogen waren halfopen. Het gezicht was naar boven gewend, alsof hij op het ogenblik waarop hij stierf naar de wolken had gekeken, wachtend tot ze eventjes vaneen zouden wijken, zodat je de helderblauwe hemel kon zien.

ARNALDUR INDRIÐASON
VERDWIJNPUNT

LITERAIRE THRILLER
INDRIÐASON: WERELDWIJD MEER DAN 6 MILJOEN BOEKEN VERKOCHT

'De beste thriller van dit jaar uit Scandinavisch taalgebied
– en misschien ook wel wereldwijd – is al verschenen.'
Trouw

ARNALDUR INDRIÐASON
KOUDEGOLF

LITERAIRE THRILLER
INDRIÐASON: WERELDWIJD MEER DAN 6 MILJOEN BOEKEN VERKOCHT

'Alles is helemaal goed aan dit boek.' *****
Vrij Nederland Detective & Thrillergids

'Hulde, hulde, hulde...' *Ezzulia.nl*

'Arnaldur Indriðason is een topauteur. Het boek laat je nadenken over de relatie tot je kinderen of je ouders. Want daarover gaat dit boek: hoe je, soms met de beste bedoelingen, het leven van een kind kan verwoesten. *Engelenstem* is eersteklas literatuur.'
Crimezone.nl

Uitgeverij Querido stelt alles in het werk om op milieuvriendelijke en duurzame wijze met natuurlijke bronnen om te gaan. Bij de productie van dit boek is gebruikgemaakt van papier dat het keurmerk van de Forest Stewardship Council (FSC) mag dragen. Bij dit papier is het zeker dat de productie niet tot bosvernietiging heeft geleid.